완벽한 쇼윈도

2

로즈빈 장편소설

해피북스
투유

차례

멈춰버린 시간

"어어, 서검. 어서 와."

한적한 1차선 도로를 하염없이 달리다 보니 윤명국 지검장이 알려준 일식집이 나온다. 지환은 시동을 끄기 전 시간을 확인하고 차에서 내렸다. 어둠이 시작하는 공간에 내린 짙은 푸름은 그의 그림자가 되었다.

저벅저벅 걸음을 옮긴 지환은 안으로 들어섰다. 이렇게 장사가 안 돼도 되나 싶을 정도로 한산한 느낌.

"어서 오십시오."

모든 직원이 자신만 바라보고 있다. 마치 기다렸다는 것처럼 입을 떼기도 전에 안내부터 해준다. 지환은 지검장의 단골집이겠거니 하며, 범상치 않은 이곳의 규모와 인테리어를 눈에 새기며 직원의 뒤를 따랐다.

"이곳입니다."

직원의 뒤에 서서 걷던 지환은 아무 생각 없이 안으로 들어서려다가 잠시 멈췄다. 가지런히 놓여 있는 구두 두 켤레를 본 지환은 직원을 바라보았다.

"여기, 지금 두 사람이 있습니까?"

"네. 그렇습니다."

지금 이 방 안엔 신원을 알 수 없는 사람이 한 명 더 있다. 지검장이 자리를 마련한 이유가 이 구두의 주인일 것이리라.

미리 알면 오지 않을 것을 알아 귀띔하지 않았을 것이고, 그러니 지금 이 구두의 주인은 위험하거나 은밀하거나, 둘 중 하나일 것이다.

지환은 가만히 구두를 내려다보다가 돌계단을 밟고 신발을 벗었다. 직원이 때맞춰 문을 열어주고,

"여어, 서검. 잘 왔어, 어서 와."

제일 먼저 보인 사람은 그의 상사이자 오늘 이 자리를 만든 윤명국 지검장. 완벽하게 문이 열리고 난 후에야 지검장 맞은편의 사람이 시선에 들어온다. 지환은 들어가려던 발길을 멈추며 우뚝 섰다.

"뭐 해, 서검. 어서 들어와. 어서."

현기증이 이는 것처럼 눈앞은 깜깜해졌다가 조금씩 환해졌다. 발아래 무거운 추가 달린 것처럼 그는 꼼짝도 할 수 없었다. 위험하거나 은밀하거나, 둘 중 하나일 거라고 생각했지만 둘 다를 가진 사람이 앉아 있었다.

지검장 맞은편의 사내,

"어어? 이봐 서검, 얼른 들어와. 문 닫아야지."

백인호 의원이었다.

· · ✦ ✦ ✦ ✦ · ·

"허허, 우리 서지환 검사가 의원님을 뵙고 아주 많이 놀란 모양입니다. 제가 깜짝 놀라게 해주려고 사전에 말을 안 했지 뭡니까."

정신을 차리고 보니 안에 들어와 있다. 딱딱하게 굳다 못해 날카로워진 지환의 표정을 살핀 윤명국 지검장은 웃음을 터트리며 지환의 어깨를 두드렸다. 툭툭, 지검장이 어깨를 두드리자 현실감이 깨어난다.

"정식으로 인사드리겠습니다. 백인호입니다, 서지환 검사님."

백인호 의원은 자리에서 일어나 지환과 눈높이를 맞췄다. 팔을 쭉 뻗는 자세로 악수를 청하며 백 의원은 지환을 응시했다.

"……."

지환은 굳게 다문 입술을 한 채 백 의원이 내민 손을 잡지 않았다. 짧은 시간이지만 이래저래 눈치를 본 윤명국 지검장은 빠르게 지환의 손을 잡아 앞으로 이끌었다.

"허허, 서검. 이렇게까지 놀랄 일이야? 응? 무슨 연예인이라도 본 것처럼 긴장했네? 허허."

억지로 두 사람의 손을 엮으며 지검장은 애써 분위기를 중화했다. 어찌 되었든 손이 엮이니 백인호 의원은 다른 손으로 지환의 손을 감싸고 아래위로 흔들었다. 얼굴엔 사람 좋은 미소가 걸린다.

"검사님께서 많이 놀라신 모양입니다. 윤명국 지검장님께서 우리 검사님을 무척이나 훌륭하다고 칭찬하셔서, 제가 격려차 한번 뵙고 싶다 청했습니다."

"몰랐겠지만 서검, 내가 의원님하고 꽤나 막역하게 지내. 겉으로 드러낼 일은 아니라 쉬쉬했지만 의원님은 아주 오래전부터 알고 지냈어. 행여나 오해할까 봐 하는 얘기야."

잡힌 손이 위아래로 흔들리건 말건, 이곳저곳에서 상황을 설명하기 바쁘건 말건 지환은 말없이 백인호를 바라보았다. 아무리 웃고 악수를 청해도 차가움을 온몸으로 뿜어내니 백인호 의원은 힐끔, 지검장을 바라보았다.

지환은 찰나에 손을 뺐다. 할 수 있는 최선의 정중함을 담아 뿌리치고 싶은 충동을 억지로 눌렀다.

"제가 상상도 못 한 분이 계신 터에 잠시 놀라서, 결례했습니다."

……그러곤 웃었다.

"아, 아아. 하하하, 네. 이해합니다, 검사님."

"서지환입니다."

지환은 조금 머리를 숙인 인사로 묵례했다. 도리가 없었다.

"네. 서지환 검사님. 다시 한 번 인사드리겠습니다. 백인호입니다."

마음대로 할 수 있는 일이란, 세상에 그리 많지 않았다.

"자자, 통성명 끝났으면 앉읍시다. 의원님도 앉으시고 서검, 앉아."

지검장이 한시름 놓았다는 표정으로 손짓을 한다. 백인호 의원은 표정을 풀었지만 어딘가 날이 서 있음이 분명한 지환에게 시선

을 고정했다. 서로는 서로에 대해 많은 것을 알았고,

"앉으시죠, 검사님."

많은 것을 몰랐다.

· · · ✦ ✦ ✦ ✦ · · ·

"하리야, 이거 줄까? 이거 가져가서 하리가 읽을래?"

"할아버지, 할아버지가 읽던 책을 하리가 어떻게 읽어요. 절반 이상이 한자잖아요."

"그럼 하리야. 이거 먹을래? 이거 줄까?"

"할아버지, 아무거나 먹이면 안 된다니까요. 더욱이나 홍삼 절편은 하리한테 써요."

"그래? 그런가? 그럼 하리야, 뭐 줄까. 응? 뭐가 가지고 싶으냐?"

"헤헤."

희원은 하리를 데리고 부모님 댁을 찾았다. 하리를 봐주고 있다고 하니 아이가 궁금했는지, 부모님은 며칠 전부터 집에 오라 성화였다.

그런데 웬걸. 막상 하리를 데려오니 제일 안달복달하는 쪽은 다름 아닌 할아버지였다. 하리는 객관적으로 봐도 사랑스럽게 생기기도 했거니와, 시종일관 웃는 얼굴로 붙임성이 좋으니 어른들의 애간장이 녹아날 수밖에 없다. 하리는 부모님 집에 오자마자 이 집 안의 스타가 되었다.

"서 서방 형 되는 사람이 교수라고?"

"네. 대학 교수님이요. 형님도 교수님이고."

"세상에, 이걸 두고 눈에 밟혀서 어찌 생활하고 있을꼬? 하리야. 부모님 안 보고 싶으냐?"

할아버지는 바라만 봐도 하리가 닳을 것 같은 근심을 담고 물었다. 군이 부모님 이야기를 꺼내야 하나, 희원은 약간의 걱정을 담은 시선으로 하리를 바라보았다. 하리는 고개를 번쩍 들며 권 선생을 똘망똘망하게 바라보았다.

"우리 엄마 아빠는여, 하리가 이케 이케 열 밤, 열 밤, 열 밤, 자면 온댔어여. 그리고 엄마 아빠는여, 훌륭한 사람들을 어, 어, 만들기 위해서 어, 멋찐 일 한다고 했어여."

"허, 애 똑똑한 것 좀 봐라. 희원아."

"할아버지, 혈압 조심하세요. 애가 너무 귀엽다고 갑자기 심장 막 뛰면 안 돼요."

권 선생이 심장 부근을 부여잡자 희원이 염려된다는 듯 농담 반, 진담 반의 이야기를 했다.

다 커버린 어른들끼리 사는 집에 아이 물건이 있을 리가 있겠나. 당장 인형의 집을 사 오겠다며 아버지는 마트로 떠난 지 30분째, 엄마는 아이가 먹을 것을 만들어보겠다며 주방에서 나올 생각을 하지 않는다.

아이가 중심이 되어버린 집의 풍경. 희원은 할아버지를 응시했다.

"하리야, 멍멍이 좋아하냐? 멍멍이. 저기 너보다 나이 많은 멍멍이가 있는데."

"몽몽이?"

"응. 멍멍이. 보러 갈래?"

"몽몽이 무러여?"

"안 물어. 물면 큰일 나지. 할애비가 옆에 있으니 괜찮다. 뒤에서 구경만 해라."

"헤헤. 네에. 몽몽이 좋아여."

하리에게 뭐라도 해주고 싶은지 이번엔 뒤뜰로 나가시겠단다. 할아버지에게 저런 표정이 다 있었나 싶은 희원은 할아버지의 상냥함에 헛웃음을 흘리고 말았다. 매일 밤 통금 전쟁을 치르며 무섭고 살벌했던 할아버지는, 저토록 웃음이 많은 분이었나.

"네 할아버지가 좋으신 모양이야."

아이를 데리고 강아지 곁으로 간 할아버지를 바라보며 엄마는 곁으로 다가왔다. 희원은 슬쩍 고개를 돌려 엄마를 바라보았다.

"하리가 예쁘긴 하지. 얼마나 착한지 몰라. 한번 울지도 않고."

"얘, 저 나이에 안 우는 게 칭찬 아니야. 어린것이 속이 너무 깊은 건 다 사연이 있는 거지."

"그런가? 그런 생각은 못 해봤네."

"엄마 아빠가 바빠 남의 손에 자주 맡겨지니 애가 떼 안 쓰려고 노력하는 거야. 너도 그랬어."

"……저도요?"

희원은 의외라는 듯 되물었다. 유년 시절에 대한 대부분의 기억은 단편적인 것들이라 그 시절 자신이 어떠했는지 알 길이 없다. 엄마는 회상하듯 말했다.

"네 아버지 매일 지방 공연 다니시고, 나는 그때 네 외할아버지가 편찮으셔서 매일 거기 신경 쓰느라 정신없었지. 아버님도 그땐 바쁘셨고, 너 하나 돌보기가 그렇게 힘들더라."

"아…… 그랬나……. 기억이 안 나네."

"니가 얼마나 착했는데. 안 우는 게 대견하다, 대견하다 했지. 그런데 살다 보니까 그게 아니더라."

엄마는 그때의 내게 미안하다고 했다. 먹고살아야 하는 일이 급해서, 너는 조용히 잘 자라주어서. 그때엔 그것이 최선이라 여겼는데,

"너 어릴 때 꼭 닮았다. 애기가 아주 이쁘네."

미안함은 어쩐지 날이 갈수록 커지더라고.

엄마는 저 작은 아이에게서 과거 딸아이를 투영하듯 중얼거렸다. 너도 저만한 때가 있었는데. 지나면 다시 오지 않을 시간임을 알면서도 그때의 엄마는 왜 그렇게 네가 빨리 커주길 바랐을까.

"엄마, 있잖아. 나 궁금한 게 있어."

"뭔데."

"엄마는 아빠가 왜 좋았어? 선봐서 결혼했다며. 언제부터 좋았어?"

"……엄마? 너 낳고 키우면서 그냥 산 거지 뭘 좋긴 좋니?"

"그러니까, 처음부터 좋아서 결혼한 건 아니라는 거네. 그렇지?"

"그런 게 어디 있어, 그 시절에. 그냥 어른들이 하라니 결혼하는 거고 얼굴이나 보고 차나 마시고 날 잡아서 결혼한 거지. 그땐 다 그랬어."

"그럼 엄마, 살다 보니까 그냥 다, 전부 다 해결이 돼?"

엄마가 답 대신 물끄러미 바라본다. 희원은 먼발치 허리를 바라보며 이어 물었다.

"언젠간 좋아져? 한쪽이 끊임없이 노력하고 노력하면 그냥 그렇게 같이 늙어갈 수 있는 거야? 한쪽의 노력만으로 돼?"

"무슨 일 있어? 서 서방하고 너?"

"일은요, 무슨. 그냥 좀 궁금해서."

그 사람이 나를 사랑하지 않아도, 나만 그 사람을 사랑하면 이 결혼 문제없을까요? 그렇게 살면 될까 궁금해서. 그렇게 살아도 되는 건가, 자신이 없어서요.

"결혼한 지 얼마 안 돼서 어느 날 네 아빠가 그러더라."

엄마는 눈길에 과거를 담았다.

"갑자기 결혼하고 시댁으로 들어오고, 엄한 시부모님 모시고 살면서 내가 적응을 못 하는 게 보였는지, 미안했던 모양이야."

"아빠가 뭐라고 했는데?"

"이런 결혼을 하게 해서 미안하다고. 나라도 잘할 테니 살면서 지켜봐달라고."

"아빠가?"

믿기질 않는다. 그 뚱하고 무심한 분의 입에서 그런 말이 나오다니.

"그래. 그러더라. 당신 마음이 열릴 때까지 기다리겠다고. 네 아빠가 그랬어. 실제로 기다려줬고. 그렇게 어영부영 살다 보니 언제 마음이 열렸는지도 모르게 열렸더라고."

열릴 때까지, 기다린다.

"희원아, 살다 보면 둘밖에 없어. 누가 조금 더 사랑하고 덜 사랑하는, 그런 게 지금은 중요한지 몰라도 살다 보면 그런 것만도 아니야. 사람 마음이란 역전 당하기도 하고, 기습 당하기도 하니까."

역전…… 그리고 기습.

"싸우지 말아라. 어지간하면 이해하고 용서하고, 서로 가슴에 못 박는 말은 애당초 하지 말고. 그렇게 살다 보면 저 몸이 내 몸 같고, 내 몸이 저 몸 같고, 그렇게 되는 거야."

"엄마. 있잖아."

희원은 별이 내리는 것만 같은 뜰에 서서 엄마의 손을 붙잡았다.

"나, 지환 씨가 좋아."

"그래. 누가 뭐라니?"

"아니. 그게 아니라, 너무 좋아."

"얘 좀 봐. 결혼하더니 세상에 애가 이렇게 바뀌네."

"그러게요. 내가 이렇게 바뀌네. 나도 이럴 줄은 몰랐네."

희원은 엄마를 흘깃 바라보며 너털웃음을 흘렸다. 엄마는 느닷없는 딸아이의 심경 고백이 이상한지 고개를 갸우뚱했다.

"행복하면 됐어. 지금이 행복한 줄 알면 잘 지켜나가고. 잘 꾸려나가고."

"……네, 엄마."

희원은 중얼거리듯 답하며 하리에게 시선을 돌렸다.

이 순간, 그 사람이 못 견디게 보고 싶어졌다. 매 순간순간을 함께하고 싶어져, 나는 안달이 났다.

"어머, 얘. 니 아빠 돌아왔나 보다. 하리 선물 뭐 사 왔나 보러 가
보자."

"응. 알았어."

기다리는 법을 배워야 하는 시간이었다.

• • • ♦ ♦ ♦ ♦ • • •

"지검장님, 저는 먼저 가보겠습니다."

백인호 의원이 잠시 통화를 하겠다며 자리를 비운 사이, 지환은
지검장에게 가보겠다 말을 했다.

"어허, 손님 모셔놓고 그게 웬 실례고 허물이야. 먼저 가겠다니."

"제가 있을 만한 자리는 아닌 것 같은데요."

"자네가 있을 자리야. 그러니 불렀고. 부른 데엔 다 그만한 이유
가 있는 거고."

"이유, 잘 모르겠습니다."

"곧 알게 될 거야. 그리고 백 의원 얼굴 잘 익혀둬. 어떤 사람인
지 몰라서 이래? 나 원."

"죄송합니다. 어떤 사람인지 알지만 그게 저와는 관계가 없
을……."

"어허, 앉아. 뭐 하는 거야 지금."

지환이 일어서려 하자 지검장은 지환의 손목을 잡았다. 회유가
되지 않을 땐 명령이 튀어나온다. 지환은 붙잡힌 자신의 손목을 보
다가 다시 앉았다.

사내 셋이 모여 식사를 한들 다정할 리 없다. 상대가 다정하게 군다 한들 받아줄 수 있을 리도 없다.

지환은 입술을 꾹 깨물었다. 백인호 의원을 금괴 밀수 사건 관련자로 수사 선상에 놓은 지 얼마 안 된 지금, 이러한 자리는 무척이나 위험했다. 수사 종결 지시를 받은 마당에 그런 것을 함부로 입밖에 꺼낼 수 없었다.

신중해야 했다. 이곳에 자신을 부른 이유가 그런 것들에 속해 있을 수 있으므로.

"죄송합니다. 전화가 와서."

다시 문이 열리며 백인호 의원이 들어선다. 지검장은 괜찮다며 크게 웃었다. 오늘의 지검장은 무엇이건 과장되었고, 과격한 웃음을 내보였다.

"검사님, 식사 도중 실례했습니다."

"아닙니다. 괜찮습니다."

백인호 의원은 휴대폰을 주머니에 넣으며 빈 잔에 술을 따랐다. 그러며 입을 열었다.

"와이프한테 전화가 왔지 뭡니까."

지환은 숨쉬기를 멈췄다.

"때마침 근처를 지나고 있다고 해서, 이쪽으로 오라고 했는데 괜찮으시겠습니까?"

……바닥이 갈라진다.

지환은 당황함이 섞인 시선을 들었다. 지검장의 호방한 음성이 물에 잠긴 것처럼 아득하다.

"아, 괜찮고 말고가 어디 있겠습니까! 사모님께서 오셔주시면 감사하죠! 뵌 지도 오래되었고, 제가 또 사모님의 팬이었지 않겠습니까?"

"하하, 그러십니까? 제 아내가 이야기를 들으면 좋아하겠습니다."

"서검, 알지? 강희주 사모님. 알지? 알 거 아냐."

"죄송합니다. 저는 이만 가보도록 하겠습니다."

"어어, 서검! 서검!"

지검장이 강하게 부르건 말건, 백인호 의원이 당황했다는 듯 바라보건 말건 그는 거침없이 일어났다. 때마침 문이 열린다.

"어어, 바로 왔네. 들어와."

백인호 의원은 뒤를 돌아보며 등장인을 향해 들어오라 손짓했다. 문은 허락 없이 열렸고, 그곳엔 영영 보고 싶지 않은 그녀가 서 있었다.

지환은 눈을 질끈 감았다. 숨소리마저 끊긴, 적막이 맴돌았다.

· · · ✦ ✦ ✦ ✦ ✦ · · ·

그녀가 열린 문틈으로 바라보기엔 다소 시린 광경이 펼쳐진다.

중요한 접대를 해야 하니 와서 분위기를 편안하게 만들라는 남편의 부름을 받고, 희주는 오래전부터 이 앞에서 대기를 하고 있었다. 자신의 인지도를 이용하여 분위기를 쇄신해야 할 때 남편이 주로 쓰는 방식이었기에 별생각을 하지 못한 채 이곳까지 걸음했다.

계산된 연출이었고 경험치도 어느 정도 쌓여 긴장감 없는 등장이었다. 그런데, 다름 아닌 그가 서 있다.

"뭐 해, 어서 들어오지 않고."

남편의 음성이 공기 중에 소각된다. 희주는 자리에 우뚝 선 채 지환을 바라보았다. 순식간에 눈두덩이 뜨거워 오고, 두 다리는 버티기 어려울 정도로 떨려왔다.

당신이, 당신이 왜 여기에.

"어허, 사람 참. 빨리 들어와. 어서."

멈춘 아내의 행동이 마음에 들지 않았는지 백인호 의원은 일어섰다. 밖에서는 한없이 자상하고 따뜻한 남편의 모습.

백인호 의원은 그녀가 안으로 들어올 수 있게 걸음을 도왔다. 서둘러 문을 닫았고 두 사람은 그렇게 같은 공간에 서서 예고 없는 재회를 했다. 희주는 믿을 수 없다는 듯 그를 바라보았다.

"제 집사람입니다. 아직 식전이라기에 밥이나 먹고 가라고 불렀습니다."

그러다가 고개를 떨구었다.

"사모님! 안녕하십니까! 저 기억하십니까? 윤명국입니다."

"당신, 기억나지. 윤명국 지검장님."

"아…… 네. 안녕하세요."

"하하, 사모님을 이렇게 또 뵙다니요. 잘 오셨습니다. 아주 잘 오셨어요. 어쩜 갈수록 더 아름다워지십니다."

백인호 의원은 그녀를 가까이 끌었다.

"이쪽, 당신 어서 인사드려. 서울중앙지검 서지환 검사님."

심장에 못이 박힌다. 터질 것처럼 거센 통증이 연달아 밀려들며 숨을 막아선다.

입을 열면 뜨거움이 쏟아질 것 같아서, 희주는 연신 입술만 사리 문 채 바닥을 내려다보았다. 무겁게 매달린 눈물을 지우는 일만도 버거워 그녀는 마른침만 연신 삼켰다.

"뭐 해, 인사 올리라니까."

그리워 한 번쯤 보고 싶다던 나의 바람이, 비로소 이루어진다. 남편의 옆에서. 남편의 손님으로 당신을.

"아…… 안……녕……하……."

"안녕하십니까."

목소리는 허락 없이 갈라지고, 그녀의 마음처럼 시원하게 인사 가 나오지 않을 때,

깔끔하게 암묵적인 관계를 정리한 건 지환이었다. 그는 그녀를 바로 응시하며 눈빛으로 태연히 요구했다.

"서지환입니다."

……고개 들어. 어깨 펴고 시선에 힘주며 당당하게 굴어.

편안하게 대해. 차라리 미친 척 웃어넘기고 말아. 너와 나의 이 야기는 이미 세상에 없고, 따라서 너와 나는 어떤 의미도 남지 않 았으니까.

"처음 뵙겠습니다, 사모님."

외워둬. 우리는 처음부터 존재하지 않았던 이야기. 사랑한 적 없 었던, 사이라고.

* * * ◆ ◆ ◆ * * *

"왜 이렇게 잠이 안 와······."

흠, 하리와 함께 집으로 돌아온 희원은 휴대폰을 만지작거리다가 중얼거렸다. 중간에 연락을 주겠다던 그는 생각보다 일찍 전화를 주었다.

일이 좀 생겨서 오늘 못 들어갈 것 같습니다. 기다리지 말고 먼저 자요.

그는 일이 생겨서 집에 돌아올 수 없다고 말했다. 늦을 것 같으니 자신의 오피스텔로 가거나 사무실로 가겠다고.

"그냥 늦어도 괜찮으니까 오라고 할걸 그랬나······."

알겠다는 말밖에 할 수 없었던 조금 전을 끊임없이 회상하며 희원은 착잡한 표정을 지었다. 의미 없는 포털 사이트만 뒤적거리다가, SNS에 들어가 남이 살아가는 인생이나 들춰보다가,

"이제······ 얼마 안 남았네······."

지환이 이 집을 나가는 날이 얼마 남지 않았음을 상기했다. 곧 있으면 수능이 시작될 것이고, 하리는 부모님의 곁으로 돌아갈 것이다.

그도 떠나겠지. 서로 가족의 특별한 날에나 그 얼굴 바라볼 수 있을 것이다.

"차라리 잘된 건가, 얼굴을 안 보면 좀 낫지 싶은데······."

그렇잖아. 예고 없이 이 마음 시작했으니까 또 어느 날 예고 없이 사라질 수도 있는 거지. 내가 그 사람을 언제까지고 좋아할 수

있는 건지, 그것도 자신할 수는 없으니까. 변덕스러운 성격에 내일 아침 식어버린 마음을 깨달을 수도, 있는 거니까.

"나도 내 마음을 못 믿겠다. 못 믿겠어⋯⋯."

하유⋯⋯. 희원은 휴대폰을 침대에 아무렇게나 던지며 엎드린 채로 베개에 고개를 묻었다. 그에게선 더 이상 연락이 오질 않고, 아직도 일이 끝나지 않았냐는 질문은 뱉어내기에 너무나 어렵고 힘들다. 괜한 간섭으로 여겨질까 봐.

"에효⋯⋯. 잠이나 자자⋯⋯. 잠이나⋯⋯."

이젠 그가 없는 이 침실마저 휑하게 여겨진다. 침대 아래 그의 숨소리가 들리지 않는 적막이 못 견디게 외로웠다. 영영 돌아오지 않을 것도 아닌데, 당장 내일 아침 그를 사랑하고 있을지 아닐지도 모른다고 했으면서.

사람의 마음이란 이 얼마나 간사한가.

"숭모. 숭모오."

"아, 하리야!"

그때였다. 차 안에서 내내 자면서 돌아온 하리가 깼는지 방으로 찾아왔다. 넋 놓고 엎드려 있던 희원은 벌떡 일어나 하리에게 다가 갔다. 아이의 얼굴은 영 울상이다.

"왜 그래, 하리야 울었어?"

"힝, 숭모오. 하리 무서워여."

"꿈꿨구나. 그렇지?"

자다가 꿈에 놀랐는지 아이의 눈가에 눈물이 번질거린다. 희원 은 하리를 품에 꼭 안고 머리를 한참이나 쓰다듬었다. 얼마나 아이가 놀라 달려왔는지 늘 안고 있는 곰 인형도 가지고 오질 않았다.

"하리, 오늘 숙모랑 같이 잘래?"

"웅. 하리 숭모랑 있을래여."

"그럼 하늘이 데리고 와서 코 자자."

희원은 아이의 인형을 챙겨 가지고 와 하리를 눕혔다. 침대 끄트머리에 누워 발을 침대 밖으로 내어놓고 자는 버릇이 있는 아이는 희원의 침대에 올라와 희원의 오른편에 누웠다. 어지간히 놀란 듯 훌쩍훌쩍 하며 잔숨을 내뱉었다.

"코오, 자자. 괜찮아. 숙모가 하리 괴롭히는 나쁜 꿈 쫓아내줄게."

수면등을 은은하게 켜놓고 희원은 하리의 팔을 어루만졌다. 큰 소리로 울어도 할 말이 없는데, 아이는 내면에서 해결할 수 있는 것의 이상을 해결하려 들었다. 크게 울지 않았고, 빨리 그치려고 했다.

"울고 싶을 때는 울어도 돼, 하리야. 괜찮아."

"하리능 안 울어여. 울면 아기라고 했어여. 하리는 아기 아니에요."

"어른들도 울어. 숙모도 가끔은 엉엉 우는걸?"

"으응? 울어? 숭모?"

아이가 눈을 동그랗게 뜨고 바라본다. 희원은 멋쩍게 웃으며 아이의 팔을 계속해서 쓸어내렸다. 잠이 오는지 아이의 눈이 점점 감기고, 곰 인형을 잡고 있던 팔에 힘이 빠진다.

희원은 아이가 깊게 잠들 때까지 시선을 떼지 않았다. 그러다가 중얼거렸다.

"에휴. 내가 하리보다 철이 없다, 어떻게 된 게 하리보다 철이 없어."

나는 언제까지 잘 참을 수 있을까. 잘 참았다고 스스로 칭찬할 수 있는 날이, 오긴 올까?

그래서 우리는,

"잘 자……. 우리 하리……."

시간이 흐르면, 어떻게 될까.

· ◆ ◆ ◆ ◆ ◆ ◆ ◆ ◆ ·

숨만 내쉬어도 어색함이 흐르는 시간. 희주는 남편의 곁에 앉아 불안한 시선 처리를 했다.

분위기를 부드럽게 만들어보라 불렀더니 외려 딱딱한 표정으로 분위기를 삭막하게 만들고 있다. 백인호 의원은 아내를 곁눈질로 바라보았다. 어딘가 모르게 주눅이 들어 있는 아내를 보다가 의식적으로 그녀의 등을 쓸었다. 화들짝 놀란 희주는 고개를 들었고,

"당신, 오늘 밖에서 무슨 일 있었어? 표정이 왜 그래."

지환은 고개를 반대편으로 돌렸다.

"아, 아뇨! 아뇨 그게 아니라! 속이 좀 안 좋아서! 죄송합니다! 죄송합니다!"

희주는 여러 가지 따질 사이도 없이 연거푸 사과를 했다. 백인호 의원은 그런 희주의 격한 반응에 미간을 슬며시 좁혔다. 아니 근데 이 여자가 미쳤나.

"사모님. 속이 얼마나 안 좋으신 건가요? 몸이 안 좋으신 것 같아 보이긴 했습니다. 괜찮으십니까?"

"아…… 네. 좀 나아지고 있어요. 심려 끼쳐 죄송합니다. 지검장님."

남편의 일그러지는 얼굴에 잠시 놓았던 정신을 챙긴 희주가 지검장을 향해 목례했다. 긴장한 손에 식은땀이 흥건하고, 바닥이 하늘로 올라가는 것처럼 멀미는 끊임없이 일었다.

"서검, 자네도 강 사모님 알지? 유명하셨잖아."

말이 끊기자 대번 지환에게 질문이 돌아온다. 지환은 물컵을 들어 홀짝, 물을 삼켰다.

"사모님, 그때 인기 참 대단하셨습니다. 데뷔하신 지 얼마 지나지도 않아서 톱스타 자리를 거머쥐셨지요? CF가 몇 개였더라……."

"제 아내가 그렇게 유명한 줄 사실 결혼 전엔 몰랐습니다. 알고 보니 대단했다고 하더군요."

백 의원이 너털웃음을 흘리며 말을 하자 희주는 상 아래로 손을 말아 쥐었다. 그녀가 단숨에 올라갔던 그 자리는 백인호, 그가 올린 자리. 따라서 그가 모를 리 없는 일.

지환은 어느덧 빈 물컵에 다시 물을 따랐다. 지검장은 곁에서 지환의 팔을 툭툭 쳤다.

"서검, 사모님 몰라? 대한민국 남자 중에 사모님 팬 아니었던 사람도 있어?"

"압니다."

그는 물컵을 내렸다.

"TV에서 봤던 기억이 있습니다."

미치지 않고 이 자리를 버틸 수 있을까, 희주는 그런 생각이 들었다.

"실제가 더 미인이시지? 나는 처음에 사모님을 뵙고 아주 깜짝 놀랐다니까."

"미인이십니다."

"……."

"실제로 뵙고 보니 더."

지환은 생기가 없는 음성으로 기계처럼 답했다. 백인호 의원은 지환의 빈 잔에 술을 채웠고, 윤명국 지검장은 말꼬리를 이어 분위기를 띄워보려고 갖은 애를 썼다.

"부럽습니다, 의원님. 우리 백 의원님이 대단한 애처가라고 소문이 자자한데 그럴 수밖에 없겠습니다. 허허허허."

"부끄럽지만 인정하겠습니다. 그럴 수밖에 없지요. 아내가 흠잡을 곳이 없다 보니."

백 의원은 다시 희주의 어깨를 쓸어내렸다. 남편의 손끝이 스치는 자리마다 소름이 끼쳐 올라 희주는 입술을 굳게 닫았다.

이윽고 희주의 식사가 나오고, 본격적으로 자리가 시작되는 것처럼 여겨질 때쯤 지환은 다시 일어섰다. 세 번째 탈출 시도다.

"이만 가보겠습니다. 제가 이 자리에 어울리지 않는다는 생각을 지울 수가 없어서요."

"하…… 서검, 진짜 이러기야? 내 입장도 좀 생각해줘야지 말이야. 내가 의원님 앞에서 어떻게 되겠어?"

"미리 알았다면 오지 않았을 겁니다. 지금도 갈 때가 늦은 것 같고 말입니다."

지환은 재킷 단추를 잠갔다. 바로 서서 백 의원을 내려다보았다.

"실례가 많았습니다. 다시 볼 일이 있을 것도 같은데, 그럴 상황이 온다면 그때 다시 뵙죠."

……출두.

"검사님, 이렇게 가시면 섭섭합니다. 이제 막 이야기를 좀 나눌까 했는데 말입니다."

백 의원이 분노로 쌓인 속내를 감추며 인자하게 웃자 지환은 건조한 눈만 감았다가 떴다.

"나눌 이야기가 있다면 장소는 여기가 아닐 겁니다. 만나 뵙는 일 없기를 바라겠습니다."

지환은 희주에게 시선을 옮겼다. 그러곤 들으라는 듯 말했다.

"의원님께서 사모님을 챙기시는 걸 보니 저도 집에 있는 아내 생각이 나서요."

최악의 하루가 지난다.

"지금 아내가 혼자 있어서 빨리 가봐야겠습니다. 저도 의원님 못지않은 애처가라서요."

"이봐, 서검. 서……."

"지검장님. 따로 하실 말씀 있으시면 내일 듣겠습니다. 그럼 이만."

지환은 자리를 나섰다. 걸음을 옮기는 지금 그의 표정은, 누구라도 다가와 말을 건다면 눈빛으로 베어버릴 것 같았다. 그렇게 차가운 표정은 실로 오랜만이었다.

· · · ◆◆◆◆ · · ·

희원은 습관처럼 휴대폰을 바라보며 시간을 확인했다. 깊은 잠을 청하지 못한 채 자다 깨다를 반복하다 보니 어느덧 새벽이 되었다. 무서웠던 꿈 자락에 뒤척이던 하리도 편안해진 숨을 내쉬고,

삑— 삑— 삑— 삑—

느리고 힘겨운 기계음이 들렸다.

삐용-삐용-삐용-삐용—!

희원은 눈을 떴다. 현관문 비밀번호가 일치하지 않아 생긴 경고음이 울려 퍼진다. 하리가 소리에 깨어날까, 희원은 급하게 일어서 침실을 나섰다.

삑, ……삑. 삑.

낮아지고 끊어지며 힘겹게 번호를 누르는 소리가 들린다. 희원은 잰걸음으로 나가 문을 열었다.

"이제 와요? 못 온 다더니, 연락도 없이 지금이 몇 시…….'

어어어! 희원은 무작정 앞으로 고꾸라지는 지환을 붙잡았다.

"지환 씨, 서지환 씨. 괜찮아요?"

아이가 깰까 희원은 최대한 조용하게 그를 부축했다. 그가 답 대신 긴 숨을 한 번 내쉬자 술 냄새가 진동을 한다.

"어후, 술 냄새. 정신 좀 차려봐요. 대체 집까진 어떻게 왔대?"

몸도 가누질 못하고 답도 하질 못한다. 희원은 가까스로 그의 구

두를 벗긴 뒤 갖은 애를 쓰며 부축했다. 헝클어진 타이, 머리, 그리고 반쯤 감긴 눈빛.

"정신 좀 차려봐요. 서지환 씨. 서지환 씨. 일단 지환 씨 방으로 가요."

"택시 좀 부탁합니다. 아내가 기다려서 가야 하는데⋯⋯."

"허."

그 아내⋯⋯ 여기 있네⋯⋯.

희원은 집에 온 줄도 잘 모르는 것 같은 지환의 멘트에 눈썹을 추켜올렸다. 일단 끌고 방으로 들어가야겠다. 더 이상 말을 걸어봐야 의미가 없구나, 판단한 희원은 그를 힘껏 부축했다.

"아아, 권희원 씨."

"그래요. 나 여기 있어요. 정신 좀 들어요?"

"오락가락합니다. 미안해요, 술이 좀 과해서. 끅."

"알면 됐어요. 일단 내일 얘기하고 걸어봐요. 어서."

희원은 원래 지환이 쓰던 그의 방 문을 열었다. 그의 허리를 붙잡고 안겨 가듯 부축하고 있지만 그런 것들이 로맨틱하게 다가올 리 없다. 술 취한 사람을 부축한다는 건, 여러모로 고된 일이다.

"들어와요. 어서 조금만 더⋯⋯. 더⋯⋯."

조금만 더 가면 침대가 있다. 희원은 어떻게든 저기 눕혀볼 요량으로 걸음을 뗐다.

그러자 어느 순간 지환이 멈추더니 버틴다. 희원은 낑낑거리며 그의 허리를 이끌어보지만 역부족이다.

"왜 안 와요. 빨리 와요."

"여기…… 아니잖아."

"뭐가 아녜요. 여기 집 맞아요. 지환 씨 방이고. 누워서 빨리 자야죠."

다시 한 번 끌어보지만 꿈쩍도 하질 않는다. 그는 잠시 후 고개를 들더니 그녀의 침실을 턱 끝으로 가리켰다. 의식이 있는 건지 없는 건지, 그 후로 지환은 빠르게 휘청거렸다.

"어어어! 서지환 씨!"

휘청거리는 그를 부축하다가 그녀도 따라 휘청거렸다. 어지간히 무거워야지, 희원이 그를 끌어안고 간신히 벽에 기댄 채 버티자, 지환은 고개를 떨궜다.

"가자……."

그녀 어깨에 고개를 묻고, 그는 중얼거렸다. 온통 어둠뿐인 그의 방 안에 서서 희원은 온몸으로 기대 오는 그를 지탱했다.

"가자……. 가……."

"응. 가요. 알았어요."

그녀는 그를 이끌고 방문을 나섰고 이어 자신의 침실로 들어섰다. 하리가 쌔근쌔근 자고 있는 침대에 지환을 힘겹게 눕혔다.

"하…… 미치겠네……."

이곳에 눕혀놓으니 세상모르고 곯아떨어진다. 희원은 지환을 내려다보다가 허, 기가 막혀 헛웃음을 토했다.

"어후, 화상. 어후…… 화상……."

연락이 한 통 없다 싶더니 고주망태가 되어 돌아왔다. 연어야? 거꾸로 돌아오게?

"그 상사 되게 못됐네. 남의 집 귀한 남편한테 이렇게 술을 먹였어?"

희원은 중얼거리며 그에게 다가갔다. 조금이라도 편하게 자라고 양말을 벗기고 슈트 재킷을 벗겼다. 와이셔츠를 끌러주고 바지를 내려다보는데 차마 거기까지는 못 하겠다.

"못살겠다, 진짜……."

한쪽엔 하리가 누워 있고 한쪽엔 지환이 누워 있다. 가운데 눕힐 걸, 힘에 부쳐 가장자리에 지환을 눕힌 게 다소 마음에 걸린다.

"그럼 난…… 가운데서 자야 하나……."

조카와 삼촌이 세상모르고 잔다. 저 둘 사이를 갈라놓는 게 최선인가, 희원은 재미난 광경이라도 보듯 한참 들여다보았다.

내일 팔자에도 없는 해장국을 끓이게 생겼다. 이런 게 싫어 결혼하고 싶지 않았던 건데, 자발적으로 시행하게 생겼으니 기절초풍할 노릇이다.

"무슨 일, 있었던 건 아니죠."

어쩐지 자는 모습조차 힘에 겨워 보이는 지환을 바라보다가 그녀는 중얼거렸다. 이토록 흐트러진 모습은 처음이니 마음에 담지 않을 수 없었다. 부디 별일은 아니었으면. 부디 속상한 일이 생긴 건 아니었으면.

희원은 조심히 침대 중심으로 들어가 이불을 끌어당겼다. 지환에게도 잘 덮어주고, 하리에게도 잘 덮어준 그녀는 더 이상 잠이 올 것 같지 않은 시간을 맞이했다. 그와 살결이 닿는, 아주 가까운 간격이었다.

　　　　· · · ◆◆◆◆ · · ·

　　피곤과 숙취가 짓누르는 몸을 뒤척이며 지환은 원치 않는 꿈을
꾼다. 그곳엔 네가 서 있고, 가까웠으며, 달아나려 몸부림치면 칠수
록 더욱 선명하게 들러붙었다.

　　'오빠, 나는 부자가 되었으면 좋겠어. 부자가 되면 나처럼 불우
하게 자란 아이들에게 베풀며 살 거야.'

　　너와 나는 사랑했다. 꿈속, 시절은 그러했다.

　　'스타가 되면 돈 많이 벌겠지? 정말 열심히 해야겠지? 내가 성공
하면 제일 먼저 오빠한테 보답할게. 오빠가 지금의 나를 있게 했으
니까.'

　　특별한 재주 없이 어여쁜 얼굴로 사랑을 받으니, 하루하루 꿈만
같다고 했다. 갑자기 모두가 저를 특별한 사람으로 대해주고 여겨
주니 먹지 않아도 배부르다고 했다. 살아온 인생에 가진 것이 없었
고 유년이 불우했다 보니 갈수록 욕심이 생긴다고, 말했다.

　　'오빠, 지금이 꿈은 아니겠지? 나 지금 꿈꾸는 건 아니겠지? 몰
래카메라 같아. 모두가 짜고 날 속이는 것처럼 이상해.'

　　지환은 미간을 좁히며 반대로 돌아누웠다.

　　어느 한순간에 날개를 달더니 거침없이 날아오르더라. 본인도
믿기지 않는다 말할 만큼 대한민국 곳곳이 너의 얼굴로 치장되더
라. 이러다 질리는 게 아닌가 싶을 만큼, 채널을 돌리면 온통 네가
나와 웃고 있더라.

　　'오빠, 나 그냥 오빠랑 연애한다고 말할까 봐. 거짓말하는 것도

너무 힘들어.'

널 알기에 기뻤고 믿기에 기뻤다. 너만큼 기뻤고, 너만큼 웃었다.

그러다 어느 날 갑자기 끊긴 연락, 바뀌어버린 전화번호, 닿지 않던 소식. 남들만큼도 모르던 너의 이야기, 할 수 있는 거라곤 기다리는 것밖에 없던 때.

'오빠, 나 믿지? 세상 사람 모두가 날 믿지 않아도, 오빠는 나 믿지?'

아무 생각 없이 틀어놓은 TV 속 연예 프로그램 사회자가, 그녀 결혼 소식을 전해왔다.

'믿어줘. 무슨 일이 있어도 날 믿어줘……'

"가라……."

그의 입술 사이로 말이 툭 튀어나온다.

"이제 그만…… 가……."

꾸던 꿈은 그제야 허상이 되어 날아가고, 그는 꿈이 날아가기만을 기다렸다는 듯 눈을 떴다. 그러자 당황함에 눈만 크게 뜨고 있는 희원이 자신을 바라보고 있다. 지환은 느리게 눈을 감았다가 떴다.

"아니, 내가 온 줄은 어떻게 또 알고 가라고……. 서지환 씨가 하도 조용해서 숨은 쉬나 확인하려고 가까이 와본 거거든요."

꿈 사이 고되고 지쳤는지 노력으로 끌어올릴 만한 웃음도 남아 있질 않다. 지환은 민망함에 투덜거리는 희원을 바라보았다. 과도한 음주로 어제의 기억을 상실한 상태인 그는 겨우 나오는 목소리로 물었다.

"내가 어제 이 집으로 왔습니까? 걸어서? 직접?"

"어머, 그럼 제가 끌고 왔을까 봐요? 본인이 왔다구요. 걸어서. 직접."

"침대에서 잤습니까? 바닥에서 안 자고?"

"간단하게 말하면 서지환 씨와 나, 하리, 셋이 전부 이 침대에서 잤어요. 최선이었고, 둘 사이에서 나는 부대꼈고, 힘들었고."

카랑카랑한 그녀 목소리가 귓가에 고이자 기운 없던 얼굴로 피식 헛웃음이 흐른다. 그가 웃자 희원은 힐끔, 그를 바라보며 입술을 열었다.

"무슨 일 있었어요? 엄청 취했던데?"

"그냥, 뭐, 하는 일이 그렇듯이."

"진짜 별일 없었던 거 맞아요? 그렇게까지 만취도 하는구나. 몰랐어요."

"안 합니다. 안 하려고 노력하고. 안 하는 중인데."

"……."

"어제는 그냥 그렇게 됐습니다. 그냥 뭐, 그냥. 그냥 일이 좀."

그냥. 그 시시하고 두루뭉술한 단어를 반복하며 얼버무리는 지환을, 희원은 오래도록 바라보았다.

아닌데. 당신은 무슨 일이 있었던 것만 같은데. 하지만 내가 더 캐묻는다 해도 답을 해주진 않겠죠.

"정말 하나도 기억 안 나요? 이 방에서 자겠다고 막 떼썼잖아요."

"떼를 썼다? 내가 왜?"

"그걸 왜 나한테 물어요. 이 방에서 자겠다고 서지환 씨가 엄청 떼쓰고, 결국 이 좁아터진 침대에서 셋이 자야 했죠."

기억은 전멸하다시피 없어졌다. 하지만 지환은 굳이 떠올리려는 노력도 하지 않았다.

떠올려봐야 아무것도 득이 될 것은 없으리라. 오히려 지워진 어제의 일을 감사해하며, 지환은 다시 눈을 떴다.

"나 때문에 잠 설쳤겠네요. 미안하게."

"이럴 줄 알았다면 나도 어제 술 한잔할걸 그랬어요. 술 냄새에 취하는 건 또 처음이라. 그나저나 집으로 간다고 했잖아요."

"그러게요. 귀소본능을 따르긴 했는데 이리 왔네요. 내 정신 상태가 이곳을 집으로 인식하는 모양입니다."

"……돌아갈 집이 많아서 좋겠네요. 아무 곳이나 가도 집이라서."

희원은 지환의 '귀소본능'이라는 말에 기분이 좋아진다. 몸에게 맡겨진 머리가 자신의 집을 향했다니 마음이 느긋해지는 것이다.

"그래서, 우리는 아무 일도 없었습니까? 한 침대에 있었다며?"

"허. 서지환 씨. 정말로 기억, 안 나요?"

"농담하지 마요. 나 의외로 철벽이니까."

지환이 고개를 돌리며 희원의 질문을 넘겼다. 잠시 지나도 희원의 말이 이어지질 않자 지환은 슬그머니 고개를 돌려 다시 그녀를 바라보았다.

"장난치지 말아요, 권희원 씨. 나 또 의외로 순진합니다. 다 믿어요."

"아…… 서지환 씨는 기억이 나질 않는군요. 그럼 됐어요, 그만 이야기해요."

되…… 되긴 뭐가 돼! 그거 내 얘기잖아!

"이봐요, 권희원 씨. 무, 무슨 소리를 하는 건지……."

"과감하고 능숙했어요. 서지환 씨는."

"……아?"

아? 내가? 제가요?

지환은 눈을 껌뻑껌뻑하다가 부러 되돌리지 않으려 했던 어제 일을 미친 듯이 회상했다. 이미 이 집에 발을 디딘 구간은 아무것도 기억나질 않는데, 되돌려봐야 술집에서 혼자 술이나 마시던 정도나 드문드문 생각날 뿐.

"어…… 권희원 씨. 우리 진지하게 그럼 이야기를, 아니, 일단 미안합니다, 아니, 무조건 미안합니다. 얘기를 좀……."

"와, 이 남자 위험한 사람이네. 요즘 같은 세상에 그런 정신 상태로 사기당하기 십상이라고요. 서지환 씨. 일은 개뿔, 코를 어찌나 골던지!"

"……아오."

아오……. 시환의 입술 사이로 진한 탄식이 흐른다. 희원은 천국과 지옥을 한 큐에 오고 간 사람 같은 지환의 표정을 바라보다가 깔깔 웃음을 터트렸다.

"하리랑 셋이 같이 잤다니까요. 그 말은 어디로 날려버리고 과감하고 능숙하긴, 으휴. 퍽이나."

"욕해도 됩니까? 지금 내가 당신한테 해코지를 해도 천당에 갈 것 같은 기분인데."

"시끄럽고 얼른 씻고 정신이나 차려요! 욕을 하건 해장을 하건 그 이후에 하고요!"

메롱! 희원은 혀를 쏙 내밀고는 주방으로 나섰다. 된통 당했다는 생각이 드는지 지환은 분이 풀리지 않는 목소리로 다시 고개를 들었다.

"진짜 그러다가 한번 호되게 혼나지! 나한테! 아주 과감하고 능숙하게! 진짜로!"

아오……. 지환은 크게 소리치자 골이 흔들리는 통증에 이마를 부여잡았다. 언제가 마지막이었는지 이제는 희미할 정도로, 정말 오랜만에 과음을 했다.

"아아, 머리……."

지환은 무거워진 머리를 내리며 긴 숨을 불어 내쉬었다. 자고 일어나니 마치 어제의 일 같은 건 실로 지독하게 꾼 꿈만 같다.

그래, 꿈. 자고 나면 응당 깨어나야 할 것이며 깨어나고 나면 신기루처럼 사라지고 말 꿈.

"침대 좋네. 푹신하고. 침대 어디에서 샀는지 물어봐야겠다."

내가 사는 지금의 세상에선 조금도 필요하지 않은, 꿈.

＊ ＊ ＊ ◆ ◆ ＊ ＊ ＊

"아, 여보세요? 저…… 광고 보고 전화 드렸는데요."

서울 모처에 사는 평범한 집안의 가장은 몇 날 며칠을 고민하다가 휴대폰을 들었다. 갑작스러운 큰 아이의 병중에 예상하지 못한 거액의 병원비가 발생했다.

가장은 돈이 필요했다. 가장은 내 아이를 살려야 했다. 가장이 필요한 건 돈이 아니라 아이였지만, 아이를 살리기 위해선 돈이 필요했다.

"그…… 돈을 쉽게 벌 수 있다고……."

가장은 아이 병원 앞 편의점에 붙어 있던 자그마한 명함을 내려다보았다.

— 예. 물론이죠. 뭐 어려운 건 없습니다. 혹시 신상에 문제 있거나 그러셔도 다 괜찮아요. 수배 중은 아니시죠? 수배 중엔 출국이 안 돼서.

"아, 아닙니다! 그, 그런 건 아니고 아이 치료비가 급하게 필요해서!"

— 네네. 그냥 근처 가까이 해외여행 간다 생각하시면 됩니다. 좋은 숙소, 좋은 구경거리 다 마련해드리니까, 마음 편안하게.

병원 앞엔 여러 가지 '급전'에 관련된 광고가 많았다. 명함 속 급전을 주겠다는 사람들은 돈이 필요한 자들, 돈을 두고 뭐든 할 준비가 되어 있는 자들을 원했다. 병원은 그러한 이유로 안성맞춤이었다.

"그런데 하나만 여쭤봐도…… 되겠습니까?"

세상에 쉽게 돈을 벌 수 있는 일은 없다. 가장은 그것을 너무나 잘 알고 있다. 부부가 온종일 녹아나며 일을 해도 겨우 한 달이나 살아갈 뿐 이렇듯, 갑자기 터진 일 앞엔 속수무책이었으니까.

가장은 하루살이가 아닌 한 달 살이였다. 이젠 그마저도 힘들어졌다.

"혹시 위험한 일이라거나…… 불법이라거나…… 뭐…… 그런……."

— …….

"그러니까 그게, 어…… 요즘 뉴스 보면 별일이 다 있던데…….
보이스피싱 같은 걸 한다거나……. 아니면 그…… 제가 좀 위험해
진다거나 하는……."

— 저기요, 선생님.

상대방은 가장을 불렀다. 이런 질문엔 이골이 났다는 것처럼 염
증이 묻어나는 음성이었다.

— 불법이면 어떻고 보이스피싱이면 어떻습니까? 아이 치료비
하셔야 한다면서요. 선생님 지금부터 뼈 빠져라 24시간 365일 일
해도 이 돈 못 벌어요.

상대방은 가소롭다는 것처럼 음성 안에 웃음을 실었다. 가장은
듣는 것 외엔 아무런 답도 하지 못했다.

— 보이스피싱 하러 가는 거 아니고 신체에 위험한 일 아니니까
걱정 마시고, 하나만 기억하세요. 이 뭣 같은 나라에서 법 지키고
살아봤자 나라는 내 새끼 안 살려줍디다. 생각 있으면 또 연락 주
시고요.

"아, 아! 저! 저 하겠습니다! 할게요!"

가장은 준비가 되었다. 아니, 어쩌면 질문을 할 때부터 이미 알
고 있었다. 불법이라는 답을 들어보았자 변하는 건 없을 거란 걸.

아이를 살려야 하는 가장의 목소리에서 절박함을 깨달은 상대방
은 경계를 다소 누그러뜨렸다. 이 바닥에 잔뼈가 굵은 상대방은 전
화를 걸어온 자들의 음성만으로 실제 돈이 필요한 사람인지 아닌

지를 구분했다.

― 저는 일단 중간에서 알선만 해드리는 거라 따로 연락이 또 갈 거예요. 지금처럼 통화는 어려울 거고 메시지가 갈 겁니다.

"아, 네."

상대방은 확신했다. 가장은 일에 가담할 것이란 걸.

― 궁금하신 건 거기에 물어보시면 되고, 몇 가지 준비하실 것들이 있으니 그것도 그때 들으세요.

가장은 전화를 끊었다. 발아래에 이미 수북하게 쌓인 담배꽁초를 바라보다가 다시금 한 개비를 꺼내 물었다. 그러곤 입술이 버석버석하게 말라 들어가고 있을 아내에게 빠르게 전화를 걸었다.

……가장은 잘못된 경로로 돈을 벌어 부자가 되고 싶은 게 아니었다. 호화로운 생활을 영위하고 싶은 것도 아니었다.

"여보세요? 나야, 여보. 그…… 돈이 해결될 것 같아."

나의 자식을 살리고 싶었다.

"그래그래, 걱정 말고. 자세한 이야기는 집에 가서 할게. 어디서 구하긴, 다 구할 곳이 있었지. 아아, 그래그래. 이따가 보자."

단지 그것뿐이었다.

· ✦ · ✦ ✦ ✦ ✦ · ✦ ·

의원실에 앉아 있는 백인호 의원은 자신의 오른팔 사내와 대화를 나누고 있다. 사내는 백인호 앞에 장부를 내려놓았다.

"조합장들에게 이번 달 총합 12억 정도 넣었습니다. 다음 달에 있을 지지도 조사에 아마 큰 힘이 될 겁니다."

"그거 가지고 되겠어? 더 넣었어야지. 돈 앞에 장사 없는 거야. 선거 전까지 팍팍 뿌려."

"예. 의원님. 더 챙기도록 하겠습니다."

"여론조사 기관은, 섭외했어?"

"예. 착수 중입니다."

"차질 없게 해. 아무것도 틀어지면 안 돼. 알겠어?"

"예. 의원님."

백인호는 안경을 벗고 미간을 문질렀다. 시장통을 한 바퀴 돌고 왔더니 머리가 지끈지끈하다.

"거지새끼들. 아무리 쳐다봐도 거지새끼들에겐 적응이 안 돼."

"고생 많으셨습니다. 의원님."

"지들이 나라의 주인이다 어쩐다, 그런 개소리를 해대며 사람 하나 바꾸면 지들이 잘 먹고 잘사는 나라가 될 거라 믿으니 평생 빌어먹고 사는 거지."

백인호는 시장에서 만난 상인들을 떠올리며 조소했다. 정기적으로 얼굴을 내밀며 이것저것 살피는 이른바 '정치쇼'를 이어가는 건 단지 그들이 원하기 때문이다. 의원실에 처박혀 수십 개의 안건을 만드는 것보다 훨씬 더 인지도를 높이기 쉽고, 효율적인 일이었다.

"서지환 검사 쪽을 좀 파봐. 건방진 새끼, 감히 나를 두고 먼저 일어나?"

그러다가 지환을 떠올렸다.

"때를 봐서 수사권 없는 적당한 자리로 내보내야겠어. 짖을 줄 아는 것들은 조용한 곳으로 보내야지."

검찰청에 은근한 압력을 넣어서 좌천이라도 시켜야겠다. 검사에게 '수사권'이 사라진 자리는 즉 좌천이었기에. 그러기 위해선 서지환의 모든 것을 알아야 한다. 드러난 이력이 아닌 숨은 이력까지 전부 다.

"사모님께서 요즘 만나고 다니시는 인물 중에 권희원이라고 무용수가 있습니다."

사내가 느닷없이 아내를 언급하자 백인호는 눈썹을 꿈틀거렸다. 희주의 수행 기사는 사사로운 모든 일을 사내에게 매일매일 보고했다.

"그…… 권희원의 남편이 서지환 검사입니다."

"……뭐라고?"

백인호는 고개를 들었다. 사내는 더욱 목소리를 낮추었다.

"사모님께서 요즘 한국무용 쪽에 관심을 보이시고 무용수와 가깝게 지내시는 걸로 보고 받았습니다."

"그래?"

백인호 의원은 잠시 생각에 잠긴 듯했다. 이렇듯 타인에게 보고받지 않으면, 아내가 무얼 하고 사는지 조금의 관심도 없는 사람이었다.

"집사람이 이 사실을 알고 있나?"

"아마 알고 계신 것 같습니다. 일전에 사모님께서 한 차례 권희원 무용수에 대해 보고 받으신 적이 있습니다."

보고를, 받았다. 백인호는 잠시 침묵했다.

이런 상황이라면 지환을 처음 소개해주었던 날 이후로 언질이 있었을 법도 한데, 아내는 그런 말을 일절 하지 않았다. 말할 필요를 못 느꼈나? 아니면,

"캐봐. 일이 조금 더 쉬울 수도 있을 것 같으니까."

······감춰야 했나?

"예. 의원님."

백인호 의원은 사내가 내려놓은 서류철을 펼쳤다. 돈을 받은 자의 이름과 액수가 적힌 종이를 건성으로 읽어대며 백인호는 지환을 떠올렸다.

서지환. 여러모로 기분이 나쁜 자였다.

"뭐가 더 있을 거야. 분명히."

희주가 그의 아내와 친분이 있다는 건 어쩐지 꺼림칙했다. 겹치는 우연 같은 건 반기며 살지 않았으니까.

◆ ◆ ◆ ◆ ◆ ◆ ◆ ◆ ◆

"야, 오랜만이다?"

희원은 연습실에 등장한 구언을 바라보며 어깨를 가볍게 툭 쳤다. 구언은 신발을 갈아 신는 자세 그대로 고개를 올려 희원을 바라보았다.

나풀거리는 그녀 움직임에 은근한 향기가 묻어난다. 코끝에 스며드는 그녀 향이 익숙하고 아찔해서, 구언은 잠시 숨쉬기를 멈췄다.

"공연 잘하고 왔어? 나 동영상 봤어. 해외에선 난리더라."

희원은 평소와 같은 말투로 그를 대했다. 내년 봄까지 이어지는 공연을 마무리하면, 구언과 얽히는 일을 없게 하려고 그녀는 준비했다.

내어놓을 변명은 간단했다. 접점을 없애면 그만이니까. 앞으로는 한국무용에만 집중하겠다고 구언에게 설명할 생각이었다.

"구언아 나 있지, 할 말 있어."

희원이 할 말 있다고 하자 구언의 가슴으로 쿵, 하고 돌이 내려앉는다. 긴장한 눈빛을 들며 어쩔 수 없이 숨을 내쉬니 아직 살아 있는 그녀 향이 코끝으로 깊숙하게 들어온다.

"뭔데. 말해봐."

이렇듯 부드러운 향에는 의외의 가시가 돋아 있어 폐부가 따가웠다.

"공연 봄까지만 하자. 나 이제 한국무용만 하려고."

희원은 돌아서며 구언을 바라보았다. 조금 먼 거리를 유지하며, 그녀는 바닥에 앉았다. 내내 침착함을 유지하려던 구언의 눈빛에 당황함이 서린다.

"할아버지가 싫다고 하시네. 나더러 외도한다나? 명맥을 이어야지 한국무용 두고 한눈판다고, 싫으시대."

"……."

"생각해보니 할아버지 말씀이 맞는 것 같아. 너도 알잖아, 나 할아버지 말씀 거역 안 하는 거."

"나하고…… 있는 게 불편한 거지. 넌."

"아냐. 그런 거 아니야, 구언아."

그런 게 아니야.

희원은 침착하게 설명했다. 예상한 대로 녀석은 변명을 온전히 믿지 않았고, 자신과의 관계가 불편해서 도망치는 거라고 여겼다. 사실이었지만 그렇다 해서 긍정할 수도 없었다. 녀석이, 상처받을 테니까.

"야, 공연 안 한다고 너랑 내가 못 보는 것도 아니고, 뭐 그렇게 받아들이냐? 사람 민망하게."

"공연 아니고서는 다시 못 볼 것 같아서."

"……."

"못 볼 것 같다, 이제 너하고 나. 네가 날 안 볼 테니까."

그날, 그 공연장 대기실에서 마주했던 이후로,

내내 불편했다. 내내 어색했다. 말을 붙이면 붙일수록 그녀는 움츠러들었고, 말을 하지 않으면 하지 않을수록 그녀는 빠른 속도로 멀어져 갔다.

체감했다. 이제 끝이 다가오는 거라고. 구언은 바닥만 내려다보았다.

"그래. 좋은 생각이다. 너하고 나, 이렇게 계속 붙어서 공연하는 것도 사실은 이상한 거지."

마음은 아직 준비가 안 됐는데 현실은 그런 것 따위 받아주질 않는다. 너는 결혼을 했고. 너는 결혼을 했고.

"그렇게 빙빙 돌려 변명하지 않아도 괜찮아. 내가 너를 모르냐? 그냥 시원하게 얘기해, 괜찮아. 권희원."

너는, 결혼을 했고.

"그래, 권희원. 나 좀 시원하게 털어놓을게. 이쯤 되면 나도 다 털어야지. 털지를 못해서 자꾸 미련이 남는 것 같다."

"……."

"내가 너 좋아했다. 그것도 많이."

"구언아."

"결혼 생각이 없다고 해서 사실은 조금 느긋하게 기다렸어. 공연에 폐 끼치고 싶지 않아서, 조금 기다렸다가 고백해야지 하고는."

바라보지 않고 중얼거리니 마치 아무도 없는 공간 속 독백 같다. 구언은 외려 이러한 상황을 다행이라 여겼다.

"너무 네 결혼 소식이 느닷없어서, 놀랐어. 당황했고. 어떤 언질도 없이 갑자기 결혼을 한다고 하니까 내 입장에서는…… 어쩔 수 없이……."

"……."

"진짜, 진짜 노력 많이 했는데 잘 안 되더라. 믿기지도 않고, 실감도 안 나고. 자꾸 질투가 나고 화가 나고. 인정할 수가 없고."

남자의 고백이란 게 이토록 연약하고 가여웠던가. 희원은 그를 말없이 바라보았다.

"나중엔 사랑해서 결혼을 했는지, 그것도 모르겠더라. 그냥 서로가 도피처가 된 건 아닌가. 뭐, 결혼 생각이 없다고 했으니까. 그러다가 갑자기 결혼을 했으니까……."

"맞아. 구언아."

구언은 입을 다물었다.

"나 그 사람, 사랑해서 결혼한 거 아냐."

구언은 천천히 고개를 돌려 희원을 바라보았다. 이 엄청난 고백을 하고 있다는 상황이라기에 그녀는 너무나도 태연한 음성과 눈빛을 했다.

"그 사람도 나 사랑해서 결혼한 거 아니었고."

잠시 침묵이 흘렀다.

"우리 그냥, 그렇게 만나서 결혼했어."

언제고 풀어야 하는 숙제. 희원은 책임을 져야 하는 오늘을 지나고 있었다.

· · ✦✦✦✦ · ·

서로의 숨소리가 메아리처럼 돌고 도는 연습실.

뱉은 말의 무게를 모르는 것처럼 그녀는 편안한 자세로 바닥에 앉아 있다. 구언은 그녀가 툭 던진 말을 곱씹고 곱씹다가 어지럽다는 듯 이마를 짚으며 간신히 입술을 열었다.

"아. 아아, 권희원. 권희원, 그러니까, 그러니까 지금 네 말은."

⋯⋯매일매일 오늘이 궁금했고, 매일매일 오늘을 상상했다. 잠에서 깨어날 때, 잠과 멀어질 때. 잠을 청하기 전에, 잠이 막 들기 시작했을 때, 잠을 자는 중간중간, 결국은 내가 사는 모든 순간,

궁금했어. 막연히 상상했지.

"사랑 없이, 결혼했다고⋯⋯?"

내가 내 마음을 털어놓는 그 순간 너는 무슨 말을, 어떤 표정을, 내게 보여줄까.

"맞아. 그 사람하고 나, 사랑 없이 결혼했어."

"어째서, 아니, 아니, 아, 그래. 어째서? 어째서……?"

상상에 이런 답을 원한 건 아니었다.

"너도 알다시피 우리가 사랑을 할 시간이나 있었나, 없었지. 그냥 어느 날 하늘에서 뚝 떨어지듯이 만났으니까."

바닥이 하늘 위로 오르는 것처럼 어지럽다. 구언은 말아 쥔 주먹으로 이마를 짚으며 짧은 숨을 토했다.

그녀는 지금 구언이 느끼는 모든 감정을 그대로 지켜주었다. 바라보았고, 낮게 말했다.

"나는 탈출구가 필요했어. 그 사람은 나에게 그런 의미였고, 그 사람에게 내가 그런 의미였고."

너도 잘 알잖아.

"결혼이라는 제도만 필요한 점도 닮았으니 그 사람과 내가 선택을 미룰 이유가 없었지. 서로는 서로에게 최상의 파트너였으니까."

"……."

"약속했어. 사랑만 하지 말자고. 우리가 모든 감정을 다 나눠도 사랑만은 하지 말자고."

"미쳤어? 권희원 너, 결혼이 뭔지 몰라?"

"……."

"결혼이 애들 장난이야? 뭐? 사랑을 하지 마? 뭐를 하고 뭐를 안 해? 파트너?"

이번엔 그가 득달같이 화를 낸다.

"미쳐도 정도껏 미쳐야지, 인생까지 내던지며 사랑하지도 않는 사람과 결혼이라니! 이게 말이 돼? 지금 제정신이야?"

"지금 나 제정신 아니야. 구언아."

"뭐, 뭐라고?"

"제정신 아니라고. 제정신일 수가 없다고."

"하…… 진짜 돌아버리겠네…….."

구언은 몸을 이리저리 돌리며 한숨만 푹푹 내쉬었다. 이 엄청난 그녀의 고백을 어떻게 받아들여야 하는지 당장은 혼란스러웠다.

"하나만 묻자, 권희원. 너 지금 나한테 이런 이야기 해주는 이유는 뭐냐?"

서로 죽도록 사랑한다 해도 포기가 될까 말까인데. 행복에 겨워 아무것도 보이지 않는다 해도 돌아설 수 있을까 말까인데. 사랑을 하지 않는다니.

"나한테 거짓말이라도 해야 하는 거 아냐? 모든 가능성을 전부 다 차단해줘야 하는 거 아니……."

"사랑하게 됐어."

"……."

"내가, 그 사람을."

당사자 없는 고백이 민망한지 그녀가 말끝에 희미한 미소를 매단다. 그녀 앞에 서 있는 그의 발끝은 몇 번이고 움찔거리다가 다시금 멈췄다.

"와, 구언아 있잖아, 그 사람이 좋아지더라. 내가 있잖아, 그렇게 되더라."

"……거짓말."

"거짓말이면 좋겠어. 나도."

희원은 진실을 담은 표정으로 구언을 바라보았다.

"내가 이 이야기를 네게 해준 이유는 너의 솔직함에 대한 나의 답이야."

"안 했어도 돼. 안 했어도 충분히 괜……."

"그래. 너의 고백도 할 필요가 없었지. 지금 우리에게 필요한 얘기란 없으니까."

그녀는 무릎을 세워 두 팔 안에 가두고 편안하게 웃었다. 잔뜩 토라진 단짝 친구를 달래는 듯한 시선과 말투로, 희원은 구언에게 말했다.

"내가 네 마음을 밟고 가서 이런 벌을 받는구나 싶어. 그래서 달게 받으려고 노력하는 중이야."

"권희원……."

"이제 여기서 우리가 더 많은 이야기를 섞고 시간을 보내면 안 되겠지? 우리 그렇게 지내면 안 되잖아. 멋진 동료였으니까."

희원은 매듭을 지었다. 마치 떠날 시간이 되었다는 것처럼, 그녀는 자리에서 일어섰다.

"네 바람만큼 내가 행복하지 못해서 미안해. 나는 지금부터 그 사람 마음 잡으러 달려갈 거야. 최선을 다해봐야지."

"이 멍청아……."

"가볼게. 요즘 자존감이 바닥이라 충전이 좀 필요하거든. 먼저 간다."

희원은 가방을 들고 손을 흔들었다. 마치 지금 돌아서면 영영 끝인 사람처럼 모든 행동에 의미가 부여되었다.

"힘들면 찾아와! 권희원!"

구언은 옷자락을 붙잡듯 목청을 높였다. 마른 주먹을 쥐었다. 그
러곤 마음에게 청했다.

……저 발걸음, 따라가지 말자.

"내가 뭐라도! 뭐라도 해줄 수 있는 게 있을 수도 있잖아!"

"말만 들어도 든든하다! 갈게!"

그림자마저 보내주자.

침대로 와요

"양파…… 샀고, 달걀 샀고……. 휴지 샀고……."

희원은 집 앞 마트에 들러 저녁 찬거리를 둘러보고 있었다. 생선이 싱싱해 보이는데 사다가 구워볼까? 두부를 사다가 찌개를 끓일까?

흠. 카트를 끌며 이것저것을 바라보다가 희원은 멈춰 섰다. 그토록 원하던 자유와는 다소 먼 인생. 가족에게 헌납하며 인생을 살아온 엄마 같은 삶은 살지 않으리라, 다짐했던 자신을 떠올렸다.

"나쁘진 않네. 같이 먹을 밥을 준비한다는 게."

부정적이었던 시선이 자신도 모르는 사이 지워졌음에 희원은 피식, 웃었다. 예전의 자신이라면 이런 모습 상상도 하지 못할 일이다.

"호박을 좀 살까……. 저번에 보니까 호박전 잘 먹던데."

희원이 야채 코너에서 이것저것 들여다보는 때였다. 전화가 걸려 와 희원은 휴대폰을 들었다.

"여보세요?"

— 아직 바쁩니까?

지환이다.

"바쁘긴 하죠. 반찬거리 사러 마트 왔거든요."

— 그래요? 집 앞?

"네. 집 앞이요."

희원은 천천히 걸어가며 파프리카를 집어 들었다. 샐러드를 좀 해볼까? 괜찮을 것 같은데?

"서지환 씨는 어디예요? 오늘도 늦어요?"

아스파라거스를 좀 굽고, 그러면 베이컨을……. 내일 아침은 간단하게…….

— 전화 안 했으면 큰일 날 뻔했네요. 장바구니에 담은 것도 어쩌면 이렇게 똑같은지.

"네?"

희원이 고개를 드니 어느덧 지환이 앞에 서 있다. 그녀는 자신의 카트와 마주 댄 그의 카트를 내려다보았다.

"아……."

양파, 달걀, 휴지가 들어 있는 그의 카트를 내려다본 희원은 다시금 천천히 고개를 들었다. 지환은 휴대폰을 내리며 머쓱하게 웃었고, 그녀 또한 천천히 휴대폰을 내렸다.

……하다못해 이런 만남마저 운명처럼 여겨져, 당신은 점점 더 특별해져 간다.

"내 건 제자리에 정리하고 올게요. 여기서 기다려요."

여기서 기다리란 말이 자꾸만 소중하게 들려, 당신은 점점 더 내 안에 자리한다.

그가 돌아서서 카트를 밀며 멀어진다. 희원은 아랫입술을 꾹 깨물며 그의 뒷모습을 바라보았다. 집 앞, 마트, 야채 코너 앞에 서서,

내가 지금 당신을 어떻게 여기고 있는지 다시 한 번 절실하게 실감한다.

"헤어 나올 수가 없겠구나……."

당신이 나를 제자리로 돌려놓을 수 있을까. 내가 당신을 나의 곁으로 데려올 수 있을까.

애석하지만 어떤 순간도 상상이 되지 못했다.

· · · ◆◆◆◆ · · ·

"서지환 씨는 어떤 여자가 좋아요?"

"어떤 여자?"

"이상형은 있을 거 아녜요. 이상형."

함께 식탁에 앉아 희원은 능청스러운 표정을 지었다. 뭐, 궁금해서 물어보는 건 아니고요. 라는 눈빛으로 그의 답을 기다렸다.

"이상형 없는데요."

아, 진짜 이 사람이.

"있었을 거 아녜요. 예전에는 적어도. 어? 뭐, 그러니까 실패 전."

실패 전엔 있었을 거 아니야, 답답한 사람아. 과거형이라도 좋으니까 뭐라도 말해보란 말이에요.

"이상형? 글쎄요, 과거의 이상형이라……."

지환은 젓가락질을 멈췄다. 희원은 무심하게 듣고 있다는 것처럼 분주하게 젓가락을 움직였다.

"일단 코가 예쁘고 눈이 예쁘고. 입술은 붉고."

지환의 시선이 자신에게 닿아 있음을 느낀 희원은 가슴이 두근거려 꿀꺽 밥을 삼키고 말았다.

"긴 머리는 쓸어 넘기면 부드러울 것 같은?"

마치 자신의 이목구비를 뜯어보며 서술하는 것만 같아, 맥박은 요동을 치기 시작했다.

"키는 몇입니까?"

"저요? 165요."

"좋네. 키는 165 정도."

심장이 피를 쥐어짜듯 오그라들었다가 확장한다. 희원은 애먼 눈길만 이리저리 옮기며 젓가락질을 했다. 뭘 먹고 있는지도 사실은 모르겠다.

"자신의 일을 사랑했으면 좋겠고, 열정적이라면 더 좋겠고."

오, 맙소사. 내가 당신의 이상형이야?

"결정적으로 이게 제일 중요한데."

짝사랑 종료, 어쩌면 생각보다 빠르겠는데?

"나를 좋아하지 않는 여자가 이상형입니다."

"아, 진짜."

탁. 희원은 젓가락을 내려놓으며 눈에 쌍심지를 켰다. 농락당하고 있다. 농락당하고 있어.

"말하고 나니 권희원 씨가 내 이상형이네, 이제 보니까."

"됐어요! 별꼴이야, 진짜!"

틀렸어, 이 사람아! 나는 당신을 좋아한다고! 이 눈치 없는 남자야!

으휴. 희원은 입술을 삐죽거리며 나물 반찬을 집었다. 지환은 멀뚱멀뚱 희원을 바라보다가 다시 젓가락을 들었다.

"그러는 권희원 씨는 이상형이 어떤데요?"

"나요? 나는 뭐."

나야말로 당신이 이상형일세. 알아? 아냐고, 이 양반아.

"우리 아빠 같은 사람이 이상형이에요."

"아…… 장인어른……."

지환은 희원의 아버지를 떠올렸다. 뵙기에 굉장히 무뚝뚝하고 무심해 보이시던데. 표현이 풍부하지 않으시고 늘 뒷짐만 지고 계시던데.

취향이 그런 쪽인가……. 츤데레…….

"몰랐네요. 장인어른이 이상형인 줄은."

"우리 아빠는 변하지 않거든요."

희원은 하리의 밥공기 위로 반찬을 챙겨주며 웃었다.

"변하지 않는 것들이 좋아요. 사람도 그렇고, 사물도 그렇고."

"뭔가 낭만이 있는데요. 변하지 않는 것들."

……당신이 그랬으면 좋겠다.

희원은 자신의 말을 곱씹는 지환을 바라보다가 눈썹을 추켜올렸다. 전력을 다해 이 남자를 좋아해볼 생각이지만, 어디서부터 어떻게 시작을 해야 하는지 알 수 없는 지금.

"밥 다 먹었으면 서지환 씨가 먼저 씻어요."

"설거지하겠습니다. 염치도 없이 얻어먹고 나 몰라라 하면 되겠습니까?"

"먼저 씻어요. 뽀득뽀득하게 그릇을 닦고 싶어졌거든요."

다가가도 될까, 가까이 가도 될까, 나는 아직 알 수 없지만. 당신이 내 앞에 마주 앉아 있는 지금의 풍경이 변하지 않았으면 좋겠다. 가급적 오랫동안.

"그래도 설거지는 내가 합니다. 밥을 한 사람이 있으면 뒤처리를 하는 사람도 있어……."

"서지환 씨. 우리 너무 이해타산 생각하며 지내지 말죠."

숨 쉬는 오랫동안.

"너무 남 같잖아요. 그런 건 또 싫으니까요."

"……아."

희원은 어서 일어나라며 손짓했다. 내가 할 수 있는 일이라곤 이런 것들.

"일어나요. 설거지하고 과일 줄게요."

급한 마음 갖지 않으며 조금씩 조금씩, 당신의 세상을 열어가는 것. 나의 마음을 강요하지 말 것. 그가 몰라준대도 당연한 일이니 서운해하지 말 것.

오랫동안 당신과 내가, 함께할 수 있도록.

잘 준비를 마친 희원이 침실 문을 열고 들어서자 지환이 이불을 꺼내고 있다. 희원은 화장대에 앉아 머리를 둘러놓은 수건을 끌렀다.

"바닥에서 자는 거 안 불편해요?"

"군 생활 때 생각나네요. 그때보단 푹신하니 그걸로 버틸 만합니다."

군 생활까지 떠올리며 버틴다고 하니 희원은 헛웃음을 흘렸다. 스킨을 덜어내 얼굴 구석구석을 닦아내고, 크림을 듬뿍 올렸다.

그사이 지환은 척척 이불을 펴고는 자리에 눕는다. 으어어어…… 앓는 소리가 그의 입술을 통해 저절로 튀어나온다.

"어흐, 아저씨 같아."

"아저씨 같은 게 아니라 아저씨 맞습니다. 잊었나? 날 아저씨로 만드는 게 누군데?"

으자자자, 지환이 이리저리 뒤척이며 편안한 자세를 찾아간다. 희원은 거울 뒤로 보이는 지환을 바라보다가 연신 미소를 지었다. 시간과 반복이란 이토록 무서운 거다. 이제는 그와 한 방에 있어도 어색하지 않으니까.

희원은 머리를 말리며 거울로 계속 그를 바라보았다. 편안한 자세를 잡았는지 지환이 자신을 바라본다.

거울로 시선이 부딪친다. 그녀는 연신 손을 움직이며 머리를 말렸고 시선은 거울로 반사되는 그에게 닿았다. 어쩐 일인지 그도 시선을 피하지 않고 바라본다. 아직 다 마르지 않은 머리를 두고 그녀는 드라이기를 껐다.

"왜 그러고 봐요? 머리 말리는 거 처음 봐요?"

"내가 봤을 때 권희원 씨가 나를 먼저 보고 있었습니다."

"그거야 서지환 씨가 날 볼 것 같으니까 내가 봤겠죠. 왜 봤냐구요."

나한테 관심 있어요? 희원은 묻고 싶은 말을 꾹 참았다. 허, 지환은 기가 막힌다는 표정을 지었다.

"쳐다보니까 얼떨결에 본 건데 이젠 그거 가지고도 뭐라고 하는 겁니까?"

"아니 난 또 예뻐서 봤습니다. 여신 같아서 봤습니다. 이런 대답이 돌아올 줄 알았는데, 돌아오는 답변이 싱겁네요, 오늘은 좀."

"허어."

허어어어. 지환은 긴 탄식을 하며 희원을 다시 바라보았다. 점점 더 뻔뻔해지는 희원의 농담을 들으며 지환은 탄식했다.

"누가 권희원 씨를 이렇게 만들었나. 예쁘다고 칭찬하면 눈꼬리를 올리던 게 엊그제 같은데."

"잊었어요? 누가 날 이렇게 만들었는지?"

"혹시 내가 이렇게 만들었습니까? 설마, 진짜 내가?"

"그럼 아닐까 봐?"

쳇. 희원은 다시 드라이기를 켰다. 요즘따라 예쁘다는 말도 잘 안 해주고 귀엽다는 말도 안 해주고, 예전엔 무슨 얘기만 해도 그런 말로 농담하더니.

듣기 싫을 땐 진절머리가 나게 하더니 막상 듣고 싶을 땐 왜 안 해주는 거요?

"밀당하는 것 좀 봐……."

"뭐라고요?"

위이이잉……. 희원은 더욱 드라이기 바람을 크게 했다. 바닥에 누워서 휴대폰을 바라보는 그는, 자신을 조금도 신경 쓰지 않는 게 분명했다.

아. 갑자기 열 받는다. 과감하고 능숙한 건 도대체 언제쯤 보여 줄 건데? 그래서?

"아, 권희원 씨."

보긴 볼 수 있는 거냐?

"이봐요, 권희원 씨."

"소심하고 서툰 거 아냐? 혹시?"

"뭐?"

위이이잉……. 그녀는 드라이기에 머리를 말리다가 뚝, 껐다. 그러곤 거울로 보이는 그를 응시했다. 지환은 눈이 마주치자 할 말이 있다는 것처럼 팔을 들어 그녀 침대를 툭툭 쳤다.

"이거 침대 어디 겁니까?"

"그건 왜요?"

"누워보니 좋던데, 나도 하나 장만할까 해서요."

"허."

허, 진짜 완전 대박적으로 충격.

희원은 눈꼬리를 날카롭게 올렸다. 이 침대가 좋아서 지도 사겠단다. 지 혼자 누워 자겠다고.

"집에 있는 침대가 오래돼서 매트리스를 갈긴 해야 하거든요. 이 참에 그냥 싹 바꾸는 게 좋을 것 같아서."

"헐."

하…… 진짜……. 하…… 열 받아…….

눈꼬리를 잔뜩 올리고 바라보니 어쩜 저렇게 해맑을 수 있는지 모르겠다. 침대가 마음에 들었는지 툭툭 치며 무척이나 그는 해맑게 물어왔다.

"링크 보내드릴게요! 링크! 보내드려요, 내가!"

"오, 고마워요."

아아…… 끓는다…….

휴, 희원은 깊은 한숨을 내쉬며 드라이기를 정리했다.

"서지환 씨는 이 집 나가는 날만 학수고대하나 봐요?"

"무슨 말을 그렇게 섭섭하게 합니까? 침대 어디서 샀냐고 물어본 게 학수고대로 이어지나?"

"그렇게 좋으면 당장 누워서 자면 되겠네."

"……뭐라?"

희원은 바닥에 떨어진 머리카락을 정리하며 허리를 일으켰다. 완벽하게 마르지 않은 머리칼에서 그녀가 좋아하는 꽃향기가 났다.

"오늘부터 누워서 자요. 침대에서."

"침대에서 자라는 말입니까?"

"네. 침대에서. 하리가 언제 또 우리 방에 들어올지도 모르고."

어느덧 호칭은 그녀의 방에서 우리 방이 되었다.

"하리가 불시에 또 들어왔는데 서지환 씨가 바닥에서 자고 있으면 이상하잖아요."

"그러니까 권희원 씨의 말은 바꿔 자자는 게 아니라 같이……."

"응. 같이. 난 바닥 잠은 질색이거든요."

희원은 두근거리는 심장을 잠시 모르는 척하기로 한다. 지환의 눈동자는 이미 지진이 났고, 희원은 아무렇지 않은 척 그를 바라보았다.

"보다시피 침대는 넓고 나는 잠버릇이 없죠. 서지환 씨에게 옆자리 대여는 어렵지 않을 것 같은데."

말해봐요, 서지환 씨.

"올라와서 자요. 편안하게. 쿨하게. 사심 없이."

자신, 없나요?

· · · ✦ ✦ ✦ ✦ · · ·

그녀의 침실은 무척이나 심플했고 단출했다. 딱히 시선 둘 곳도 많지 않은 공간 안에서 그녀 얼굴을 들여다보고 있자니 한 침대를 쓰자고 말하고 있는, 그녀는 무척이나 침착해 보였다.

"어째 날이 가면 갈수록 권희원 씨의 농담이 발전합니다? 이젠 장르마저 불문하네요?"

"농담 아닌데. 서지환 씨 입장에선 멜로로 들리는지 에로로 들리는지 잘 모르겠지만, 지금 내 장르는 다큐고요."

"그래서, 한 침대를 쓰자는 말입니까?"

"한방이나 한 침대나. 내 입장에서는 크게 다르지 않은데요."

"난 다릅니다. 달라도 무척 다르다고요."

"올라와서 자요. 바닥 불편하잖아요."

"허."

허, 순진한 건지 담이 좋은 건지 모르겠네.

지환은 희원의 권유에 당황스럽다는 표정을 지었다. 남녀가 한 침대를 쓴다니, 그게 무슨 말인지 지금 모르고 하는 건가?

"권희원 씨. 배려는 고맙지만 내가 수락할 수 있는 범위는 아닌 것 같네요."

"만취 상태로도 옆에 누워 아무 일 없이 잠만 잤는데, 설마하니 맨 정신에 무슨 일이라도 나겠어요?"

"나도 남자입니다."

"그래서요?"

"권희원 씨는 여자이고. 우리는 성인이고, 건강하고."

"네네. 그래서요."

허. 이 여자 보게.

지환은 무슨 말을 해도 그게 뭐 대수냐는 표정을 짓고 있는 희원을 바라보았다.

뭐지, 신종 고문인가. 내가 오늘 또 뭘 잘못했나……?

"남들 성교육 받을 때 엎드려 잤습니까? 아니면 그날 결석했나?"

"불편하니 침대에서 자라는데 무슨 성교육 얘기까지 나와요? 혼자 지금 진도를 어디까지 빼고 있는 거예요."

이 남자가 진짜, 그렇게까지 정색할 일이야 이게?

희원은 민망함에 입술을 삐죽거렸다. 이 방에 들어와 무턱대고 자던 날처럼 아무 생각 없이 올라와 자면 또 어때서? 좋다고 올라와 잘 줄 알았더니 눈에 쌍심지까지 켜고 있네?

"서지환 씨가 바닥에서 자는 거 내내 불편했다고요. 아침마다 끙끙 앓는 소리 내며 일어나는 것도 보기 싫고."

"밤새 끙끙 앓고 싶진 않단 말입니다."

"뭐요?"

"하, 진짜 답답하네. 권희원 씨, 내가 진짜 걱정돼서 하는 말인데 나 믿지 마요. 뭐 이렇게까지 믿어, 사람 불안하게."

"서지환 씨야말로 뭘 이렇게까지 정색해요. 침대 넓으니 한쪽에서 자라는데, 그렇게 자신 없어요?"

"없습니다. 자신."

"……."

"없으니까 그냥 내버려둬요. 애먼 배려로 사람 더 괴롭히지 말고."

"진짜, 무슨 말을 못 하겠네. 그럼 알아서 해요."

희원은 화들짝 놀란 얼굴을 하고는 다시 화장대로 돌아앉았다. 화장대 여기저기를 정리하며 희원은 고개를 수그리고 엷게 웃었다.

……당신이 침대로 편안하게 올라왔다면 조금은 서운할 뻔했다. 날 그만큼 여자로 생각하지 않는다는 섭섭함이 밀려왔을 테니까.

"내가 여자로 보이긴 보이는 모양이죠. 그렇게 정색하는 걸 보니."

"여자로 보입니다. 보이는 정도가 아니라 예쁘게 생긴 것도 아주 잘 보인다고요."

"그럼 꼬셔보든가. 사람이 입만 살았어."

"아내가 무서울 땐 일찍 자라고 하더군요. 그럼 먼저 자겠습니다. 잘 자요."

그래. 희망은 있는 거다. 당신에게 내가, 여자로 보이는 거니까.

· · ◆◆◆◆◆ · ·

병원에 입원한 딸아이의 치료비를 마련해야 하는 가장은 모든 준비를 마쳤다. 추적이 되지 않는 인터넷 메신저로 초대받은 그는 여권을 준비했고, 비행기 티켓을 수령했다.

가장의 임무는 한국으로 밀수된 금괴를 다시 일본으로 넘기는 것으로 최대한 많은 양을 몸에 지니고, 세관의 눈을 피하면 되는 일이었다.

"다녀올게, 여보."

가장은 간단하게 꾸린 짐을 들며 아내를 바라보았다.

"자기, 정말 돈 구할 수 있는 거지?"

"그렇다니까. 걱정 말고 기다리고 있어. 내가 도착해서 전화할게."

가장은 아내에게조차 사실을 털어놓지 못했다. 일본에 사는 오랜 친구가 있는데, 돈을 빌려줄 테니 일본으로 들어오라고 했다며 그는 아내에게 거짓말을 했다.

가장은 신발을 신고 아내의 얼굴을 들여다보았다. 몇 달 사이 몇 년은 늙어버린 듯한 아내의 얼굴을 바라보자니 울컥하는 뜨거움이 울대에 고여든다.

"여보, 조금만 더 힘내. 다 괜찮아질 거야."

"내가 힘든 게 뭐 있어. 당신하고 우리 애가 힘들어서 그렇지, 나는 괜찮아."

"밥 좀 먹어. 있는 거라도 차려서 끼니 거르지 말고 먹어. 당신부터 힘을 내야지."

부부는 무엇을 예감했는지 좀처럼 서로에게서 눈을 떼지 못했다. 울컥하는 마음에 급히 밖을 나서려던 가장은 현관문 아래 놓여 있는 아이와 아내의 신발을 보고는 멈칫, 했다.

얼마나 뛰어놀았는지 닳아버린 아이의 신발과, 얼마나 오래 신었는지 닳아버린 아내의 신발.

"……."

닳아버린 시간이나마 함께여서 행복했던 가족의 시간이 주마등처럼 가장의 머리를 스쳐 지나간다. 어쩌면 다시는 못 볼 것 같은 두 켤레의 신발을 내려다보다가, 이러면 안 되지, 이렇게 나약해지면 안 되지, 가장은 다시금 고개를 들었다.

"다녀올게."

"도착해서 연락 줘요. 조심히 다녀오고."

가장은 무너지면 안 된다. 가장은 영혼을 팔아서라도 가족을 지킬 준비가 되어 있었다.

오늘부터 누워서 자요. 침대에서.

"하, 도대체 나를 어떻게 생각하는 거야……."

지환은 연거푸 어제 그녀가 제게 한 말을 떠올리다가 중얼거렸다. 아무리 편하고 사심 없다 하기로 한 침대를 쓰자니.

한 침대를 쓰자니. 한 침대를! 나란히! 옘병! 나란히!

오늘부터 누워서 자요. 침대에서.

내가 동성의 친구 정도로 보이나? 그게 아니면 아예 성별이 없는 제3의 생물체로 보이나? 해탈의 경지에 이르렀다고 인식한 건 아닐까? 그런 게 아니라면, 말이 되나?

"해도 해도 너무하네. 그 정도로 내가 남자로 안 보인다, 이거지."

희원은 요즘 통 알 수 없는 말을 했다. 시선이 느껴져 바라보면 관찰하듯 자신을 응시하고 있었다.

한 마디를 하면 열 마디로 공격해오곤 했는데, 농담인지 진담인지 구분도 되질 않았다. 그녀가 헷갈린다던 말들은 이런 것이었을까.

그러다 문득 지환은 달력을 바라보았다. 어느새 시간은 흘러 하리가 그녀의 집을 떠날 때가 다가오고 있었다. 날씨가 부쩍 추워지면서 겨울이 코앞으로 여겨졌다.

"진짜로 얼마 안 남았네."

그녀와 함께하는 시간, 얼마 남지 않았다. 이 시간이 지나고 나면 서로는 평소의 생활로 돌아가리라. 한편으론 아쉬웠고 한편으론 빨리 돌아가야 한다고 여겼다. 그녀의 집에서 오래 머문다는 것은 자신에게 좋을 게 없어 보였다. 어쩐지, 예감이 그러했다.

"서검, 나 들어간다."

"그래. 들어와."

생각이 접힌다. 문을 열고 정윤이 들어서자 지환은 자세를 고쳐 앉았다. 그녀는 소파에 앉았고, 지환은 책상을 돌아 나와 정윤과 마주 앉았다.

"오늘은 먹을 거 없어. 나 오늘 좀 바빴거든."

"누가 뭐라고 했냐? 싱겁긴."

오자마자 먹을 게 없단다. 노상 먹을 걸 들고 오던 정윤이 두 손을 들어 보이며 빈손이라 하자 지환은 뚱하니 그녀를 바라보았다.

"수사 인물을 너무 많이 둬서 속도가 안 붙어. 밀착 수사해야 하는데 인력도 부족하고."

"우리가 남들에게 손 벌릴 입장은 아니잖아. 할 수 없지."

"차민규 근황이야. 요즘 자숙하는 듯해. 움직임도 거의 없고."

정윤은 들고 온 파일을 내렸다. 백인호 의원의 고모 아들인 차민규의 행적을 파악하는 것에 정윤은 집중했다.

"조금 의심스러운 구간이 있어."

"뭔데."

"고모가 결혼한 사람이 예전 백인호 의원 비서실장 삼촌이더라."

"……그래?"

"같이 사는 것 같지는 않아. 카드 내역서를 살펴보니 각자 주거 지역과 사용 패턴이 달라."

"결국 필요에 의한 결혼인가."

"그럴지도 모르지."

필요에 의한 결혼. 지환은 본인이 뱉은 말에 본인의 사정이 떠올라 미간을 좁혔다. '백인호'와 관련된 업무를 처리하다 보면, 사실상 웃는 얼굴을 할 수가 없다.

"등본상 거주지엔 거주를 하지 않더라고. 최저 관리비만 납부하고 있는 상황이야."

"출입국 내역은 살펴봤어?"

"살펴봤지. 한 달에 세 번 정도."

"홍콩발?"

"응. 홍콩발. 그중 두어 번은 일본."

심증은 완벽해져간다. 지환은 가만히 생각에 잠긴 듯하다가 나직하게 중얼거렸다.

"확증이 필요한데. 대포폰을 수거할 수 있다거나."

"압수 수사를 하지 않는 이상은 현재로써 힘들지."

"다른 쪽으로는…… 뭐가 없을까?"

응? 정윤은 눈을 동그랗게 떴다. 지환은 턱을 문지르며 입을 열었다.

"그쪽으로 선상에 올려놓기가 힘들면 작은 구실을 찾아서, 일단 이쪽과 연관 짓지 않은 선에서."

"아. 음, 찾아볼게."

그런 방법이 있었다.

"차민규라면 가능할 수도 있어. 음주로 면허 취소된 지 얼마 안 됐거든. 소액이지만 재산세 체납 중이고."

"괜찮네. 그쪽으로 한번 잡아끌어보자."

"오케이."

차민규를 어떻게든 잡아야 한다. 밀수 과정에 빈틈이 없다면 다른 일상생활을 뒤져서라도, 법망에 올려놓아야 다음을 기약할 수 있다.

"너…… 이 수사 계속해도 되는 거야?"

정윤이 근심을 담아 묻자 지환은 그제야 그녀를 바라보았다.

"무슨 말이야."

"내내 저기압이잖아. 그것도 몹시."

자신의 표정이 무척 굳었음을 깨달은 지환은 힘을 뺀 채 눈을 감았다가 떴다. 하지만 이미 늦은 일이다.

"좀 잔인한 것 같은데. 이 수사 네가 계속하는 거."

"일터에선 일만 하자며. 괜찮다."

"일터가 아니라면, 괜찮지 않은 모양이네."

"차검."

지환은 그녀를 낮게 불렀다. 다음에 이어질 말을 예상한 정윤은 급히 손사래를 쳤다.

"걱정돼서 그래, 걱정돼서. 내가 모르는 것도 아니고."

"……."

"알았어. 나 오지랖 인정. 오지랖 부리는 차정윤은 이만 퇴장할게."

"안 괜찮아도 이젠 별수 없는 거, 아냐?"

일어서던 정윤은 자리에 멈췄고 천천히 고개를 돌려 지환을 내려다보았다.

"차라리 다행이라고 생각해. 끝은 볼 수 있으니까."

웃음기가 사라진 녀석의 얼굴을 바라보고 있자니, 세상에 섞이지 못하고 물과 기름처럼 분리되어 살던 녀석의 지난날이 떠오른다. 웃지 않았고, 말이 없었다.

"그래. 끝은 보겠다. 그럼 좀 나을 수도 있겠네, 차라리."

정윤은 문득 궁금해졌다. 권희원 씨도, 녀석의 이런 표정을 알고 있을까? 녀석이 원래 어떤 사람이었는지, 얼마나 차가운 사람이었는지, 그녀는 알고 있을까?

"서검 표정 좀 풀어. 한동안 잘 웃는다 했더니, 무섭다 너."

"……"

"아, 그리고 지금 세관에서 금괴 밀수 건으로 현행범 긴급체포했다고 해. 이송 중이야."

"아까 들었다. 가."

"알았어."

이런 녀석의 진짜 모습을, 그녀는 상상이나 할 수 있을까?

· + ·◆◆◆· + ·

"좋아요를 또 눌렀네."

희원은 자신의 SNS를 살피다가 중얼거렸다. 자신이 사진을 올릴 때마다 희주가 방문해서 하트를 눌러놓았다.

"내일 점심 먹자고 했지, 장소가 어디더라."

때때로 먼저 메시지를 보내더니 심지어 내일 만나자고 연락이 왔다. 한국무용의 발전에 도움을 주고 싶다며 자신이 초대받은 세미나에 함께 가자더라.

"호의가 고맙긴 한데 어쩨 좀 부담스럽다?"

딱히 거절할 이유가 없는 희원은 약속을 승낙했다.

모두가 떠난 연습실 정리를 마친 희원은 밖을 나섰다. 다람쥐 쳇바퀴 굴러가는 것 같은 시간의 요즈음, 곧장 집으로 돌아가야 한다.

"일주일도 안 남았다, 일주일도……."

그가 떠나면 뭘 하지. 앞으로 나의 삶은 어떻게 되는 거지.

희원은 그와 함께할 시간이 얼마 남지 않았음을 상기하며 무겁게 발걸음을 옮겼다.

"전화나 해볼까, 많이 늦나?"

그가 생각난 김에 전화를 걸었다. 난 이제 연습이 끝났다. 집으로 돌아갈 거다. 오늘도 늦어요? 그럼 먼저 저녁 먹을까요?

이렇듯 소소하고, 시시한 이야기들을 나누려고.

— 네. 서지환입니다.

무거운 목소리가 들린다. 희원은 걸음을 우뚝 멈췄다.

"아, 네, 저예요. 희원이."

— 네.

"아…… 바쁘죠."

— 네. 조사 중이라.

"아아, 미안요. 끊어요."

― 그럼 끊겠습니다.

"네! 네! 끊……."

띠리릭, 채 말을 다 하기도 전에 전화가 끊긴다. 희원은 휴대폰을 내려다보며 긴 탄식을 흘렸다.

"뭐야, 얼마나 바쁘면 전화를 이렇게 끊어."

쳇. 그녀는 내심 서운했다. 그가 어떤 상황에 놓여 있는지 종잡을 수는 없었지만, 한 번도 느껴보지 못한 냉정한 음성이 서러울 정도로 싫었다.

"이해하자. 이해하자. 그래, 이해하자, 권희원."

그녀는 발걸음을 다시 옮겼다. 주차되어 있는 자동차를 찾는데 전화가 걸려 온다.

"아……."

그녀는 휴대폰을 내려다보다가 급히 전화를 받았다.

"여보세요?"

그의 전화였다.

· · ✦ ✦ ✦ ✦ ✦ · · ·

검찰청으로 이송된 사내는 아이의 치료비를 목적으로 금괴 밀수에 가담했다고 한다. 털어봐야 나올 것이 별로 없는 한 집안의 가장과 마주 앉아, 지환은 한참이나 가장을 응시했다. 가장에게 무엇을 물어도, 가장은 '모른다'로 일관했다.

"조언 드리자면 모른다는 것이 죄를 덜어주지 않습니다."

앵무새 같은 말만 반복하니 지환은 중얼거리며 관자놀이를 짚었다. 가장은 고개만 수그린 채 여전히 묵묵부답이다.

"범법인 걸 알면 멈췄어야죠. 그것도 모르진 않았을 것 아닙니까."

"저…… 검사님은 결혼을 하셨습니까?"

가장은 느리게 입술을 열었다.

"했습니다."

지환은 희원을 떠올렸다.

"아이는 있으신지요?"

"없습니다."

"그렇군요."

가장은 느리게 고개를 끄덕이며 헛웃음을 흘렸다. 뭐에 홀렸다가 깨어난 것처럼, 모든 것은 부질없게 여겨졌다.

"내 새끼가 저러고 아픈데 당장 돈을 구할 곳이 마땅치 않았습니다. 그러다가 명함을 발견했고, 장기라도 떼어 가려면 떼어 가라는 심정으로 전화를 했지요."

"……."

"가족을 지켜야 했습니다. 아내가 너무 힘들어하니까요. 아이를 살려야 하고, 내 가족을 내가 지켜야 하니까……."

"……."

"그런 제가 뭘 할 수 있었겠습니까? 선택의 여지라는 게, 있기는 했는지요?"

"그런 것들이 범죄의 이유가 될 순 없습니다."

"범죄자 아비보다 무능한 아비가 더 나쁜 법입니다."

"……."

가장이 읊조리듯 중얼거리자 지환은 잠시 옆으로 고개를 돌려 증거물 사진을 바라보았다. 가장이 일본으로 가지고 나가려던 금괴와 가장의 주머니에서 나온 물품들.

담배, 라이터, 낡고 허름한 지갑, 휴대폰.

"전두용 씨는 현재 특정범죄가중처벌법상 관세 및 관세법 위반. 그리고 외국환거래법 위반. 정부에서 단속 강화를 지시했기 때문에 상황이 좋지 않습니다."

번호가 맞지 않았을, 그래서 구겨버렸을 한 장의 복권.

"그 사람들이 큰돈을 벌 수 있을 거라고 하던가요. 운반비는 그리 크지 않을 건데."

"……몰랐습니다. 한 달에도 몇 번씩 오가고 해야 하는 줄은."

결국 사내는 한 푼의 돈도 수중에 남기지 못한 채 범죄자가 되었다. 지환은 구겨진 복권에서 좀처럼 시선을 떼지 못했다. 가장의 모든 상황이 그 하나에 담겨 있는 것만 같았다.

"협조하시죠."

직업에 대한 회의는, 이런 곳에서 시작했다.

"협조를 하셔야 최악의 상황은 면할 수 있습니다. 어쩌면 최선의 결과를 이끌어낼 수도 있겠고."

"최선의…… 결과요……?"

잡아야 할 인간들은 활개를 치고 다니는데, 명함을 로또처럼 받아 들었을 한 집안의 가장은 전과를 얻게 생겼다. 서글픈 현실이다.

"10분만 쉽시다. 담배 한 대 태우세요."

"아…… 그래도 될지…….'

"태우세요. 괜찮으니까."

지환은 계장에게 받아 온 담배와 라이터를 내밀고는 휴대폰을 들고 나섰다. 그녀에게 곧바로 전화를 걸었다. 가장에게 생각할 시간을 주고 싶었고, 조금 전 야멸차게 끊어버린 전화가 마음에 걸리기도 했다.

— 여보세요?

"나예요. 아까는 일이 좀 있어서 전화 받기가 힘들어서."

누군가는 사력을 다해 지키려는 가정, 가족.

— 그랬구나. 바쁜 것 같았어요.

삶의 원동력, 울타리.

"연습 끝났습니까?"

— 네. 이제 막 끝났어요.

우리는, 얼마나 서로를 지키고 있는 걸까.

"잠깐 이쪽으로 올래요? 난 오늘 집에 못 들어갈 것 같은데, 괜찮으면 밥이라도 먹읍시다."

— 아뇨. 하리 때문에 들어가봐야죠. 바쁘다면서요.

"그래요. 그럼 조심히 들어가요."

— 저기, 지환 씨.

우리는, 얼마나 서로를 지키고 싶어 하는 걸까.

"말해요. 듣고 있으니까."

지환은 주머니에 손을 넣은 채 유리창 밖을 바라보았다. 조사실

안에는 당장 내일이 암담한 어느 한 집안의 가장이 앉아 있고,

— 힘내요. 어쩐지 지쳐 보이는데.

수화기 너머엔 나의 목소리만으로 간단하게 기분을 간파하는 나의 아내가 있다.

"그런 거 아닙니다. 하지만 힘낼게요."

지환은 뜨끔하는 헛웃음을 토했다. 더는 낯이 뜨거워 통화를 이어가기가 어렵다고 느껴졌을 때쯤,

— 좋아해요. 지환 씨.

뜻밖의 말이 수화기 너머 들려왔다.

— 내가 진심으로 좋아하게 됐어요. 서지환 씨를.

너무 길어서 끝은 있을까 했던, 그런 날에도 어둠은 깔렸다. 그녀 목소리와 함께 밤이 찾아왔다.

그는 말을 잃었다.

· · ✦✦✦✦ · · ·

— 알아요. 지금 내 말이 서지환 씨에게 어떻게 들릴지.

어둠이 깔린다.

유리창에 반사되는 자신을 응시하며 지환은 눈을 감았다가 떴다. 그녀의 목소리는 선명했다.

— 지금 이야기하지 않으면 얼굴 보면서 말하게 될까 봐. 얼굴 보고 까이는 것보단 전화가 나을 것 같아서 그냥, 그냥 지금 말해요.

이렇듯 불시에, 그 어떤 예고도 없이.

― 물론 내가 서지환 씨에게 어떤 답을 원하거나, 내 마음을 받아달라고 떼쓰거나, 그런 건 아니니까 신경 쓸 필요는 없고요. 난 그저 내 마음을 알려주고 싶은 거니까.

"그게 무슨……."

― 당신이 좋아졌어요. 언제부턴가.

……누구도 웃을 수 없는 고백의 시간.

"권희원 씨."

― 그렇게 됐어요. 나 이거 계약 위반 맞죠. 처벌 대상인가요?

"처벌이라뇨. 무슨 그런 말을 합니까……."

― 다행이네요. 처벌 대상은 아니라서.

그녀의 웃음소리가 부서진다. 지환은 차마 그녀를 따라 웃을 수가 없어 이마를 짚었다.

평소엔 그렇게 하지 말래도 곧잘 나오던 농담이 지금은 통 나오질 않고 무슨 말을, 어떻게 뱉어야 하는지도 알 수 없어 꽉 막힌 울대로 짧은 숨을 내쉬었다.

정적만이 이어지고 그는 아직 만만한 답을 찾지 못했을 때,

― 난 지금 서지환 씨의 모든 답을 들은 것 같네요.

그녀는 그의 마음을 침묵 속에서 읽었다. 포기가 빠른 건지 예상을 했다는 건지, 그녀 목소리는 상황만큼 무겁거나 구슬프지 않았다.

― 뭐, 하지만 나도 어쩔 수가 없이 좋아하게 됐어요. 믿음에 보답하지 못해서, 미안해요.

이제 그만 집으로 돌아가겠다. 남은 일 잘해라. 그녀는 할 말을

다 한 채 전화를 끊었다.

지환은 가만히 휴대폰을 들고 서 있다가 천천히 팔을 내렸다. 너무나 갑작스럽고, 또 너무나 예상하지 못한 일을 겪었으니 모든 움직임은 정지했다.

좋아하게 됐어요.

그녀의 말을 곱씹다 보니 가슴은 뛰는데, 감정의 종류를 굳이 나누자면 기쁨은 아니었다.

"좋아한다니……. 어째서……."

언제까지고 좋은 관계로만 지내고 싶었던 상대의 고백이란 어쩐지 슬프게 다가온다.

믿음에 보답하지 못해서, 미안해요.

"하…… 진짜……. 이걸 대체 어떻게……."

지환은 전화가 끊긴 휴대폰을 오래도록 내려다보았다. 그녀의 좋아한다는 고백이 자꾸만 귓가에 머물러 좀처럼 움직일 수가 없었다. 이토록 착잡하고 그 귀한 마음이 애처롭게 여겨지는 건,

"검사님, 여기서 뭐 하십니까?"

"아닙니다. 이제 들어가려고요."

지금도, 앞으로도, 사랑을 하고 싶은 의지가 없는 까닭이었다.

· · ◆◆◆◆◆ · ·

"차였다……."

희원은 휴대폰을 손에 쥐고 고개를 수그렸다.

차였다. 그것도 남편에게. 검은 머리가 파뿌리로 변할 때까지 봐야 하는 남편에게!

"뭐, 당연한 일이니까……. 당연한…….."

그래. 그 사람의 거절은 당연한 일이었다. 알면서도 입 밖으로 꺼내 불필요한 어색함을 만든 건 나고, 앞뒤 생각하지 않고 일을 저질러버린 것 또한 나다. 몰랐던 것도 아니고 오히려 그 목소리에 미안함이 많아 들어주기 힘들었다.

그래. 그런 거다. 모든 것은 나의 탓, 앞으로 벌어질 모든 일들도 나의 탓.

"몰랐던 것도 아닌데. 다 아는데……."

희원은 중얼거리며 휴대폰을 꾹 쥐었다.

……사랑이란 이토록 무모하다. 평생을 학습해온 많은 것들을 무지로 만들었다. 많은 것을 갖추고, 많은 것을 배우고, 많은 것을 얻고 누리며 살아왔대도,

"아…… 거, 되게 안 웃어지네, 진짜. 휴……."

하염없이 무력해진다. 아무것도 하지 못하는 어리석은 사람이 된다. 사랑을 하고 싶은 건지 받고 싶은 건지, 그것 또한 제대로 알지 못한 채 발을 디딘다. 그저 빠져든다.

오늘도 내일도 헤어 나올 수 없는, 끝은 어디쯤인지 좀처럼 확신할 수도 없는.

"그래도 얼굴 보고 차인 건 아니니까, 다행이라고 해야 하나……. 뭐, 다행인 건 다행인 거니까……."

뻔한 사랑의 잔인하고 아름다운 꾐에 빠져.

"저, 검사님."

"……."

"저…… 검사……."

"아, 네. 네. 말씀하세요."

10분만 쉬자고 하더니 다시 들어온 검사님은 내내 멍한 상태다. 10분 전과 10분 후가 이렇게 다를 수 있는 건가, 조사 중인 가장은 한참 머뭇거리다가 먼저 입을 열었다.

"정말 아는 게 없습니다. 그들이 제게 뭘 얼마나 알려줬겠습니까?"

"압니다. 그들은 어떤 정보도 흘리지 않는다는 걸."

"예. 정말 아무것도 모릅니다. 아는 게 있다면 다 알려드리고 싶어요, 저도."

"금괴 건네받으면서 간단한 교육 받으셨죠. 붙잡혔을 때 어떻게 하라는 행동 강령."

가장은 지환의 말에 눈썹을 꿈틀거렸다. 지환은 다 알고 있다는 것처럼 눈썹 사이를 문질렀다.

"전두용 씨가 입을 꽉 다물고 처벌받는다고 해서 우리의 싸움이 끝나는 건 아닙니다. 내일은 내일의 또 다른 전두용 씨가, 그다음 날은 또 제3의 전두용 씨가 나타나 똑같이 처벌받을 테니."

"하지만 정말 아무것도 모릅……!"

"최소한의 복기라도 해보세요. 전두용 씨는 지금 그것마저 하지 않고 있으니까."

"아……."

가장은 눈만 껌뻑껌뻑 감았다가 떴다. 속이 답답할 정도로 아는 게 없어 본인도 미치고 팔짝 뛸 노릇이지만 그의 말대로 찬찬히 생각해보기로 한다.

"근데 대부분은 검사님께서 저보다 더 잘 알고 계시는데……."

"더 생각해보세요. 그들의 인상착의라도."

"금괴를 전달해주러 온 사람도 모자니 마스크니 선글라스니, 얼굴을 알아볼 수도 없었어요. 겁이 나서 제대로 보지도 못했……."

아……. 가장은 시선을 천장으로 들어 올렸다. 지환은 뭔가 왔다 싶은 마음에 자세를 고쳐 앉았다.

"그러고 보니…… 문신이……."

"문신, 말입니까?"

문신. 큰 정보다.

"예. 문신이 있었습니다. ㄱ, 쉬발을 입었는데 잠깐 팔을 걷었을 때가 있었어요."

"문신. 좋네요. 어떻게 생겼습니까?"

가장은 왜곡된 기억은 아닐까 싶은 마음에 인상을 썼다. 최대한 정확하게 떠올려 정확하게 알려주고 싶은데 내 기억이 맞을까? 신뢰할 수 있는 건가?

"잘은 기억이 안 나는데요, 십자가 모양 같기도 했고, 그 주변으로 뭐가 좀 더 있었는데."

"십자가라."

지환은 집중한 얼굴로 가장을 바라보았다. 가장은 기억을 끄집어내려고 안간힘을 쓰는 얼굴을 했다.

"아, 더는 생각이 안 나네요. 이것도 확실한지는 모르겠습니다."

"십자가는 확실합니까?"

"예. 그건 확실합니다. 십자가였어요. 십자가 주변으로 막 뭐라고 해야 하지, 낙서처럼……. 그것까진 설명을 못 하겠습니다. 그려 볼게요."

지환은 가장의 말에 연필과 종이를 건넸다. 한참 이것저것 그려 보고 지우고, 그려보고 지우고 하더니 엉성한 그림 한 장을 건네주었다. 지금으로서는 유일한 증거물이다.

"저…… 이제 저는 어떻게 되는 건가요? 검사님?"

"몇 번의 조사가 더 있을 거고, 기소될 겁니다. 변호사를 선임해야 할 거고. 법의 심판은 받아야겠죠."

"아……. 변호사……."

"구속 수사는 피할 수 없습니다. 앙망문, 그러니까 반성문 같은 게 양형에 도움이 크지 않겠지만 시간 날 때마다 쓰시고."

"예……. 알겠습니다."

가장은 고개를 푹 숙였다. 지환은 서류 더미를 툭툭 치며 정리하다가 힐끗, 가장을 바라보았다.

"사선 변호사 선임 어려우실 테니 국선 변호사 선임 받으실 수 있도록 처리하겠습니다."

"아아, 감사합니다. 정말, 정말 감사합니다, 검사님."

"누구나 하는 일이니 감사할 필요 없습니다."

지환은 다소 딱딱한 표정으로 딱 잘라 인사를 거부했다. 가장이 손만 움켜쥔 채 말을 삼가자 한참 후, 지환은 입술을 열었다.

……이런 일 저런 일은 결국 다, 살자고 하는 일.

"아동 후원 및 봉사 단체가 몇 곳 있습니다. 전두용 씨 가족의 경우라면 그쪽에서 심사를 받을 수 있을 것 같으니 아이의 일을 상담받아볼 수 있게 하겠습니다."

"아, 정말이십니까? 저, 정말이십니까? 아, 아이의 일로 상담을 받을 수 있게 해주신다는 말씀이신가요?"

가장의 눈이 번쩍 뜨인다. 지환은 자리에서 일어섰다.

"전두용 씨는 조사 중이라 어렵겠고, 단체를 아내분과 연결해드리죠. 어찌 되었든 아이는 치료 받아야 하니까. 인계 형사를 통해 나머지 설명 들으세요."

"거, 검사님! 검사님 감사합니다! 감사합니다! 정말 감사합니다!"

"뉘우치세요. 반성하고. 협조하실 일 있으면 협조하시고."

"감사합니다! 감사합니다, 검사님!"

시계를 들여다보며 지환은 밖을 나섰다. 이래저래 일을 처리하려면 시간이 없다.

그녀의 고백을 곱씹기엔 현실이 그를 놓아주지 않았다. 좋아한다는 말을 들은 지 얼마 되지도 않아 감정은 다시 0점으로 놓여야 했으니까.

우리가 사는 세상이란, 이렇게도 낭만적이지 않았다. 그의 입장에선 어찌 보면 감사한 일이기도 했다.

· ♦ ♦ ♦ ♦ ♦ ♦ ·

이튿날. 희원은 약속대로 희주가 있는 세미나 장소로 향했다.

생각보다 규모가 있는 세미나였다. 문화계의 권위자들이 모여 있었고, 영향력 있는 언론인들도 포함되어 있었다.

희주는 희원을 많은 사람들 사이에서 살갑게 챙겼다. 전면에 내세운 한국무용에 대한 다음 달 특집 기사를 내주겠노라, 한 언론 잡지의 구두 약속도 받아내주었다.

"감사합니다. 덕분에 좋은 자리도 마련했어요."

자리에 착석한 희원은 희주에게 인사를 건넸다. 받아 온 명함을 이리저리 정리하며 희원이 인사를 건네자 희주는 웃었다.

"도움이 됐다니 진심으로 다행이에요. 분명 희원 씨를 알아봐줄 거라고 생각했어요."

"오늘 이후로 메일을 주시겠다는 곳도 많았어요. 협회로 전화 주시겠다는 곳도 있었고요. 정말 기뻐요."

"다음에도 좋은 기회가 있다면 참석해주세요. 꼭이요."

"네. 사모님."

희원이 가방에 명함을 넣으며 웃자 희주도 따라 웃었다. 예쁜 얼굴 위로 미소가 그려지니 보기만 해도 감탄사가 나올 지경이다.

"그런데요, 희원 씨. 사모님 말고 그냥 이름으로 불러주시면 안 될까요?"

"네? 이름을요? 아……. 다들 사모님이라고 부르던데."

"우린 친구잖아요. 그냥 이름으로 불러줘요. 그게 더 좋을 것 같아요."

"아……. 그래도 되나……."

희원이 머뭇거리자 희주는 다소 가깝게 붙어 앉았다.

"사실 이 나이에 사모님 소리 버거워요. 내 나이가 엄청 많은 것 같아요."

"하긴, 그럴 수도 있겠네요. 나는 나일 때 가장 좋은 법이니까요. 누구누구의 사모님보다."

"……맞아요."

엄청난 지지 세력을 등에 업은 국회의원의 아내. 약간은 권위적이고 도도할 줄 알았는데. 외향상 풍기는 이미지도 차가워서 실제로는 까탈스럽겠구나, 생각하기도 했는데.

"강희주 씨는 성격이 참 좋은 것 같아요. TV에서 볼 때보다 더."

"사실 제가 화면발이 좀 안 받아요. 다들 엄청 차가울 것 같다고 하는데, 사실 저 백치미도 좀 있어요."

희주가 한쪽 손을 가리고 웅얼웅얼하며 자기 험담을 한다. 그런 희주의 말끝에 희원은 웃음을 터트렸다.

"저도 그래요. 저도 한 백치미 하거든요."

나야말로 요즈음 백치미를 풍긴다. 내 남편에게.

"희원 씨, 우리 식사할까요? 여기 초청된 셰프님이 알아주는 분이래요. 많이 먹고 가요."

"네. 그럼 잘 먹겠습니다."

희원은 무슨 의도로 이렇게까지 친절한지 알 수 없는 희주와 나란히 앉아 식사를 했다. 지나가는 모든 이들은 두 사람을 향해 이렇게 말했다.

"여어, 두 분 너무 그림이신데요."

예쁜 애 옆에 예쁜 애.

"사모님, 많이 드시고 가십시오. 권희원 씨도 많이 드세요."

유명한 애 옆에, 유명한 애.

· · ◆ ◆ ◆ ◆ ◆ · ·

"희원 씨, 결혼 생활은 어때요?"

"네? 결혼 생활이요?"

이런저런 사소한 이야기가 오고 간 끝에 결혼 생활에 대한 이야기가 나왔다.

희원은 뜨끔하는 마음에 눈을 크게 떴다. 그도 그럴 것이 어제 남편에게 차였고, 어제 남편은 외박을 했다. 그리고 이날 이때까지 소식이 없다.

"아······. 뭐······. 아직은 신혼이라. 하하, 하하하. 좋죠. 좋아요."

"신혼, 좋겠어요."

희주는 접시를 바라보며 중얼거렸다. 자신이 왜 이러고 그녀와 앉아 밥을 먹고 있는지 잘 모르겠다. 자괴감이 들기도 하고, 부러움이 치솟기도 한다. 구태여 희원을 곁에 두고 고통받는 이유란 뭐란 말인가.

"희원 씨, 남편분이 잘해주세요?"

하지만 이렇게라도 하지 않으면 미칠 것 같았다.

"그럼요. 잘해주죠."

답변이 가시가 될 줄 알면서도 멈출 수가 없다. 희주는 물잔을 들어 가득 물을 삼켰다.

"제 남편은 너무 자상하고, 또 유쾌한 사람이에요. 정의가 살아 있는 사람이고, 또 적당히 밀당도 할 줄 아는. 검사 일이 천직이라고 해요."

다른 여자의 입을 통해서 듣는 당신의 이야기, 그것만으로도 심장이 뛴다. 당신의 현재를 듣고 있음에 마음은 울렁거렸다.

"그 결혼이 오래오래 행복했으면 좋겠어요."

"네? 아, 네. 저도 그렇게 생각해요."

……미쳤다. 내가 미쳤지 뭐야.

결국은 이렇게 미치는구나, 희주는 짧은 한숨을 내쉬며 다시 희원을 바라보았다.

"SNS로 잘 보고 있어요. 종종 사진 올려주세요."

"네. 노력해볼게요."

그날, 남편의 호출로 발을 디뎠던 그 음식점 안에서 지환을 다시 재회한 이후로 마음은 더더욱 갈피를 잡지 못했다. 아슬아슬한, 혹은 붕괴할 것 같은 지금은 자극적이었지만 한편으로는 검은 현실을 통과할 한 줄기 빛이었다.

나의 의지로 당신을 놓은 게 아니었으니, 뜨겁던 마음이 그 자리 그대로 남아 굳어버린 건 너무나도 당연한 일.

"희주 씨 결혼 생활도 행복하시죠? 의원님이 너무 자상하시던데."

"……그럼요. 잘해주죠."

그의 아내, 권희원의 행복으로 나를 투영한다. 이 여자의 웃음으로 지금의 나는 대리 만족한다.

"너무너무 잘해주세요. 우리 의원님도 둘째가라면 서러운 사랑꾼이시거든요."

욕해도 좋아. 비난해도 좋아. 이렇게라도 하지 않으면 지금의 난, 살아갈 수가 없으니까.

미안한 말

"어어, 왔어요? 일찍 왔네요?"

일정을 마친 희원이 집에 들어서니 지환이 간발의 차로 돌아온다.

"일단 급한 불은 끈 것 같아서 일찍 들어왔습니다. 언제 왔어요?"

"저도 지금 막 왔어요."

그는 의도적으로 시선을 피했다.

"옷 갈아입고 나올게요."

"아……. 네네. 네. 그러세요."

슬리퍼를 신은 그가 그녀를 스쳐 지나며 방으로 들어선다. 희원은 그를 따라 몸을 돌리며 뒷모습을 바라보았다. 그는 자신의 침실이 아닌 처음에 마련해주었던 방으로 사라졌다.

희원은 행여나 들릴까 소리 없는 한숨을 내쉬었다. 차라리 오늘도 들어오지 않기를 바랐는데, 지환은 예상보다 일찍 들어왔다. 잠시 후면 이모님과 밖을 나선 하리가 돌아올 시간이니, 그 안에 그와의 관계를 뭐라도 해결하고 싶었다.

"저, 서지환 씨."

똑똑, 그녀는 그의 방을 노크했다. 완벽하게 닫히지 않은 문이 노크의 힘에 의해 스르륵 열린다.

"아, 미안요."

상의를 탈의한 지환이 고개만 돌려 바라본다.

"들어와요. 그 정도로 내외할 사이는 아닌 것 같으니까."

그는 덤덤히 벗은 셔츠를 테이블 위로 던졌고 넥타이를 반듯하게 걸었다. 시계를 끌렀고.

"어…… 그럼 실례할게요."

반지를 뺐다.

희원은 긴장감으로 무장한 채 그의 방 안에 들어섰다. 그가 팔을 움직일 때마다 굵은 선을 그리는 등 근육을 바라보자니 정신이 혼미해진다.

기다려도 말이 없자 지환은 힐끔, 그녀를 돌아보았다. 시선이 마주친다.

"아, 아, 그래요. 할 말이 있어서 들어왔어요. 하리가 오기 전에."

"해봐요. 놀라지 않을 테니까."

"어제 말이죠. 어제 내가 한 말은, 그러니까, 부담을 주려고 한 건 아니었고……."

"이미 부담됐는데."

"……."

"그것도 많이."

지환은 입을 티셔츠를 골라 꺼내 들었다. 입으려는 듯 팔을 끼던 지환은 가만히 멈춰 서 생각하다가, 다시금 고개를 돌렸다.

"답을 아직 못 한 것 같아서요. 나도 뭐라도 이야기를 해야 할 것 같은데. 권희원 씨 말문이 막힌 거면 나부터 얘기할게요."

아뇨, 안 해도 돼요.

듣고 싶은 말이 없는 희원은 마른침을 삼켰다.

"어제, 그리고 오늘 내내 생각했습니다. 뭐, 일이 바빠서 중간중간 시간을 그냥 보내기는 했지만."

희원은 듣고 싶지 않은 이야기들이 나올 것 같아서 손끝에 힘을 주었다. 말할 때 움직이는 그의 눈빛, 발아래 밟히는 것만 같은 낮은 음성.

웃음이 지워진 얼굴.

"정리해주었으면 좋겠습니다. 권희원 씨가 지금 가지고 있는 그 생각, 마음."

상상과 한 치도 다르지 않은 거절의 발언.

"우리 처음에 결혼할 당시의 약속들이 지켜졌으면 좋겠습니다. 변함없이."

"……."

"그게 당신과 내가 오래오래 상생할 수 있는 길인 것 같아서. 아무리 생각해봐도."

그의 반듯한 설명 앞에, 연설문처럼 준비해둔 그녀 말문이 막힌다. 반박의 여지가 없으니 회유란 꿈도 못 꿔볼 일이 되었다.

"나는 권희원 씨와 오래오래 지금처럼 지냈으면 합니다."

"……."

"진심으로 부탁해요. 우리 앞으로도 사랑 같은 건 하지 말죠. 안 하기로 했으니까."

희원은 아무 말도 떨어지질 않았다. 다만 그의 말들은 가슴속에 가득가득 쌓여 울대까지 뜨겁게 가득 찼다.

그의 마음을 붙잡지 못하는 것,

"미안합니다."

도리 없는 일이었다.

"미안합니다. 권희원 씨."

· · ✦ ✦ ✦ ✦ ✦ · ·

같은 곳에 서 있지만 각자 바라보는 풍경이 다른 시간.

모든 것은 멈춰 있고 한 마디의 말도 공중에 뿌려지지 않지만, 가만히 들여다보면 고백이 오고, 거절이 가는 시린 풍경.

"그랬죠. 맞아요. 사랑 같은 건 안 하자고 했었죠. 우리."

희원은 중얼거리며 마른 주먹을 쥐었다.

"그러니까 미안해할 필요 없어요. 그것도 내가 먼저, 서지환 씨에게 권했던 일이었으니까."

받아들일 생각이 없는 폭탄을 그에게 던져두고 후퇴한다. 그를 나쁜 사람으로 만들고, 그를 원망해야 하는 대상으로 만들어간다.

그러므로 나는 후회해야 하나. 저 사람이 나쁜 게 아니라 내 멋대로 마음을 끌러놓은 건데. 알겠어요. 접을게요. 정리할게요, 라고 말을 해야 할까.

나는, 아무에게도 열고 싶지 않은 그의 마음을 지켜줘야 할까.

"하지만 싫어요."

엇, 희원은 지가 뱉고 지가 놀라 눈을 동그랗게 떴다. 입에서 아무 말 대잔치가 흘러나온다.

"뭐, 뭐라? 싫어요?"

지환은 천하무적의 답변이 돌아오자 눈썹을 꿈틀거렸다. 잠시 당황함에 멈칫하던 희원은 무를 수 없다는 생각이 들었는지, 갈 때까지 가보기로 한다.

"내가 이 정도로 물러설 것 같으면 그런 말 애당초 안 했어요. 그러니까 쓸데없는 에너지 허비하지 말아요."

"무슨 소리를 하는 겁니까?"

"꼬, 꼬셔볼 거예요."

"……뭐?"

지환은 멍하니 입술을 벌렸다. 입으려던 옷에 두 팔을 끼워 넣은 채, 머리를 집어넣어야 한다는 생각을 잊어버렸다.

"꼬셔, 꼬셔볼 거예요."

희원은 제멋대로 흘러나오는 말들에 두 주먹을 움켜쥐었다. 지환은 시선만 힐끗 내려 그녀의 말아 쥔 손을 바라보고는 다시 고개를 들었다.

웃음은 좀처럼 찾아볼 수 없는, 어쩌면 처음 보는 것처럼 낯설기만 한 그의 표정 앞에 희원은 각오를 단단히 다졌다.

"난 이제 막 시작했거든요. 그러니 열릴 때까지 서지환 씨 마음의 문을 두드리고, 넘어올 때까지 서지환 씨의 심장을 찍어보죠."

"이봐요, 권희원 씨."

"다음 이야기는 그 후에 하도록 하고."

희원은 척척척 앞으로 걸어갔다.

"인간 권희원은 끈기 빼면 시체거든요. 미안해요, 걸려들게 해서."

"하…… 무슨."

"잡히기 싫으면 도망가요. 혼신의 힘을 다해서."

맨살의 그의 등을 철썩 때리고는 씩 웃었다. 사랑의 꾐에 빠진 여자는 물러날 곳이 없었다.

"건투를 빌게요. 서지환 씨."

쿵쿵쿵, 그녀는 평소보다 시끄러운 소리를 내며 방을 나섰다. 문이 닫히고 그녀가 멀어져 가는 소리가 들리자 지환은 그제야 숨을 길게 내쉬며 휘청였다. 어지러운 것 같아 손은 저절로 이마를 향했다.

"무슨 여자가 대체……."

냉정하게 굴어보려고 단단히 애를 쓰며 들어왔는데. 똑같은 상황을 반복하지 않으려고 인상마저 구기며 필요 이상으로 강하게 말했는데. 결국 돌아온 답이라곤.

꼬셔볼 거예요.

"꼬, 꼬셔보겠다니. 어떻게 그런 말이 잘도 나와, 이런 상황에서……."

하……. 지환은 연거푸 긴 숨을 뱉으며 더운 듯 손부채질을 했다. 약간은 붉어진 두 볼이 식을 줄을 몰라 그는 한동안 부채질을 멈추지 못했다.

……매섭게 말해도 야멸차게 굴어도 당신이 돌아서지 않으면, 그 끝의 우리는 어떡해야 하는 건가. 나는 당신에게 줄 마음이 없는데. 그럴 의지도, 의욕도 없는데.

"권희원 씨, 이렇게 씩씩하면 대체 어쩌자는 겁니까. 내가 얼마나 마음을 다지고 돌아왔는데……."

그녀는 잘 모르고 있음이 분명하다. 이렇듯 웃고, 숨을 쉬고, 말을 한다고 다 같은 평범한 사람이 아니라는 걸. 나는, 이미 고장 나버린 사람이라는 걸.

· · · · ◆◆◆◆ · · · ·

이튿날, 지환은 부스럭거리며 잠자리에서 연신 뒤척였다. 표정을 보아하니 꿈자리가 뒤숭숭한 것만 같다.

좋아해요. 서지환 씨.

날 가져요. 날 가져……. 어서 날…….

"허억."

헉. 헉. 지환은 마치 가위에 눌린 듯 무거운 몸을 버둥거리다가 화들짝 놀라 일어났다. 꿈속, 희원은 너무나도 공격적인 자세로 자신을 향해 돌진했다.

"와 씨, 꿈 좀 보게. 하……. 하아……."

허억, 허억, 굵은 숨은 연신 터졌고 지환은 잠에서 깨어났다는 사실을 인지하기 위해 눈을 여러 번 깜빡였다. 얼마나 아찔했는지, 아직도 심장이 뛴다.

"하…… 진짜, 하……."

꿈이었음을 확인한 뒤 가슴을 쓸어내리며 침대 쪽을 바라보니 희원의 자리가 텅 비어 있다. 눈을 껌뻑껌뻑하며 희원이 왜 누워 있지 않은가에 대해 생각했다.

지금 몇 시지? 그는 희원을 생각하며 동시에 휴대폰을 들었고 시간을 확인했다. 깜빡깜빡 눈만 감았다가 뜨던 지환은 헉, 소리를 내며 동시에 벌떡 일어났다.

"뭐, 뭐야. 늦었잖아!"

이런 제길! 지각이다! 지환은 헐레벌떡 일어났다.

뭐부터 하지, 뭐부터 하지, 우왕좌왕하다가 부리나케 침실 문을 열었다. 밤샘 근무를 했다고 몸이 그대로 늘어진 모양이다.

전부 나갔는지 아무도 없는 휑한 집, 그의 눈물겨운 출근 사투가 시작된다. 대강 세수를 하고 양치를 하고, 머리를 세면대에서 감는 둥 마는 둥.

"으어어, 늦었다. 늦었다."

우다다다 달려 끼이이익, 방문을 열고 옷장을 열어 눈에 보이는 대로 집었다.

"으어어어어어, 늦었어, 늦었어."

셔츠를 대강 껴입고 타이를 아무거나 들었다. 동시에 바지를 꺼내 입고 벨트를 찾았다. 시계 반지는 패스. 거울 앞에서 젖은 머리를 대강 휘저어 흔들고는 차 키와 서류 가방을 들었다.

이것저것 들며 슈트 재킷도 함께 건졌고, 다시 우다다다 달려 현관으로 나갔다. 어제 신었던 구두 그대로 신으려고 발을 집어넣다가,

"아, 핸드폰."

다시 들어왔다. 우사인 볼트가 서러울 정도로 달려가 침실 문을 부술 듯 열고 휴대폰을 찾았다.

"어어어, 늦어, 늦었다고, 늦는다고."

휴대폰을 낚아채고 다시 현관으로 달렸다. 구두를 신으려는데 양말이 없다.

"이런, 아오."

다시 들어와 허겁지겁 양말을 찾았다. 왜 이렇게 양말 신기가 힘든 거냐, 서서 신으려니 이리 쿵, 저리 쿵, 가관이다.

엉성하게 양말을 신고 허겁지겁 현관으로 나가 구두를 신으려는데, 현관문에서 하리가 뭘 흘렸는지 끈적한 요구르트 같은 게 잔뜩 묻어 있다.

"아아, 바빠. 바쁘다고."

그냥 나가야겠는데 성격상 도저히 지나칠 수가 없다. 지환은 구두 한쪽을 들고 부리나케 화장실로 들어섰다. 휴지로 닦는 것보단 빠르겠거니, 그는 샤워실로 들어가 물을 틀었다. 물로 싹 씻어내리면 금방 깨끗해질 것 같다.

그래, 10초 정도 여유 있어. 지금 구두만 닦고 집을 나서면 최소 세이브는 할 수 있으리라. 철저한 시간을 계산하는 와중에 경황없는 한 손이 샤워기 버튼을 들어 올리고.

쏴아아아 ― 물은 천장에서부터 떨어져 내렸다. 무척 차갑고, 무척 강한 수압의 물줄기가 제철 맞은 폭포처럼 철철철 떨어져 내렸다.

"아……."

구두 한쪽을 들고 지환은 온몸으로 떨어지는 물줄기를 오롯이 받았다. 차마 버튼을 다시 눌러 끌 생각도 들지 않고, 지환은 그저 눈을 꽉 감았다.

"내가…… 샤워기 버튼 돌려놓으라고 했지……."

샤워기 버튼을 돌려놓지 않은 장본인은 이미 사라지고 없는 휑한 집. 지환은 정신이 번쩍 드는 차가운 물줄기에 얼굴을 우악스럽게 비볐다.

"하…… 돌아버리겠다. 권희원……."

최악의 아침이 시작되었다.

◆ ◆ ◆ ◆ ◆ ◆ ◆ ◆ ◆

"잘 잤냐?"

"잘 잤겠냐?"

연습실에서 마주한 희원에게 돌아오는 대답이 싸늘해 구언은 웃음을 터트렸다. 퀭한 얼굴을 하고는 연습실 벽에 머리를 쿵쿵 찧고 있는 권희원은 어딘가 모르게 낯설었고, 그래서 더욱 인간미가 있었다.

"권희원, 너도 사람이긴 한 모양이다. 이제 좀 사람 같네."

"놀리지 마. 나 어제 차였으니까."

"뭐? 차였어?"

물을 마시던 구언은 화들짝 놀라 희원을 바라보았다. 의욕 없는 자세로 벽에 기대고 앉아 쿵, 쿵, 머리만 뒤로 찧고 있는 그녀는 뜻밖의 말을 실토했다.

"차, 차였다고? 서지환 씨한테?"

"그래. 차였다고. 아니, 아주 제대로 까였다고 나."

"허. 고백을 했어? 벌써? 뭐가 이렇게 빨라, 브레이크도 없어."

"사랑에 브레이크가 어디 있겠냐? 쇠뿔도 단김에 빼라는데 인간 권희원이 미적거릴 수 있겠어?"

하는 말 좀 보게. 구언은 당황했다는 것처럼 희원에게 가까이 다가갔다.

"뭐야, 어떻게 차였는데. 자세히 좀 말해봐."

"왜 남의 아픈 과거사를 자세히 듣고 싶은 건데 넌."

"아픈 과거사니까 듣고 싶지. 기쁜 과거사면 듣고 싶겠냐?"

"아오…… 이놈 저놈 사람 염장 지르는 데 일가견들이 있다니까."

어느덧 두 사람은 자연스럽게 대화를 주고받았다. 한번 크게 부딪치고 나니 오히려 관계란 유연해졌다. 본디 서로를 잘 알았고, 본디 서로를 잘 이해했고, 복잡한 감성 따위를 조금 지우고 나면 서로는 서로에게 더할 나위 없이 좋은 사람이었다.

"너도 까이는구나, 권희원. 세상에 너를 까는 사람도 있구나."

"그치. 니가 봐도 이상하지. 어떻게 나를 까? 어떻게 나를 거부해?

말이 돼?"

희원이 덥석 말을 반기며 상체를 벽에서 떼자 구언은 그녀 이마를 손으로 눌러 다시 벽에 머리를 붙였다.

"그러니까 나한테 왔어야지. 이거 봐, 이게 뭔 개고생이냐?"

"그러니까. 너한테 갔어야 했나 봐. 이렇게 개고생할 줄 알았냐?"

"지금이라도 늦지 않았어, 권희원. 난 준비된 남자거든."

"지금 많이 늦었어, 구언아. 난 그렇게 생각해."

"아오."

아오, 구언이 옅게 탄식하자 희원은 망했다는 표정을 지으며 쿵, 쿵, 다시 머리를 찧었다. 짜증은 폭발하고 더럽게 서러운데, 뱉은 말이 있어서 뒤로 무를 수도 없다.

"남편 꼬시기 되게 어렵다. 구언아."

"너 꼬시는 것도 어려웠어, 나는."

"하…… 벌 받는다, 벌 받아. 유구언 마음 밟고 가서 내가 천벌을 받네."

"지금이라도 늦지 않았다니까."

"시끄러! 하나도 위로 안 되니까!"

희원이 눈꼬리를 올리며 머리를 연신 쿵, 쿵, 찧자 구언은 가만히 바라보다가 자신의 손바닥을 벽에 가져다 댔다. 그녀가 벽에 머리를 쿵, 찧자 구언의 손바닥이 쿠션처럼 닿는다.

"이런다고 뭐 달라지냐? 가뜩이나 안 좋은 머리 뇌세포 다 죽는다."

그녀는 움찔하며 행동을 멈췄다.

"다정하게 굴지 마. 나 더 벌 받을 것 같으니까."

"일어나. 연습해야지. 춤이라도 잘 춰야 니 남편이 봐줄 거 아냐."

"에효. 알았다, 알았어."

희원은 자리에서 일어났다. 그는 출근 했으려나? 뭐, 칼같이 일어나는 사람이니까 출근이야 잘했겠지.

그녀는 연습을 시작할 요량으로 몸을 풀었다. 오늘은 예고를 다니는 아이들과 만남이 있는 날이기에 평소보다 일찍 나왔다. 그는 궁금하지 않겠지만.

그래, 일. 일하자. 일할 땐 일만 해야지. 연습 열심히 하자. 인간 권희원은 일도 좋아하니까.

"아, 나 그런데 오늘 계속 귀가 가렵네. 누가 내 욕하나?"

"남편이 욕하는 모양이지."

"우씨, 아니거든! 욕은 안 하거든!"

서지환 씨도, 상큼하고 가벼운 하루 시작해요.

＊ ＊ ＊ ＊ ◆ ＊ ＊ ＊ ＊

"여어, 서검. 지각? 지각했네? 인간이 완전 빠졌네? 굉장히 불성실하네?"

"시끄럽다. 말 걸지 마라."

응? 정윤은 지환의 늦은 출근을 비웃다가 웃음을 뚝 그쳤다. 저기압 오로라를 모락모락 풍기며 녀석이 자리에 앉는다. 정윤은 편의점 표 카스텔라를 한 입 앙, 물며 눈을 동그랗게 떴다.

"뭐야. 왜 이렇게 아침부터 기분이 더럽고 무거워?"

"더럽고 무거운 일로 시작했으니까. 가, 빨리."

"왜? 무슨 일 있었어? 부부싸움? 각방의 시작? 설마, 별거?"

"안 나가냐?"

"이혼은 하지 마라. 잘 생각해야 한다? 인생의 마그네틱이 손상 되는 거야, 서검."

"너, 이 씨……."

지환이 눈을 부릅뜨자 정윤은 다른 곳을 보며 딴청을 피웠다. 아아, 궁금하다. 남의 불행한 가정사, 너무너무 듣고 싶어.

"서검, 카스텔라나 먹어. 흰 우유를 꼭 한 모금씩 중간에 마셔줘야 해."

"빵가루 좀 튀기지 마. 제발 좀. 다 먹고 말 좀 해."

정윤의 입에서 가루가 튀자 지환이 질색한다. 본의 아니게 샤워도 다시 하고, 정제된 몸으로 새 슈트까지 걸쳐 입은 터라 오만 가지 짜증이 폭발했다.

"아, 자식, 드럽게 깐깐하네. 간다, 가. 으휴. 계장님, 이거 드세요."

정윤은 몇 개 더 사 온 카스텔라를 계장 앞에 두었다. 종종종종 검사실을 나서다가 정윤은 다시 고개를 돌려 지환을 바라보았다.

"맞다. 너 차장님이 찾았는데. 내가 너 지각 중이라고 설명 드렸어."

"아오 저걸 진짜……."

"그리고 서검, 나 잘 아는 선배 중에 이혼 전문 변호사 있어. 원래 스님도 자기 머리는 못 깎는 법이니까 필요하면 얘기⋯⋯."

"나가! 당장 나가!"

지환의 불행은, 정윤의 행복이었다.

· · ◆◆◆◆◆ · ·

"서지환 씨, 하리 잘 데려다줬어요?"

"네. 잘 데려다주고 왔습니다."

하리는 일주일에 한 번 지환의 본가를 찾았다. 아이가 오기만을
눈 빠지게 기다리는 어른들 품에 하리가 폴짝 안기는 것을 확인한
뒤에야, 지환은 희원의 집으로 돌아왔다.

그녀의 시선을 피하며 부러 바쁘게 움직이던 지환은 영 이상한
느낌이 들어 힐끗, 뒤를 돌아보았다. 희원이 멀뚱멀뚱 서서 자신을
바라보고 있다.

"왜 그러고 서 있습니까?"

농담기를 지운 얼굴로 물었다. 그녀 앞에서 웃지 않는 버릇을 들
여야 했다.

"밥 없는데."

"괜찮습니다. 한 끼 굶어도 죽지 않아요."

"서지환 씨, 이건 나가서 먹자는 소리예요. 눈치가 그렇게 없어?"

아아. 나가서 밥을 먹잔다. 덥석 그러자고 반기려다가 지환은 멈
칫했다. 자신의 농담과 친근함을 그녀가 어디까지 헷갈려 하지 않
을 수 있는지 확신이 서질 않았다.

"저녁 생각 없습니다, 권희원 씨."

"내가 생각이 있어서요. 나가서 먹어요. 배고프면 서지환 씨를 잡아먹을 수도 있거든요."

"뭐, 뭐?"

화들짝 놀란 지환이 눈을 크게 뜨며 바라보자 희원은 웃었다.

"아, 먹고살자고 하는 일이잖아요. 배도 든든해야 사랑도 하고 거절도 하는 거 아닌가요?"

"허……."

그녀는 낮 사이 더욱 강한 캐릭터가 되어 돌아왔다. 지환이 어이를 상실한 표정을 짓고 있자 희원은 까딱, 고개를 흔들며 현관을 가리켰다.

"삼겹살. 소주 한잔, 콜?"

어억. 메뉴만 들어도 침샘이 폭발한다. 지환이 저도 모르게 마른 침을 꿀꺽 삼키자 희원은 시원하게 웃었다.

"가요. 요 앞에 잘하는 집 발견했어요."

그래. 삼겹살은 죄가 없다. 지환은 시원하게 웃으며 먼저 현관으로 향하는 희원의 뒷모습을 바라보았다.

"빨리 나와요! 맛집이라 늦으면 줄 서서 기다려야 할지도 모른다고요!"

"갑니다, 가요."

물론, 소주 한잔도 죄가 없다.

◆ ◦ ◦ ◆ ◆ ◆ ◆ ◦ ◦

"잘 익은 고기 한 점에 소주 한잔이면 진시황도 부럽지 않죠. 어서 먹어요."

희원이 접시에 잘 익은 고기를 내려준다. 오늘 아침, 지각할 뻔한 샤워기 사건을 곱씹으며 지환은 희원을 바라보았다.

"일찍 나갔던데, 오늘."

"아아. 네. 일이 좀 있었어요. 설마, 내가 안 깨워서 지각한 건 아니죠?"

했다! 했어!

지환은 꿍얼꿍얼 입술만 움직이며 고기를 집었다. 만나기만 해 봐라, 매섭게 얘기해줄 테다. 다짐다짐을 하고 왔는데 막상 그녀 얼굴을 바라보니 샤워기를 미처 확인하지 못한 제 과실로 여겨진다.

아침나절의 고충은 가볍게 날아가고 만다. 모든 것은 별일 아닌 게 되어버리고 마는 것이다.

"······했단 말이죠. 이게 얼마나 힘들고 빡센 일이냐면요······."

고기를 굽는 내내, 술잔을 비우는 내내 그녀는 쉼 없이 종알거렸다. 고개를 가볍게 끄덕이며 듣고 있다는 표시를 하는 건 그의 몫이었고, 술잔을 비우기가 무섭게 술을 채워주며 지금을 이끌어가는 건 그녀의 몫이었다.

지환은 물끄러미 그녀 얼굴을 응시했다.

"······했는데, 와, 진짜 죽을 뻔했어요. 두 번은 못 하겠더라고요. 진심으로 힘들었어요."

작은 입술 사이로 사소한 이야기를 쏟아내는 그녀는 고기를 굽는 일에 열중하고 있다. 시선 둘 곳은 마치 그곳뿐이라는 것처럼, 그녀는 불판만 바라보고 있는 것이다. 입술은 하염없이 움직이는데 시선은 그곳에 머물러 있다.

　"아까부터 권희원 씨에게 궁금한 게 있었는데."

　"뭔데요?"

　"왜 사람 얼굴을 안 봅니까? 말은 끊임없이 하면서."

　그녀의 손길이 잠시 멈칫, 한다. 변명을 생각할 시간이 필요한지 앞에 놓인 술잔을 들었고, 목을 축였다.

　"못 보겠어요. 서지환 씨 얼굴을."

　"얼굴도 못 쳐다보는 남자를 어떻게 꼬시려고?"

　"그래서 고민 중이에요. 술김엔 가능할까 싶기도 한데. 흠."

　수, 술김에 뭐, 뭘 어쩌겠다는 말입니까?

　지환은 느긋한 표정으로 중얼거리는 희원의 말에 눈썹을 꿈틀거렸다. 자신과 시선을 마주하지 않는 순간의 그녀는 무적이다.

　"꼬셔본 적 있습니까?"

　"내가요? 남자를요?"

　오, 쳐다본다. 질문이 하도 거지 같으니 어이가 없어서 바라보는 모양이다.

　"꼬셔본 적 없는데요. 한 번도."

　"……쿨럭. 쿨럭쿨럭."

　쿨럭. 지환은 저도 모르게 자신의 입꼬리가 올라가는 것을 느끼곤 급히 기침을 뱉었다. 민망하니 술이 술술 들어간다.

"집게 줘요. 내가 구울 테니."

"다 구웠는데 무슨. 서지환 씨는 먹기나 해요."

"지금부터 관리가 중요한 겁니다. 내놔요."

지환은 희원의 손에 있는 집게를 가져갔다. 고기가 타지 않게 뒤적거리며 그는 힐끗 그녀를 다시 바라보았다.

어째서, 나입니까? 그는 묻지 못한 말을 삼켰다.

"어째서 서지환 씨여야 하는지 곰곰이 생각해봤어요."

"……지금 내가 혹시 입 밖으로 생각을 말했습니까?"

"아뇨? 무슨 소리예요?"

지환은 깜짝 놀란 얼굴로 손사래를 쳤다. 그녀에게 마음을 읽힌 것만 같아 더운 기운이 와락 밀려왔다.

"오늘 종일 생각해봤어요."

희원은 약간은 작아진 음성으로 말했다. 시선은 빈 술잔에 닿았다.

"그런데 잘 모르겠는 거예요. 어느 순간부터 내가 당신 이야기에 웃고, 당신을 생각하면 웃고. 웃고. 또 웃고."

"……."

"기억나요? 서지환 씨가 사랑에 실패했다고 했잖아요. 그 말을 듣고 난 이후로 뭐랄까, 어떤 이상한 마음이 생겼어요."

"어떤……."

"당신의 과거와 싸우고 싶다……."

그의 마음에 찌르르, 진동이 인다. 표정은 허물어지듯 긴장을 잃었다. 지금 그의 표정을 보지 못한 희원은 시선만 내리깐 채 중얼거렸다.

"뭐, 현재일 수도 있겠어요. 아직 당신 마음속에선 진행형이니까. 그런데 내가 싸워서 이겨보고 싶더라고요."

이겨서, 당신의 과거와 싸워 보란 듯이 이겨서.

"그런데 내가 신중하지 못한 거죠. 그렇게 쉽게 열릴 마음 같았으면 서지환 씨가 닫지도 않았을 텐데. 그걸 몰랐어요."

당신이 나와 함께 행복해졌으면 했는데. 오만이었을까.

"생각이 많네요, 내가 요즘. 서지환 씨 때문에."

마치 고해를 하듯 그녀 말은 경건했고 엄숙한 구간이 있었다. 진중한 표정과 더해지니 받아 들기도 죄스러울 만큼 무겁고, 귀하게 여겨졌다.

그는 술잔을 들었고, 비웠다. 작은 잔을 쥐고 이리저리 돌리다가.

"내가 미안해야 할 것 같아요. 서지환 씨에게 이런 고민거리를 안겨줘……."

"해봐요."

"……네?"

그녀는 고개를 들었다. 이번엔 그의 시선이 술잔에 닿는다.

"해봐요. 이길지 질지는 모르겠지만. 싸워봐요."

"당신의…… 과거와…… 싸우라는 말인가요?"

"할 수 있다면. 해줄 수 있다면."

우리의 끝은 어디인가. 열리고, 닫히는 것은 누구의 몫인가. 아직은 알 수가 없다.

"권희원 씨의 각오 그대로 꼬셔봐요. 힘껏. 열심히. 내 과거와 싸워서, 이겨봐요."

"……."

"당신이라면 가능할 것도 같으니까."

그는 아직 우리의 미래를 보지 못했다는 눈길을 들었다. 여전히 마음은 닫혀 있고, 여전히 과거에 머물러 사는 나이지만,

나도 어쩌면, 행복해질 수 있을지 모르니까.

"할 수 있다면 해줘요, 그렇게."

당신과 함께. 어쩌면. 어쩌면.

"건투를 빕니다."

그게, 당신이라면.

· · · ◆ ◆ ◆ ◆ · · ·

간단히 저녁만 먹고 들어오려고 했는데. 그의 마음을 불편하게 하는 일은 없게 하려고 대본을 짜듯 심심한 이야기들도 많이 준비 했는데.

내 과거와 싸워서, 이겨봐요.

삼겹살을 먹다가. 소주를 기울이다가. 웃으며 흘려듣기엔 너무나도 엄청난 말을 듣고야 말았다.

당신이라면 가능할 것도 같으니까.

집으로 돌아가는 길. 엘리베이터에 올라선 희원은 힐끔, 지환을 올려 보았다. 그는 덤덤하게 버튼을 눌렀고 반듯하게 서서 정면을 응시했다.

힐끔, 힐끔, 그녀는 연신 그의 표정을 훔쳐보았다. 시선을 아무리 돌려보려고 해도 순간순간 그가 짓는 표정은 너무나도 궁금했다.

"그렇게 훔쳐볼 거면 차라리 앞에서 봐요. 그게 더 잘 보일 것 같은데."

"아, 안 쳐다봤거든요?"

"다 보입니다. 쪼끄매가지고."

지환은 턱으로 앞을 가리켰다. 희원이 그가 가리키는 곳을 보자 굳게 닫힌 엘리베이터 문이 거울처럼 자신을 비추고 있다. 이런 제길, 희원은 오만상을 찌푸리며 옆으로 고개를 휙 돌렸다.

"닿지도 않을 거면서 쳐다봤다고 되게 뭐라 그러네."

"아니 그러니까, 정면에서 보라니까? 정확도 떨어지는데 뭐 하러 그렇게 봅니까?"

"원래 모든 건 훔쳐봐야 재밌거든요. 몰라요?"

"아아. 설득이 바로 되네요. 그럼 조금 더 훔쳐봐요. 취향 존중합니다."

"아오……."

아오……. 얄미워……. 희원은 눈을 가늘게 뜨며 지환을 노려보았다.

내가 아무리 말이야, 지를 좋아한다고, 어? 저렇게 말이야, 자신감에 넘쳐서 말이야. 도도하고 거만하고, 어? 사람이 말이야, 글러 먹었어.

띵동—

"내려요. 문 닫혀요."

희원이 속으로 꿍얼대는 사이 집에 도착했다. 지환이 먼저 내려 그녀를 바라보자 그녀도 따라 내렸다. 띡, 띡, 띡, 띡, 지환은 그녀의 집 비밀번호를 눌렀다.

"이건 누를 때마다 감동이긴 합니다."

자신의 생일로 완성된 그녀의 집 비밀번호. 지환이 마음에 든다며 빙긋 미소 짓자 희원은 결심한 듯 중얼거렸다.

"집 비밀번호 바꿔야겠어요."

"왜? 어째서? 갑자기?"

문을 열고 그녀가 먼저 들어선다.

"집 비밀번호 내 생일로 해놓을게요. 순간 뭔가 좀 억울했으니까."

난 이미 당신 생일을 닳도록 외웠는데 당신도 내 생일 눌러봐야지. 응?

"내 생일 비밀번호 꾹꾹 누르면서 내 생각해요. 난 이미 서지환 씨 생일 외웠으니까."

"그냥 두죠. 귀찮게 바꾸고 하지 말고. 손에 익어서 좋은데요. 본인 생일로 해두는 집 비밀번호는 위험하기도 하고."

우씨……. 희원은 꿍얼거리며 주방으로 향했다. 술김일까, 자꾸만 더워지는 것이.

"서지환 씨, 물 마실래요?"

"괜찮습니다."

벌컥벌컥 물을 삼켰다. 휴, 갈증이 가시는 것 같지 않아 희원은 재차 물을 마셨다.

자신의 과거와 싸워 이겨달라던 말이 쉽게 지워지질 않고 뇌리에 남아 자꾸만 가슴이 떨렸다. 두근거리는 것이 아니고, 저미고 아팠다.

희원은 물컵을 내리며 천천히 돌아보았다. 하리가 없는 집에 둘만 남은 공간.

밤이 되었고.

"슬슬 씻고 자야죠. 서지환 씨가 먼저 씻을래요?"

사심은 충만하고.

"먼저 씻으라는 말이 왜 이렇게 협박처럼 들리는지 모르겠네요. 나 오늘 안전한 겁니까?"

"아, 진짜! 자꾸 도발할래요? 협박 좀 당해볼래, 진짜?"

뜨끔한 희원이 버럭 하자 지환이 피식 웃는다. 저 웃음, 어쩐지 오랜만인 것 같아서 희원은 순간 멍한 얼굴을 했다.

"왜 자꾸 괴롭히고 싶은지 모르겠습니다. 권희원 씨가 버럭버럭 할 때마다 웃음이 솟아서, 자꾸."

"……어린애 같네요. 괴롭히면서 즐기는."

"보통은 좋아하는 여자애한테 그러던데."

지환은 자리에서 일어났다. 더 장난을 쳤다간 한 대 얻어맞기 싶다. 이럴 땐 삼십육계 줄행랑이 최고다.

"그럼 먼저 씻으러 갑니다."

"같이 씻을래요?"

"이 여자가 진짜!"

지환이 홱, 뒤를 돌아보자 이번엔 희원이 웃는다.

"놀려먹는 게 당신만 즐거운 줄 아나 본데, 나도 즐거워. 왜 이래?"

"말은 왜 짧은 겁니까?"

"뭐, 술김?"

희원은 그에게 다가갔다. 마치 어린아이 엉덩이를 토닥이듯 지환의 엉덩이를 토닥토닥했다.

"어구구, 깨끗하게 씻어요. 양치도 꼭꼭 하고."

"어, 어딜 만져요!"

"그러니까 항상 경계하라고요. 뒤는 언제나 안전하지 않으니까."

으어으……. 지환은 희원의 손을 피해 후다닥 걸음을 빨리했다. 당황해서 피하는 그의 모습이 귀여운지 그녀는 웃음을 터트렸다.

"그러다가 된통 당하지 진짜! 내가! 어? 내가! 진짜 막 무섭게!"

지환이 사라지며 바락바락 소리치자 희원도 따라 소리쳤다.

"그러니까 내 말이! 언제쯤 무섭게 해줄 건데!"

"……."

조용하다. 희원은 그가 사라진 자리로 눈을 흘기다가 너털웃음을 흘리고 말았다.

"아주 그냥 귀여워서 못 기다리고 내가 무섭게 달려들게 생겼어."

그의 엉덩이를 토닥였던 손을 쥐었다 폈다 반복했다. 귀여워, 정말이지 그는 너무 귀여웠다.

"뭐, 지금처럼 지내는 것도 나쁘지 않네."

그래, 짝사랑이면 어때. 눈에 보이지 않는 과거 따위, 이기지 못

하면 어때.

"이렇게라도 계속 지낼 수 있다면 좋겠다……."

내가 먼저 등 돌리지 않는 이상, 당신이 내게 등을 돌릴 리가 없는데.

◆ ◆ ◆ ◆ ◆ ◆ ◆ ◆ ◆

"거기, 나 좀 봐."

"네? 아, 네."

희주는 머그잔을 든 채 멍하니 생각에 잠겼다가 황급히 고개를 들었다. 때아닌 남편의 호출이다.

'거기'라는 호칭으로 자신을 부르는 남편에게 한 번의 싫은 소리도 하지 못한 채 그녀는 즉각 반응했다. 남편의 입을 통해 자신의 이름을 들어본 적이, 있기는 있었던가.

"서재로 와."

"네. 알겠어요."

희주는 백 의원의 뒤를 따라 그의 서재로 들어섰다. 서재의 분위기는 남편의 성격을 닮아 몹시도 냉한 기운이었다. 숨 막히는 무게도 함께 있었다.

"거기 좀 앉아봐."

"네."

자신을 소파 의자에 앉히곤 본인은 서재 책상으로 걸어가 책상 의자에 앉는다. 가까이 마주 앉고자 하는 의지가 없는, 명확한 상하

관계의 풍경.

"요즘 만나는 사람 중에 권희원이라고 있지."

"네? 네? 아, 어, 아…… 어…….'

"……."

"……네."

대단할 것 없는 한국무용수 이름 석 자를 입에 올렸더니 아내가 기겁을 한다. 백 의원은 그런 희주의 얼굴을 유심히 들여다보았다. 어쩐지 편안해 보이지 않는 아내의 표정은 예감에 단순한 관계가 아닐 수도 있겠다는 생각을 하게 했다.

"그런데…… 어떻게 아셨어요? 제가 어…… 만나고 다닌다는 걸……."

"……하."

백 의원은 아내의 질문이 황당하다는 듯 탄식을 뱉었다. 멍청한 건지 순진한 건지, 몇 년을 살아도 모를 일이다.

"내가 모르는 게 있을 것 같아? 너에 대해서?"

"……."

그는 깍지 낀 손을 책상에 올렸다. 팔꿈치로 책상을 받치고 손등에 턱을 괴며 아내를 바라보았다.

"그 여자 남편이 서지환 검사라던데."

희주는 일부러 놀라지 않으려는 듯 눈만 깜빡였다. 조금 전과 다른 그런 침착함이, 오히려 부자연스러웠다.

"몰랐나?"

"어…… 잘은……."

"그래? 잘 몰라?"

"……."

"보고 받았다고 하던데. 니가. 직접."

희주는 숨이 턱턱 막히는 기분에 눈만 감았다가 떴다. 남편의 질문은 취조처럼 여겨져 단순한 답도 어렵게 되었다. 뭘 알고 묻는 건지 모르고 묻는 건지. 안다면 무엇을 어디까지 알고 묻는 건지 종잡을 수가 없다.

심장은 가파르게 뛰었고, 때문에 입을 뗀다면 목소리가 갈라질 것만 같았다. 남편의 시선이 따갑다는 것을 깨달은 희주는 다시 평정심을 되찾고는 빙긋 웃었다.

"보고 받긴 했었는데 그 여자 남편의 이름까지 기억할 수는 없었어요. 검사라고 했던 것 같긴 한데, 그 사람이 그 사람이라고는 생각 못 했어요."

그의 시선은 여전히 따갑다.

"곁에 둬도 괜찮은 여자인지 아닌지, 그것만 좀 알고 싶었을 뿐이에요. 그래서 신상에 대한 보고를 받았고요."

희주는 일어서 남편의 책상 쪽으로 다가갔다.

"그럼 그때 식당에서 만난 젊은 검사가 권희원의 남편이라는 거잖아요? 맞죠?"

우연히 겹친 것처럼, 열과 성을 다해 그를 모른 척하는 지금,

"몰랐어요. 그냥 당신이 아는 검사라고만 생각했지, 그 사람이 그 사람일 거라곤."

그녀는 남편의 시선을 똑바로 마주했다. 고개를 비스듬히 꺾으

며 자신을 올려 보는 남편의 날카로운 눈빛에 마음이 찔리는 것만
같았다.

……한참 후.

"뭐, 그래."

남편의 말이 이어진다.

"모를 수도 있지. 난 니가 나한테 뭘 숨기는 건 아닌가 싶어서."

"제가 뭘 숨기겠어요. 그런 거 없어요. 있을 리가 없잖아요."

"숨기고 싶은 게 있다면 사력을 다해 숨겨."

"……."

"나는 반드시 찾아낼 거고, 결국 내가 알고 나면 결말이 아름답
지는 않을 테니까."

눈빛을 조절하는 것도, 표정을 잃지 않는 것도 어렵기만 하다.
희주는 가만히 숨만 내쉬며 남편에게서 시선을 떼었다. 팔이 떨려
오는 것 같아 간신히 왼팔로 오른팔을 붙잡고 서서 남편의 다음 말
을 기다렸다.

"어쨌든 지금은 그 무용수를 니가 알고 있다는 사실이 내겐 제
일 중요하니까, 일단 다른 얘기는 접자고."

"왜…… 권희원 씨가 중요한지 물어봐도 돼요?"

"필요해."

"……."

"무용수가 아니라 그 남편이."

희주는 바닥이 빙글빙글 돌아가는 느낌에 입술을 꽉 깨물었다.

하루를 버티고 나면 그다음 하루는 더욱 버겁다. 간신히 버티고

버텨 그 하루를 살고 나면, 그다음 하루는 그 이상으로 버거워진다.

"그날 봐서 알 거 아냐. 서지환 검사가 맡고 있는 사건이 하나 있는데, 내가 그 사건을 좀 주물러야 해."

"자세히 좀…… 말씀해주시면……."

"자세히는 알 것 없고."

백 의원은 안경을 벗고 미간을 지그시 눌렀다. 수사는 좁아들기는커녕 점점 더 확대되어가는 중이었고, 윗선의 지시와는 별개로 검사의 단독 수사권을 막기란 역부족이었다. 게다가 일본으로 들어가려던 금괴가 공항에서 다량 압수되며 다시 원점으로 돌아왔다.

"니가 자리 좀 만들어봐."

"아……."

아…… 제발…….

"어떻게든 서지환 검사, 내 앞에 데려와. 무용수를 구워삶든지 잡아먹든지 알아서 하고. 데려와."

"제가 어떻게……. 어떻게 남의 집 남편을……."

"부부 동반, 취지 좋잖아. 머리가 그렇게 안 돌아가나?"

희주는 잔 숨만 끊어 내쉬었다. 간절함에 시작한 회원과의 인연은 독이 되어 지금 자신의 숨통을 거침없이 움켜쥔다.

"이번에야말로 제대로 나를 도와. 촉박하니까 빠른 시일 내에 자리 만들고."

이런 속도 모르고, 남편은 오로지 명령만을 반복했다.

"나가봐."

씻고 나온 희원은 머리 위로 수건을 감은 채 화장실을 나섰다. 거실로 향하니 지환이 소파에 앉아 평소에 보지도 않는 TV를 틀어 놓고 있다.

인기척을 들었을 텐데 격렬하게 모르는 척하며 열심히 시청하는 척하고 계시니 희원은 고개를 갸우뚱했다.

"안 자요?"

"먼저 자요. 난 이거 마저 보고 잘게요."

"그래요, 그럼."

희원은 아무 생각 없이 침실로 들어섰다. 침대 밑에 이불이 깔려 있지 않은 것을 본 희원은 문고리를 잡고 멈췄다. 이 시간쯤이면 시키지 않아도 이부자리를 잘 펴놓는 지환이기에.

"한 방 쓰는 거, 민망한 모양이네."

하리가 없으니 침실에서 자기가 어려운 모양이다. 희원은 고개를 돌려 다시 거실을 바라보았다. 이제 보니 베개 하나를 등받이처럼 쓰고 있는 게, TV를 보는 척하다가 소파에서 그대로 잠을 잘 생각인 것 같다.

쳇. 희원은 꿍얼거리며 눈꼬리를 올렸다. 화장대에 대충 앉아 화장품을 얼굴에 바르며 그녀는 연신 투덜거렸다.

"과거와 싸우긴 개뿔, 싸울 시간이나 줬어? 하늘을 봐야 별을 따는 거 아냐?"

싸우고 싶어 죽겠는데 혼자만 열 낸다고 싸움이 되겠나.

"그래, 소파에서 자라, 자, 치사해. 하리만 없으면 아주 내외하기가 말도 못 하지."

크림을 치덕치덕 바른 희원은 머리를 감싸놓은 수건을 끌렀다. 드라이기를 켜고 불같은 바람을 맞으며 열심히 머리를 말리는데,

"왜 들어왔어요?"

그가 들어온다.

"보던 게 끝나서."

보던 프로가 끝났단다. 흥, 희원은 눈꼬리를 있는 대로 끌어올린 채 열심히 머리를 말렸다. 베개를 한쪽 팔에 끼고 들어온 그는 침대 위로 베개를 던지고는 이불장을 열었다.

소파에서 자려는 주제에 이불까지 가져가려는 모양일세? 흥, 그럴 거면 차라리 지 방에서 자면 그만이지, 뭐 하러 소파에서 자려고 해?

"지금 뭐 해요?"

그러다가 그녀는 드라이기를 껐다. 바닥에 이불을 펴고 있는 게 아닌가?

"자려고 준비하는데요?"

"소파에서 안 자고?"

희원은 홱, 뒤를 돌아 그를 바라보았다. 뭔 소리냐는 표정으로 그가 이불을 툭툭 펼치며 입을 연다.

"소파에서 자는 걸 바라는 모양입니다?"

"아, 아니 뭐, 그런 건 아니지만. 아니 난 또 그런 줄 알고."

"왜? 언제는 침대에서 같이 자자며?"

쿵, 하고 심장에 돌덩이가 떨어져 내린다. 지환은 묵묵히 이불을 마저 다 펼치더니 딱딱하게 굳은 희원을 바라보았다. 말만 번지르르한 그녀는 막상 자신의 말 한 마디를 이기지 못하고 저렇게 얼어붙었다.

……귀엽다.

"머리, 말려줄까요?"

"네? 네?"

"줘봐요. 덜 마른 것 같은데."

지환은 멍청하게 드라이기만 쥐고 있는 그녀 손에서 드라이기를 받아 왔다. 그러곤 자연스럽게 그녀 뒤에 서서 드라이기 전원을 켰다. 조금 전과는 다른 부드러운 바람이 밀려나온다.

"여자들은 귀찮겠습니다. 머리를 말리려면 일정의 노동이 필요하니."

다소 투박한 손을 조심스럽게 흔들며 머리카락을 말린다. 두피가 상할 것 같은지 다소 드라이기를 멀리한 채, 머리칼을 어지럽혔다.

희원은 거울로 반사되는 그를 응시했다. 그의 손길이 머리칼을 스칠 때마다 세포 하나하나 일어나 반응하는 것만 같았다. 부드러웠고, 다정했다.

……사랑 빼곤 다 해줄 수 있겠다던 이 남자는, 가만히 생각해보면 혼자라는 생각이 들지 않도록 항상 곁을 지켜주었고,

"뜨거워요? 중간 바람인데."

"네. 뜨겁네요. 그것도 아주 많이."

혼자만 뜨거운 내 마음이 다치지 않게, 세심한 관심으로 어루만

져주었다. 미안하지도 서글프지도 않게. 욕심낼 수도, 떼를 쓸 수도 없게.

"얼추 다 마른 것 같은데, 어떻습니까?"

"⋯⋯좋아요. 그것도 아주 많이."

당신을 좋아하는 일에 익숙해지기를 바란다. 다 큰 어른이, 그것 도 결혼씩이나 해버린 무척 큰 어른이, 감정 하나 잡지 못해 흔들 리고 싶지는 않다.

"하리도 없는데 서지환 씨, 이 방에서 자도 되겠어요?"

"무슨 뜻입니까?"

"그냥요. 그럴 필요까지는 없는데. 불편하잖아요. 하리가 없으면 우리가 함께 있을 이유가 없으니까."

익숙한 감정이 되어 바람에 시리지 않은 내가 되고 싶다. 당신 마음을 붙잡지 못해 하루하루 메마르는 삶은 살고 싶지 않다.

"내가 여기서 자고 싶어서 들어온 건데요. 금세 익숙해졌는지 편 해서."

"⋯⋯."

"하리가 없어도 있어도, 그런 것과는 관계없이."

"나는 설렐 것 같아서요. 서지환 씨가 내 침실에 있다는 이유로. 자발적이니까."

그녀가 눈을 맞춰 오며 솔직한 마음을 꺼내 보이자 지환은 가만 히 그녀를 응시하다가 드라이기를 내렸다.

사랑을 하고 말고의 문제와는 별개로, 이렇듯 속에 있는 마음을 모두 꺼내 그녀가 보여줄 때면,

"내가 자다 말고 침대 위에서 폴짝 내려와 덮치면 어쩌려고, 무슨 남자가 이렇게 겁이 없어요?"

마음은 허락도 받지 못한 채 뛰었다. 깊은 눈을 응시하기가, 조금은 어려워졌다.

"방심하지 말라고요. 난 언제든지 서지환 씨를 꼬실 준비가 되어 있는 여……."

지환은 드라이기를 화장대에 내렸다.

"내가 좀 궁금해서 그러는데."

그러곤 두 팔로 화장대를 붙잡았다.

"어떻게 꼬셔볼 건지 어디, 들어나 봅시다."

두 팔에 갇힌 듯 사방이 막힌 희원은 두 눈을 크게 떴다. 그는 어서 말해보라는 듯 눈썹을 움직였다.

"어…… 음…… 뭐…… 아까도 말했듯이 어…… 덮쳐요. 내가 막, 어, 무섭게."

"그리고?"

그리고? 아니, 그다음은 생각 안 해봤는데?

"어…… 뭐…… 그렇죠……. 어…… 막 뭐랄까요, 내가 그러니까 막."

생각해! 생각해보라고, 권희원!

"육탄전. 그러니까, 응. 육탄전."

"육탄전?"

지환은 반대로 고개를 비스듬히 꺾으며 더욱 얼굴을 그녀 쪽으로 내렸다. 으아어으어어. 희원은 고개를 슬그머니 뒤로 빼며 그와의 간격을 유지했다.

"말로만 하는 육탄전도 있습니까? 내가 아는 육탄전하고는 조금 다른데."

"……."

"내가 아는 육탄전이란 이렇게 가깝게도 오고."

훅, 그가 다시 가깝게 얼굴을 들이댄다. 희원은 더 커질 리 없을 만큼 크게 뜬 눈에 더욱 힘을 주었다. 희번덕거린다는 표현이 더 어울릴 것 같다.

"입술도 탐하고."

눈빛을 맞추던 그는 시선을 조금씩 내리며 그녀 입술을 바라보았다. 희원은 저도 모르게 입술을 말아 속으로 숨기며 마른침을 삼켰다.

"입는 일보단 벗는 일에 능하고."

"으어으어어어……."

지환의 눈길이 조금 더 내려가 쇄골 즈음에 닿자 그녀 입에서 감당 못 할 탄식이 터진다. 그런 탄식에도 표정을 풀지 않으며, 지환은 조금 더 시선을 내렸다가 다시 천천히 올렸다. 아뿔싸, 그의 눈길을 따라 몸에 선이 그어지는 것만 같다.

"내가 아는 육탄전과 당신의 육탄전이 같았으면 좋겠는데."

아찔했다.

"꼬시려거든 그 정도의 깨우침은 있어야 할 것 같아서. 알아두라고."

지환은 간격을 조금도 멀리하지 않으며 그녀의 시선을 묶었다.

"마, 말은 왜 갑자기 짧아졌는데요. 사람 노, 놀라게."

"그냥 뭐, 술김?"

그녀가 거품 물기 직전까지 가는 듯한 표정을 짓자, 비로소 그는 상체를 일으키며 그녀 머리를 쓸어내렸다. 머리를 말린 뒤 약간 엉켜 있던 부분들이 풀려 나갔다.

"난 바닥에서 잘 테니까 덮치든 때리든 당신 뜻대로 하라고. 난 먼저 잡니다."

"……."

그는 돌아서며 웃었다.

"잘 자요. 권희원 씨."

그녀는 예상대로 숙맥이었다. 귀엽게도.

◆ ◆ ◆ ◆ ◆ ◆ ◆ ◆ ◆

"야! 여기 술 가져와!"

쾅쾅 울리는 음악 소리가 모든 사물의 소리를 삼키는 클럽. 리드미컬한 DJ의 손끝에서 퍼지는 사운드는 모든 사연과 상황을 묻어 버렸다. 그리 늦은 시간이 아님에도 불구하고 클럽 안은 이미 흥에 취하고자 하는 사람들로 가득 찼다.

요즘 가장 핫한 클럽답게 유명인을 찾기란 그리 어려운 일은 아니었다. 자칭 셀럽들도 쉽게 찾아볼 수 있었다. 사람의 급은 돈과, 얼굴과, 몸매로만 평가되는 어두운 공간. 각자가 지닌 무기 같은 돈과 얼굴로 한껏 자신을 치장했다.

"야! 술 더 가져오라고!"

VIP 중의 VIP들만 모신다는 클럽 안의 룸. 이미 동이 난 술병을 들고 웬 사내가 흐트러진 행색을 하고 있다. 걸치고 있는 옷값이야 듣기에 헉, 소리가 나는 금액이었지만 하는 행동이나 말투 따위 너무나도 저렴해 보이는 사내였다.

룸의 문이 열리며 직원이 헐레벌떡 들어선다. 사내는 취한 눈을 부릅뜨며 소리쳤다.

"이 새끼들이, 부르면 빨리빨리 처와야 할 거 아냐!"

"죄송합니다! 바로 즉각 대령하겠습니다!"

"빠져가지고, 당장 가져와! 여자는 왜 없어! 술맛 안 나잖아!"

"아…… 예! 바로바로 시행하겠습니다!"

혼자 다 처먹어놓고는 술맛이 없단다. 직원은 속으로 온갖 욕을 끌어다 바치며 굽신거렸다.

"비켜! 여자 볼 줄도 모르는 것들이, 꺼져! 내가 간다, 내가 가!"

테이블을 휩쓸듯이 비틀거리며 사내가 일어선다. 이러지도 저러지도 못하며 직원은 쩔쩔매는 눈빛을 했다.

사내는 클럽의 오랜 단골이었고 VIP였지만 클럽주의 입장에서나 고마울 뿐, 실질적으로 사내를 치다꺼리해야 하는 직원들은 언제나 죽을 맛이었다. 사내가 움직일 때마다 크고 작은 사건들이 터졌고, 손님들은 무례하고 막무가내인 그를 싫어했다.

그러나 누구 하나 그를 저지할 수는 없었다. 그는 백인호 의원의 친척.

"어디 보자……. 끅."

대한민국 실세 정치인의 가족이었으니까.

사내는 난간을 붙잡고 간신히 서서 무거운 눈꺼풀을 연신 힘들게 들어 올렸다. 사냥하듯 아래를 내려다본 사내는 제법 마음에 드는 상대를 발견했는지 비릿하게 웃었다.

"쟤 괜찮네. 음. 좋아."

목표를 정한 발걸음이 아래로 향한다. 사람들과 거칠게 부딪치며 걸어간 사내는 다짜고짜 여성의 손목을 잡았다. 클럽 직원이다.

"꺄악! 소, 손님!"

놀란 직원이 손을 뿌리치려 하자 사내는 무작정 손으로 위를 가리켰다. 쿵, 쿵, 거리는 음악에 음성이 들릴 리 없다.

"가자! 오빠가 술 사줄게!"

"이, 이거 놔주세요! 놔주세요!"

간신히 짧은 말들만 이해하는 상황. 직원은 소리치며 사내의 팔을 뿌리치려 했다. 비틀거리며 직원의 팔목을 놓친 사내, 차민규는 간신히 제 몸을 지탱하고 서서 직원을 노려보았다.

"야! 올라가자고! 술 많다고!"

직원이 자리를 피하려는 듯 걸음을 옮기려고 하자 차민규는 다시 쫓아가 직원의 손목을 잡았다. 거칠게 앞으로 끌며, 차민규는 직원과 시선을 마주했다.

"야, 너 나 몰라?"

"놔, 놔주세요. 놔주세요……."

"날 몰라? 내가 누군지 알면 더 깜짝 놀라."

"아…… 놔주세요……."

주변에서 힐끗힐끗 이쪽을 바라보니 무안해진 차민규는 실성한 듯 웃다가 지갑을 꺼내 들었다.

"하…… 얘가 또 끅, 사람 웃기게 만드네. 야, 오빠 돈 많아. 어? 돈 많다고."

지갑 안 빽빽하게 가득 찬 5만 원권과 수표. 돈의 사용 출처를 남기지 말라는 백 의원의 말에, 차민규는 현금만 사용하고 있었다.

"너 돈 좋지. 응? 좋아하지? 올라가면 이 돈 다 너 줄게."

비틀거리던 차민규는 수표 몇 장을 지갑에서 뽑아 직원의 가슴팍을 향해 붙이려는 행동을 했다.

"꺄아악!"

놀란 직원이 몸을 웅크리자 광경을 내내 주시하고 있던 다른 직원들이 달려왔다. 급히 울음을 터트린 직원을 다른 곳으로 옮기며 주변 정리를 시작했다.

일터에 몸담고 있다는 이유만으로 피해자가 될 수 없는 슬픈 상황. 차민규는 어깨를 으쓱 올려 보였다.

"내가 뭐? 내가 뭐 잘못했어?"

"아닙니다! 절대 아닙니다!"

"걔 데려와. 내가 돈 준다니까? 너 나 누군지 알지. 어? 알지?"

직원들이 어르고 달래며 차민규를 이끌었다. 간신히 그가 머물던 룸으로 끌고 들어가 감금하듯 문을 닫았다.

"야! 여자 데려오라고! 여자……."

룸 안에선 반쯤 넋이 나간 차민규가 잠이 들며 중간중간 소리를 질렀고, 직원들은 룸 앞에 모여 긴장된 얼굴을 했다.

"저 새끼 면상 좀 안 볼 수 없나? 토가 나올 지경이야. 돌아버리겠네."

"백인호 의원, 저 새끼 때문에 언젠간 피 보지 싶다. 저런 또라이가 친척이라 골치깨나 썩겠어."

"그래도 차민규가 몇 번 경찰서 갔을 때 백 의원이 빼줬잖아요. 나 같으면 꼴도 보기 싫을 것 같은데 또 그런 걸 보면 이상하긴 해요."

"에효, 일단 정리나 하자. 밖으로 새어 나가봐야 우리한테 좋을 일 없어."

피해 직원을 대피시킨 직원들은 다시금 자기 자리로 돌아갔다. 할 수 있는 일이란 많지 않았으니까.

클럽 안은 언제 소란스러웠냐는 듯 다시금 음악만이 쏟아졌다. 술과 어둠이 공존하다 보니 이런 일이야 비일비재했다. 모두는 익숙했으니 금세 잊었다.

"남 형사, 이제 그만 가자. 고막 터지겠다."

"예. 알겠습니다. 안 그래도 저도 이제 곧 고막이 터질 것 같았어요."

오늘 하루 종일 차민규를 따라다니던 형사들은 저 구석에서 술을 마시는 척 그를 주시하다가 자리에서 일어났다.

차민규, 뭐라도 걸리기만 걸려라. 형사들은 다음을 기약하며 그렇게 주문을 외고 있었다.

덮치는 법. 희원은 연습실에서 주변을 살피다가 포털 사이트에 '덮치는 법'을 검색했다.

"설마 있겠어?"

헐. 덮치는 법을 검색하자 같은 질문이 줄줄 쏟아진다.

— 남친 덮치는 법 좀 알려주세요.

희원은 이미 누군가가 자신과 같은 질문을 했음에 질문을 꾹 눌러 지식인 창을 열었다.

"너는 남친이야? 나는 남편이야⋯⋯."

중얼거리며 열자 덮치는 법을 알려달라는 질문에 답변이 달려 있다.

— 일단 분위기를 잡은 뒤에 야한 옷을 입으세요. 향수도 뿌리고 술을 마시는 게 좋습니다.

"야한 옷⋯⋯."

야한⋯⋯ 희원은 곱씹으며 답을 마저 읽었다.

— 누워서 밀착하듯 안겨 있으면 십중팔구 다 넘어옵니다. 그래도 안 넘어오는 남자는 헤어지세요.

"헤어지는 문제가 아니라 나는 이혼을 해야 하는데⋯⋯."

— 둘 중 하나입니다. 성 기능에 문제가 있거나 남자를 좋아하거나.

"아⋯⋯ 남자⋯⋯."

남자를⋯⋯ 좋⋯⋯아⋯⋯하⋯⋯.

희원은 멍하니 고개를 들었다. 치명적인 이별의 사유. 치료되지 않는 마음. 연애하고 싶은 생각이 없는…….

"에이, 설마. 만약에 사실이면 이거 진짜 사기다. 나 사기당한 거지."

희원은 홱, 홱, 고개를 가로저었다. 설마하니 남자를 좋아했겠나. ……그런데 성 기능에 문제가 있다면 그게 더 슬픈 거, 아닌가?

"밀착. 밀착. 야한 옷, 야한……."

"뭐 하냐?"

"아무것도 안 해! 내가 뭘 해!"

희원은 화들짝 놀라 허둥지둥하며 휴대폰을 숨겼다. 두근두근하는 심장을 부여잡고 고개를 드니 구언이 다가왔다.

휴, 다행이다. 검색 내용까지는 못 본 것 같아.

"그런 거 이론으로 배워봐야 하나 소용없다. 인생은 실전이야."

"아오……."

이 자식……. 봤나 봐…….

"봤어?"

"보였어."

구언은 앞에 털썩 주저앉더니 기가 차다는 것처럼 헛웃음을 토했다. 토마토처럼 얼굴이 붉어진 희원은 휴대폰을 만지작거리며 고개만 주억거렸다. 아프지 않게 그녀 이마를 툭, 치며 구언은 탄식을 흘렸다.

"서른 넘어 남편 덮치는 법이나 검색하는 네 팔자도 참, 기구하다."

"야. 그런데 나 같은 질문을 한 사람들이 있어. 그게 더 웃기지 않아?"

"뭐라는데?"

"일단 술, 야한 옷, 밀착. 그럼 다 넘어온대."

"하이고……."

구언은 웃음을 터트렸다. 제법 결연한 각오를 다지는 희원의 눈빛을 바라보자니 이걸 슬프다고 해야 하나, 웃기다고 해야 하나.

"내가 알려줄까? 내가 잘 알려줄 수 있는데."

"경찰서 가고 싶냐? 당장이라도 데려다줄 수 있어."

"내가 또 그쪽으로는 타고났거든. 어때. 배워볼래?"

"경찰서 가기 전에 내 손에 죽고 싶어? 소원이 그런 거야?"

희원이 눈을 부릅뜨자 구언은 손사래를 쳤다. 좋아했던, 아직은 좋아하는 것도 같은 여자가 앞에 앉아서 남편 덮치는 방법이나 검색하고 있으니 미치고 팔짝 뛸 노릇이다.

"하…… 내가 참, 살다 살다 이런 꼴을 다 보고. 내가 바보냐, 아니면 권희원 니가 바보냐."

"서지환이 바보야. 결론은 그거."

에효. 희원이 어깨를 축 늘어트리며 한숨을 뱉자 구언은 그녀를 응시했다.

"남편이 나더러 자기를 꼬셔보래. 그런데 되게 막막해. 알아?"

……한편으로는 그가 눈물 나게 부럽기도 하고.

"그 사람은 사랑하는 일이 제일 어렵고 힘들대. 그런 사람을 무슨 수로 꼬셔?"

이런 너의 사랑, 한 번이라도 내가 받아보았으면 하는 끊지 못할 바람이 생겨났다.

"드럽고 치사해서 확, 그만둘까 보다."

"그래. 관둬라, 너."

어떤 사랑을 하건 상처를 받는다.

"내가 못 보겠다."

때로는 너무 많이 사랑해서. 혹은 마음이 생각만큼 크질 못해서.

"너, 지금도 충분히 예쁘고 사랑스러워. 그러니까 이런 노력 같은 건 하지 마라."

사랑하는 상대의 마음에 빈틈이 보여서. 더러는 내가 감당할 수 없을 만큼 상대의 마음이 버거워서.

"그대로의 너를 봐주지 않으면 물러서. 너를 바꾸려고 하지 말고."

상처받지 않고 사랑한다는 것은, 가능한 일인가.

"……와, 정곡을 찔러서 할 말이 없네."

희원은 구언의 낮은 음성에 그만 너털웃음을 흘리고 말았다. 사실은 듣고 싶었던 말, 누구라도 제게 해주었으면 했던 말을 다름 아닌 녀석이 해주고 있다.

네가 나를 사랑했던 시간도 이렇게 회색빛이었겠구나. 희원은 안타까운 마음으로 구언을 바라보았다.

"내가 노력하는 건 구언아, 그를 위해서가 아니라 나를 위해서야."

"무슨 말이야. 너를 위한 길이라니."

"후회 같은 건 하고 싶지 않아서. 뭐라도 해볼걸, 하는 미련 같은 것도 남기지 않으려고."

"……"

"어쩐지 우리 금방 끝날 것 같거든. 그 사람은 누구도 사랑할 마음이 없으니까. 아마도 그럴지도 모르거든."

나는 나를 위해 사랑한다. 내 마음이 다치는 건 원하지 않아, 지금의 그를 성심성의껏 사랑한다.

"생각해봤는데, 만일 서지환 씨가 나를 먼저 좋아한다고 했으면 난 달아났을 거야. 그래서 그 사람이 충분히 이해가 돼."

희원은 웃었다. 진정으로 편안한 웃음이었다.

"내가 또 언제, 나를 이렇게 던져가며 사랑해보겠어? 할 수 있을 때 해보려고. 남들도 다 해봤다는 그런 사랑, 나 지금 하는 거니까."

너도 하고, 그도 해봤을 사랑. 난 이제 시작한 것뿐이니까.

"어떤 결론이 나더라도 넌 응원해줘. 그거면 돼."

닫힌 문을 열기란 이다지도 힘든 일이다. 열어달라는 애원으로 열리기엔 잠금장치가 너무나도 많았다. 주인도 열쇠를 잃어버려 차마 열지 못하는,

"구언아, 연습하자. 연습."

어쩌면 평생을, 아무도 열지 못할지도 모르는.

· · · ◆ ◆ ◆ ◆ · · ·

"검사님, 오늘은 몇 시에 퇴근하십니까?"

"정리하고 일찍 들어갈까 합니다. 지금도 늦긴 했는데."

지환은 시간을 확인했다. 그가 점심경에 미리 사둔 베이커리 봉지가 책상 위에 있음을 바라본 계장은 웃었다.

"사모님 드리려고 사셨지요?"

"이거요? 아, 네. 차겸이 맛있다고 해서. 차겸이 맛있다고 하는 건 대체적으로 아내도 좋아하더군요."

"자상하십니다. 안 그러실 것 같았는데."

"……그렇습니까?"

지환은 멋쩍게 웃었다.

먹기 위해 태어났다는 정윤은 사무실 근처 구석구석 맛집을 잘도 찾아냈다. 한 입 두 입 얻어먹다 보면 희원이 떠올랐다. 가져다주면 좋아하겠거니, 사소한 마음이 곧잘 생기곤 했다.

"이만 가보겠습니다. 말 나온 김에 탈출해야겠어요."

"춥습니다. 조심히 들어가세요, 검사님."

지환은 책상을 정리하고 이것저것 챙겨 나왔다. 유야무야 시간은 흐르고, 내일은 하리가 형의 집으로 돌아가는 날이다.

"휴, 벌써 시간이 이렇게."

이렇다 할 변화 없이 부부의 동거도 끝이 나고 있었다.

"날씨가 부쩍 추워졌네."

사랑을 받는다는 건 두려운 일이다. 힘겹게 마음을 열고 나니 없던 일로 하자고 할까 봐. 언제고 없던 일처럼 사라지고 말까 봐.

어느 날 갑자기 왔듯, 어느 날 갑자기 떠날까 봐. 그녀라고 그러지 말라는 법은 없는 거니까.

"……뭐야."

걸음을 옮기던 지환은 우뚝 멈췄다. 자신을 발견하곤 차에서 내리는 한 여성은 어두운 계열의 코트를 입고 있었지만 누구라도 알아볼 얼굴을 하고 있었다.

지환은 무의식적으로 좌우를 살피며 사람이 있는지 없는지부터 확인했다. 일종의 버릇. 지워지지 않고 남은, 무의식의 버릇.

"오빠……."

아주 작게 자신을 부르는 목소리. 내 아내에게 가져다줄 베이커리 쇼핑백을 들고 선 채, 지환은 발끝부터 올라오는 지난 기억에 입술을 꾹 깨물었다.

눈앞의 여인은 금방이라도 울 것 같은 표정을 짓고 소름 끼치게 익숙한 음성으로 자신을 불렀다. 언제나 그랬듯이, 익숙한 호칭으로.

"아…… 오빠……."

온몸으로 버티기엔 굉장한 바람이 불어 들었다. 그 여자, 희주였다.

· · ✦ ✦ ✦ ✦ ✦ · ·

"오래간만에 나왔더니 살 게 많네. 아후."

희원은 이것저것 떨어진 개인 용품을 사려고 시내로 나왔다. 단골집에 들러 연습복과 공연복을 구매하고, 평소 애용하는 편집숍에 들러 겨울옷 몇 장을 사서 나왔다. 쇼핑백을 들고 터덜터덜 걷던 희원은 피식 웃었다.

"서지환 씨 옷을 더 샀어."

정신없이 사고 나니 지환의 옷이 더 많다.

잘 어울렸으면 좋겠다, 사이즈가 맞아야 할 텐데. 희원은 중얼거리며 주위를 두리번거렸다.

"아이 옷도 파는 곳이 있을 텐데."

하리에게 선물을 주고 싶은데 아이 옷을 사본 적이 없으니 어디에 매장이 있는지 잘 모르겠다. 마치 처음 온 동네처럼 이곳저곳을 기웃기웃하며 아이 옷 매장을 찾는데,

"저, 길 좀 물을게요."

허름한 복장의 여자가 다가와 길을 묻는다.

"네. 어디 찾으세요?"

자주 오는 동네는 아니지만 어디에 뭐가 있는지 정도는 대강 안다. 희원은 친절한 미소를 띠었다.

"여기를 좀 가려고 하는데요."

여자는 휴대폰 지도를 보여주려는 듯 희원에게 휴대폰을 건넸다.

"제가 짐 들어드릴게요. 좀 봐주세요."

자연스럽게 희원의 손에 있던 쇼핑백을 가져간다. 희원은 휴대폰을 바라보며 여자를 힐끗, 바라보았다. 아무리 길치라도 금방 찾을 수밖에 없는 대형 건물을 찾아달란다.

초행길인 모양이네. 희원은 뒤를 돌아 손을 쭉 폈다.

"이 길을 쭉 따라가시면 돼요. 꺾을 필요도 없고, 버스 정류장으로 두 정거……."

"그런데 혹시, 가족 중에 무릎이 아프신 분이 있으신가요?"

네? 희원은 여자를 향해 고개를 돌렸다. 아뿔싸. 걸려들었다.

'도를 아십니까'의 최신 버전에 걸려든 희원은 황당하다는 표정을 지었다. 길을 묻는 것처럼 다가와 자연스럽게 짐을 덜어가고는 본격적인 영업에 착수한다. 모든 것은 너무나도 자연스러워 의심을 해볼 여지도 없었다.

"아가씨 앞에 오니까 갑자기 내 무릎이 너무 아픈데. 아가씨 기도 보통이 아니고."

조금 멀리 떨어져 있던 사내가 다가와 밀착 영업을 한다.

"그런 사람 없어요. 쇼핑백 주세요."

"아픈 사람 없어요? 조상님 중에 억울하게 돌아가신 분이 있는 것 같은데."

"없다고요. 달라고요, 내 쇼핑백."

희원이 팔을 뻗자 여자가 무척이나 슬픈 표정을 짓는다. 사내가 지금이다 싶은지 말을 보탠다. 치고 빠지는 구간이 환상의 호흡을 자랑한다.

"아가씨는 잘 모르겠지만 아가씨 조상님 중에 어린 나이에 죽은 사람이 있어요. 업보가 있네, 아가씨한테."

몇백 년을 거슬러 올라가는 걸까, 희원은 황당함에 헛웃음을 흘렸다. 달라는 쇼핑백은 주질 않고 말은 끊을 새도 없이 이어진다.

"들어나 봐요. 이거 안 들으면 아가씨 손해예요. 지금 아가씨한테 조상님이 어깨 위에 있어. 조상님이 하도 억울하니 구천을 떠도는 거예요."

하…… 돌아버리겠네.

희원은 발끝부터 천천히 치미는 분노를 장전했다.

"저기요, 쇼핑백 달……."

"한을 풀어드리지 않으면 집안에 재앙이 옵니다. 편안할 수가 없어요. 아가씨는 아가씨 조상님의 넋을 기리……."

사내는 방언이 터진 것처럼 빠른 속도로 말을 이었고 희원의 분노가 머리끝까지 차오르던, 그때였다.

"어머, 여기 있었어?"

희원은 자신을 아는 척하는 사람을 향해 돌아섰고 눈을 동그랗게 떴다.

"내가 늦었지. 미안해. 그런데 이 사람들 누구야? 아는 사람?"

"아……."

"설마 뭐, 조상님이 어쩌고, 뭐, 기도를 드리네 마네 어쩌고, 도를 아십니까, 어쩌고. 그런 거 아냐?"

이곳에서 만나기로 한 것처럼, 살갑게 다가온 여자.

"맞네. 사이즈가 딱, 그죠? 아줌마 아저씨, 맞죠?"

"가자, 가."

여자가 남자의 옆구리를 쿡쿡 찌르며 가잖다. 등장한 정윤은 두 사람의 앞길을 막아섰다. 여자가 들고 있는 쇼핑백을 내려다본 정윤은 턱 끝으로 쇼핑백을 가리키고, 희원을 바라보았다.

"이거 쇼핑백, 자기 거?"

"네. 제 거요. 달래도 주질 않고, 어서 줘요. 내 거."

"여, 여기요. 가져가요."

여자는 황급히 쇼핑백을 희원에게 던지듯 건넸다. 또다시 사라지려는 발길을 정윤이 막아섰다.

"아줌마. 왜 남의 물건을 갈취하는 거죠?"

"가, 갈취라뇨! 무슨! 길 묻다가 잠깐 들어준 건데!"

"아닌데? 주인이 달라고 하는데도 안 주던데? 나 다 보고 있었는데?"

정윤이 맞지? 하는 얼굴로 희원을 바라보자 희원은 응. 맞지, 하는 표정을 지으며 고개를 끄덕였다. 손끝으로 두 사람을 가리키며 정윤은 입을 열었다.

"다중의 위력으로 집단적 공갈 행위를 하면 특별법 폭력 행위 등 처벌에 관한 법률 2조에 의거, 3년 이상의 유기징역에 처해져요. 알겠습니까?"

"무, 무슨……."

"지금 속임수를 써가며 재물을 제3자의 점유로 옮겼잖아요. 달 래도 주지도 않고. 철컹철컹해요. 아시겠어요?"

"어, 어서 가자. 가자."

여자는 남자를 이끌며 꽁지 빠지게 도망갔다. 어찌나 빠른 속도로 사라지는지, 정윤은 목을 길게 빼며 어느덧 사라진 두 사람의 자취를 보다가 잠시 후 어깨를 내렸다.

"나한텐 한 번 오지를 않더라. 나도 내 인생 궁금한데. 난 뒤봐주시는 조상님도 없나."

정윤은 중얼거리며 뒤를 돌았다. 쇼핑백을 쥐고 선 채 희원이 어색하게 인사를 건넨다.

"안녕하세요. 오랜만이에요, 차 검사님."

고개를 까딱 흔들며 정윤도 따라 인사했다.

"잘됐다. 개미지옥에서 구해줬는데, 고마우면 나랑 밥 좀 같이 먹어줘요."

개미지옥 같은 정윤의 인사 방식이었다.

· · ◆◆◆◆ · · ·

얼어붙은 듯 발길이 떨어지질 않는다. 머리가 시키는 모든 일들이 현실로 벌어지지 않는다.

지환은 감히 다가오질 못한 채 서서 자신을 응시하는 그녀를 바라보았다. 날씨 때문일까, 마음은 차게 식는다.

그래, 언젠가 한 번쯤. 언젠가 한 번쯤.

"오빠……."

네가 나를 찾아올 거라고 생각했던 때도 있었다.

찾아오겠지. 설마하니 영영 찾아오지 않거나, 이대로 정말 끝이라거나, 그렇지는 않겠지. 무슨 일이 있겠지. 때가 되면 설명하겠지. 이렇게 허무하게, 이렇듯 허무하게 헤어지진 않겠지.

처음엔 기다렸고. 다음엔 불안했고.

"아…… 저기, 저기, 오빠……."

그다음엔, 웃음이 났다.

너의 결혼 발표를 기사로 접했던 순간. 모든 이가 박수치던 너의 결혼을 TV로 보았던 그 순간. 나는 너를 놓았고, 나를 버렸다.

오래된 이야기지. 너와 내가 아니면 아무도 기억하지 못할 이야기. 있었나 싶을 정도로 빛바래고 희미해진 이야기. 이대로 너와 나마저 잊고 지내도 좋을, 그저 그런 시시콜콜한 이야기.

······멈춰 있다가, 바라보다가, 불어 드는 바람을 버티다가, 그는 천천히 그녀에게 고정했던 시선을 떼어냈다. 붙잡혀 있고 싶지 않은 발길마저 떼어 걸음을 옮기기 시작했다.

그녀가 서 있는 곳과 아주 가까이에 주차된 차량을 향해 그는 뚜벅뚜벅 굽 소리를 내며 걸었다. 자신에게 오나 싶어 잠시 표정이 밝아지던 희주를 스치고 지금 이 모든 감정을 숨겨줄 차량 앞에 섰다.

"아······ 오빠, 오빠!"

"······."

그가 차에 올라타려 하자 정신이 번쩍 든 희주는 다급하게 불렀다.

"하, 할 말이 있어서요! 할 말이 있어서······!"

잠자코 문을 열었다.

"할 말이 있어요! 할 말! 급한 말인데!"

운전석에 올라타려고, 몸을 낮췄다.

"남편이 자꾸 찾아요······!"

그는 그대로 멈췄다. 지환이 행동을 멈추자 희주는 천천히 고개를 숙였다. 그는 자신의 이야기를 길게 들어주지 않으리라, 예감한 그녀는 모든 것을 잘라내 앞뒤 맥락을 알 수 없는 이야기를 뱉어냈다. 뭐라고 말하는 건지 본인도 모르겠다는 것처럼, 무척이나 낮고 슬픈 음성으로.

"오빠를 자꾸 찾아요. 자꾸 찾는데 이유를 잘 모르겠어요. 나는 불안하고……. 또 불안하고……."

"……."

"이렇게 얽히게 하면 안 될 것 같은데……. 나는 힘이 없고……."

"……."

"그래서…… 그래서 내가 오빠한테 뭐라도 알려줘야 할 것 같아서……. 이렇게…… 염치없지만……."

염치없지만. 그는 그녀가 선택한 단어에 반응하듯 천천히 돌아섰다. 한층 낮아진 음성과 모습을 한 그녀를 바라보다가, 그렇게 한참이나 시간을 흘려보내다가.

"……."

단 한 마디를 떼지 않은 채 차에 올라탔다. 시동을 걸었고 거침없이 액셀을 밟았다. 그가 핸들을 움직이자 차는 빠른 속도로 그녀를 스쳐 지났다.

"아…… 오빠…… 오빠……!"

룸미러로 그녀의 모습이 보일 것만 같아 지환은 룸미러의 위치를 헝클어트렸다. 차츰차츰 소리도 그녀도 멀어졌다. 꿈이라고 생각하기 좋을 만큼.

그렇게 얼마나 달렸을까. 무작정 도로 위로 빠져나온 그는 숨을 몰아쉬다가 대로변에 멈췄고 거칠게 핸들을 내리쳤다. 빠아아아앙! 내리친 주먹에 클랙슨 소리가 울려 퍼지자 지나가는 사람들이 힐끗힐끗 그의 차량을 바라보았다.

지환은 헤드레스트에 머리를 기대며 눈을 감았다. 꽉 다문 입술 사이로 약간의 탄식이 흘러나왔다.

……감정은 참으면 사라지는 성질의 것이 아니다. 고이고 쌓이며 짓눌리다가, 응축되어 더욱 단단해지고 마는 것이다.

"후……."

그는 참아왔다. 그래서 고였고, 쌓였고, 짓눌렸다. 응축된 감정은 몸 안 이곳저곳을 횡행했다. 심장으로 가면 미어졌고, 발끝으로 가면 저렸다.

— 다음 뉴스입니다. 국민인권당 백인호 의원이 오늘 청소년 노동법 개정 관련 안건 발의…….

옥외 광고판에서 시작한 뉴스에 백인호 의원의 모습이 잡힌다. 지환은 천천히 눈을 떠 그 모습을 바라보다가 다시금 눈을 감았다. 이렇듯 불시에, 마치 짜고 치는 것처럼 마주하게 되는 장면들.

— 끝으로 백인호 의원의 발언 영상을 함께 보시겠습니다.

차라리 모르고 살았으면 좋았을 일들. 영영 못 보는 셈 치며 가슴에 묻었으면 될 일들이 수시로 튀어나와 그의 마음을 어지럽게 했다.

— 저 백인호는 국민 여러분들의 눈과 발이 되어 언제까지나 함께할 것을 굳게 약속하며, 국민인권당을 바르게 끌어갈 수 있도록 언제나 노력하겠습니다.

"운전…… 할 수 있을까……."

지환은 눈을 떴다. 팔방에 울려 퍼지는 백인호 의원의 음성을 뒤로하며 다시 액셀을 밟았다.

그러곤 얼마나 달렸을까, 다시 대로변에 차를 세우며 기어를 바꿨다. 운전을 포기하듯 시트에 상체를 깊숙하게 기댄 채 눈을 감았다. 터질 것 같은 감정을 애써 밀어 넣고 밀어 넣으며 그는 깊은숨을 쉬었다.

"못 하겠다……."

더욱더 단단하게, 응축되어갔다.

◆ ◆ ◆ ◆ ◆ ◆ ◆ ◆ ◆

"이거 먼저 먹어봐요. 맛있기로는 둘째가라면 서러운 맛이니까."

정윤은 희원의 앞으로 음식이 담긴 접시를 밀었다. 맛깔스러운 자태를 자랑하는 음식을 내려다보다가 희원은 눈을 동그랗게 떴다.

정윤은 여자 둘이 다 먹고 갈 수 있을까 싶을 만큼의 음식을 주문하더니 정작 본인은 먹지도 않고 모든 음식을 먹어보라며 권해왔다.

"희원 씨, 이것도. 이것도 먹어봐요. 진짜 너무너무 맛있어."

"어후……. 검사님, 잘 먹긴 하겠는데 너무 많이 시킨 건 아닌지 모르겠어요."

"이게 많아? 어우, 무슨 소리예요. 이 정도는 먹어줘야지."

"보기보다 대식가이신가 봐요."

"나요? 대식가라기보다 미식가? 여긴 좀처럼 오기 힘든 집이라서 한 번 오면 먹고 싶었던 거 다 먹고 가야 해요."

정윤은 주문한 와인을 홀짝 마시며 어서 먹어보라 자꾸만 권했다. 희원이 음식을 입에 넣고 오물오물 씹자 기대에 만발한 눈빛을 빛내며, 정윤은 그녀의 음식 평을 기다렸다.

"와, 진짜 맛있다."

"그렇죠? 맛있죠? 대박이지?"

맛있다니 속이 다 시원하다. 정윤은 연신 와인을 홀짝였다.

"오늘도 혼밥하나 했는데 권희원 씨를 만났지 뭐예요. 나 너무 기쁜데."

"밥 친구 필요하셨나 봐요."

"항상 필요하죠. 혼자 살아서 다 좋은데 단 하나 안 좋은 점이 있다면 혼밥해야 하는 거. 난 누가 앞에서 맛있다고 해줘야 스트레스가 풀리거든요."

"친구로 두면 정말 좋은 스타일이시네요."

"맞아. 나 같은 사람 친구로 두면 진짜 좋은데. 밥 매일 사줘, 맛집 데리고 다녀줘. 그런데 친구가 없네?"

희원은 연신 젓가락질을 하다가 고개를 들었다. 정윤은 어딘가 모르게 쿨하고, 어딘가 모르게 친절했다.

"있잖아, 희원 씨. 나 잠시만 실례할게요."

"네? 네?"

어어어. 정윤이 빤히 바라보더니 갑자기 일어나 손을 얼굴로 가져온다. 놀란 희원이 뭐라 대응하기도 전에 정윤은 희원의 코를 만졌고 이리저리 돌렸다.

"자연산이네."

"네?"

"수술했나 궁금했어요. 코가 너무 예뻐서."

남의 코를 이리저리 만지더니 다시 앉아 와인을 홀짝인다. 헐……. 놀란 희원은 정윤의 태연한 얼굴을 바라보다가 얼떨결에 와인잔을 들었다. 이상한 사람이다. 희한하게 기분 나쁘지 않고.

"서지환 씨는 퇴근했나요?"

"그걸 왜 나한테 물어요? 본인 남편을?"

"아…… 같이 일하시니까……."

"몰라요. 일벌레. 평생 죽어라 일만 할 팔자. 일하는 거 아니면 퇴근했겠죠."

흠. 정윤의 무심한 답변에 희원은 어쩐지 안도했다.

……처음엔 경계했지. 세련된 외모, 모델처럼 늘씬한 몸매. 검사라는 직업이 가지고 온 근사한 분위기. 여자로서 경계했고, 날을 세웠다.

"검사님은 애인 있으세요?"

"아직 없어요."

"아…… 아직."

"네. 이혼한 지가 얼마 안 돼서."

풉! 희원은 와인을 홀짝이다가 풉, 하며 와인을 뱉었다. 놀라 눈이 휘둥그레진 희원을 바라보다가 정윤은 그게 뭐 대수냐는 표정을 지었다.

"딱지 싫어하는데 딱지가 붙었어요. 뭐, 이유는 노코멘트."

"아…… 네네. 죄송해요, 괜한 걸 물어서."

"면역됐어요. 괜찮아요. 이거나 좀 더 먹어봐요."

"네! 네네!"

희원은 정윤이 내미는 그릇으로 젓가락질을 열심히 했다. 미안한 마음에 뭐라도 싹싹 먹어줘야 할 것만 같았다. 정윤은 턱을 괴고 그 모습을 바라보며 미소 지었다.

"검사님은 제 남편하고 동기시죠. 두 분 많이 친하다고."

"전남편 소개해준 사람이 서검이에요."

"아······."

희원은 멍하니 입술을 벌렸다. 흥, 정윤은 코웃음을 치며 앞 접시에 음식을 덜었다.

"천하의 원수. 서검만 아니었으면 내가 결혼도 안 했을 텐데. 그런 나쁜 놈을 소개해줘선 결혼까지 했어."

에효. 곱씹어봐야 뭐 하나, 이미 끝난 관계인 것을.

정윤은 홀짝홀짝 와인만 삼켰다. 그 후로 희원은 말없이 젓가락만 움직였고, 정윤은 간간이 그녀의 먹는 모습을 바라보며 미소 지었다. 이상한 식사 시간은 무르익어갔다.

· · ◆◆◆◆ · · ·

"언젠가, 뭐라더라? 와이프가 싫어하니 가까이 오지 말래."

"지환 씨가요?"

"네. 그 말미잘 같은 게, 나한테요. 접근 금지? 아오, 그때만 생각하면 또 열 받아."

와인이 한 병 비워질 때쯤 정윤은 뜻밖의 말을 해왔다. 배가 터지도록 음식을 밀어 넣은 희원은 와인 잔을 빙그르르 돌리며 웃었다.

"희원 씨 입장에선 행복한 일이겠지만 난 되게 기분 나빴다고요. 여기서 분명히 말하는데 나 미워하지 마요."

"아……. 미워하지 않아요. 무슨 이유로 제가 검사님을."

"나한테 서검은 말미잘. 딱 말미잘 정도니까."

말미잘은 무슨 죄인가. 알 수가 없다.

"검사님이 예뻐서 그래요. 예쁜 여자를 누군 경계하지 않겠어요."

"내 보기엔 그 댁이 더 예쁜데, 본인은 잘 모르나 봐요?"

"……아."

희원이 민망함에 웃자 정윤은 피식, 웃었다. 소녀처럼 웃는 희원을 바라보자니 어딘가 모르게 청순한 매력이 느껴졌다.

"권희원 씨의 결혼 생활은, 할 만한가요?"

의미 없는 질문을 던졌다.

"뭐, 네. 할 만해요."

"처음엔 따로 사는 것 같던데. 지금은 조카 때문에 어쩔 수 없이 붙어 있는 것 같고."

"네? 네에?"

"뭘 그렇게 놀라요. 난 이해하는데."

집들이를 하던 날 현관 앞에 놓여 있던 하나의 슬리퍼, 하나의 가운. 화장실에 꽂혀 있던 하나의 칫솔, 걸려 있는 빨래란 모두 희원의 것. 남성용 제품이 아무것도 없는 화장대와 하나의 충전기.

"지네 집에 뭐가 있는지도 모르는 정도면 말 다했지. 그날 알았어요. 아, 따로 사는구나. 서검이야 원래 있던 오피스텔에 살았을 테고."

"관찰력 대단하시네요."

"뭐, 직업병? 서검한테는 아는 척 안 했어요."

와인을 홀짝 마시며 편안하게 이야기한다. 희원은 무안함에 머리를 쓸어 넘겼다. 실로 대단히 무서운 언니다.

"맞아요. 조카 때문에 당분간 합쳤어요. 이제 끝이 다가오고."

……끝. 공연히 가슴 저린 단어, 끝.

"검사님, 저 묻고 싶은 게 있어요."

"뭔데요?"

"두 분 오래전부터 친하셨죠. 동기니까."

이번엔 정윤이 긴장한다. 침착하게 희원의 다음 말을 기다리는 것처럼 보였지만 여자의 감으로 다음 말을 짐작할 수 있었다.

"서지환 씨는…… 상처를 많이 받았나요?"

"……."

"제가…… 아물게 할 수 있을까요?"

질문 뒤 답이 이어지질 않는다. 정윤은 희원의 질문에 많은 것을 예감했고 많은 것을 알 수 있었다. 와인잔만 빙글빙글 돌리다가, 정윤은 입술을 열었다.

"서검 본인이 아물어야죠. 타인은 해줄 수 없어요."

홀짝, 입술을 축였다.

"도움은 되겠지. 권희원 씨가 노력하면 일정 부분 회복은 되겠지만 본인이 나아져야 해요. 결국은 본인의 의지니까."

곪아버린 상처. 터트릴 기회마저 없었던 시간. 엉망진창이 되어버렸을, 마음.

"하지만 의지만으로도 힘겨울 때가 있지. 낫고 싶다고 나을 수 있건 신밖에 없을 테니까. 인간에게 그런 능력은 처음부터 주어지지 않았으니까."

"……."

"남의 관계에 껴드는 건 질색이에요. 난 여기까지만 말할래. 와인이 쓰게 느껴지기 시작했어요."

"아, 죄송해요. 검사님."

"권희원 씨, 이만 일어날까요? 요 앞에서 디저트 딱 한 접시만 더 하고 가요."

향이 날아가는 와인처럼 쓰고 텁텁하게 느껴지는 시간들. 정윤의 엉뚱한 말에 희원은 그만 웃어버리고 말았다. 이 순간 부럽게도 정윤은 세상 참, 속 편하게 사는 여자였다.

"네. 검사님."

· · · ◆◆◆◆◆ · · ·

"감사합니다. 안녕히 가세요."

정윤과 헤어진 희원은 대리 기사의 도움을 받아 집 지하 주차장에 도착했다. 대리 기사를 먼저 보내고 잠시 차 안에 앉아 있던 희원은 조금 전 정윤이 제게 해준 말을 곱씹었다.

서검 본인이 아물어야죠. 타인은 해줄 수 없어요.

"맞는 말이네. 내가 해줄 수 없는 부분……."

관심을 갖지도, 그렇다고 무관심하지도 않은 답변으로 정윤은 상황을 종료했다. 희원은 가만히 앉아서 거듭 한숨만 내쉬다가 차에서 내렸다. 버릇처럼 지환의 차량을 찾아보는데 가까이에 있다.

"어, 저기……."

운전석에 지환이 앉아 있음을 알아챈 희원은 우뚝 멈춰 서 바라보았다. 그는 언제부터 이곳에 도착해서, 저렇게 머물고 있는 걸까. 그는 시동이 꺼진 차량에 앉아 핸들을 붙잡은 채 고개를 숙이고 있었다.

좀처럼 다가서거나 부를 수 없는 분위기에 희원은 우뚝 서서 지환의 모습을 바라만 보았다. 잠시 후 한동안 움직이지 않던 그가 간신히 고개를 들더니 긴 한숨을 내쉰다.

"아……."

질끈 감은 그의 두 눈과, 바라만 봐도 느껴지는 굵은 한숨과, 처음 맞닥뜨린 그의 어두운 표정을 바라보고 있자니 가슴 한곳이 욱신거리며 쑤셔왔다. 그녀도 뿌리박힌 듯 멈춰 서서 한 걸음도 움직이지 못하고 있을 때,

차에서 내린 지환은 희원을 발견하지 못한 채 집으로 향하는 걸음을 재촉했다. 마치 전쟁터로 향하는 장수의 걸음처럼 비장하다가, 약간의 용기가 필요한지 두어 번 멈춰 서 각오를 다지다가, 그는 사라졌다. 집으로 들어갔으리라.

"나…… 어쩐지 집에 못 들어가겠는데……."

희원은 그가 사라진 공간에 서서 중얼거렸다. 오늘 그에게 무슨 일이 있었던 건지 알 수는 없었지만 저렇게 무거운 표정은 또 처음

이라. 어떻게 지환과 한 공간에 있어야 하는지 감이 오지 않았다.

"아니지. 이럴 때가 아니라 후딱 올라가서 무슨 일 있었냐고 물어봐야겠다."

생각의 방향이 바뀌자마자 희원은 다급하게 걸음을 옮겼다. 서둘러 집에 들어가, 그의 얼굴을 보고 싶어졌다. 그가 지닌 거라면 무엇이든 나눠 짊어질 의지가 있었으므로.

· · · ✦ ✦ ✦ ✦ · · ·

"저 왔어요."

희원은 문을 열고 들어섰다. 가지런히 벗어둔 그의 구두를 응시하고는 다시 고개를 들었다.

"아아, 왔습니까? 간발의 차로 들어오네요. 나도 조금 전에 들어왔습니다."

……응? 그의 목소리가 밝다. 희원은 천천히 신발을 벗고 안으로 들어섰다.

"하리는 머리 자른다고 이모님이 미용실 데려갔어요. 엄마 아빠 볼 때가 되니까 꽃단장 시켜야 한다나. 연습은 잘했습니까? 밥은 먹었고?"

"아……."

그의 손엔 낯선 공구가 들려 있었다. 희원이 대답을 미루며 멈춰서자 지환은 힐끔, 바라보고는 공구를 흔들었다.

"고쳐야 할 게 산더미입니다. 욕실 세면대도 손봐야 하고, 세탁실 빨래걸이도 손봐야 해요."

장난기 어린 목소리. 언제 무거웠냐는 듯 가벼운 표정.

"진작 좀 고칠걸, 게을러서 미루다 보니 이렇게 됐습니다. 오늘은 전부 손보려고 작정했죠. 권희원 씨도 도와요. 보고 배워두면 다 쓸모 있는 거니까."

"……괜찮아요?"

"네? 뭐가 말입니까?"

"……."

희원은 당황스럽다는 듯 눈만 깜빡였다. 지환은 멀뚱멀뚱 서서 그녀를 바라보다가 피식, 웃었다. 그러곤 다시금 공구를 흔들었다.

"이래 봬도 솜씨 좋습니다. 곱상하게 생겨서 이런 건 일절 못할 것 같아 보이지만 꽤 잘한다고요. 못 믿나 본데."

"아뇨, 그게 아니라."

당신, 방금 전까지 울 것 같았잖아.

희원은 차마 말을 뱉지 못하고 입술을 꾹 깨물었다. 그러자 언제나처럼 평온해 보이는 표정으로 지환이 다가온다.

"알겠어요. 일단 내가 고치고 있을 테니까 권희원 씨는 먼저 씻고 야식 준비해줘요. 우리 마지막 날인데 치맥 정도 해야 하지 않겠습니까?"

그가 노래를 흥얼거린다. 끊임없이 사소한 말들을 뱉어내는 지환을 바라보다가, 희원은 가방을 움켜쥐고 있는 손에 힘을 주었다. 이제야 통렬한 깨달음이 밀려오기 시작한다.

얼마나 많은 나날, 그는 이 문을 통과하기 위해 가짜 웃음을 매달았을까. 마음에도 없는, 진짜 자신을 감추려고.

"권희원 씨, 뭐 합니까? 빨리 정리하고 나와요. 나 배고픕니다."

그는 지난날 동안 어떤 마음으로 이 문을 통과했을까. 나에게 들키지 않으려고, 어떤 것들을 감추고 어떤 것들을 홀로 삭인 걸까.

"알겠어요. 금방 옷 갈아입고 나올게요."

희원은 중얼거리며 그에게서 시선을 뗐다. 얄팍하게 떨려오는 손끝을 모르는 척했다.

"치맥 하죠. 주문할게요."

"오, 좋죠. 오늘도 1인 1닭 합시다."

오늘, 나는, 진짜 그의 모습을 보았다.

서둘러 안녕

"시간 참 빠르네요. 내일이면 벌써 하리와 서지환 씨가 돌아갈 시간이라니."

"그러게 말입니다. 오긴 오나 싶었는데, 벌써 시간이 그렇게 됐네요."

미용실에서 머리를 귀엽게 자르고 온 하리가 잠에 취한 시간.

두 사람은 나란히 테이블에 앉아 맥주를 청했다. 치킨은 두 마리나 시켰는데, 아무도 딱히 손을 대지 않아 그대로 남았다. 누구도 왜 먹지 않느냐고 묻지 않았다. 필요한 건, 술이었던 듯.

"그동안 권희원 씨에게 고마웠습니다. 여러모로."

"구체적으로 말해봐요. 두루뭉술하게 말하지 말고."

"어…… 아침밥도 차려주고, 저녁밥도 차려주고, 옷도 잘 챙겨주고."

희원은 말해보라니 줄줄 말하고 있는 지환을 물끄러미 바라보았다.

이 집에 들어선 순간부터 내내 그녀는 가슴이 욱신욱신 저렸다. 그가 말을 하면 할수록. 그가, 웃으면 웃을수록.

"하리와 저를 잘 보살펴줬잖아요. 고마울 따름입니다. 진심으로."

"무슨요, 가족인데. 당연하죠."

외려 당신이 나를 보살펴주었다.

"쉬운 일은 아니었다는 거, 잘 알고 있습니다."

"어려운 일도 아니었네요. 이렇듯 시간이 빨리 가고."

"……."

"내가 좀 아쉬운 걸 보면요."

희원이 말끝에 희미한 미소를 그리자 지환은 맥주를 삼켰다. 차가운 것이 자꾸만 밀려들어가는데, 속은 자꾸만 뜨거워졌다.

"저, 서지환 씨."

한참이나 뜸을 들이고 한참이나 고개만 주억거리다가, 그녀는 결심이 선 듯 맥주 캔을 응시하며 그를 불렀다.

"말해요. 듣고 있어요."

서걱 본인이 아물어야죠. 타인은 해줄 수 없어요.

"나 때문에, 힘들었죠."

그녀 말끝에 맥주캔을 움켜쥐고 있는 그의 손길이 멈춘다. 오늘 하루가 어찌 흘러가는지도 모를 만큼 경황이 없었던 그는 다 감춘 채 평소처럼 행동했다.

부러 목소리를 키웠는데. 부러 더욱 장난을 섞어가며 그녀를 대했는데.

"내가 더, 서지환 씨를 힘들게 한 거 맞죠."

그녀는, 무엇을 읽어낸 걸까.

"그게 무슨 소리입니까. 힘들게 하다니."

묻는 말에 그녀가 웃는다. 말하지 않아도 다 알고 있다는 것처럼. 듣지 않아도, 이미 전부 알고 있다는 것처럼.

"그냥요. 나라면 힘들 것 같아서. 내가 서지환 씨라면 나한테 미안해서 힘들 것 같아."

……다 떠나서 행복 먼저 찾고 싶었던 이기적인 마음. 나보다 더 나를 원하지 않는 갈증에 대한, 서러움. 이 작은 마음 하나 어떻게 다뤄야 할지 알 수가 없는 나의 서툰 사랑.

"내가 다치지 않았으면, 하고 전전긍긍했겠죠. 지켜보는 것도 못할 일인 것 같고, 서지환 씨는 이래저래 힘들었을 것 같아요."

……접힌다.

"나는 전부 끌러놓아서 오히려 편해졌는데, 당신은 그로 인해 감정 규제가 더 심해졌을 테니까. 나를 위해서."

희원은 천천히 고개를 들었다. 어떤 말도 하려 들지 않는 그의 표정을 바라보자니 그녀는 눈물이 핑 돌 것만 같았다. 이제 보니 그의 눈빛은 감춰도 횅했고, 어딘가 모르게 구슬펐다.

"내가 아직은 당신의 과거와 싸울 준비가 되지 않은 것 같아요. 인간 권희원은 결국 나 이외의 타인을 오래도록 사랑할 위인은 안 되는 것 같아."

천천히 아물어요. 나는 괜찮으니까.

"그리고 결국 당신의 과거와 싸워야 할 사람은 내가 아니라 당신이라는 걸, 깨달았어요."

"······."

지환은 말을 잃은 표정으로 그녀를 응시했다. 그녀가 자신을 바라보는 시선이란 너무나도 편안하고, 또 많은 것을 비워내고 있어 반문도 쉽게 떨어지질 않았다.

"결국 당신 몫이에요. 과거와 싸워 이기고 지는 건 당신의 몫. 나는 절대로 해줄 수 없는 일."

마음은 온갖 종류의 이유로 흔들리는데, 정리하지 못한 머리는 입술을 열지 못했다. 한꺼번에 연달아 터지는 폭탄에 눈을 뜨기도, 몸을 지탱하기도 힘든 것처럼.

"뭔가 정신이 돌아온 기분이 들어요. 내가 당신과 함께 있는 동안 취했었나 봐. 서지환 씨가 이 집을 나설 때가 되니 비로소 깨어나지 뭐예요."

그녀는 말했다. 돌아갑시다. 각자의 삶으로. 꿈꿨던, 서로가 만들어주는 귀한 자유의 시간 속으로. 처음의 목표, 처음의 이상향 그대로를 간직한 채로.

"뭐, 인사는 다시 내일 하겠지만 요 근래 서지환 씨와 함께 있으면서 즐거웠어요. 기뻤고."

그래. 변한 건 아무것도 없다.

"원래의 자리로 돌아가요, 우리. 쉽게. 예전처럼 편하고 즐겁게. 그게 우리에겐 제일 잘 어울리고 좋은 것 같아."

희원은 맥주캔을 앞으로 내밀며 건배를 제안했다. 장난스럽게 지환의 맥주캔을 자신의 맥주캔으로 툭툭 치며 그녀는 아이처럼 웃었다.

당신이 사력을 다해 웃고 있으니, 나 역시 사력을 다해 웃어보리라.

"그동안 나한테 냉정하게 굴지 않아서 고마워요. 덕분에 상처도 모르고 이렇게 잘 지나갈 수 있게 됐으니까."

당신, 아물어봐요. 시간이 필요하다면 더 많이, 더 길게 미래를 내다보며. 온전히 당신만의 힘으로, 당신만의 의지대로.

지켜볼게, 그렇게 싸워봐요. 행여 끝끝내 이기지 못한대도 괜찮아, 그런 사랑도 있는 거니까.

"건배해요. 우리 지난날 무사히 잘 지냈으니까. 서로가 서로에게 수고했다고 말해줘야 하니까."

희원은 억지로 지환의 손에 맥주캔을 쥐여주고는 건배했다. 지환은 그녀에게 시선을 고정한 채 한마디도 뱉어내지 않았지만 그녀가 이끄는 대로, 손을 내맡겼다.

캔은 부딪쳤고 희원은 웃었다. 그러곤 생각했다.

"건배. 서지환 씨의 앞날과, 나의 앞날을 위해."

지금의 나는 감정을 쉽게 생각했다. 주면 받는 거라고, 수순처럼 여겼다. 살며 받아본 적 없는 상처라 당신의 상처를 쉽게 보기도 했다.

이런 나는, 비로소 형체 없는 감정이란 녀석의 크기와 무게를 실감한다. 아프고 서럽지만 아마도 한 뼘 더 자라는 중일 거라고. 부지중에 어른이 되어가는 중일 거라고.

"고마워요. 서지환 씨."

당신이 아물기를 바라며. 모든 것이, 많은 것이, 그리고 나 역시 괜찮을 거라고.

"진심으로 고마웠어요. 모든 건 덕분이었어요. 우리, 이쯤에서 멈춰요."

약간의 신의 가호가 따르기를, 빌고 빌며.

· + + ◆◆◆ + + ·

며칠이 흘렀다. 그와 하리는 어떤 흔적도 남기지 않은 채 사라졌다. 애당초 이곳에 있었나 싶을 정도로, 마치 꿈을 꿨던 것처럼 자연스럽게 지워져갔다.

지독하게도 휑할 것 같던 집은 언제 그랬냐는 것처럼 그녀만의 공간으로 탈바꿈했다. 일상에서 그가 지워진, 나만의 시간으로 돌아오는 일은 생각보다 어렵지 않았다.

"여기 숙소 대박. 평점 엄청 높아, 여기로 갈까?"

희원은 무언가 몰두할 수 있는 것들을 찾아 미친 듯이 매달렸다. 연습량은 배로 늘었고, 끝난 시간엔 즐길거리들이 생겨났다.

하리가 오기 전 그토록 바라던 혼자만의 자유, 시간을 만끽하는 듯 보였지만 사실은 그의 빈자리를 채워가는 중이었다. 이번엔 여행을 계획했다.

"구언아, 여기 봐봐. 여기 되게 좋아 보이지?"

"이번엔 또 뭐냐. 여행이냐?"

"응. 나 여행 가보려고. 혼여. 혼자 여행 가는 게 꿈이었단 말이야. 어때? 숙소 좀 봐줘."

희원은 해외 체류 경험이 많은 구언에게 사이트를 보여주었다. 덥석 해외로 떠나겠다며 그녀가 숙소를 보여주자 구언은 건성으로 훑으며 미간을 좁혔다.

"혼자 위험해. 해외 나가본 적도 없잖아."

"야, 반은 한국 사람이래. 그리고 한국 사람 없으면 어때. 부딪치면서 경험하는 거지."

참견할 거리는 아니지만, 그와 살던 권희원이 차라리 안정적으로 느껴지는 건 기분 탓인가.

"사진에 속지 말고 인마, 후기를 봐. 절반 이상이 별로라는데 넌 뭘 보고 여기가 좋다는 거냐?"

"어디? 아……. 그러네. 사진이 엄청 잘 나와서 좋을 것 같았어. 나 일정도 다 짰다. 볼래?"

희원은 주섬주섬 프린트한 종이를 꺼내 구언에게 보여주었다. 몸이 열두 개쯤 되어야 소화할 만한, 엄청난 일정이다.

"여행 초짜 티 난다, 티 나. 이걸 니가 다 할 수 있어?"

"왜 못 해? 응당 어디든 갔으면 거길 다 돌아보고 와야지."

구언은 가볍게 희원의 이마를 때렸다.

"인마, 여기서 여기는 끝과 끝이야. 경로 확인을 하고 일정을 짜야지. 이래서 이거, 초짜는 어쩔 수가 없다니까?"

"아……. 그래? 난 가까울 것 같았는데 끝과 끝이구나. 다시 짜야겠네."

흠. 희원은 시무룩한 표정으로 이마를 살살 문지르며 종이를 건네받았다. 구언은 의자를 끌어와 앉으며 그녀를 바라보았다.

"권희원, 충격이 꽤 큰 모양이다?"

"무슨?"

"지금 봐봐. 뭐라도 하지 않으면 미칠 것처럼 움직이잖아, 너."

그녀는 눈을 흘기며 종이를 곱게 접었다.

"뭔 소리야. 난 이제야 제대로 된 자유를 만끽하는 중인데."

"내 눈엔 그저 남편한테 차이고 정신줄 놓은 딱한 아낙네로밖에 보이질 않는다."

"야! 죽을래? 아니거든? 남편한테 차이……."

희원이 카랑카랑하게 목소리를 높이자 구언은 그녀의 입을 틀어막았다.

"조용히 해, 남들 듣겠다."

지, 지가 먼저 말 꺼내놓고!

우이씨. 희원은 희번덕거리며 알겠다는 신호를 보냈다. 구언은 다시 사방을 살피더니 목소리를 낮춰 입을 열었다.

"여행, 나랑 갈래?"

"와…… 유구언, 제정신이 아니네."

"내가 뭐 너한테 흑심이 있어서 이러겠냐? 가이드. 가이드 몰라?"

"됐거든요? 필요 없거든요?"

"와, 얘가 또 뭘 모르네. 내가 여기만 열 번을 넘게 다녀왔어. 나 같은 베테랑이 또 있는 줄 알아?"

……어억, 혹한다. 희원은 내심 기대 반 걱정 반이던 차에 잠시

눈을 빛냈다. 하기야, 유구무언 같은 가이드가 곁에 있다면 세상 무엇이 부럽겠는가.

"아, 나 순간 유구언한테 혹해서 낚일 뻔했어. 위험했다, 흐어."

그러다가 다시 현실로 돌아와 눈을 부릅떴다. 그러자 구언이 웃는다. 그래, 혹하고 넘어오면 권희원이 아니지.

"야, 아무리 따로 사는 허울뿐인 남편이래도 내가 결혼을 했는데 어떻게 외간 남자랑 단둘이 여행을 가냐?"

"그냥 해본 말이다, 해본 말. 나 그때 바빠. 니가 가자고 매달려도 못 가, 인마."

구언은 자리에서 일어섰다. 희원은 시무룩한 표정을 지으며 다시 사이트를 파헤치기 시작했다. 그런 그녀의 모습을, 구언은 물끄러미 바라보았다.

"아, 어떡하지. 그럼 일정 다시 짜고 숙소 다시 알아봐야겠네. 아……. 또 일이 산더미네."

그녀는 정말, 괜찮은 걸까?

"그냥 비행기 끊고 가면 될 줄 알았는데 준비하는 것도 엄청 힘드네. 여행 자주 다니는 사람들 대단하다. 그렇지? 구언?"

아니면 괜찮은 척하는 걸까?

"그러게, 대단하네."

……시작도 못 해본 사랑을 접고 다시 일상으로 돌아온 그녀는, 무척이나 태연했다. 너무나도 태연해서 그것이 더욱 염려스러웠다.

"그런데 구언아, 나 있잖아. 준비하고 있는 것만으로도 막 설레. 이렇게 설레는데 막상 여행 떠나면 얼마나 설렐까?"

하지만 이대로 그녀의 씩씩함을 믿고 싶다. 금세 제자리를 찾아온 거라고, 믿고 싶다. 어쩌면 그녀는 정말 괜찮은 걸지도 모르니까.

"그래, 그렇겠다. 설레겠네."

"역시, 난 자유롭게 살아야 해. 자유로우니까 너무너무 행복해. 잠시 잊고 있었던 나를 되찾은 기분이야."

그녀는 흥얼흥얼 노래를 부르며 다시 숙소 찾기에 열중했다. 서툴러 버거운지 간혹 질문을 이어가며 그녀는 최초, 혼자만의 여행을 준비하고 있었다.

"으으으, 빨리 떠나고 싶다. 으으으으."

"여기 말고 다른 곳도 알아봐. 가볍게 가기 좋은 곳도 괜찮으니까."

"그래야겠어. 여긴 첫 도전치고 좀 빡세지?"

마치 이게 나인 것처럼. 이게 진짜, 권희원의 삶이라는 것처럼.

· · · ◆ ◆ ◆ ◆ · · ·

연습을 끝내고 없던 약속도 기어이 잡아 늦게까지 저녁을 먹고, 못하는 와인을 곁들였던 희원은 택시를 잡아타고 집으로 향했다.

원래부터 혼자였던 집인데, 그토록 원해서 혼자 얻은 집인데, 어쩐지 집으로 가는 발걸음이 어렵고 불편하기만 한 요즘.

"통 연락도 없네……."

취중에 그녀는 휴대폰을 만지작거렸다. 하리가 떠나던 날 저녁 집에 잘 도착했다는 메시지 한 통을 끝으로. 세상에 존재하는 사람이 맞나 싶을 정도로 그는 연락이 없었다.

"못 해보겠네. 서지환 씨도 나와 같은 마음이겠지……."

물론 그녀도 할 수 없었다. 하고 싶은데 못 한다기보다, 해야 하지만 하고 싶지 않았다.

이대로 조금 더 지내다 보면 예전의 나로 돌아갈 수 있을 것만 같은 희망과 오기가 매일 그녀의 곁을 맴돌았다. 누구보다도, 그렇게 되기를 희망했다.

"나쁜 놈……."

그러다가 툭 하며 본심이 튀어나왔다. 나이 지긋하신 택시 기사님이 힐끗, 룸미러로 바라보다가 둥근 미소를 짓자 시선을 의식한 희원은 헛기침을 내뱉으며 휴대폰을 다시 만지작거렸다.

나쁜 놈. 내가 어떻게 지내는지 궁금하지도 않나 봐. 나라면 걱정돼서라도 먼저 연락해보겠다. 손가락이 부러졌어? 목소리를 잃었나?

"나쁜…… 놈……."

분노는 점점 치밀어 오른다.

그냥 나랑 살던 모든 순간이 다 불편했던 거지? 어? 어? 하루하루 떠날 날짜만 세며 지냈던 거, 맞지? 정색하면 싫은 티가 날까 봐 맨날 실없이 웃고 있었던 것도 맞지? 나 다 안다구. 우씨.

"다 왔습니다. 손님."

드럽게 치사한 인간……. 두고 봐……. 내가 꼭꼭 다 잊어버리고 말 테니까.

"아, 네네. 여기요, 카드."

희원이 이를 갈며 분노의 눈빛을 활활 태우는 순간, 어느덧 집 앞에 도착했다. 카드 결제를 마친 그녀가 대충 짐을 들고 문을 열었다.

"감사합니다. 안녕히 가세요."

기사님께 인사를 마치고 문을 닫았다. 휴대폰을 가방에 넣고 겉옷을 제대로 입으려는데, 어인 일인지 기사님은 곧바로 출발하지 않고 운전석에서 내리더라. 뚱한 표정으로 어정쩡하게 선 채 희원은 겉옷 단추를 잠갔다.

그러곤 택시 기사님을 주시했다. 잠시 몸을 풀고 가실 요량인가 했더니 느닷없이 휴대폰을 꺼내 하늘 위로 올린다. 쉽게 볼 수 있는 광경은 아니다 보니 희원은 멈춰 서 기사님의 행동을 유심히 바라보았다.

찰칵, 사진을 찍는 소리가 들린다. 또다시 찰칵. 찰칵.

"아, 이거 어렵네."

기사님은 중얼거리며 느린 손길로 휴대폰을 만졌다. 희끗한 머리, 깔끔한 복장의 기사님은 한참이나 서서 무언가 헤매는 듯했다.

"저기, 제가 뭐 도와드릴까요?"

"아. 아직 안 가셨어요? 이거 사진을 좀 찍으려고 하는데."

그녀가 묻자 기사님은 뒤를 돌아보며 반겼다. 요지는 이러했다. 달이 구름 사이로 둥글게 뜬 것이 예뻐 사진을 좀 찍으려고 하는데, 너무 멀어서 사진으로는 잘 안 나온다고.

"아…… 줌을 당기면 되는데요, 제가 해드릴게요."

"어떻게 하는지 알려주면 고맙겠습니다. 나중에라도 이런 일이 있으면 또 제가 해야 하니까요."

"그럼 알려드릴게요."

희원은 서서 친절하게 설명했다. 하늘 위로 고정하고, 손가락을 좌우로 뻗어 줌을 당겼다. 달이 시원하게 보이자 오오오오, 기사님의 입술 사이로 탄성이 터진다.

"야아, 이거 그림이네. 고맙습니다, 손님."

찰칵. 사진을 찍자 비로소 원하는 만큼의 풍경이 휴대폰에 담긴다.

"무얼요. 달이 예쁘게 뜨긴 했네요."

"그렇죠? 예쁘지요? 우리 아내에게 보내주려고 해요."

……희원은 재킷을 여미던 손길을 멈췄다. 기사님의 표정은 이미 아내를 떠올리는 듯, 인자했고 푸근했다.

"우리 아내가 참 좋아하거든. 둥근 달도 좋아하고, 꽃도 좋아하고 나무도 좋아해요. 지금은 무릎이 아파서 거동이 좀 힘들어."

"아……."

"직접 보기가 힘드니까 내가 이렇게 틈날 때마다 사진을 찍어서 보내줘요. 실제로 보느니만 못하겠지만 그래도, 눈요기라도 하라고."

허허, 허허허. 기사님은 다시금 투박한 손길로 문자함을 열어 사진을 전송했다.

― 달이 예쁩니다. 당신 생각이 나서.

기사님은 몇 마디 말을 덧붙여 보내며 휴대폰을 내렸다. 희원은 감동받았다는 듯 미소를 지었다.

"사모님께 정말 다정하시네요. 마음이 따뜻해질 정도로."

"무얼요, 생각이 나서 하는 것뿐이지. 생각이 안 나면 못 하는 거고."

······생각.

"매일매일 한시도 쉬지 않고 생각이 나니까 할 수 있는 겁니다. 노력은 언젠가 지쳐요."

"한 수 배우고 들어갑니다. 선생님."

"나도 좋은 손님 만나서 배우고 갑니다. 그동안 멀어서 못 찍은 것들이 많은데, 이젠 찍을 수 있겠어요."

기사님은 연거푸 고맙다는 말과 함께 사라졌다. 텅 빈 공간, 희원은 그 자리에 한참이나 남아 눈만 감았다가, 떴다.

사무실 근처에서 사 왔습니다. 맛있다고 해서.

빵 좋아합니까? 먹어보니 맛있어서 사 왔는데.

좋아한다니 다행이네요. 좋아할까 싶어서 사 왔는데.

"아······."

그녀 입술 사이로 탄식이 흘렀다. 너무나도 일상적이라 언제나 무심하게 흘려보냈던, 그의 행동이 생각나 꼼짝도 할 수가 없었다. 그는 퇴근길마다 봉투를 들고 있었다. 좋아할 것 같다며 사 오던, 생각이 나서 사 왔다던.

"아······ 나 어떡하면 좋냐······."

사소함. 순간순간 나를 떠올려 그가 행해주었던, 그 사소함의 소중함을 깨닫게 된 지금. 그녀는 참고 참아왔던 눈물을 터트렸다.

그는 매 순간순간 나를 생각해주었다. 언제나 궁금했던 그의 하루 중 어느 한 부분에, 내가 있었다.

"진짜…… 돌아버리겠다……."

그때의 난 뭐가 그렇게 급하고 두려워 그를 믿지 못했을까. 과거와 싸워달라는, 그 말은 어쩌면 간절하고 절실한 부탁이었을지도 모르는데. 그의 사소함이 그리운 나는 길거리에 서서 한참이나 울고 말았다.

"그럼 뭐 해……. 다…… 끝났잖아……."

그와 있었던 일들이 빠르게 스쳐 지나간다. 더욱 절실하게 그가 보고 싶어졌다. 한순간도 잊어본 적 없는. 이젠 돌이키려야 돌이킬 수 없는, 남보다 더욱 먼 나의 남편이.

· · ◆◆◆◆◆ · ·

"서검, 이거 빨리 먹어봐. 대박 사건. 진짜 맛있어."

정윤은 여타의 시작이 그러하듯 한 손엔 먹을 것을 들고 지환의 사무실로 들어섰다. 오늘은 퍼지는 버터 향이 일품인 데다가, 폭신하기는 이루 말할 수 없는 야채 모닝롤이다.

"어라? 맛있네?"

지환은 한 입에 반 이상을 베어 물며 눈을 크게 떴다.

"진짜? 맛있어? 맛있지? 얼마나 맛있는데?"

"뭘 또 얼마나 맛있냐? 맛있으면 맛있는 거지. 괜찮네."

대답이 마음에 들지 않는 정윤은 닦달하듯 지환의 책상을 쿵, 쳤다.

"야, 이 모닝롤을 사려고 내가 아침부터 쌩쇼를 했단 말이야. 서두르지 않으면 금세 매진이에요. 니가 그걸 알아?"

"지극도 정성이다. 그래서, 어디서 샀는데?"

지환이 남은 반쪽을 입안으로 밀어 넣으며 묻자 정윤은 냉큼 하나를 더 꺼내 지환에게 건넸다.

"야, 너는 맨날 사 먹지도 않는 게 위치는 왜 그렇게 물어대?"

"궁금하잖아."

맛있으니까, 퇴근길에 조금 사서 권희원 씨에게 가져다주는 것도 나쁘지 않…….

"아…….."

지환은 이제는 그럴 수 없다는 깨달음이 온 것 같은 표정을 지었다. 그래, 앞으로는 퇴근길에 빵을 사러 밀리는 도로를 헤매고 다닐일이 없어졌다. 그녀가 좋아할 것 같은 생각에 정윤이 내미는 간식을 눈여겨볼 필요도 없어졌다.

맛있겠다며 기뻐하는 희원의 표정을 보는 것이 좋아서 빵을 고르는 시간도 짐짓 즐거웠는데. 이젠 과거가 되어버린, 이야기.

"서검, 표정 왜 그래? 잘 먹다가 갑자기? 이거 안 상했어. 나 막아침에 사 온 거야."

"……누가 뭐라고 했냐?"

지환은 공연히 쓸쓸해지는 마음에 우적, 들고 있던 모닝롤을 한입에 밀어 넣었다. 정윤은 급격하게 표정이 변하는 지환의 얼굴을이리저리 보다가 휴대폰으로 상호를 검색했다.

"여기야. 이 집에 가면 모닝롤 말고 진짜 시그니처가 있는데…….."

"필요 없어. 안 보여줘도 돼."

"뭐야, 조금 전엔 어디서 샀냐며."

지환은 우적우적 빵을 씹으며 정윤을 향해 이만 가보라 손을 흔들었다.

"시식 아바타 구경 끝났으면 빨리 가. 나 바빠."

"우씨, 하나만 더 먹어주면 안 돼?"

"야, 차검. 내가 너 때문에 2킬로나 쪘어. 알아?"

"운동을 해, 운동을. 밤마다. 어? 운동."

"나가. 빨리. 만사 다 귀찮으니까."

정윤은 뒤돌아 팔랑팔랑거리며 다른 시식 아바타를 찾아 떠났다. 지환은 마지막 모닝롤을 꿀걱 삼키고는 멍한 시선을 모니터에 고정했다.

……그녀는, 잘 지내고 있을까?

"권희원……."

지환은 생각이 난 김에 들여다봐야겠다는 것처럼 그녀 이름을 포털 사이트에 검색했다. 최신순으로 뉴스 검색을 하니 그녀의 최신 공연 관련 인터뷰가 있다.

"이럴 땐 유명인이라 편하네."

지환은 저도 모르게 뉴스를 클릭하며 반가움에 미소 지었다. 그녀의 표정은 밝았고, 맑았고, 그늘이 없어 빛났다.

그는 홀리듯 희원의 얼굴을 응시했다. 옆엔 언제나 그러하듯 구언이 나란히 앉아 있지만, 주제에 신경을 쓸 수도 없다.

질문자의 위트 있는 말에 희원이 뒤로 넘어갈 듯 웃는다. 구언은 힐끔힐끔 희원의 표정을 살피며 따라 웃었다. 순간순간 짓는 상대의 표정이 궁금한, 그래서 자꾸만 흘깃거리게 되는.

구언의 마음이 드러나는 사소한 행동에 지환은 천천히 눈을 감았다가 뜨며 침묵했다. 인터뷰 영상은 계속해서 흘러갔고, 그러다가 카메라가 그녀만 단독으로 잡는 순간이 왔다.

지환은 빠르게 영상을 멈췄다. 모니터 가득 그녀 얼굴이 잡히고, 그녀는 질문자의 물음에 할 말을 정리하고 있는 듯 카메라를 응시하고 있다. 나를, 바라보는 것만 같은 시선.

"잘, 있죠."

작게 중얼거리자 화면 속 그녀는 그렇다고 말을 해오는 것만 같다. 그렇게 오랫동안 화면을 들여다보고 있자니 가슴이 울렁거리고 심장이 뛰었다. 지환은 억지로 미소 지었다. 실제 그녀를 마주한 것처럼.

웃을 일이 좀처럼 생기지 않는 지금의 나날, 이렇듯 잠시나마 입꼬리를 올리게 만드는 건 사진이건 영상이건, 실제이건 오직 그녀뿐.

"덕분에 좀 웃습니다."

휴. 지환은 짧은 한숨을 내쉬고는 고개를 옆으로 돌려 휴대폰을 바라보았다. 도무지 먼저 연락을 취할 주제가 못 되는 것 같아, 그녀에게 거는 전화 한 통이 세상에서 제일 어렵게 느껴지는 요즘.

마음은 마지막 퍼즐 하나를 잃어버린 것처럼 답답했다. 어딘가 모르게 미완성인 것만 같아, 시원하게 지낼 수가 없었다.

"오늘도, 파이팅해요."

그녀의 빈자리는 생각보다 컸다.

· · ◆◆◆ · ·

갑자기 열 받는다. 오늘따라 그녀의 행방을 묻는 사람들이 너무나도 많다.

커피를 마시는데,

"검사님, 사모님 기사 잘 봤습니다. 검사님은 좋으시겠어요."

"예. 좋습니다."

재판 준비를 하는데,

"검사님, 신혼이라 재미 좋으시죠? 사모님이 어찌나 미인이신지, 부럽습니다."

"예. 저도 제가 부럽습니다."

점심을 먹으려는데,

"검사님, 갈수록 얼굴이 훤칠해지십니다. 사모님이 잘 챙겨주시는 모양입니다?"

"예. 무척 잘 챙겨줍니다. 갈수록 훤칠해지네요, 쓸데없이."

남의 사정도 모르고, 오늘따라 만나는 사람들마다 그녀의 이야기를 꺼낸다.

뭐? 훤칠? 잘 챙겨줘? 재미가 좋아? 하! 웃기고들 있네! 정작 나는 내 와이프 목소리도 까먹게 생겼는데!

왜 이렇게 열 받는지 모르겠다. 지환은 오만상을 찌푸리며 검은 연기를 피워내듯 어둡게 걸어 다녔다. 엇, 저쪽. 5시 방향. 염장 지를 준비가 된 것처럼 보이는 동료 한 명이 이쪽으로 다가온다. 아니나 다를까 역시나다.

"야, 서검. 우리 와이프가 제수씨 팬이라는데 제수씨 사인 한 장만 받아다 줘라."

"만나면."

"응? 만나면?"

"⋯⋯가, 좀."

지환은 대강 뱉어낸 자신의 대꾸가 이상했음을 깨닫고는 급히 손사래를 쳤다. 하, 드럽게 피곤하다.

"제수씨가 유명한 무용수이긴 한가 봐. 우리 와이프가 요즘 제수씨 동영상 찾아보느라 푹 빠졌어."

그 유명한 무용수, 나도 못 만나는 중이라고. 혹시 아냐고.

"가, 받아다 줄게."

"짜식, 왜 이렇게 넋이 빠졌어. 간다."

"가⋯⋯. 빨리⋯⋯."

지환은 어색하게 웃으며 상황을 종료했다. 시원하게 웃어 보였지만 내상을 입은 것처럼 속은 뜨끈뜨끈했다. 옘병, 저기서 또 날 보며 음흉하게 걸어온다.

"아, 서 검사님. 오랜만에 뵙습니다. 사모님은 잘 계시지요?"

아마도.

"⋯⋯예. 잘 지냅니다."

사실은⋯⋯ 나도 몰라⋯⋯.

지환은 공연히 씰룩씰룩 올렸던 눈꼬리를 내렸다. 온종일 '사모님'소리에 시달렸던 지환은 급히 자리를 뜨며 걸음을 빨리했다. 생각하다 보니 억울하다.

결혼해요. 사랑은 하지 말죠.

결혼을 하자고 제안한 것도 그녀.

사랑할 리 없으니 편하네요.

사랑하지 말자고 제안한 것도 그녀.

좋아하게 됐어요, 서지환 씨를.

그러더니 난데없이 좋아하게 되었다며 고백했던 것도 그녀.

예전처럼 편안하게 지내요, 우리.

며칠 지나지도 않아 마음을 접겠다며 통보해 온 것도 그녀. 전부다 권희원! 권희원! 권희원!

"생각해보니 좀 억울한데."

지가 먼저 사랑 없는 결혼하자 해놓고, 좋아한다며 아무 생각 없던 마음을 쑥대밭으로 만들어놓고. 갑자기 더 생각해보니 우리는 안 되겠다며 그녀는 혼자 치고 빠졌다.

정신을 차리고 보니 이런 상황이 되어버린 것이다. 한마디도 하지 못한 채 이런 거지 같은 사태를 맞이하고 보니 슬슬 억울한 마음이 고개를 들기 시작했다.

"꼬셔보겠다더니, 이게 꼬시는 거냐? 꼬시는 거야?"

……휴. 지환은 사무실로 돌아와 아침 내내 만들어둔 서류를 들다 말고 중얼거렸다. 지난 결혼 생활, 대체 무슨 일이 있었던 건가 난데없이 객관적으로 들여다보게 되었다.

하자는 대로 다 해준 것뿐인데. 나는 왜 와이프에게 당당하게 전화 한 통 걸어보지 못하는 신세가 되었단 말인가? 점점 더 열 받는다.

"가만히 있는 사람 들쑤셔놓고…… 잘도……."

사람 마음이 갈대 같아도 유분수지, 이 정도면 갈대가 아니라 수수깡 바람개비 수준 아닌가? 생각할 틈도 안 주고 마음을 정리하고 들여다볼 시간도 주질 않고. 뭐가 이렇게 급해? 갑자기 좋아졌다더니 갑자기 싫어졌어? 내가? 내가? 내가?

"따져야겠어. 안 되겠네."

흥, 지환은 책상 위에 올려놓은 차 키를 노려보았다.

두고 봐라. 일이 끝나자마자 달려가 얼굴 마주하고 이거저거 전부 다 따져줄 테다. 내가 따져 묻는 게 직업이야. 당신 딱 기다려.

"그럼 일단 일부터 끝내고, 그럼 뭐부터 하지. 아, 서류."

지환은 챙기던 서류를 주섬주섬 챙겨 쏜살같이 복도를 나섰다. 공격적으로 걸음을 옮기며 손목시계를 들여다보았다.

기다려라, 권희원. 눈물 콧물 쏙 빠지게 따져 물어줄 테다.

"오늘은 모처럼 칼퇴다. 칼퇴."

지환은 모처럼 생기 있는 눈빛을 했다. 비로소 그녀를 만나러 가도 될, 적합한 이유를 찾은 것이다.

· · ◆ ◆ ◆ ◆ · · ·

— 여보세요 권희원. 공항 잘 도착했냐?

"어어. 나 잘 도착했어. 정신 하나도 없네."

희원은 걸려 온 구언의 전화를 받으며 짐을 챙겼다. 오늘은 혼자만의 여행을 떠나는 기록적인 날. 며칠 전부터 꼼꼼하게 싸 온 짐을 끌며 희원은 웃었다.

"심장이 완전 두근두근해. 공항만 와도 이렇게 좋은데, 진작 좀 다닐걸 그랬어."

— 너무 들떠서 생각 없이 돌아다니지 말고 긴장해. 사고는 갑자기 당하는 거야.

"알았어. 알았다고. 나 이제 발권해야 해. 끊어."

— 야, 권희원.

응? 희원은 휴대폰을 내리려다가 다시 귀에 가져다 댔다.

— 연락 자주 해. 걱정되니까.

"어이구? 남편처럼 군다?"

— 남편처럼 군다니. 네 남편은 이렇게 굴지 않잖아.

"아오…… 무소식이 희소식이야. 끊어."

희원은 전화를 끊었다. 깨끗하고 화려한 공항 안에서 좌우를 살피던 희원은 입가에 둥근 미소를 지었다.

"내 걱정은 유구언이 대신해주니 나는 뭐, 즐겁게 놀기만 하면 되겠네."

가슴은 한없이 설레고, 무거운 짐을 끌고 다니지만 조금도 무겁게 느껴지지 않는 발걸음.

"그래, 이제 시작이야. 시작."

진정한 홀로서기의 첫걸음이자 무엇이건 간에 혼자 할 수 있다는 자신감을 얻기 위한 출발선이기에, 이번 여행은 그녀의 인생을 통틀어 굉장한 의미를 지니고 있었다. 모든 것이 활기차 보이는 공항 안, 그녀는 항공사 데스크를 찾아갔다. 친절한 직원이 웃으며 반겨준다.

"어서 오십시오, 손님. 여권을 보여주시겠습니까?"

"네. 여기요."

그를 잊기엔 아주 좋은 시간이 흘러가고 있었다.

· ✦ ✦ ✦ ✦ ✦ ✦ · ·

— 전화기의 전원이 꺼져 있어, 소리샘으로 연결…….

희원에게 두 번째 전화를 걸어보지만 전원이 꺼져 있다. 지환은 턱을 문지르며 휴대폰을 내렸다.

"공연 있나, 스케줄 없던데."

지금 이 시간이면 아슬아슬하게 연습실에 있을 것 같은데 그녀의 전화기가 꺼져 있다. 비행기에 탑승한 희원은 배터리를 아끼기 위해 전원을 아예 꺼버렸지만, 그녀가 여행을 갔을 거라고는 생각도 하지 못하는 지환이다.

일단 전원이 꺼져 있으니 만만한 연습실로 찾아가보기로 한다. 흠, 어쩐 일인지 사뭇 긴장감이 웃돈다.

"권희원 씨, 얘기 좀 합시다."

룸미러를 힐끔 보며 지환은 정색하는 표정을 지었다. 아, 너무 딱딱한가. 그래도 오랜만인데.

"연습 중이었어? 우리 잠깐 얘기 좀 할까?"

……언제부터 말을 놨다고. 이건 좀 아닌 것 같은데.

지환은 입가에 매달았던 웃음을 지우며 도리질을 쳤다.

"시간 있습니까? 얘기를 좀 하고 싶은데."

하……. 미치겠다……. 뭐라고 인사를 하냐…….

와이프를 만나러 가는 길이라고 하기엔 지나치게 어려운 시간. 그녀가 무슨 표정을 지을 지 궁금하고, 기껏 준비해봐야 그녀 표정 앞에 말이 제대로 나올 리도 없겠고.

"그냥…… 될 대로 되라……."

하지만 다른 무엇보다도, 어떤 표정을 짓는 그녀이건 간에 얼굴을 봐야겠다는 생각뿐이었다. 여긴 왜 왔냐며 냉랭할 목소리라도, 시시한 농담이나 내뱉는 제게 지지 않겠다는 듯 힘을 줘 올리는 눈꼬리라도. 설령 다 비워낸 뒤 공허해진 눈빛이라도.

"설마 왜 왔냐며 잡아먹을 듯이 박대하겠어? 응?"

일단 봐야겠다. 보고, 이야기를 해야 했다.

＊ ＊ ＊ ◆ ◆ ◆ ＊ ＊ ＊

평소처럼 그녀 연습실 앞에 주차를 마치고 한참이나 머뭇거리던 지환은 차에서 내렸다. 마지막으로 희원에게 전화를 걸어보지만 여전히 전원이 꺼져 있다.

들어가도 되는 걸까, 아닌가. 들어가도 되는 걸까, 아닌가. 언제나처럼 시원하게 발길이 떨어지질 않고 희한하게 머뭇거리게 된다. 저 안에 희원이 있다는 보장도 없고 지금 그녀가, 자신과 마주칠 준비가 되었는지는 더더욱 모르겠고.

"아, 거, 되게 어렵네."

생각을 거듭할수록 자신감이 떨어진다. 용기 내어 몇 발자국 걸어보았지만 멈칫. 또다시 몇 걸음 옮기고는 멈칫. 아내를 만나러 온 남편의 모습은 어디서도 찾아볼 수가 없다.

"일단 통화가 될 때까지 기다려봐야겠다."

막상 연습실 앞에 도착해서 들어가려고 하니 막막하다. 일단 차로 돌아가 그녀에게 전화가 걸려 올 때까지 기다려봐야겠다, 지환은 다시 걸음을 틀었다.

연락이 오늘 내에 오지 않더라도 어쩔 수 없는 거라고 위안하며. 그때였다.

"어?"

자신을 발견한 듯한 여성의 목소리에 지환은 찰나, 온몸을 휘감는 반가움과 덜컹거리며 떨어지는 심장의 기운을 느꼈다. 돌아서는 짧은 시간에 무척이나 다양한 감정을 경험하며 지환은 저도 모르게 반가운 미소를 매달았다. 이럴 수가 있나 싶을 정도로, 심장은 쿵쾅거렸다.

"아……."

그런데,

"희원 언니 남편분, 맞으시죠?"

그녀가 아니다.

"아…… 어…… 예. 안녕하세요."

지환은 당혹스럽다는 듯 눈을 크게 떴다. 떼를 지어 밖으로 나오는 무용수들은 다름 아닌 희원의 후배들이다.

그녀들은 지환을 알아보고는 반갑다는 듯 가까이 다가왔다. 우르르, 다가오니 지환은 저도 모르게 약간 뒷걸음을 걸었다.

"맞구나. 안녕하세요, 저희는 희원 언니 동료예요. 결혼식 때 갔었어요."

"아, 네. 안녕하십니까."

이제 연습을 끝낸 모양이다.

"그런데 여긴 어쩐 일이세요?"

"아…… 그게."

아내를 좀 만나려고요. 전원이 꺼져 있던데, 여기 있습니까?

지환은 멘트를 정리하고 뱉으려고 했다. 하지만 그보다 먼저 말문을 연 건 그녀의 후배였다.

"희원 언니는 잘 도착했대요? 혼자 여행을 보내주시다니 깜짝 놀랐어요."

……응? 지환은 무슨 소리인지 모르겠다는 것처럼 고개를 갸우뚱했다. 그러자 그녀의 후배들이 따라서 고개를 갸우뚱한다. 그러더니 시계를 보고는 저들끼리 떠든다.

"아. 희원 언니 아직 가고 있겠다. 시간이 아직 도착했을 시간이 아니야."

"그런가? 좋겠다. 혼자 해외여행이라니. 너무 설레지 않아?"

"그보다도 형부가 대단하신 것 같아. 보통 결혼하면 와이프 혼자 여행 보내주기 쉽지 않잖아."

……아. 여행. 그녀는 여행을 간 모양이다. 여행.

"아, 하하하. 여행, 네. 여행. 갔습니다, 우리 와이프. 여행"

여행! 그것도 해외로!

지환은 이제야 그녀 휴대폰 전원이 꺼져 있는 이유를 알게 되었다. 비행기를 타고 있는 것이다. 느닷없이 마주한 진실에 당황한 지환은 하하하하, 정신 나간 사람처럼 웃었다.

뭐, 혼자 여행 갈 수 있지. 그래, 당연한 일이다. 여행을 떠나고 싶다고 그녀는 버릇처럼 말했으니까. 어디로 갔을까. 푸른 바다? 멋진 유적지?

여기까지 문제 될 건 없었다. 그녀는 언제고 어디든 자유롭게 떠날 수 있는 사람이니까.

"하하, 하하하, 여행. 네. 여행, 갔죠. 잘 가는 중일 겁니다. 하하, 하하하."

자, 문제는 지금부터였다. 지환은 자신에게 향하는 여러 눈동자를 바라보며 웃음을 서서히 그쳤다. 계속 웃는다고 해결될 일 같지는 않았다.

"그런데 여기는 왜 오셨어요?"

그러게 말이다. 나는 지금 여기 왜 왔다고 해야 하는 거지?

"언니도 여기 없는데. 연습실까지."

"……."

따져 묻는 것에 능한 남자는, 재치 있는 답변엔 젬병이 되었다. 수많은 눈동자가 자신을 향하자 지환은 마른침을 꿀꺽 삼켰다.

자신의 답변을 기다리는 그녀 후배들의 얼굴을 보고 있자니 앞이 깜깜했다. 적당한 답을 찾지 못해, 식은땀이 줄줄 흘렀다.

✦✦✦✦✦✦✦✦✦✦

"우와…… 대박……."

그녀는 비행을 끝내고 입국 심사를 마친 뒤 공항을 빠져나왔다. 도착한 곳은 다름 아닌 아름다운 괌. 원래 처음에 계획한 곳은 정신없이 돌아다녀야 하는 관광지였지만, 구언의 조언을 얻어 막판에 휴양지로 바꿨다.

사실 따뜻한 곳이 그립기도 했고 바다도 실컷 보고 싶었던 김에 그녀가 선택한 최초 여행지다. 혼자 온 사람은 없어 보이지만, 그런 건 안중에도 없었다.

"도착했다……. 드디어……."

무사히 도착했다는 것만으로도 감동이 일렁인다. 희원은 카메라에 풍경 한 장, 사진을 담고는 주변을 살펴보았다. 자신을 호텔까지 안내해줄 버스를 찾고 있는데 어쩐 일인지 보이질 않는다.

"기다리고 있을 거라고 했는데 분명. 늦었나? 그럴 리가."

희원은 시계를 들여다보고는 다시 주변을 두리번거렸다. 가져온 짐을 터덜터덜 끌며, 이곳저곳을 찾아 헤맸다.

"아…… 뭐야, 없잖아."

바로 앞에 있는 작은 승합차가 자신을 픽업할 거라고는 생각하지 못하고, 그녀는 '버스'라고 하니 이미지 그대로 생각한 대형 버스만 찾아다녔다.

"없다. 없어."

당황한 희원은 우두커니 멈춰 섰다. 그녀가 이곳저곳을 헤매며 당황하는 기색을 보이자 어슬렁거리던 현지인들이 다가왔다. 택시를 이용할 것이냐? 흥정해주겠다. 내가 더 저렴하게 해주겠다. 어디까지 가느냐? 숙소는 있느냐? 머물 곳을 찾는다면 내가 패키지로 저렴하게 안내해주겠다. 저들보다 저렴하게.

그들은 앞다퉈 영업을 시작했고, 희원은 갑자기 밀려오는 현지인들의 영업에 겁을 먹은 듯한 표정을 지었다.

"어…… 어…… 버스…… 어…… 셔틀……."

당황하니 기본적인 말도 제대로 튀어나오질 않는다. 눈앞은 캄캄해지고, 대부분의 인파는 각자의 길로 접어들어 한산해진 공간.

"아, 미치겠다. 택시 안 탄다고 이 사람들아. 정신 하나도 없네, 진짜."

그때였다.

"한국인?"

누군가 자신을 불렀다.

"네! 한국인!"

"문제 있습니까?"

웬 남자가 지나가던 길에 멈춰 서 자신을 부른다. 예스! 되었어! 도와줘요! 의지의 한국인!

"호텔로 가는 버스를 놓친 것 같아요."

"호텔이 어딥니까?"

희원이 웬 사내와 대화를 시작하자 현지인들은 물러섰다. 그녀가 호텔을 보여주자 사내는 잠시 들여다보는 척하더니 다짜고짜 고개를 들었다. 그러곤 코앞에 있는 조그마한 승합차를 가리켰다.

"저기 있네요. 바로 앞에."

"아…… 저거예요?"

저거였다니! 희원은 캐리어를 바짝 쥐고는 사내에게 인사를 건 냈다.

"감사합니다! 감사합니다! 덕분에 찾았어요!"

"천천히 가요. 10분 뒤 출발이니까."

"아…… 네."

사내는 웃었다. 그녀가 캐리어를 끌고 가는데 같은 방향인지 따라온다. 그녀는 운전수의 도움을 받아 짐을 싣고 올라탔다.

사내도 짐을 싣더니 올라탄다. 남은 좌석을 찾아 앉는 사내를 향해, 희원은 상체를 비틀어 돌아보며 고개 인사를 다시 건넸다.

"감사해요. 하마터면 놓칠 뻔했어요. 바보같이 큰 버스만 찾아다녔거든요."

"이 호텔은 공항 픽업을 자주 해서 작은 버스도 있어요. 큰 버스도 있고."

"감사합니다. 그리고 숙소가 같은 모양이네요."

"네. 보다시피."

감사함에 그녀는 웃었고, 사내는 더 말을 섞지 않을 예정인지 고개를 창밖으로 돌렸다. 무안해진 희원은 헛기침을 내뱉으며 자세를 바로 했다.

승합차는 잠시 후 출발했다. 아름다운 풍경을 연신 지나 그녀가 머물 호텔로 데려다주었다. 감탄만 내뱉기엔 지금이 믿기지 않을 만큼, 그녀는 충분히 설렜다.

＊ ＊ ◆ ◆ ＊ ＊

그녀가 환상의 섬, 괌에 도착하여 픽업 버스에 올라탔을 때쯤.

"아…… 그게, 그러니까."

이곳 한국, 그녀의 연습실 앞, 지환은 절체절명의 위기에 빠져 식은땀만 철철 흘리고 있다. 여기에 왜 왔냐며 모두가 자신을 바라보니 뭐라도 말을 해야 하는데, 짧은 시간 우다다다 떠오르는 말이라곤 전부 헛소리밖에 되지 않는 변명이다.

"제가 여기를 왜 왔냐면……."

아, 이게 뭐라고 이렇게 할 말이 없는 거냐.

지환은 뭐라고 말을 해야 하는지 몰라 말꼬리를 흐렸다. 희원이 지금 한국에 없으니 무슨 말을 해도 어울리지 않는다. 여행 가는 것도 몰랐다는 건 말이 안 되잖아. 그것도 남편이.

아……. 영혼을 팔고…… 시간을 건너뛰고 싶다…….

"형!"

그때였다. 어딘가에서 들려오는 소리에 일동 뒤를 돌아보았다. 지환은 옹기종기 모여 있던 무용수들이 뒤를 돌아보자 따라 시선을 들었다.

"형! 여기!"

아…….

저쯤, 구언이 자신을 발견하고는 손을 흔든다. 지환은 기쁨과 환희에 젖은 눈빛으로 구언을 바라보았다. 그래, 일전에 예상한 그대로다. 이쯤 되면 유구무언은 희원이 아닌 자신과 인연인 거다.

"이제 왔어? 뒷정리하고 문 잠그고 나오느라 난 좀 늦었어."

구언은 잰걸음에 다가왔다. 마치 이런 상황을 꿰고 있었다는 것처럼.

"아아, 두 분 친하세요?"

딱딱하게 굳은 지환이 삐걱거리자 무용수들은 이제 알겠다는 듯한 표정을 지었다. 지환이 구언을 만나러 왔다고 결론지은 모양이다. 그사이 구언은 무용수들 사이를 비집고 들어왔다.

"왔으면 연락을 하지. 형, 여기는 희원이 동료들이야. 인사했어?"

"아…… 네. 어…… 응."

저놈이 갑자기 말을 놓으니 혼란하지만 지환은 일단 장단을 맞춰보기로 한다. 지금 아쉬운 쪽은 유구무언이 아닌 본인이었으므로. 유구무언이 형이 아니라 아우라 불러도 예, 형님, 하며 달려갈 판이니까.

"구언 오빠, 희원 언니 형부랑 친해요?"

"그러게 말이야. 이 오빠 친화력은 도대체 어디까지야? 밑도 끝도 없네."

무용수들이 종알거리자 구언은 더욱더 지환과 가깝게 섰다.

"희원이 없잖아. 그래서 내가 형 불렀지, 와이프도 없는 절호의 기회인데 이럴 때 안 놀면 언제 노냐?"

"참 나. 희원 언니 오면 다 일러야지. 구언 오빠가 형부 꼬드겨서 놀았다고."

"야, 비밀 유지해. 치사하게 일러바치지 말고."

"오빠 하는 거 봐서. 그럼 두 분 좋은 시간 보내세요. 지나친 음주는 감사한 일이랍니다."

희원의 후배들은 우르르 빠져나갔다. 연신 고장 난 기계처럼 삐거덕거리던 지환은 시야에서 금세 사라진 희원의 동료들 빈자리를 바라보다가, 구언에게 시선을 돌렸다.

불편한 시선이 마주친다. 지환은 그러다가 천천히, 상황이 이상하다는 것을 깨달았다.

"희원이 여행 갔어요. 지금 들으셨겠지만."

구언은 마치 두 사람의 쇼윈도 관계를 다 알고 있다는 것처럼 태연하게 행동하고, 말하며, 자신을 위기에서 구해주었다.

"이별 여행, 그런 거 아니니까 자책할 필요는 없어요. 전부터 가고 싶다고 했던 거니까."

있었던 일들. 나눴던 말들. 이런 일 저런 일 모두 다, 알고 있다는 것처럼 굴었다.

"급한 일 아니면 올 때까지는 그냥 둬요. 희원이 첫 여행이고 나름 힐링도 필요했고."

"난 지금 아무 말도 안 했는데."

"……."

"안 해도 그쪽이 다 알고 있어서, 상당히 당황스러운데."

구언은 주머니에서 차 키를 꺼내다가 힐끔, 지환을 바라보았다. 그러곤 피식 웃음을 흘렸다.

"알 수밖에 없죠. 희원이 일이라면 그게 무엇이건 간에, 자연스럽게."

"……."

"희원이가 지금 하루 중 제일 많이 보는 사람이 누구라고 생각합니까?"

차마 제 입으로는 답을 할 수 없어, 지환은 침묵했다.

"나는 생각보다 당신 와이프를 잘 압니다. 표정 변화, 분위기 변화, 그리고 오랜 친구죠. 통하는 것도 많은."

"발언이 좀 아슬아슬한데. 오랜 친구라도 덮기엔 그쪽 마음이 아름답지 못했고."

이번엔 구언이 뜨끔하는 표정을 지었다. 역시, 지환도 자신의 마음을 꿰고 있었던 거다.

"요즘은 일방적으로 짝사랑하는 사이도 친구라고 일컫나? 난 아닌 걸로 아는데."

"알면 이러지 말았어야죠."

"……."

"나한테 틈도 주지 말고 똑바로 잡았어야지. 당신 와이프가 당신을 원한다는데."

"……."

"아, 이젠 과거형인가? 원했었으니까."

파바박—

전기가 흐르듯 두 사람의 눈빛이 부딪친다. 구언은 지환을 조금 지나쳤다. 뭐, 이쯤 되면 이판사판이지.

"두 사람의 결혼, 의무만 있을 뿐 권리는 없습니다. 희원의 마음이 이제 어디로 널을 뛰든, 그건 서지환 씨가 관여할 문제는 아니라고 말하고 싶은데요."

"우리 관계가 어떻건 당신이 참견할 문제는 아니지. 부부의 일에 어디까지 끼어들고 참견하는 겁니까?"

"……."

"혹여 오지랖이 넓어 당신이 한없이 참견한대도 법적 부부를 뛰어넘을 수 있을 만한 관계는 앞으로도 없어. 기억 좀 하시죠."

부부. 이래도 저래도, 당신들은 부부.

구언은 지환의 일갈에 어쩔 수 없이 미소 지었다. 기를 쓰고 발악해봐도, 질 수밖에 없는 싸움은 이렇게나 매력이 없다.

"그럼 법의 테두리 안에서 안전하길 빕니다. 당신도, 당신 와이프도."

"……."

"그런데 그거 압니까? 희원이는 법 없이도 사는 여자라, 얼마나 많은 도움이 될지는 모르겠네요. 그럼 이만."

구언은 희미하게 고개 인사를 그치고는 앞으로 나아갔다. 그러다가, 뒤로 돌아섰다.

"참, 희원이 어디로 여행 갔는지는 알아요? 남편인데 그 정도는 알아야죠."

응? 알려주겠다고? 지환은 내심 궁금했던 것을 알려주려는 구언을 바라보았다. 저도 모르게 눈빛은 온순해졌다. 구언은 그런 지환을 바라보다가 씩 웃었다.

"시간도 많을 텐데, 혼자서 잘 맞춰봐요. 그럼 잘 가요."

"저…… 아오……."

사내들의 유치한 싸움은, 계속될 전망이었다.

"미치겠다. 이 느낌 뭔데? 이 자유 뭔데? 이 해방감 뭔데에! 우와아아!"

객실로 들어선 희원은 짐을 내팽개치고는 후다닥 달려 테라스로 나갔다. 이미 어둑해진 세상의 빛 아래 철썩철썩, 밀려오는 파도 소리가 가깝게 위치한 바다를 알려주었다.

"와아⋯⋯."

시선을 돌려보니 밝은 조명에 수영장 물은 보석처럼 반짝였다. 희원은 시선을 사로잡는 영롱한 풍경에 연신 탄식을 터트렸다. 야자수가 잔뜩 심어진 길목 길목은 바라보는 것만으로 이국적이었다. 이윽고 고개를 들어 보았다.

"진짜⋯⋯ 미치겠다⋯⋯."

뭐 이런 하늘이 다 있나 싶을 정도로 세상을 가득히 수놓은 별들. 내 눈이 잘못되었나 싶어 다시 눈을 비비고 바라보게 되는, 그런 밤하늘. 희원은 멍하니 바라보다가 가슴 깊숙한 곳에서 올라오는 커다란 감정을 마주했다.

"이렇게 예쁜 걸⋯⋯ 그동안 못 보고 살았단 말이지⋯⋯."

다람쥐 쳇바퀴처럼 굴러가던 일상. 여행이란 그저 남의 일처럼만 여겨버린 갑갑했던 삶. 소소하게 불어 드는 바람에 머리칼이 날리니 그녀는 처음으로 겪어보는 신선한 '자유'의 느낌을 마주했다.

"이게 나야. 이게 권희원."

그래. 앞으로의 난 이렇게 살아야겠다. 자유롭게, 드넓은 세상을 바라보며. 지구 곳곳에 나의 발자국이 찍힐 수 있도록.

사랑에 구속되지 않고 스스로를 불행함에 물들이지 않으며, 형체 없는 감정에 스스로를 볶아대며 의미 없이 시간을 낭비하지 말자.

"맞아. 난 이런 자유를 원했어. 이런 걸 원했던 거야."

세상은 넓고 아름답다. 그녀는 무척이나 깊은 깨달음을 얻었다는 듯 미소 지었다. 질척거렸던 짝사랑도, 잘 유지할 수 있을까 싶었던 결혼도, 보고 싶어 몸 닳던 그의 얼굴도 아무것도 아닌 게 된다.

잊는 일이란 이토록 쉬운 일이었나. 모든 번뇌란 외려 시시해졌다. 이, 광활하고 웅장한 아름다운 풍경 앞에서.

◆ ◆ ◆ ◆ ◆ ◆ ◆ ◆

"여행…… 대체 어디로 간 거야……."

지환은 중얼거리며 불안하다는 듯 손가락 사이로 볼펜만 현란하게 굴렸다. 한숨도 못 잔 얼굴은 퀭하고, 생각이 많은 듯한 눈빛은 초조했다. 그녀가 한국에 있건 아니건, 이러나저러나 못 보는 건 매한가지인데 마치 외딴섬에 뚝 떨어진 것만 같은 지금 이 기분은 뭐란 말인가.

"그래, 권희원 씨에게 힐링은 필요했을 테니까."

마치 진심으로 사랑해서 결혼한 것처럼 자연스럽게 물들던 시간들. 숙제처럼 부딪치던 입술, 사랑한다 말하던 눈빛.

같은 방에 누워, 내뱉는 숨 끝에 이어지던 그녀의 숨. 이유 없이 웃어주던 얼굴. 좋아하게 되었다던 목소리.

"혼자만의 시간이 필요했겠지. 내가 뭐, 참견할 주제나 되나……."

그런 그녀는 증발해버린 것만 같다.

지환은 고개를 들어 천장을 바라보았다. 무엇이 자꾸 이렇게 아른거리는 건지 잘 모르겠다. 막연하게 온몸을 헤집고 돌아다니는 것들은 하나로 매듭지을 수 없는 잡다한 것들. 이를 테면 그녀는 어디로 갔을까. 지금쯤 무얼 하고 있을까. 무슨 생각을 하고 있을까, 어떤 심경의 변화를 겪고 있을까.

우리는 언제부터 편안해졌고, 언제부터 불편해졌고, 언제부터 이렇게 전화 한 통이 힘들어졌나. 이렇듯 매듭을 짓자면 온통 그녀 생각이라는 것.

지환은 천장을 올려 보던 시선을 천천히 내렸다. 마음에 들지 않는다는 듯 미간을 좁히며 입술을 사리물었다. 심장은 왜 자꾸 불안하게 뛰고, 발끝부터 올라오는 이 조급함은 대체 무엇이고.

"이런 기분…… 다시는 느끼고 싶지 않았단 말이다……."

저 과거 어딘가의 나와 마주한 것 같은, 그래서 썩 유쾌하지 않은. 다시는 반복하고 싶지 않아 굳게 닫았던 마음 한쪽이 나도 모르는 사이 허물어져버린 것만 같은.

지환은 고개를 숙인 채 두 주먹을 말아 쥐고는 이마를 짚었다. 그녀가 좋은 사람인 건 이미 잘 알고 있다. 바라보면 바라볼수록 사랑스럽다는 것 또한. 함께 있는 시간이 나쁘지 않고, 물들다 보면 한없이 나를 놓게 된다는 사실 또한.

그래서 두려웠다. 그녀가 적극적일수록 좋아한다고 마음을 꺼내

놓을수록 무섭고, 겁이 났다.

"휴……."

다시 반복할까 봐. 미련하게 온 마음을 다 주게 될까 봐. 다 주고 결국 내가 텅 비어버리게 되고 나면, 없던 일처럼 되돌아갈 것 같아서.

그러다가 너도 변할까 봐.

"이건 뭐, 휴……."

……또다시, 혼자가 될까 봐.

그 자리 그대로 남겨질 것 같아서. 함께 나누었다 믿었는데, 결국엔 혼자 수습해야 할 것 같아서. 나를 다 가져간 그대가 사라지고 나면 지금보다 더 많이, 마음이 망가질 것 같았으므로.

"이젠 나도 모르겠다……."

사랑 없이 살아 행복하지 못한대도 이별 역시 없을 테니 불행도 없으리라 생각했는데.

"내가, 틀린 걸까."

……휴. 지환은 의미 없는 시선만 멀리 주다가 짧은 한숨을 내쉬었다. 간신히 닫은 마음 뒤로 커다란 바위가 굴러와 쿵, 쿵, 문을 밀고 있는 기분이 든다. 안간힘을 쓰며 막아본들 조금씩 조금씩 균열이 생기고 금이 가는 것을, 신랄하게 느끼고 있다.

그는 예감했다. 아마도 뚫릴 것만 같다고. 인력으로는 더 이상 못 버틸 것, 같다고.

"날씨 진짜 좋다. 으아아아……."

희원은 아침 일찍 일어나 호텔 조식을 먹고 객실로 올라와 수영복으로 갈아입었다. 점심쯤의 일정이 시작되기 전에 호텔 수영장에서 한껏 여유를 부리고 싶었다.

친구들의 SNS를 통해서나 보던 풍경들이 눈앞에 실제로 펼쳐지니 숨만 쉬고 있는 시간도 아까웠다. 부지런히 움직이고 싶었고, 부지런히 눈에 담고 싶었다. 기왕이면 오래도록 기억할 수 있게 사진도 많이 찍어야지.

"역시 혼자는 좀 민망해."

수영장으로 내려온 희원은 쭈뼛거리며 자리를 잡았다. 여길 보아도 커플, 저길 보아도 커플.

"정신승리해야지, 정신승리. 나는 외롭지 않아, 외롭지 않아."

커플지옥에 빠져 있지만 이 순간 나는 승리자다. 희원은 물속에서 즐겁게 웃고 있는 커플들을 바라보다가 따라 들어갔다. 으으, 잠깐 차갑더니 금세 적당한 온도로 변한다.

"아, 사진 찍어야 하는데. 사진."

희원은 어떻게든 지금 이 순간을 남기고 싶은 마음에 다시 나와 셀카봉을 찾았다. 지금 이 비키니를 사기 위해 얼마나 공을 들였는데 사진 한 장 못 남기면 되겠어?

그녀는 셀카봉을 길게 빼고는 이리저리 찰칵, 찰칵, 사진을 찍었다. 흠. 얼굴 중심으로 찍히다 보니 영 별로다.

"남들은 이런 곳에서 인생사진도 건지던데, 나는 어쩜 이렇게 사진을 못 찍어……."

현실 비율보다 더 엉망진창으로 나오는 사진에 희원은 오만상을 찌푸렸다. 에효, 사진은 무슨 사진이냐. 때려치우고 개헤엄이나 치며 커플들 사이를 훼방 놓고 다녀야겠다.

"보통 이런 곳에서 인생사진을 찍으려면 셀카봉으로는 어렵죠."

그때였다. 희원은 목소리의 근원지를 따라 고개를 들어보았다. 금세 상대를 알아본 희원은 반갑다는 듯 미소를 지었다.

"굿모닝. 또 보네요."

희원이 아는 척을 하며 웃자 상대는 손을 내밀었다. 어제 공항에서 픽업 버스를 알려준 사내다.

"휴대폰 줘봐요. 사진 찍어줄 테니까."

"사진 잘 찍어요?"

"뭐, 댁보다는 나을지도."

"그럼 몇 장만 부탁드릴게요. 혼자 여행 오니까 이런 게 불편하네요."

"이런 것만 불편하죠. 감수할 만하고. 저쪽으로 가요, 찍어줄게요."

"네."

뭐 얼마나 잘 찍겠는가, 대충 몇 장 찍어주겠지. 희원은 고분고분 사내의 말을 따라 물속을 걸었다. 사내의 호의를 다만 감사하게 생각하며.

＊＊＊◆◆◆＊＊＊

"헐."

희원은 휴대폰 속 사진을 확인하다가 눈을 동그랗게 떴다. 헐, 이것이 다 무엇이냐.

"이거 저 맞아요?"

"수영복 디자인을 보아하니 맞는 것 같은데요."

"헐, 대박. 대애애애박."

믿을 수 없다는 듯 희원은 사진을 들여다보았다. 전문 카메라도 아닌 휴대폰 카메라로 이렇게 고퀄리티 사진을 찍을 수 있단 말이냐?

시키는 대로 서서 시키는 대로 포즈를 취하고 있었을 뿐인데 전혀 상상하지도 못한 사진이 탄생했다. 허어, 희원은 사진 한 번, 사내 얼굴을 한 번씩 번갈아 바라보았다. 사내는 갸우뚱했다.

"별로입니까? 최선 다했는데."

"아뇨. 너무 놀라서요. 이렇게 잘 찍어주실 줄은 몰랐어요. 색깔이 와……."

"날씨가 잘 따라줘서 색감이 좋네요."

그것도 그런데, 이것이 정녕 나의 뒤태란 말이지? 믿을 수가 없다, 믿을 수가 없어.

희원은 파란 물과 파란 하늘, 그 가운데 서 있는 자신의 모습을 계속 들여다보았다. 100점짜리 사진이다. 더할 나위 없이 예쁜.

"감사합니다. 사진 정말 잘 찍으시네요."

"모델이 8할 이상은 했죠. 카메라는 거들 뿐."

희원은 웃는 얼굴로 사내를 바라보았다. 사내는 그녀를 바라보다가 따라 웃었다. 어쩐지 시선을 끌어당기는 그의 얼굴을 유심히보다가, 희원은 입술을 열었다.

들다 보니 약간은 어색한 억양, 한국인이라고 보기엔 다소 이국적인 마스크. 각진 눈썹 아래가 들어간 특유의 눈매.

"한국에서 오신 분은 아니시죠?"

"맞습니다. 미국에서 거주하고 있습니다. 아버지가 한국인이죠."

"그러시구나. 눈이 아주 멋져요, 근사하게도."

그는 뜻밖의 칭찬이 멋쩍은지 특유의 제스처를 취하다가 손을내밀었다.

"한국 이름은 한주혁입니다. 잠깐의 틈을 타 혼자 여행 온."

"권희원이라고 해요. 남편을 떨어트리고 혼자 여행 온."

"아아, 그거 참 멋진 일이네요."

"네. 멋진 일이 좀 필요했거든요."

희원은 물속에서, 그는 물 밖에서 서로 손을 내밀어 악수했다. 짧은 악수 끝에 희원은 손을 놓았다. 사내 주혁은 까딱, 고개 인사를 마쳤다.

"그럼 좋은 시간 되세요. 미시즈 권."

"네. 좋은 시간 보내세요."

그는 일어섰고, 돌아서려다가 다시 그녀를 바라보았다. 시계를가리키듯 손목에 손가락을 가져다 대고는 다시 입술을 열었다.

"지금 사진도 좋지만 이곳에서 석양이 질 때 찍는 사진은 환상입니다. 한 장 남기고 싶으면 오후 6시 반까지 이곳으로 와요. 한 장 찍어드릴 테니."

"어, 진짜요?"

희원은 눈을 동그랗게 떴다.

"일정 때문에 시간을 조금밖에 낼 수 없으니 늦지 말고 와요. 늦으면 없습니다."

"네! 기억해뒀다가 꼭 맞출게요! 감사합니다!"

여행지의 모든 것은 친절했고, 아름다웠다. 환상의 시간이었다.

· · ◆◆◆◆ · ·

세모꼴로 올라간 눈매를 한 채 온종일 으르렁거리며 돌아다니던 지환은 바빴던 일정을 마치고 사무실로 되돌아왔다. 옘병, 오늘따라 되는 일도 없고 손에 잡히는 일도 없다.

이 와중에도 휴대폰은 손에 붙어 있는 것처럼 쥐고 다닌다. 그러면 뭐 하나, 연락도 한 통 오질 않는걸.

대체 몇 박 며칠인 거냐! 그것도 알 수가 없다! 어디로 갔는지도 모를뿐더러, 몇 박 며칠인지도 모를뿐더러.

"아오…… 진짜……."

……설마.

"세계 일주…… 그런 건 아니겠지……."

지환은 눈꼬리를 더더욱 올렸다. 요즘 배낭여행이 유행이라는데 숙소 같은 곳은 제대로 알아보고 다니는 건가? 처음 하는 여행이라며, 사전 조사는 제대로 하고 간 건가?

걱정거리가 하나둘 적립된다. 지환은 눈꼬리를 더더욱 끌어올리며 PC를 켰다. 회원의 공연 검색을 해본 지환은 보름 뒤 그녀의 공연이 있음에 잠시 안도했다.

……공연이 보름 뒤에나 있단 말이냐! 그럼 그 안에 언제 오는 건데!

지환은 쿵쿵, 의자 뒤로 머리만 찧다가 잠시 눈을 껌뻑껌뻑했다.

"그렇지, SNS."

언젠가 희원이 SNS를 한다고 들은 적이 있는 것 같다. 지환은 벌떡 상체를 일으켰고 처음으로 휴대폰에 SNS를 깔았다. 드럽게 복잡하고 어려운 절차를 지나 가입에 성공한 지환은 이후로도 한참이나 헤매다가 희원을 검색했다.

그녀를 찾는 건 어렵지 않았다. 검색 중에도 그녀 이름은 상단에 떠 있고, 떡하니 무용복을 입은 자신의 얼굴을 프로필로 해두었으니까.

"찾았다."

지환은 회심의 미소를 지었다. 꾹 눌러 그녀 SNS에 들어가자마자 여행 중 실시간으로 사진을 올리고 있음이 포착되었다.

"이거 봐, 이거 봐. 휴대폰 들고 다니면서 연락 안 한다 이거지."

그녀를 찾았음에 어쩐지 누그러진 기분으로 지환은 그녀의 SNS를 들여다보았다. 괌으로 갔다. 숙소는 호텔이네. 안전하겠지. 밥도 잘 먹고 다니는 모양이네.

"잘 있네, 괜히 걱정했네."

……다행이다. 지환은 복잡했던 마음이 삽시간에 안정되는 것을 느끼며 그녀 SNS를 종료하려고 했다. 뒤로 돌아가는데 언뜻 못 본 사진이 지금 바로 올라왔다.

"뭐야."

그의 눈이 커다랗게 변한다. 은은한 석양, 텅 빈 수영장 한가운데에서 그녀가 아름답게 서 있다.

아찔한 비키니의 뒤태는 현역 모델이라고 해도 믿을 수 있을 것만 같다. 중요한 건 그녀가 아름답게 나왔다는 사실이 아니고, 아찔한 비키니를 입었다는 사실도 아니다.

"그래서, 누가 찍었는데 이걸……."

혼자 찍었을 리는 없는 사진에 의혹을 품은 지환은 다음 사진으로 넘겼다. 이번엔 선글라스를 낀 채 석양을 뒤로하고 그녀가 웃고 있다. 이 역시 누군가 찍어준 사진. 지환은 그녀 사진을 크게 확대했다.

그녀 선글라스에 찍어준 상대가 언뜻 비친다. 지환은 자리에서 벌떡 일어섰다.

"이런!"

남자였다.

· · ◆ ◆ ◆ ◆ ◆ · ·

희원은 오늘 하루 알차게 관광을 마치고, 약속된 시간에 호텔 수영장에 도착했다. 비슷한 시간에 수영장에 도착한 주혁은 약속대로 사진을 찍어주었다. 휴대폰을 받아 든 희원은 까무러칠 것 같은 감탄을 연이어 쏟아냈다.

"진짜 예술이다, 어쩜 이렇게 예쁘게 찍을 수가 있죠?"

"말했듯이 모델이 8할을 했죠."

"정말 감사해요. 덕분에 인생사진 많이 건지고 가네요."

주혁은 별일 아니라며 손을 저었다.

"권희원 씨의 표정이 자유로웠어요. 사진 찍히는 일에 익숙한 것 같던데."

"시선을 두려워하면 안 되는 일을 하고 있어서요. 카메라도 시선의 일부니까."

"배우?"

"아뇨. 무용수."

"아, 무용수."

주혁은 무용수, 무용수, 중얼거리며 그녀를 바라보았다. 아직 물밖으로 나오지 않은 희원이 수영장 안에서 자신을 올려 보자 그는 귀엽다는 듯 미소 지었다.

주혁은 그녀의 짐이 있는 곳으로 걸어가 커다란 타월을 가지고 왔다. 그녀가 있는 곳 가까이, 바닥에 수건을 내려놓으며 그는 다시 허리를 세웠다.

"시선으로부터 완벽하게 자유롭지는 못한 것 같네요. 나와요. 난 이만 가볼 테니."

"아…… 뭐……."

사실 비키니를 입고 낯선 이를 대한다는 것이 영 쑥스러워 좀처럼 물 밖으로 나가질 못했는데. 사람 마음을 꿰뚫어 본 것처럼 주혁이 말하니 희원은 당황함에 머뭇거렸다. 그가 가까이 내어주고 간 수건을 나중에야 집으며, 희원은 멀어져 가는 주혁에게 외쳤다.

"정말 감사해요! 안녕히 가세요!"

주혁은 뒤를 돌아보지 않으며 오른팔을 흔들었다.

덕분에 건진 인생사진, 영원히 간직하리라. 수영장 밖으로 나온 희원은 커다란 타월을 온몸에 두른 채 휴대폰을 들었다. 적당한 문구와 함께 사진을 업로드하며 희원은 언제나 다시 보겠는가 싶은 석양을 바라보았다. 주변은 온통 주황빛으로 물들다가, 푸른 어둠을 몰고 와 자신의 빛을 함께 섞었다.

"눈물 날 것 같다. 너무 예뻐."

그녀는 무릎을 세워 두 팔 안에 가두고는 한참이나 지는 석양을 바라보았다. 고요함은 깊은 무게를 지니고 있어, 사람의 말을 앗아갔다. 침묵하게 했고, 멈추게 했다.

"바다 보러 오길 잘했다. 정말 잘한 것 같아."

저물어가는 것엔 남다른 아름다움이 있다. 남은 힘을 다해 모든 것을 태우기 때문에 그런지도 몰랐다.

· · · ◆ ◆ ◆ ◆ ◆ · · ·

"혼자 사는 게 벼슬이라도 되는 줄 아는 게냐? 기세등등해서는 고삐 풀린 망아지처럼 쏘다니는 꼴이라니."

……나는 누구,

"나이가 들면 철도 같이 들어야지. 대체 어쩌자고 나이만 들고 있어? 철은 어디에 처박아두고?"

여기는…… 어디……?

정윤은 멍한 눈빛으로 바닥을 내려다보았다. 이곳은 그녀의 집. 앉아 있는 곳은 거실 소파. 마주하고 있는 분은 그녀의 아버지. 굴지의 대형 로펌 대표직을 맡고 있는 차홍권 대표이다.

"사는 꼴이 아주 가관이라 참견을 안 하고 싶어도 어디 참견을 안 할 수가 있나. 아예 부모 자식 연 끊고 살 거냐? 집에 연락은 왜 안 해. 네 엄마 기다리는데."

"……."

정윤은 내내 바닥만 내려다보고 있다. 제길, 오늘은 배달 음식 좀 시켜 먹어보려고 일찍 퇴근했는데 비밀번호를 누르고 들어오니 집에 아버지가 와 계시더라.

"우리 집 비밀번호는 또 어떻게 알고 들어오셨어요?"

"그게 궁금하냐?"

"네. 완전 궁금한데. 비번도 바꾼 지 얼마 안 됐는데, 아빠 때문에."

하, 차 대표는 코웃음을 쳤다.

"네가 바꿔봐야 별것 있어? 네 생일 아니면 내 생일, 그것도 아니면 니 엄마 생일. 돌려가며 쓰는데 모르는 게 더 이상한 거지."

"……다른 걸로 바꿀게요."

"뭐, 1234? 2580? 사람이 단순해도 정도가 있지. 쯧."

우씨. 다른 번호는 술 마시면 까먹어서 힘든데.

정윤은 다시 바닥으로 시선을 내렸다. 괜히 일찍 퇴근해서 이 사달을 만들었네, 만들었어.

"네가 이러고 사는 게 부모 욕 먹이려고 작정한 거랑 뭐가 달……."

2차 폭격이 시작된다. 정윤은 점점 눈에 초점이 흐려지는 것을 느끼며 줄곧 바닥만 응시했다.

이제 보니 바닥에 홈이 좀 파였네. 저번에 소파 옮기다가 이렇게 됐나? 저거 되게 거슬리네. 보수 공사를 해야 하나?

"이혼을 했으면 사람이 변하는 게 있어야지. 결혼도 네 멋대로 하더니, 이혼도 제멋대로 하고, 너는 도대체 부모 말을 어떻……."

어라? 이제 보니까 원목에 빗금 개수가 다 다르네? 그렇지, 다른 게 정상이지. 그럼 오른쪽이랑 왼쪽이랑 개수 차이가 얼마나 나는지 볼까? 하나, 둘, 셋, 넷…….

"애비가 말하는데 너 지금 뭐 하냐?"

"빗금 세는데요?"

"……."

차 대표는 딸아이의 엉뚱한 대답에 질색하는 표정을 지었다. 딸아이가 웬일로 시무룩한 표정을 한 채 눈을 내리깔고 경청하기에 너무 심하게 쏘아붙였나, 다소 미안해지던 차였다. 그런데, 바닥재 빗금을 세고 있었단다.

"하…… 끓는다……. 끓어……."

"그러니까 오지 마세요. 여기만 다녀가면 혈압이 오른다며. 약을 드시지 말고 우리 집 방문을 끊어요."

정윤이 중얼거리듯 대꾸하며 연신 바닥만 바라보고 있자 차 대표는 열이 오르는지 타이를 비틀어 풀어 내리고는 긴 한숨을 내쉬었다. 자식이라곤 이거 하나뿐인데, 드럽게 말을 듣지 않는다.

"밥은 먹고 다니냐?"

차 대표가 끝에 묻자 정윤은 눈을 번쩍 떴다.

"당연하죠. 먹었어요."

정윤은 거짓말을 했다. 아무리 혼밥을 싫어한대도 지금 이 상황에 아버지를 붙잡고 배달 음식을 시켜 먹고 싶지는 않았다. 차 대표는 혀를 끌끌 차며 일어섰다.

"냉장고에 네 엄마가 가져다주라는 거 몇 개 가져다가 넣어놨다. 냉장고 안이 그게 뭐냐? 변변한 거 하나 없이."

"굶어 죽지 않을 테니까 걱정 마세요."

"네 엄마한테 잘해. 그만치 불효하고 살았으면 됐지, 해보고 싶은 대로 다 하면서 살았으면 이젠 철들 때도 됐어."

정윤은 아무 말이나 튀어나올까 봐 입술을 꾹 깨물었다. 억울함은 입 밖으로 쏟아지질 못한 채 둥글게 말아 쥔 그녀 손끝에 머물렀다.

차 대표는 이만 가보려는 듯 걸음을 옮겼다. 그러다가 바닥을 휘휘 둘러보았다.

"어찌 된 게 집에 남자 머리카락 하나가 없어? 연애도 안 하나?"

허! 정윤은 기가 막힌다는 듯 눈꼬리를 올렸다.

"그러게요. 시시때때마다 느닷없이 찾아오는 사람이 있으니, 어디 무서워서 누굴 데려올 수가 있나? 연애 잘하고 돌아다니니까 걱정 마시고요."

아오……. 한마디도 지지 않는 딸을 보다가 차 대표는 미간을 좁혔다. 그러고는 가만히 딸아이를 바라보았다. 고집이 매달린 딸아이의 눈매.

"더 늦기 전에 재가해야지. 둘 사이에 애가 있었던 것도 아니고 결혼 생활 길게 한 것도 아닌데. 주변에서 알아보고 있으니까 그런 줄 알아."

"또 그 얘기. 아빠, 내가 이혼한 지 얼마나 됐다고 벌써 재혼 얘기가……!"

"네가 택한 인생 아니냐? 너 이 결혼 실패하면 내가 하자는 대로 다 하겠다고 약속했던 거 잊었어?"

"아빠, 제발요, 좀."

"약속 지켜라. 나도 너와 했던 약속은 다 지켰으니까."

차 대표는 신발을 신었다. 정윤은 그 모습을 바라보다가 고개를 툭 떨궜다.

"진짜 다 지키셨어요?"

현관문으로 돌아서던 차 대표는 멈췄다.

"정말로 다 지키신 거, 맞아요?"

"그래. 지켰어. 나는 적어도 약속을 어기지는 않았다."

차 대표는 문을 열고 사라졌다. 자리에 그대로 서서 정윤은 짧은 머리를 쓸어 넘겼다.

"하……. 의식주만 신경 쓰면서 살아보려고 했더니, 되게 안 도와주네."

모르는 게 아니라 모른 척하며 살고 있는 많은 것들. 정윤은 괜한 입술만 물어뜯다가 다시 고개를 들었다.

이혼 후 2년. 아직은, 완벽한 혼자가 되기에 시간은 충분하지 않았다.

· · ◆ ◆ ◆ ◆ · ·

"와, 너무 예쁘다. 이것도 사야지."

쇼핑을 나선 희원은 카트를 끌며 이곳저곳을 쏘다녔다. 관광객들을 위해 마련된 쇼핑센터는 환한 불빛과 다양한 상품으로 그들을 유혹했다.

지인들에게 선물할 것들을 사려고, 희원은 이것저것 돌아보며 물건을 집었다. 예뻐서 집으면 그다음 건 더 예쁘고, 그다음 것도 집어 들면 그다음 건 더 예쁜 현실.

"이게 다 내 트렁크에 들어갈까?

정신없이 카트에 담다 보니 싸 가지고 갈 짐이 걱정이다. 희원은 차라리 여행용 가방을 하나 더 사야겠다, 생각하며 원 없이 담기로 결정했다.

"엄청 무겁겠어. 그래도 예쁜 건 다 사 가야지."

평소엔 필요도 없어 보이는 병따개가 왜 이렇게 예뻐 보이는지, 초콜릿은 왜 이렇게 눈이 가는지. 동료들의 얼굴을 떠올리며 희원은 천천히 쇼핑을 했다.

"앗, 저거. 서지환 씨한테 잘 어울리겠다."

그러다가 어느 한 부분에서 그녀는 우뚝 멈춰 섰다. 진열된 상품은 다름 아닌 넥타이다. 유명한 브랜드의 것도 아니고, 점잖은 패턴도 아니었지만 어쩐지 넥타이 앞에서 그의 생각이 났다.

"가격도 저렴하네. 하나 사다가 줄까?"

희원은 저도 모르게 넥타이로 손을 뻗다가 멈칫, 했다. 그는 여행 온 사실도 모르는데. 여행 상품을 선물이라고 내밀며 대화 나눌 분위기는 더더욱 아닌데.

전원이 꺼져 있을 때 상대방이 전화를 했다는 사실을 알려주는 부가 서비스를 신청해두지 않은 까닭에 희원은 지환이 전화를 했었다는 사실조차 몰랐다. 그저 모르겠거니. 어제도 그제도 연락이 없었던 것처럼, 오늘도 내일도 연락이 없겠거니.

넥타이 주변을 공허하게 맴돌던 손을 내렸다. 희원은 흠, 크게 숨을 내쉬고는 걸음을 비틀었다. 동료들에게 나누어줄 초콜릿이나 더 사야겠다, 생각하며 카트를 힘껏 밀었다. 쇼핑은 무르익어갔다.

◆ ◆ ◆ ◆ ◆ ◆ ◆ ◆ ◆

"아주 신났네, 신났어."

지환은 수시로 그녀의 SNS를 들여다보며 눈꼬리를 올렸다. 그녀는 친절하게도 먹은 음식, 다녀간 곳을 차례대로 올려주었다. 희원의 행선지를 알아낼 때마다 지환은 마치 악당의 동선을 파악하는 것처럼 코웃음을 쳤다.

아마도 그녀는 자신이 SNS를 들여다보고 있을 거라곤 꿈에도 모를 것이다. 그러니 이렇게 해맑게 사진을 올리는 거겠지.

"아무리 도망쳐봐야 서지환 손바닥 안이라 이겁니다, 권희원 씨."

흥. 올 때까지 수시로 들어와 확인해주마. 어디서 뭘 하는지.

더 이상 확인할 사진이 없음에 지환은 휴대폰을 내렸다. 와이프의 근황을 SNS로 확인하는 꼴이라니, 황당함에 헛웃음이 작렬한다. 지환은 비실비실 웃다가 휴, 숨을 내쉬었다.

"무슨 찌질한 전 남친 같네."

하지만 누구의 전 남친이 되었을 때도 해본 적 없는 일. 찌질한 남편이 되고 만 자신이 너무나도 한심하지만 별수가 없다. 그녀가 한국으로 돌아올 때까지는 이렇게 기다리는 수밖에.

일은 산더미고 출국은 꿈에도 꿀 수 없잖아. 당장이라도 괌으로 달려가고 싶지만 현실은 시궁창이다.

"그나저나 대체 누구냐……."

그녀가 어디서 뭘 하고 있는지 꿰차고 있음에도 영 마음이 텁텁한 건, 사진 속 의문의 사내 때문일 것이라. 그냥 지나가던 투숙객이 사진을 찍어줬을 것이라 유추하면서도, 희미했지만 알 수밖에 없던 사내의 남다른 자태가 영 못마땅했다.

사진을 확대하고, 확대한 사진을 또렷하게 만들며 사내를 조금 더 정확하게 보려고 애를 썼지 뭐가. 잘생겼더라, 옘병.

"누구냐고…… 대체……."

이거 이거, 나가서 미혼 행색하고 있는 거 아냐?

지환은 뚱한 표정을 지었다. 결혼반지도 없겠다, 혼자 여행 왔겠다, 사실상 그녀만 입 다물면 그녀가 유부녀일 거라고 알 만한 정황은 없지 않은가? 설마 미혼인 척하며 돌아다니는 건 아니겠지.

눈꼬리는 더더욱 올라간다. 그럴 수도 있겠다는 추측에 표정은 점점 더 썩어 문드러져 갔다. 머릿속으로는 온통 말도 안 되는 상상이 지나가고 지환은 거칠게 숨을 내쉬었다.

2분도 지나지 않아 다시 그녀의 SNS를 열었다.

"사진 좀 올려라, 권희원."

올려. 올리라고 좀. 어디서 뭐 하고 있는지, 올리라고!

· · ◆◆◆◆◆ · ·

시간은 날개를 달아놓은 것처럼 흘러가고, 그녀는 여행의 마지막 밤을 장식하기 위해 호텔 바를 찾았다. 가볍게 칵테일이나 한잔 마시며 여행을 마무리하려고. 그녀는 평소 즐겨 마시던 칵테일을 주문해 홀짝거리다가 엽서를 발견했다.

엽서, 오랜만이다. 한참 엽서를 바라보고 있자 직원이 다가오더니 엽서를 쓰면 호텔 측에서 보내주는 서비스를 하고 있단다. 다만 기한을 넉넉하게 둬야 할 거라고.

아아? 구미가 당긴 희원은 엽서 한 장을 받아 들었다. 볼펜을 쥐고 멍하니 한참 생각하다가, 누구에게 써야 하나 망설였다. 생각나는 사람은 한 사람뿐인데 괜찮을까, 싶은 마음이 자꾸만 망설이게 했다.

"쓰자, 써. 어차피 오랜 후에 도착할 텐데."

그녀는 결심을 했는지 볼펜을 움직였다.

To. 서지환 씨에게.

엽서는 처음 써봐요. 당신에게 쓰는 편지도 처음인데 말이죠.

낯설다. 희원은 생각만큼 글씨가 예쁘게 적히질 않는 것 같아 더욱 열중했다. 편지처럼 길게 쓸 수도 없고, 봉인할 수도 없으니 중요한 말은 적을 수 없다.

엽서가 도착할 때쯤이면 우리는 어떻게 지내고 있을까요.

그러니 간결하게, 누가 보아도 이상하지 않게.

더 많이 행복해졌을까요? 우리는, 그렇게 되었을까요?

하지만 당신만은 진정한 의미를 알아볼 수 있게.

누가 그러던데, 과거는 바꿀 수 없지만 미래는 바꿀 수 있다고. 때문에 우리는 우리의 미래를 아름답게 바뀌갈 거라고, 나는 믿어요.

나의 진심을, 알아볼 수 있게.

서지환 씨. 내가 바라는, 분명한 건 단 하나. 당신도 나도 우리 모두 행복하길 바란다는 거.

그러니 행복하기로 하죠. 우리, 모두.

그대라면 모든 말을 알아줄 거라 믿으며.

· · ✦ ✦ ✦ ✦ ✦ · ·

희원이 지환에게 보낼 엽서를 완성한 뒤 칵테일을 마시고 있을 때, 그녀와 비슷한 생각으로 바에 걸음 한 주혁이 그녀를 발견했다.

"여기 계셨네요?"

"아? 오셨어요!"

희원은 주혁을 올려다보고는 활짝 웃었다. 여행지에서 우연히 만나 많은 도움을 받은, 고마운 사람.

"마지막 밤을 자축하고 있었어요. 행복하게 여행했고 너무 잘 지냈고, 무사했으니까요."

희원이 웃으며 말하자 주혁은 기다란 의자에 앉으며 보드카를 주문했다. 빠르게 나온 보드카로 홀짝, 입술을 축인 주혁은 그녀 앞에 놓인 엽서를 바라보았다.

"그거, 꽤 오래 걸립니다. 잊고 살다 보면 도착하던데."

"이용해보신 적 있으신가 봐요. 그러고 보니 여기 처음은 아니신 것 같은데."

"곧잘 옵니다. 어릴 때 얼마간 곰에서 살았거든요."

"아…… 그러시구나."

희원은 궁금증이 풀렸다는 것처럼 고개를 끄덕였다. 시시콜콜한 이런저런 이야기를 나누다 보니 밤은 저물고, 바람은 조금 더 부드러워졌다.

턱을 괴고 하늘을 올려다보는 그녀와 보드카를 마시는 그의 사이로 침묵이 흐른다. 애당초 많은 말을 섞을 수 있는 사이는 아니었으므로.

"저, 뭐 하나 물어도 돼요?"

침묵을 깨트리며 희원은 입술을 열었다. 주혁은 홀짝, 보드카를 삼키며 그녀를 힐끗 바라보는 것으로 답을 대신했다.

"아무리 노력해도 불행할 땐 어떻게 해요?"

……내 남편의 불행함이, 가엽기만 하다.

"불행함에서 벗어나고 싶어도 벗어날 수 없을 땐, 어떻게 이겨내죠?"

그가 얼마나 따뜻한 사람인데. 그가 얼마나 다정한 사람인데. 사랑했을 땐 더욱더 그러했겠지, 상상이 가지 않을 만큼.

"혹시 남들은 노하우가 있나요? 불행을 극복하는 방법? 이런 거?"

희원은 하늘 위로 시선을 고정한 채 입술만 움직였다. 주혁은 그녀의 말에 생각하는 듯하다가, 잔을 내렸다.

"그렇게들 말하잖아요. 불행해야 행복을 알 수 있다고. 인생이 행복하기만 하면 행복의 참된 가치를 알 수 없다, 라고."

"그런데 그런 말도 힘이 되질 않아요. 그 정도로 망가지고, 불행함에 희망도 사라졌다면."

"꽤나 유감인 상황이군요."

"······그러게요."

희원이 의미 없는 미소를 매달자 주혁은 한참 생각을 하다가 다시 입술을 열었다.

"사람이 살면서 선택할 수 있는 감정이란 많지 않은 것 같네요. 종종 어쩔 수 없이 불행해지니까."

"······맞아요."

종종, 어쩔 수 없이.

"그러니 이건 어때요. 불행을 이기려 들지 말고 그냥 받아들이는 거."

"주저앉으라는 말씀인가요?"

"아뇨. 그게 아니라, 어차피 선택 아닌 필수라면."

"……."

"반대로 어쩔 수 없이 행복해지는 날도 올 테니까."

"아……."

희원은 낮은 탄식을 터트렸다. 쏴아아아아— 멀지 않은 저 바다에선 파도가 부딪치고.

"어쩔 수 없이…… 행복해진다……."

타국에서 우연히 만난 낯선 이의 발언에, 깊은 깨달음을 얻는 지금.

"불행도 선택이 아니듯 행복도 선택은 아닐 테니까요. 오겠죠, 어쩔 수 없이."

"멋진 말이네요. 가슴이 징…… 하고 울렸어요."

"뭐, 언제나 말은 번지르르한 편이니까."

그의 태연함에 희원은 웃음을 터트렸다. 어쩐지 내내 그녀를 괴롭히던 무거움이 말끔하게 사라지는 것만 같았다.

그래. 불행을 극복하는 노하우 같은 건 존재할 리가 없다. 감정이란 매번 새로운, 매번 다른 방식으로 찾아올 테니까. 그저 인간이란 언제나 어쩔 수 없이. 어쩔 수 없이.

"내내 어느 한 사람의 불행함으로 마음 한쪽이 불편했는데, 돌아가면 그 사람한테 말해줘야겠어요."

"당신의 남편?"

"……네."

"이토록 매력적인 아내를 두고 불행할 일은 뭐죠? 파산?"

"어림없는 일이네요."

그녀는 웃으며 칵테일을 마저 마셨다. 그래. 종종 불행해지듯, 종종 행복해지리라. 그것이 인생의 순리거든 기다려보면 될 것이라. 침착하게, 조급해하지 말며, 모든 것을 평온하게 받아들이며.

"고맙습니다. 여러모로, 감사했어요."

희원은 그에게 짤막한 인사를 건네며 일어섰다. 엽서를 직원에게 건네며 보내주기를 청하고는 사내에게 손을 내밀었다. 주혁은 그녀의 손을 잡았고, 첫인사를 나눌 때처럼 악수를 했다.

"나야말로 만나서 반가웠습니다. 한국으로 조심히 돌아가요."

"네. 한주혁 씨. 한주혁 씨도 내내 무사하길 바랄게요."

내내 무사하길. 우리 모두 살아가는 동안.

"다음에 다시 만나면 오빠라고 불러도 좋아요."

"내가 누나일지도 모르는데요?"

"어림없는 소리."

주혁이 장난스럽게 손을 흔들며 말하자 희원은 웃으며 고개를 끄덕였다. 첫 여행, 마지막 밤.

"잘 가요. 당신의 앞날에 신의 가호가 있기를."

"네. 한주혁 씨, 당신의 미래에도요."

"인연이 닿거든 또 봐요."

"네. 저는 이만 들어갈게요."

많은 것을 정리하며 나를 되찾은 시간 속 아름다운 밤이 지난다. 종종 나와 그대에게 찾아올, 행복을 기다리며.

◆ · ◆ ◆ ◆ ◆ ◆ · ◆

여행을 끝마친 희원은 인천공항에 도착했다. 짐을 찾아 환영홀
로 나온 희원은 잠시 멈춰 서 주변을 두리번거렸다. 혹시. 아주 혹
시. 그럴 일 없다는 건 잘 알고 있지만 그래도, 혹시.

"없네. 역시."

빙그르르 돌며 사방을 살피다가 어느 곳에서도 지환이 보이질
않자 희원은 피식 웃었다. 그렇지, 왔을 리가 없지. 내가 여행 다녀
온 사실도 모를 텐데.

"아아, 시간이 아직 이르네. 일하고 있겠다."

평소라면 그가 아직은 일하고 있을 시간. 희원은 게이트 밖으로
빠져나와 택시를 탔다.

"으, 추워……."

며칠간 따뜻한 나라에 있었던 까닭인지 한국의 날씨는 더욱 쌀
쌀하게 느껴졌다. 꿈에서 떠날 때 비교적 얇게 입은 탓일 수도 있
었다.

"여행 다녀오셨습니까?"

기사님이 묻는다. 희원은 활짝 웃었다.

"네. 너무너무 좋았어요. 따뜻한 곳으로 다녀왔거든요."

"좋은 여행이 되었겠네요. 손님의 표정에서 느껴집니다."

"감사합니다. 평생 못 잊을 좋은 시간이었어요. 게다가 첫 여행
이라 더욱."

"아아, 첫 여행. 멋진데요. 뭐든 처음은 오래오래 기억되는 법이

니까요."

"맞아요. 그래서 오래오래 기억하려고요."

누구에게나 처음은 오래오래 기억된다. 희원은 그러한 말을 속으로 중얼거리며 차창 밖으로 고개를 돌렸다. 처음. 처음.

그래. 뭐든 처음은 기억에 남는 거라고 하던데. 사실 나는 그런 말들이 좀, 무섭고 두렵다. 정말로 뭐든 처음은 오래오래 가슴에 남아 지워지지 않는 걸까? 그것이 추억이건, 상처이건?

"많이 춥지요? 히터 온도를 좀 올리겠습니다."

"아아, 네. 더 많이 추워진 것 같아요. 공항 빠져나오면서 깜짝 놀랐어요."

나는 여전히 그런 말들에 겁이 난다. 어릴 적 나의 첫 공연 무대가 특별했듯이, 이렇듯 나의 첫 번째 여행이 특별했듯이, 내 감정의 첫 번째 그대가 특별했듯이.

"여행지에서 에너지를 듬뿍 받아 오셨으니 감기는 걸리지 마세요, 손님."

"하하, 네. 감사합니다. 무척 친절하시네요, 기사님."

그대의 처음, 그대의 첫 번째 사랑이 끝끝내 특별할까 봐. 이기고 지는, 지우고 비워내는, 그런 문제가, 아닐까 봐.

"피곤하다……."

희원은 느리게 눈을 감았다가 뜨기를 반복하다가 의자에 머리를 완벽하게 기대며 손을 툭, 하고 떨궜다. 알게 모르게 긴장하고 있었던 마음이 택시 안의 뜨거운 공기와 만나 일순간에 풀려버린 것이다.

희원은 나른한 시선으로 지나치는 도심의 풍경을 응시했다. 어찌 되었든 다시 일상으로 돌아왔으니까. 그렇게 되어버렸으니까. 끝나지 않은 그의 이야기들과는 별개로 나는 나의 달라진 삶을 기대해보기로 한다.

그의 인생은 그의 인생. 나의 인생은, 나의 인생이니까.

당신 찾으러 왔다고, 내가

"아? 진짜? 데니스 한이 내한한다고?"

희원은 택시를 타고 달려 곧장 연습실을 찾았다. 집으로 돌아가 봐야 오늘 하루가 몽땅 사라질 것이 분명했으니까.

짐을 정리하고 꺼내는 것을 반복하기 전에 동료들에게 줄 선물들을 여기서 몽땅 비워내고 집으로 가는 게 더 나을 것 같았다. 그런데, 동료들에게 뜻밖의 말을 전해 들었다.

"데니스 한이면 내가 아는? 그? 맞아? 공연 관계자?"

"네. 맞아요. 언니가 아는 그 사람. 데니스 한."

"오, 진짜? 내한을 한다고?"

"원래는 비밀리에 내한하기로 했다는데 소문이 다 났어요. 왜 오는 걸까요?"

"글쎄다."

희원은 고개를 갸우뚱했다. 데니스 한, 그는 미국의 공연 에이전시 대표였다. 일반인에게 유명한 사람은 아니었고 이렇듯 공연을 업으로 삼은 사람들에게 전설이 되어버린 사람이었다. 그도 그럴 것이, 그가 추진하고 투자한 대다수 공연은 흥행에 성공했으니까.

뮤지컬로 국한했던 초창기와는 달리 지금은 뮤지컬, 발레, 현대 무용, 오페라까지 투자처를 늘렸다. 기존의 것에 만족하지 않고 많은 창작물을 무대에 올렸으니, 지금의 데니스 한이란 무용수들에게 대단한 사람이었다.

"드디어 데니스 한이 한국에도 관심을 보이나 봐요!"

동료들은 그의 내한 소식에 기대감을 저버리지 못했다. 희원은 피식 웃음을 흘렸다.

"우리 무용단에도 왔으면 좋겠다. 구언 오빠라면 혹시 알지 않을까? 해외 공연 많이 하니까?"

"야, 그분이 얼마나 대단한 위치의 사람인데. 알겠어? 구언 오빠를?"

"그래서. 나는 데니스 한에 비하면 아무것도 아니라 이거냐?"

"아뇨. 오빠가 딱히 그렇다는 게 아니라."

"아오, 이것들이."

가만히 듣고 있다가 의문의 1패를 당한 구언은 눈꼬리를 올렸다. 희원은 가방을 열어 초콜릿을 더 꺼내 들었다.

"야야, 괜한 김칫국들 마시지 말고 이거나 받아. 당 떨어질 때 하나씩 먹어."

"우와, 맛있겠다! 언니 이 정도면 우리 한 달도 먹겠는데?"

거물급 인사가 내한한다는 소문이 사실일지는 모르겠지만, 또 그런 사람이 내한한들 우리와 무슨 상관이 있겠느냐. 희원은 가볍게 생각을 접으며 선물을 하나하나 동료들에게 나눠주었다.

"자, 난 이제 볼일 끝났으니까 집에 갈게. 다들 일찍 들어가. 내일 보자."

얼추 다 나누어주고 짐을 마저 정리한 희원은 자리에서 일어섰다. 구언은 쓱 일어서며 그녀의 짐을 끌었다.

"데려다줄게. 택시 타야 하잖아."

"괜찮아. 잡으면 되지."

"따라와, 귀찮게 입씨름하지 말고."

구언은 그녀의 짐을 끌며 연습실을 나섰고, 희원은 동료들에게 인사하며 그 뒤를 따랐다. 찬바람이 매서웠다. 무엇이건 따뜻한 것이 그리워질 만큼.

◆ ◆ ◆ ◆ ◆ ◆ ◆ ◆ ◆

"전화 한 통을 안 하더라. 그렇게 재밌었나?"

"계속 SNS에 사진 올렸잖아. 못 봤어?"

"봤다. 그거라도 봤으니까 연락 안 했지."

"진짜 좋았어. 최고. 또 갈 거야."

얼씨구. 구언은 희원이 눈을 빛내자 힐끔 바라보고는 피식 웃었다.

"맞다. 사진 누가 찍어준 거야? 아주 대작을 남기고 왔던데."

"지나가던 투숙객이 찍어줬어. 사진 엄청 잘 찍지? 나 깜짝 놀랐다니까?"

"잘 찍었더라. 배경이 예술이던데."

"찍은 사람은 모델이 8할 이상 했다고 하던데?"

"립 서비스까지 좋은 투숙객이었네."

우씨. 희원은 구언을 밉지 않게 노려보았다. 그녀의 집으로 향하는 길, 구언은 전방을 주시하며 다시 입술을 열었다.

"너 여행 가던 첫날 네 남편 왔었어. 연습실 앞으로."

"진짜? 서지환 씨가 왔다고?"

희원은 깜짝 놀란 표정을 지었다. 전혀 생각지도 못한 일이 벌어졌으니 지극히 놀랄 만도 하다.

"뭘 그렇게 놀라. 그러니까 미리 말을 하고 갔어야지, 남편한텐."

"왜? 왜 찾아와 왔대? 나 찾았어? 왜?"

"너 만나려고 왔지 뭘 왜 와. 타이밍도 참 못 맞춰. 인연은 아닌 모양이지."

"헐, 그래서 어떻게 됐어? 나 여행 갔다고 말했어?"

"했지. 그럼 뭐라고 해."

"뭐, 뭐야? 그럼 서지환 씨가 나 여행 간 거, 알고 있다는 말이야?"

희원은 놀라 구언을 향해 틀었던 상체를 다시 앞으로 돌렸다. 약간은 토라진 것처럼 입술을 내밀었다.

"여행 중에도 연락 한 통 없어서 모르는 줄 알았어. 알고 있었구나."

"싸웠냐?"

"그런 건 아니고."

어느덧 그녀의 집 앞에 도착했다. 구언은 차를 멈췄고 희원을 바라보았다.

"어디로 갔고 언제 돌아오는지는 말 안 했어. 그건 너의 선택이니까 네가 알아서 해."

"알겠어. 데려다줘서 고마워."

"짐 올려줄게."

"아, 아냐!"

됐어! 희원은 부리나케 안전벨트를 풀었다. 보조석에서 튕기듯 내려 뒷좌석에 두었던 짐을 꺼내 들었다. 동료들에게 줄 선물을 빼고 났더니 한결 가벼워 들고 날아다닐 수도 있을 것만 같다.

"들고 가는 것도 아니고 끌고 가는 건데. 나 혼자 올라갈게."

"별걸 다 경계한다. 내가 뭐 라면이라도 끓여달랄까 봐 내빼냐?"

"무슨……. 끓여달라면 당연히."

"당연히, 뭐."

"요 앞의 분식집을 추천해줘야지. 어쨌든 데려다줘서 고마워, 구언."

간다! 희원은 손을 흔들며 아파트 현관으로 사라졌다. 구언은 꽁지가 빠지게 도망치듯 사라지는 희원을 바라보다가 헛웃음을 토했다.

"저게 진짜, 사람 이상하게 만드는 데 뭐 있네."

……에라, 모르겠다. 구언은 대수롭지 않게 차에 올라탔다. 쫓아가기라도 할까 봐 허겁지겁 캐리어를 끌던 희원의 뒷모습을 떠올

리다가 그만 웃음을 터트리고 말았다.

"남편이 눈이 삐었네. 저런 애를 어떻게 안 좋아하지."

구언은 시동을 켰고 이내 그녀 아파트를 빠져나갔다. 그녀의 현관 앞에는, 눈 삔 사내가 기다리고 있었다.

· · · ◆ ◆ ◆ ◆ · · ·

"뭐예요. 여기 언제부터 있었어요?"

구언을 피해 올라오니 지환이 기다리고 있다. 희원은 짐을 끌다가 우뚝 멈춰 서 현관문 앞에 서 있는 그를 바라보았다.

휙, 휙 주변을 둘러보다가 눈을 비비고 다시 앞을 보았다. 지환이 맞다.

"여기서 나 기다렸어요? 지금?"

나 언제 돌아오는지 당신은 모른다며? 그럼 여긴 언제부터 서 있던 건데?

"2박 3일째……."

"뭐, 뭐예요?"

추위에 빨간 코를 하고는 2박 3일 동안 이 앞에서 기다렸단다. 답변이 하도 기가 차 희원은 허, 오만상을 찌푸렸다. 실로 오랜만의 재회이고, 나름 애틋한 감정도 없지 않아 있었건만.

"웃기시네. 2박 3일 기다린 사람 몸에서 무슨 향수 냄새가 이렇게 나요."

"몸에서 냄새나는 것보단 낫지 않습니까?"

"시끄럽고! 언제부터 서 있었냐고요! 내가 언제 돌아올지도 몰랐다면서요!"

막상 얼굴을 마주하니 시트콤이 따로 없다. 지환은 희원의 질문에 눈썹을 꿈틀거렸다.

"권희원 씨 여행 다녀온 사실을 내가 안다는 걸, 권희원 씨는 어떻게 알았습니까?"

"그, 그거야! 그거야 뭐!"

"오호라, 그새 유구무언을 만났나? 아니면 나한테는 전화 한 통도 없었으면서, 유구무언하고는 연락했다 이겁니까?"

유구무언이란다. 희원은 구언의 별명을 어떻게 알았지? 하는 표정을 지으며 흠칫했다. 추위에 빨갛게 물든 코, 입김이 모락모락 피어나는 지환을 바라보다가 희원은 너털웃음을 흘리고 말았다.

"아, 기운 빠져. 일단 들어가요."

구언이 짐을 올려준다고 한사코 따라왔다면 볼만했겠다.

"들어가서 기다릴 일이지 왜 이러고 멍청하게 서서."

띡, 띡, 띡, 띡. 그녀는 비밀번호를 눌렀다. 여전히 그의 생일이다.

지환은 빠르게 비밀번호를 스캔했고 이내 멍청하게 미소 지었다. 그러다가 어깨를 으쓱 올렸다.

"주인 없는 집에 무단 침입했다고 당신이 신고할까 봐. 난 매너 있는 사람이니까."

"참 나, 이 집에 지분 있다고 눈꼬리 올릴 때는 언제고 이제 와서 그런 헛소리를."

그녀는 빠르게 문을 열었고, 지환은 그녀의 짐을 대신 끌었다. 오래 집을 비운 탓인지 한기가 느껴졌지만 두 사람 모두 춥지 않았다.

"춥죠. 보일러 틀게요. 조금만 기다려요."

"됐어요. 난 이미 감각을 잃었으니까."

그냥, 춥지 않았다.

· · · ◆◆◆◆ · · ·

어수선한 분위기 속에서 그녀와 그는 소파에 앉았다. 나란히 앉았다고 보기엔 무리가 있고, 각자 따로 앉을 곳이 없어 앉은 것처럼 어색하기 짝이 없다.

"하리가 없으니까 좀 이상하죠?"

후룩, 그녀는 들고 있던 커피를 삼켰다.

"그러네요. 우리도 굉장히 어색하고."

후룩, 그도 들고 있던 커피를 삼켰다. 아, 어색하다. 희원은 지환이 뱉은 말에 힐끔 그를 바라보았다. 시선은 애먼 곳에 주고는 커피만 마시고 있다.

"왜 왔어요?"

"꽃 찾으러."

"……."

"진짠데."

"더워요, 이제? 더위 먹은 거예요, 그새?"

희원이 눈꼬리를 사정없이 올리자 지환은 고개를 반대편으로 돌리며 인상을 찌푸렸다. 아아, 무슨 말을 해도 진정성 있게 들리지를 않으니 이 일을 어쩐단 말이냐.

"여행은 즐거웠습니까?"

"네. 아주 즐거웠어요. 너무너무너무너무 너어어어어무 즐거웠
답니다."

흥, 희원이 코웃음을 치며 커피를 마신다. 뭔가 단단히 틀어졌고,
단단히 삐진 느낌이다. 억울해서 찾아왔더니 나보다 더 억울해하
는 여자가, 여기 앉아 있다.

"종종 다녀야겠어요. 힐링하는 데 여행만 한 일이 없겠더라고요."

"그래요. 종종 다닙시다. 나도 여행 다닌 지 좀 됐고."

"……."

희원은 지환의 대꾸에 다시 고개를 들었다. 이번에도 역시나, 애
먼 곳만 바라보고 있다.

"왜 이래요 갑자기. 어디 아파요?"

"더위 먹거나 아프거나 하지 않으면 여행 같이 가자는 말도 못
합니까?"

"우리가 어떤 사이로 끝났는지 잊었어요?"

"편안해지자고 한 건 권희원 씨입니다. 예전처럼 편하게, 즐겁
게. 아닙니까?"

하! 희원은 지환의 말에 기가 차다는 듯 눈을 희번덕거렸다.

"우리가 어떻게 예전으로 돌아가요, 말이 돼요? 할 수 있겠어요?"

"할 수 없는 일을 하자고 제안한 겁니까, 그럼?"

"하, 하, 할 수 있…… 할 수 있…… 할 수 있을 줄 알았죠! 그땐!"

"안 해본 걸로 아는데. 그때도. 지금도. 아직."

힐끔, 이제야 지환이 그녀를 바라본다. 뚫어지게 그를 바라보고 있던 희원은 느닷없이 마주친 시선에 얼굴을 붉혔다. 심장은 또다시 미친 듯이 뛰어오르고, 그의 눈빛을 반긴다.

……안 돼.

"난 짐 좀 풀어야겠어요. 빨래가 산더미라."

"뜻대로."

도저히 안 되겠다. 희원은 가만히 앉아 있으면 심장 소리가 밖으로 들릴 것 같아 몸을 움직이기 시작했다. 무작정 짐을 풀고 안쪽 지퍼를 열었더니 우르르르, 속옷과 비키니가 쏟아진다.

"아, 아, 이게 여기다 넣어놓아서."

희원이는 다시 무작정 안으로 집어넣었다. 고개를 슬며시 돌려 바라보니 그가 쳐다보고 있다.

"뭘 봐요!"

"와이프 속옷. 문제 있습니까?"

"진짜, 그걸 왜 보고 있냐고요!"

"보여주려고 열었나 해서. 그리고 매번 보던 속옷인데 뭘 그렇게까지 정색을."

……우씨. 희원은 입술을 삐죽거리며 에라 모르겠다, 다시 지퍼를 열었다. 빨래통을 가져와 속옷을 일단 넣고 빨래망에 정리를 했다.

"빨아주는 김에 내 와이셔츠도 세탁해주면 안 되겠습니까? 양말하고."

"줘요. 지금 흰색 옷은 세탁할 수 있……."

희원은 빨래통을 들고 움직이다가 획 돌아섰다. 그러곤 그를 위아래로 훑었다.

"뭘 세탁해달라고요?"

"와이셔츠. 아까도 말했다시피 2박 3일째라. 나 좀 찜찜한데. 속옷도 영……."

"대, 댁에서 세탁해 입어요! 그거 세탁하면 여기서 뭘 입고 있으려고!"

"내가 입을 옷이 없는 게 걱정입니까, 아니면 입을까 봐 걱정입니까?"

"이 작자가 진짜!"

빨래를 하려다가 한판 뜨게 생겼다. 희원이 목청을 높이자 능청을 떨며 가만히 바라보던 지환은 웃음을 터트렸다. 한참이나 영문 모를 웃음을 터트리며 시원하게 웃던 남자는, 천천히 웃음을 갈무리하며 그녀를 올려다보았다.

"이제 좀 만난 것 같네요. 우리."

당신과의 어색함을 지우는 것.

"반가워요, 이제 만난 권희원 씨."

그가 지닌 첫 번째 목표였다.

＊ ＊ ＊◆＊ ＊ ＊

"아, 이걸 빠트리고 안 주고 왔네. 내일 가져다줘야겠다."

희원은 본격적으로 짐 정리에 나섰다. 거실에 트렁크를 열어놓고 이것저것 빼서 정리를 하다 보니 미처 동료들에게 주고 오지 못한 잡다한 것들이 튀어나온다.

"내 건 없습니까?"

멀뚱멀뚱 소파에 앉아 있던 지환이 물었다. 희원은 짐을 꺼내려던 손을 멈칫, 했다.

"설마 그 많은 짐 중에 내 게 하나도 없다고 말하는 건 아니겠지. 설마. 설마."

"……."

"동료들에게 이미 초콜릿도 잔뜩 주고 왔다던데, 내 건 하나도 안 사 온 건 아니겠지. 설마."

"……."

지환은 희원이 대꾸가 없자 상체를 슬슬 일으켰다.

"뭐요. 진짜 없어? 초콜릿 하나도 안 챙겨 왔어?"

"나 여행 간 거 모르는 줄 알았다니까요."

"그래서, 없다? 없다고?"

"……."

"허."

지환은 "야…… 섭섭하다, 섭섭해"를 연발하며 희원의 뒷모습에 연신 탄식했다. 설마하니 초콜릿 하나도 안 사 올 줄이야.

"사람 그렇게 안 봤는데 진짜 너무 야박하고 인심이 어쩜 그렇게……."

"마음에 드는지는 모르겠고, 싸게 팔고 있어서 이거 하나."

희원은 뒤를 돌지 않은 채 불쑥 팔을 뒤로 내밀었다. 지환은 연신 투덜거리다가 그녀가 내미는 것을 바라보았다.

"넥타이네요? 무척 근사한?"

금세 그의 목소리가 나근나근해진다. 희원은 웃음을 꾹 참으며 어서 받아라, 손을 흔들었다.

"오다 주웠다고 하고 싶지만 지불을 했네요. 단 거 안 좋아하는 것 같아서 초콜릿은 없어요. 하리 줄 것만 좀 샀으니까."

"초콜릿이 무슨 소용입니까. 넥타이가 있는데."

그래도 가격표는 좀 떼고 주지. 금액도 어쩜 운명처럼 18불이네.

지환은 하하하, 하하하하하 웃으며 하고 있던 넥타이를 단숨에 풀었다. 그러곤 그녀가 사준 18불의 넥타이를 매고는 그녀를 다시 불렀다.

"어때요. 어울립니까?"

그녀는 건성으로 뒤를 돌아보았다. 웃음이 나려는 걸 참으려니 표정이 엉망이다.

"네네. 좋네요. 잘 어울리고."

예상대로 그와는 잘 어울렸다. 하고 왔던 넥타이는 이미 패대기를 쳐놓고 뭐가 그리 좋은지 싱글벙글이다.

……사지 않으려던 발걸음은 결국 실패가 되고, 그녀는 쇼핑의 마지막에 넥타이를 집어 들었다. 생각이 나서 하는 거다. 생각이 나지 않으면 아무것도 할 수 없다던 택시 기사님의 말이 문득 떠올라서. 당신도 나에게, 빵을 잔뜩 사다 주었으니까.

"그렇게 좋아요? 넥타이도 많으면서."

"당신이 사준 거니까. 노느라 내 생각 안 한 줄 알았는데 그건 아닌 것 같아서."

마음은 전염이 되어 그에게 퍼진 것 같다. 희원은 뜨끔하는 마음에 둥근 미소를 지으며 머리를 쓸어 넘겼다. 그러곤 천천히 뒤로 돌아앉았다.

"말씨름하러 온 건 아닌 것 같고, 정말로 여기 왜 왔어요?"

"오면 내 몫의 넥타이가 있을 것만 같아서. 없으면 드러누워 시위하려고 왔습니다."

"농담 말구요."

"진담을 말해도 믿지도 않으면서 맨날 농담하지 말라고 합니까? 듣고 싶은 대로 듣고 있으면서."

"하…… 진짜……."

희원은 팔짱을 끼고 다시 자세를 고쳐 앉았다. 그러자 그가 나른한 시선으로 내려다본다.

"왜 왔냐구요."

"꽃 찾으러 왔다니까. 몇 번째 똑같은 답을 하……."

"아니 어쩜! 사람이 이렇게 한 번을 진지하질 못해요? 어쩜 한 번을!"

희원은 그만 참지 못하고 버럭 소리를 질렀다. 농담 따먹기나 하자고 이렇게 마주하는 건 아니잖아 이 양반아!

"서지환 씨. 진지하게 물을 땐 진지하게 답할 줄도 알아야죠, 사람이. 난 진지하다고요."

"얼마나 더 진지하게 얘기합니까? 꽃 찾으러 왔다고."

그는 턱 끝을 약간 들어 올렸다. 눈빛엔 웃음기가 없고, 목소리엔 거짓이 없었다.

"기사 보니까 당신이 한국무용의 꽃이라던데."

분위기는 한순간에 돌변했다.

"그 꽃, 내게 좀 필요해서."

……빨래를 돌리다가. 짐을 풀다가. 아주 이상하고 요상한 타이밍에. 빨갛게 코를 물들인 채 집 앞에서 하염없이 자신을 기다리고 있던 남편은,

"할 말이 많지만 요약하고 정리하자면 대충 뭐, 이 정도로 설명할 수 있겠네요."

"대체…… 무슨……."

뜻밖의 말을 건네 왔다. 희원이 말꼬리를 흐리며 대꾸하자 또다시 한참이나 시간이 흐른다. 그는 다소 뱉기 어려운 말을 하고 있다는 것처럼 시간을 끌다가 천천히 그녀를 바라보았다.

그는 어떤 깨달음을 얻고 있는 걸까.

"당신 찾으러 왔다고. 내가."

미래에나 알 수 있을 일이었다.

◆ ◆ ◆ ◆ ◆ ◆ ◆ ◆ ◆

여행을 끝내고 돌아왔을 뿐인데. 익숙한 냄새, 익숙한 나의 집, 익숙한 풍경, 모든 것은 그대로인데.

"지금…… 뭐라고 했어요?"

전혀 다른 세상이 열린 것만 같은 시간이 흘러간다.

"뭘…… 찾으러 와요……?"

희원은 잘못 들었다는 것처럼 재차 물었다. 어느덧 웃음을 지운 그의 얼굴을 바라보고 있자니 실없는 소리 그만해라 소리를 지를 수도 없었고, 농담 말라 눈꼬리를 끌어올릴 수도 없었다.

지금 이 순간, 누구라도 알 수밖에 없으리라.

"권희원을 찾으러 왔습니다."

그의 말은 진심이라는 걸.

"나, 나, 나를 왜, 그러니까 왜, 내가, 내가 뭘……."

하도 당황하니 말도 잘 나오질 않는다. 희원은 멍청하게 같은 말만 반복하다가 차라리 말하기를 포기하고 말았다. 굳이 물어보지 않아도 지환은 대답해줄 용의가 있어 보였으니까. 그는 심경이 복잡하다는 것처럼 마른세수를 했다.

"시간이 가질 않더군요."

어느덧 그녀 시선에 다른 것들은 날아가고 덩그러니 그의 모습만 남아버렸다.

"당신이 내게 고백했을 때, 한편으로는 기뻤던 것도 같고."

준비를 잔뜩 해온 말이 아닌 것은, 알 수 있었다. 뱉고 있는 음성엔 자신이 없으므로.

"내내 다짐했었습니다. 마음 주지 말아야겠다, 선을 긋고 지내야겠다, 흔들리지 말아야겠다."

"……."

"그런데 다짐을 했던 순간들을 되돌려보니 전부 내가 마음을 주고, 선을 넘고, 흔들렸던 때라."

그래. 그랬겠지. 마음을 주지 않았다면 마음을 주지 말아야겠다고 생각하지도 않았겠지.

마음을 주게 되니까 주지 말자는 다짐을 하게 되었겠지. 자꾸 마음을 주고 싶어지니까. 자꾸, 마음이 흔들렸으니까.

"갑자기……. 갑자기 왜…….."

"당신이 마음을 거둬간다고 하니까 덜컥 겁이 나던데."

"……."

"그때 느꼈습니다. 내가 내 마음을, 어쩔 수 있는 지경은 아니구나, 하고."

겁이 나더라. 당신이 돌아서는데, 두려웠다. 당신과 내가 마음을 합친 뒤 벌어질 저 미래의 두려움보다 훨씬 더 크고 두꺼운, 두려움이 내 앞에 떨어졌다.

"나를 좀 보고 얘기해요. 서지환 씨."

"……후."

희원의 대꾸에 지환은 천천히 고개를 들었다. 시종일관 죄인처럼 고개를 숙이고 있던 그는, 완연한 사내의 눈빛을 한 채 다른 사람처럼 앉아 있었다.

"갑자기 너무 많은 일들이 쏟아져서 정신을 차리기가 좀 힘들었고, 생각을 정리하기가 어려웠는데."

"지금은 어때요. 생각은 정리가 되던가요?"

"충분히."

"……."

"마음이 흔들렸으니까."

희원은 느린 속도로 무릎을 세우고 두 팔로 무릎을 가두었다. 고해 같은 할 말은 끝이 났는지 침묵이 흐르고, 두 사람은 가만히 앉아 시선만 주고받았다. 그러다가 이런 상황이 황당한지 희원은 헛웃음을 토하고 말았다.

"되게 웃긴다, 그렇죠. 남들은 연애 때 하는 일을 우리는 결혼을 하고 나서 하고 있네."

듣고 보니 황당한 것 같아 그도 따라 웃었다.

"하…… 미치겠다……. 뭐예요. 내가 고백했을 때도 서지환 씨, 이렇게 당황스러웠어요?"

"충격이 꽤 컸죠."

"그러네요. 충격이 꽤 크네. 기분이 되게 씁쓸하고."

줄 마음이 조금도 없다던 남자는, 막상 꺼내보니 이만큼이나 있더라 고백하고 있다. 희원은 머리를 쓸어 넘겼고 지환은 다시 시선을 내렸다. 다시금 그의 입술이 열린다.

"나는 신중한 편이고, 선택엔 반드시 책임이 따른다고 믿는 주의라 내 마음을 내가 인정하기까지 오래 걸렸습니다."

……돌고, 돌아서.

"인생은 타이밍이라던데, 내가 이렇게 운이 없어요."

그의 자책 같은 말에 그녀는 웃음을 흘렸다. 어쩌면 그와 자신의 마음은 같은 출발선에서 시작했을지도 모른다. 그저, 속도가 달랐을 뿐.

"나 있잖아요. 여행 가서 진짜 나를 만났어요."

지환은 희원의 말을 경청했다.

"내가 진짜 원하던 삶은, 그곳에 있더라고요. 낯선 땅, 새로운 것들, 완전한 자유."

"……."

"깨달았어요. 내가 진심으로 바라던 걸 말이죠. 난 앞으로 더 자유롭게 살고 싶어졌어요."

지환은 천천히 눈을 감았다가 떴다. 그럴 줄 알았다는 듯 입가엔 부드러운 호선을 그렸다.

"내 말, 서지환 씨는 이해하죠."

"물론. 충분히. 차고 넘칠 만큼."

"맞아요. 난 변했고 지금의 나를 사랑하기로 했으니까. 또다시 기분에 따라 흔들리는 내가 되고 싶지는 않아요."

"버스, 떠났습니까?"

"진작요."

휴, 지환은 눈썹을 추켜올렸다. 예상했던 대로 그녀는 모든 정리를 끝마쳤다. SNS에 의미심장하게 올리던 문구 그대로, 진짜 자신의 삶을 찾은 모양이다.

지환은 크게 기지개를 켜듯 팔을 쭉 뻗다가 일어났다. 그러곤 고개를 더욱 높이 올리는 그녀를 내려다보았다.

"이젠 내 차례군요."

"뭐가요?"

"당신을 기다리는 일."

……쿵, 하고 희원의 마음에 바위가 떨어진다. 흔들리는 눈빛을 고정하지 못해 그녀는 표정 그대로 마음을 내비쳤다. 지환은 패대

기쳐둔 타이를 들고 그녀가 사준 타이를 다시 한 번 동여매며, 재 킷을 들었다.

"원하는 대로 살아요. 이번엔 내가 쫓아갈 테니까."

"어…… 힘들걸요. 난 이미 이렇게 살기로 마음먹……."

"알겠다고. 알고 있다고. 그러니까 그렇게 살아요. 원대로. 이번 엔 내가 기다려보죠."

이만 가보겠다는 것처럼 지환은 그녀를 지나쳤다. 희원은 몸을 비틀며 그가 멀어지는 모습을 바라보다가, 음성을 약간 높여 말 했다.

"나 안 잡힐 건데? 죽어라 쫓아오면 막 도망갈 건데? 결국 당신 도 포기할걸?"

"두고 보면 될 일. 난 마음먹기가 힘들지, 마음먹으면 누구처럼 쉽게 변하지 않으니까."

"우씨……."

"문단속 잘해요. 오늘은 이만 갑니다."

지환은 간단하게 눈빛을 맞추는 것으로 인사를 끝낸 뒤 사라졌 다. 남편에게 고백 받은 부인은 한동안 일어서지 못했다. 아니, 그 대로 드러누웠다.

· · ✦ ✦ ✦ ✦ ✦ · · ·

잠을 자고 일어난 것인지 고문을 당하다가 일어난 것인지 구분 도 되지 않을 만큼 퀭한 아침을 맞이한 희원은 연습실로 향했다.

가는 동안도 얼마나 넋이 나갔는지, 희원은 몇 번이나 길을 잘못 들어 평소보다 긴 시간을 할애해 출근했다.

졸려서 그런 건 아니었고, 그냥 잡생각에 산만했다.

"미치겠네, 아후……."

연습실 앞에 주차를 마친 희원은 차에 한참이나 앉아 있었다. 시동이 꺼진 차는 천천히 온기를 잃어갔고, 핸들만 붙잡고 앉아 있던 그녀는 입김 나오는 한숨을 불어 내쉬었다.

타이밍이 맞지 않은 마음이란 이토록 씁쓸한 일이다. 그의 마음이 자신에게 향했다는 기쁨보다, 결국 내게 마음을 내어주었구나 하는 기쁨보다.

"이것도 못 할 짓이네……."

내 고백에 이런 시간을 보냈을, 그의 지난날이 먼저 다가왔다. 이렇게 씁쓸하고 이렇게 우울할 줄이야.

"나도 웃긴다, 좋다고 따라다닐 때는 언제고 거절이 그렇게 쉬워……."

그가 싫어진 건 아니지만. 그와 함께 있는 것이 불편해진 것 또한 아니지만 혼자 멋지게 살아보겠다고 다짐한 것이 불과 엊그제의 일. 마음을 손바닥 뒤집듯이 뒤집어 보이고 싶지 않다, 더는.

그 역시 단번에 내가 받아줄 거라 기대하지 않았다고 하니,

"뭐, 그럼 어디 한번 해보라고요. 내 마음을 움직일 수 있다면."

얼마나 내 마음을 흔들 수 있는지 기대나 해봐야겠다.

생각을 바꾸고 나니 회심의 미소가 지어진다. 내가 지 때문에 얼마나 마음고생을 했는데. 너도 당해봐라. 짝사랑이 어디 사람 할 짓

인 줄 알아? 해보라고 열심히. 그런다고 내가 어? 넘어갈 줄 알아?

흥흥, 희원은 코웃음을 치며 차에서 내렸다. 그가 자신을 맹렬하게 쫓아올 거라 생각하니 한편으로는 기대가 되기도 했다. 사람의 마음이란 이렇게 간사해, 제게 애걸복걸하는 그의 모습을 보고 싶기도 했다. 과연 그렇게 될지는 정말 잘 모르겠다만.

희원은 내내 그를 떠올리며 연습실을 향해 잰걸음을 걸었다. 입김이 미친 듯이 흘러나오자 희원은 놀란 듯 몸을 웅크렸다.

"헐, 대박 춥네 진짜."

……나조차도 단정 지을 수 없는 나의 인생이 흘러간다. 우리는 옳고 그름의 명제를 확인하고 있는 것이 아닌, 맞고 틀리고의 문제를 풀고 있는 것이 아닌,

"으으으, 추워. 진짜 춥다 올겨울……."

그래서 시시비비를 가리고 있는 것이 아닌, 정답도 오답도 없는, 몇 가지의 단어로는 현재를 정의할 수 없는,

"으으, 추워. 다치지 않으려면 오늘 스트레칭 엄청 해야겠어."

우리는 다만, 처음 사는 인생이라는 끈을 서툴게 엮고 있을 뿐이었다. 이 생生을 대하며 엮고 있는 누구나 그러하듯.

· · · ◆ ◆ ◆ ◆ · · ·

"굿모닝! 좋은 아침! 다들 일찍 왔네?"

희원은 활기찬 목소리로 인사하며 연습실에 들어섰다.

"언니 오셨어요?"

"원이 누나, 굿모닝!"

"그래그래, 다들 좋은 아침!"

희원은 활짝 웃으며 동료들과 인사했다.

"아아, 너무 춥다 추워. 몇 걸음이나 걸었다고 몸이 꽁꽁 얼어붙는 것 같아."

으으으으. 추워. 희원이 손을 비비다가 가방을 내리자 먼저 와서 몸을 풀고 있던 동료들이 웃었다. 춥다, 언제 왔어? 간밤 별일 없었니? 희원이 종알종알 인사를 하며 뜨거운 물을 컵에 따르자 동료 한 명이 다가왔다.

"원이 누나 오늘 좋은 일 있어요?"

"나? 아니? 왜?"

"기분이 좋아 보이는데?"

"나? 그래? 좋아 보여?"

쪼르륵 따른 뜨거운 물에 차를 우리며 희원이 멋쩍게 웃자 남은 동료들이 거들었다. 맞아, 언니 오늘 기분 좋아 보이는데? 그러게, 며칠 컨디션 안 좋아 보이던데 오늘은 쌩쌩하네요?

이렇듯 감정이란 굳이 일부러 표출하지 않아도 자연스럽게 흘러나왔다. 희원은 대강 우린 차를 한 모금 삼키며 더욱 활짝 웃었다.

"글쎄, 나 아무 일도 없었는데 오늘은 기분이 좀 괜찮네."

"왔냐?"

"아, 구언. 굿모닝."

희원은 들어오는 구언을 바라보며 인사했다. 구언은 그녀에게 눈인사를 건네며 들어선 문을 돌아보았다.

"우리 사무실로 손님이 오셨어."

"응? 손님?"

누구? 희원이 물으며 차를 한 입 더 삼켰다. 동료들도 누군지 모르겠다는 듯 몸을 풀다가 자리에 멈췄다.

이윽고 사무실 관계자가 들어오고, 뒤로 낯선 사내가 따라 들어섰다. 희원을 포함한 모두는 멀뚱멀뚱 바라보았다. 약간 상기된 표정으로 비켜서는 구언을 보아하니 녀석은 이미 전달을 받은 것 같았다.

들어선 관계자 곁으로 낯선 사내가 선다. 차를 삼키던 희원의 손길이 점점 느려지고,

"오늘 우리에게 굉장한 손님이 찾아오셨습니다, 여러분."

낯선 사내의 시선은 여러 동료들을 지나, 그녀에게 멈췄다.

"다들 아시죠? NK에이전시의 데니스 한 대표님입니다."

"헐."

"와! 진짜요?"

유명한 이름만큼 얼굴이 알려지지 않은 데니스 한의 등장에 동료들은 눈을 크게 치떴다. 내한한 데니스 한이 우리를 찾아주었으면 좋겠던 농담 같은 소원을 주고받은 것이 현실로 이루어진 것이다. 한국의 많고 많은 무용단 중에 그가 이곳을 알아내고 찾아주었다니, 보통 일은 아니었다.

"안녕하세요, 데니스 한입니다."

"안녕하세요! 대표님!"

"대표님 안녕하십니까!"

전설과도 같은 사내의 등장에 연습실은 환영의 열기로 후끈 달아올랐다. 모두가 입을 모아 데니스 한을 향해 인사를 건네고 있을 때, 전용 머그컵을 쥔 채 희원은 놀라 입술만 멍하니 벌렸다.

데니스 한은 일찍부터 발견한 희원을 향해 반갑다는 손짓을 했다. 동료들은 일제히 희원과 데니스 한을 번갈아 바라보았다.

사내의 매력적인 웃음이 희원을 향하다. 가지런하게 들어가는 보조개는 다시 보아도 황당할 지경이었다.

"권희원 씨, 또 보네요."

"한……주혁 씨……?"

괌에서 만난, 같은 호텔 투숙객이었다.

◆ ◆ ◆ ◆ ◆ ◆ ◆ ◆ ◆

간단한 인사가 끝나고 데니스 한은 따로 희원과 면담을 청했다. 연습실을 벗어나 사무실로 올라간 희원은 그와 마주 앉았다. 아무리 생각해봐도 당혹스러운 그녀가 놀란 눈빛을 지우지 못하자 주혁은 눈썹을 추켜올렸다.

"한주혁 씨가, 데니스 한이었어요?"

"한주혁이라는 이름은 사실 가족끼리만 쓰고 있어서 대외적으로는 알려지지 않았습니다."

"아…… 맙소사. 어떻게, 말도 안 돼."

그토록 궁금하고 만나고 싶었던 대표를 사석에서 마주했음에도 몰라본 것이 새삼 안타깝다. 비키니를 입고 인생사진이나 찍어댄 사실이 이제야 민망하게 떠오른다.

"아 그런 줄도 모르고……. 아흑……."

희원은 기억을 떨쳐버리려는 듯 도리질을 쳤다. 하필이면 또, 그런 기억을 공유하게 되었을 줄이야.

"대표님, 그럼 괌엔 왜 오셨어요? 그것도 혼자?"

"한국 일정을 두고 휴식을 좀 취하려고 괌엘 갔었죠. 6개월 만에 가진 휴가였습니다. 머리 식힐 겸 혼자가 편해서."

"아…… 그러셨군요."

희원은 고개를 끄덕였다. 마지막 날 밤, 나란히 앉은 그에게 고민 상담을 했던 기억이 스친다. 그녀는 잊고 있었던 것이 떠올랐다는 것처럼 미소 지었다.

"안 그래도 감사한 기억이 있어서 메일 주소라도 받아올걸, 감사 메일이라도 보내고 싶었는데, 하면서 후회했어요."

"그런 권희원 씨의 마음의 소리가 들려서 방문했습니다."

"아…… 하하하하하하. 마음의 소리, 하하하."

희원이 시끄럽게 웃자 주혁이 따라 웃는다. 잠시 후 그는 본론을 꺼냈다. 요지는 이러했다.

여러 나라의 전통 춤에 대해 수집하고 있던 과정에 한국무용을 알게 되었다. 사실은 몇 해 전 올림픽 개막식에서 당신의 공연을 보았다. 무척 인상 깊었다. 아직도 기억이 날 만큼.

"권희원 씨가 무용수라고 해서 찾아봤는데 당신이 그때 개막식의 주인공이더군요. 나도 놀랐죠."

"아…… 그러게요. 제가 맞긴 한데."

그가 뜻밖의 말을 뱉어내자 희원은 민망하다는 듯 긴장한 표정을 지었다. 올림픽 개막식에 이름을 올릴 수 있었단 것만도 큰 영광인데, 이렇듯 기억을 해주는 사람들이 적지 않다. 이럴 때 그녀는 에너지를 얻었다. 자긍심이 생겼고, 무용에 대한 열정이 솟았다.

　"한국무용에 대해 조금 더 알고 싶다는 관심이 생겼습니다. 결국에 한국이란 나의 뿌리이기도 하고, 현대무용이라는 것은 결국 전통을 이해하지 못하면 발전할 수 없는 거니까."

　"네네. 이해합니다. 한국무용을 사랑하는 제겐 대표님의 말들이 특별하게 들리기도 하고요."

　"설명은 차차 더 하는 걸로 하고, 아직 시간 많으니까."

　주혁은 다리를 꼬아 앉으며 무릎에 손을 얹었다. 그러곤 그녀를 바라보았다.

　"남편의 불행은 어떻게 되었습니까? 잘 해결이 되길 바랐는데."

　어쩔 수 없이 행복해지는 날도 올 테니까.

　"아…… 불행……은요, 잘 해결되고 있어요."

　"과정 중에 있군요. 여전히."

　"네, 뭐. 네. 인생은 언제나 결과 없는 과정이니까."

　희원은 적당한 말을 찾지 못해 얼버무리며 머리를 쓸어 넘겼다. 제길, 이렇게 다시 만날 줄도 모르고 속내를 꺼내 보인 그날의 말들이 후회된다.

　때로는 친한 사람보다 먼 타인이 편할 때가 있어, 누구에게도 하지 못하는 말들이 외려 쉽게 나올 때가 있었다. 타인은 나의 말에 동요하지 않고 기억 속에서 금세 지워버릴 테니.

"아찔하네요. 대표님인 줄도 모르고 가정사를 떠들어댄 꼴이라뇨."

"아뇨. 그렇게 생각하면 서운한데요. 전혀 문제없습니다."

그는 개구쟁이처럼 웃었다. 움푹 들어가는 보조개는 유달리 섹시하게 생긴 얼굴에 묘한 생동감을 불어넣어주고 있었다. 가지가지 잘난 놈이다.

"그리고 또 하나. 우리 다시 만나면 오빠라고 불러주기로 하지 않았습니까?"

"네에? 어우, 안 될 말이죠. 그건 그냥 그때, 얼떨결에 그러겠다고 했지만."

"한국 정서로 따지자면 내가 오빠 아닙니까? 나는 그 말이 참 좋던데. 따뜻하고 친근감 들어서요."

좀처럼 들어볼 기회가 없었던 말 중 '오빠'라는 말이 그렇게 들어보고 싶었단다.

"불러봐요. 친구라고 생각하고."

"네, 오빠. 솔직히 말하자면 그다지 어려운 일은 아니네요."

그녀가 말끝에 웃음을 터트리자 주혁은 테이블을 가볍게 치며 따라 웃었다. 그의 표현에 따르자면 '오빠'라는 소리가 굉장히 근사하다고 했다.

"한국에서 만난 첫 번째 친구라고 생각해도 됩니까?"

"물론이죠. 저야말로 영광인데요."

그녀는 흔쾌히 주혁의 청을 받아주었다.

"시간 괜찮으면 식사 어때요. 한국무용에 대해 이야기를 좀 듣고 싶은데 이곳 대표님과 약속이 있거든요."

"안 그래도 얘기 들었어요. 가겠다고 했고요. 한국무용 이야기에 제가 빠질 순 없죠."

"굿. 좋네요."

희원은 미리 사무실 대표에게 저녁 식사를 주혁과 함께하자는 부탁을 받은 터였다. 그녀가 주혁을 알고 있다는 것은 여러모로 도움 되는 일이었다.

"한국에 온 걸 환영해요."

"고마워요."

열흘 남짓 체류하게 될 예정이라는 그가 이 땅을 벗어나기 전까지, 한국에 대한 좋은 기억만 심어주고 싶었다. 큰 깨달음을 안겨준, 그에게 신세를 갚을 감사한 기회였다.

· · ✦ ✦ ✦ ✦ ✦ · · ·

"뭐예요, 또 왔어요?"

집으로 귀가한 희원은 초인종 누르는 소리에 택배인가 싶어 후다닥 달려가 문을 열었다. 문을 여는 찰나의 순간, 혹시 당신일지도 모른다는 생각을 하긴 했었는데.

"아무리 내가 싫어도 문전박대는 좀."

"아아, 들어와요. 미안요."

희원은 칼바람이 매섭다는 것을 깨닫고는 문을 활짝 열어 그를 맞이했다. 거실로 돌아서는 그녀의 입가에 잠시 희미한 미소가 왔다가 사라진다.

"웬일이에요, 연락도 없이?"

"집으로 가려고 했는데, 와보니 여기네요?"

"……술 마셨어요?"

희원이 휙 돌아보며 묻자 지환은 어깨를 으쓱 올려 보이며 차 키를 흔들었다.

"안 마셨습니다. 아쉬우면 지금부터 마시든가."

"쳇, 안 돼요. 안 마실 거예요. 내일 중요한 일들이 많다구요."

"공연 일자는 아직 많이 남았잖아요. 중요한 일들이라면, 가령?"

지환이 희원의 뒤를 졸졸 따라가며 묻자 희원은 귀찮다는 듯 손을 팔랑거렸다.

"하나하나 읊어봐야 서지환 씨는 이해 못 할 일들이니 패스하죠. 얼마나 대단한 사람이 내한했는지 알려줘도 실감할 수 없을 테니까."

말하다가 희원은 주혁과의 인연이 떠올라 웃음을 터트렸다. 알려주지도 않고 약간은 상기된 표정으로 그녀가 웃으니, 지환은 멀뚱멀뚱 그녀를 바라보았다.

그러자 웃음을 뚝 그친다. 그게 뭐라고 또 되게 서운하다.

"이젠 타인 취급하기로 아예 작정한 겁니까?"

"나 아닌 모든 이는 타인이죠. 그런 의미에서 타인, 맞긴 하네요."

하! 타인이란다! 타인이란다!

지환은 되로 주고 말로 받은 충격에 휘청였다. 타인이라니. 거참 말이 심하네!

"밥 줘요. 배고픈데."

"맡겨놨어요?"

"맡겨놓으면 뭐든 주는 겁니까? 그럼 맡겨놓고. 내 마음 정도."

"맡겨놓을 정성이면 집에 가서 해 먹어도 되겠네요. 서지환 씨 혼자."

"당신이 있는데 내가 왜 혼자?"

"그, 그걸 말이라고 해요?"

희원이 눈을 희번덕거리자 지환은 딴청을 피웠다. 환대를 받을 거라고 생각은 안 했지만, 밥 한 끼도 안 먹어주려고 하니 앞날이 되게 막막하다.

"집에 간단한 것들밖에 없어요. 기다려봐요, 그럼."

"사실 먹고 왔습니다. 권희원 씨가 밥을 안 먹었을까 봐 해본 말 이고."

"……싱겁긴. 나도 연습실에서 간단하게 먹었어요."

희원이 어깨를 으쓱 올리자 지환은 은근슬쩍 소파에 앉았다. 앉기가 무섭게 그녀는 시계를 가리켰다. 꺼지란다.

"서지환 씨, 나 내일 일찍 나가야 한단 말이죠. 스케줄이 꽤 많아 졌다고요."

"그래서?"

"쉬고 싶단 말인데."

"지금 쉬고 있잖습니까. 충분히."

"그러고 서지환 씨가 서 있는데 내가 쉬겠어요?"

"왜 못 쉽니까? 설레서?"

"열 받아서!"

그녀가 분노 한계점을 향해 달려가고 있는지 버럭 소리를 지른다. 수치스러워 물러나고 싶지만, 어쩐지 더 머물고 싶다.

"쉬어요. 난 온 김에 TV나 좀 보고 갈 테니까. 혼자 사는 집엔 TV가 없거든요."

"……."

"종종 TV 보러 와야겠어요. 요즘 재미있는 드라마를 발견해서."

1분이라도 더. 나는 당신의 사소함이 그리우니까.

"TV 떼줄게요. 가져가요, 집으로."

"마음만 받겠습니다."

"아뇨. TV도 받아요. 내가 인심이 좀 후하거든요."

"난 눈치가 없어서, 사양합니다."

지환이 떡 버티고 앉아서 리모컨을 들자 희원은 눈을 흘겼다. 그러거나 말거나, 지환은 TV를 틀며 제목도 모르는 드라마를 찾기 시작했다. 아무거나 틀어놓고 멈췄다.

"아, 이게 요즘 그렇게 핫해요. 엄청 재미있는데 같이 볼래요?"

"주인공 직업이 뭔데요?"

"……그건 차차 알게 될 겁니다."

"줄거리는요?"

"스포일러는 안 합니다. 직접 봐요, 권희원 씨가."

하……. 희원이 한숨을 쉰다. 더욱 수치스러워졌지만, 지환은 이왕 없기로 한 눈치 끝까지 없애버리기로 한다. 그때였다. 희원의 휴대폰으로 한 통의 전화가 걸려 온다.

"여보세요?"

허, 지환은 갑자기 돌변한 그녀의 상냥한 음성에 코웃음을 쳤다. 저 보소, 저 보소, 사람이 저렇게 이중인격이야. 나한테는 시베리안 눈보라처럼 냉랭하더니.

"아, 대표님? 아, 오빠? 네! 저 희원이에요!"

빙판 위 미끄럼틀 타는 펭귄처럼 웃으면서 오빠란다.

"……."

오빠? 오빠아아?

지환은 홱, 고개를 돌려 통화 중인 희원을 바라보았다. 지금 그녀의 표정만큼이나 낯선 단어, 오빠. 지환의 눈꼬리는 사정없이 올라갔다.

· · ◆◆◆◆◆ · ·

— 늦은 시간에 미안합니다. 양 대표님 명함을 두고 왔는지 연락처를 아는 사람이 희원 씨밖에 없네요.

전화를 걸어온 주혁은 전화를 걸어 미안하다는 말을 전해왔다. 희원은 격하게 아니라고 말하며 시종일관 웃었다. 남편의 올라간 눈꼬리 따위, 보고 있을 리 없다.

"괜찮아요, 괜찮아요. 그런데 무슨 일 있으세요?"

— 내일 오전 중 처리해야 할 일이 밀려서 미팅을 한 시간 정도 늦춰야 할 것 같은데, 양 대표님 연락처를 좀 알 수 있을까 해서.

"그럼요. 물론이죠. 제가 메시지로 연락처 보내드릴게요."

— 그렇게 해주면 고맙겠습니다.

용무를 해결한 주혁이 전화를 끊자 희원은 휴대폰에서 사무실 대표의 연락처를 찾아 그에게 전송해주었다. 그러다가 거실 공기가 지나치게 무겁다는 것을 깨달은 희원은 힐끔, 지환을 바라보았다. 어랍쇼. 눈에서 레이저가 솟구치고 있다.

"뭘 그렇게 보고 있어요?"

"누구 전화입니까?"

"누구 전화긴요, 그런 건 왜 물어요? 서지환 씨는 알 권리가 없고 나는 통지 의무가 없죠."

하……. 지환은 야박하기 그지없는 그녀의 대꾸에 눈을 가늘게 떴다. 쌀쌀맞게 대하기로 작정을 했는지 그녀는 말 한마디 한마디에 가시를 꽂았다. 부글부글, 공연한 분노가 끓어오른다.

"이번에 내한한 유명 에이전시 대표님이세요. 우리 사무실 대표님 전화번호 좀 알려달라고, 용건은 그것뿐."

지환이 하도 개떡 같은 표정을 짓고 있자 희원은 마지못해 설명했다.

"원래부터 알고 지낸 사이입니까?"

"아뇨? 아, 뭐, 안다고 하기도 뭐하고 몰랐다고 하기도 애매한."

"한국 사람?"

"그러니까 한국말을 했겠죠? 질문 몇 개 더 남았어요? 좀 알고 싶은데."

질문? 1,050개 더 남았다! 왜!

"에이전시 대표라며, 호칭은 왜 그 모양입니까?"

"네? 무슨 호칭요?"

"하, 내 입으로 차마 뱉어내기도 민망스럽네."

하, 하! 하! 지환은 탄식처럼 코웃음을 치며 더욱 눈꼬리를 올렸다. 희원은 영문을 모르겠다는 것처럼 멀뚱멀뚱 지환을 바라보다가 싱겁다는 듯 혀를 내둘렀다.

"대표님은 나이가 나보다 많아요."

"많아지. 당연히 나이가 많아야지."

호칭이 오빠인데 많아야 정상 아닌가? 누가 그걸 모른다고 했나?

"그래서 오빠라고 부른 건데, 문제 있어요?"

……없다. 문제.

지환은 차마 제 입으로 뱉어내지 못한 말을 둥글게 둥글게 뭉쳐 꾹 삼켰다. 다시금 평온하게 돌아와 마저 뒷정리를 할 요량인지 뒤로 돌아서는 그녀를 향해, 그는 입술을 열었다. 결국 주둥이는 남의 편이지 싶다.

"나도 권희원 씨보다 나이가 많습니다."

"알아요."

"많죠. 나이. 알다시피 많습니다. 나이."

"그래서요?"

뭐, 뭘 그래서요야! 나는 왜 오빠라고 안 불러주는 건데!

지환은 눈썹만 씰룩씰룩 하며 초조한 듯 다리를 떨다가 턱을 들어 올렸다. 다소 작위적으로 폼을 잡고 앉은 채 손가락을 휘휘 돌리다가 다시 입술을 열었다.

"불러봐요. 오빠라고."

"뭐, 뭐요?"

이번엔 희원의 얼굴이 사정없이 일그러진다. 종이로 표현하자면 열여섯 번은 좌로 우로 접어놓은 것만 같다.

"해봐요. 오, 빠."

"내가 왜요?"

"왜긴, 내가 당신보다 나이 많으니까."

"노노노. 가족끼린 그러는 거 아네요."

"가족이라니, 아깐 타인이라며? 이럴 때만 가족입니까?"

"……."

별것도 아닌 걸로 트집이다. 희원은 팔짱을 끼고 서서 지환을 바라보았다. 얼굴 볼 일이 별로 없어 싸울 일도 없겠다 싶었는데. 사소한 일로 투닥투닥했던 날들도 그립겠구나, 싶었는데.

"나한테 오빠 소리가 듣고 싶은 거예요, 지금?"

그립긴 개뿔이나!

"듣고 싶다고 하면 해줍니까? 서지환 씨 집어치우고?"

"서지환 씨도 날 권희원 씨라고 부르잖아요."

"그럼 앞으론 바꿔보죠. 뭐라고 불러주면 좋을지 선택해요. 여보, 부인, 자기, 내 사랑."

"그만! 그만 그만!"

어후! 왜 이래 이 남자가 갑자기!

희원은 질색하는 표정을 지으며 강력하게 손사래를 쳤다. 그녀 얼굴이 문드러져 갈수록 그의 속은 점점 더 좁아터져만 갔다.

"난 오빠, 혹은 자기야, 여보, 셋 중 하나가 제일 좋겠는데. 아이가 없는 집이니 오빠라고 불러도 무관하겠고."

"이봐요, 서지환 씨."

"할 수 있으면 말도 편하게 하고."

"……."

"나도 앞으론 그렇게 할 테니까."

순식간에 그의 말이 짧아진다. 희원은 짧은 시간에 훅, 치고 들어오는 그의 변화에 적응 못 하겠다는 표정을 지었다. 뭔가 휘둘리고 있는 것 같긴 한데 당최 감을 못 잡겠다.

"어서 일어나 집에 가요. 나 진짜 쉬고 싶으니까."

생각이 많아지기 전에 어서 이 작자를 쫓아내야겠다. 희원은 이마를 짚으며 손을 팔랑팔랑 흔들었다. 조금 더 버티고 앉아 씨름할 것 같았는데, 가라니 이번엔 순순히 일어난다.

"그럼 갈 테니 이만 쉬어. 피곤할 텐데."

어느덧 짧아진 지환의 말투가 낯설어 희원은 그의 행동을 가만히 바라만 보았고, 지환은 재킷을 챙기며 갈 차비를 했다. 어차피 얼굴만 보고 돌아가려던 차였다.

지환은 빠르게 뒤로 돌아 저벅저벅 그녀 앞으로 다가갔다. 곁을 비켜 갈 줄 알았는데 자신의 발끝에 그가 멈춰 서자 희원은 움찔했다. 그는 코끝이 닿을 만큼 가깝게 서서, 얼굴을 관찰하듯 바라보았다.

"왜, 왜 이래요."

"그냥."

"……."

"새삼 예뻐서."

헐……. 희원이 눈을 동그랗게 뜨자 그는 비스듬했던 상체를 바로 했다.

"서지환 씨 왜 이렇게 갑자기 변했어요? 사람 적응 안 되게."

"이게 원래 나야. 당신이 궁금해했던 진짜 나."

"……."

"사랑에 빠진 남자, 서지환."

그는 덤덤하게 갈무리를 짓더니 그녀의 곁을 스쳐 지났다. 현관으로 걸어가 구두를 정갈하게 신고는 문고리를 잡았다.

"따로 사니까 좋은 점도 있네. 매 순간이 아쉽고, 간절하고."

"……."

"또 봅시다. 푹 쉬어."

지환은 멋쩍게 웃더니 문을 열고 나섰다. 쿵, 소리와 함께 문이 닫히고 희원은 입만 쩍 벌리고 서 있다가 눈을 깜빡거렸다.

"뭐야. 방금 저 남자, 서지환 맞아?"

가슴은 그가 사라짐과 동시에 풀떡거리기 시작했다. 희원은 가만히 가슴에 손을 얹고 그가 떠난 자리만 오래도록 응시했다.

마음을 열기로 작정했다는 남자는, 각오가 단단히 되어 있는 것만 같았다. 두껍게 입고 있던 갑옷을 벗어던진 것처럼 행동과 표현에 거침이 없었다. 농담처럼 내뱉던 때와는 사뭇 다른 진심이 느껴졌다. 희한하게도.

"밥이라도 먹여서 보낼걸, 설마 안 먹었는데 거짓말한 거 아냐?"

사랑에 빠진 서지환은 권희원을 향해 달리기를 시작했다. 도착할 때까지, 전력으로 질주하여.

＊ ＊ ＊ ◆ ◆ ＊ ＊ ＊

얼마 후에 개최될 서울세계무용축제를 앞두고 국제 합작 프로그램을 위해 관계자들이 모였다. 그중엔 내한한 주혁도 있었고, 희원도 있었다.

문화적 외교를 위해 서울시는 매해 축제를 열었다. 이번엔 전례 없이 규모가 방대했다. 세계적으로 드높아진 K-POP의 영향으로 프로그램도 더욱 다양해졌다. 그중에도 서울시가 가장 야심차게 준비하고 있는 부문은 한국무용, 이른바 전통이었다.

"이번 기회에 한국의 아름다운 전통 무용을 전 세계에 알릴 수 있다면 좋겠습니다."

그 외 다수의 핵심 프로그램에 협력하게 된 주혁은 일정을 조율하며 한국무용에 대한 기대를 표했다.

"물론입니다. 저희가 누구보다 가장 바라는 일이기도 합니다."

원탁에 모여 대화를 주고받던 관계자들은 일제히 희원을 바라보았다. 구언과 나란히 앉아 있던 희원은 시선이 쏠리자 부드럽게 미소 지었다.

"최선을 다해 준비하겠습니다. 믿어주세요."

"그럼요, 우리가 희원 씨를 믿지 않으면 누구를 믿겠습니까? 당연한 말씀을. 잘 부탁드립니다."

공연에 관련된 이야기는 가열되나 싶더니 소각되었고, 어느덧 끝이 났다. 참석했던 희원과 구언은 일어났고 주혁은 찾아오는 관계자들과 인사를 나누느라 정신이 없는 회의장이었다.

"슬슬 가자, 희원아."

"응. 그래, 가자."

격식 있게 차려입은 두 사람은 갈 차비를 했다. 길게 늘어선 관계자들과 한 명 한 명 인사를 주고받던 주혁은 힐끔 뒤를 돌아보았다.

"잠시만 실례."

이야기를 나누던 관계자와 대화를 끊은 주혁은 희원에게 걸어왔다.

"갑니까?"

"네. 저희는 이만 가도 될 것 같아서요."

"도착하자마자 정신이 없어서 말도 몇 마디 못 했는데."

"그러게요. 유명하신 분이니 유명세 톡톡히 치르시네요. 일 보세요, 저는 가볼게요."

희원이 웃으며 인사를 건네자 주혁은 다소 아쉽다는 듯 손을 비볐다. 바라보니 충혈된 주혁의 눈. 희원은 일정이 빡빡한 것 같아 근심을 담아 물었다.

"피곤해 보이시는데 괜찮으세요?"

"사실 어제 밤새 권희원 씨 공연 무대를 찾아보느라 잠을 못 잤어요."

"어? 진짜요?"

"하나만 더 보고 자야지, 하나만 더 보고 자야지, 하다가 그만."

그가 보조개를 드러내며 웃자 희원은 말도 안 돼, 하며 따라 웃었다. 데니스 한이 자신의 공연 무대를 모두 검색해보았다는 사실은 감동이긴 했다.

"괜찮으면 시간 좀 내줘요. 권희원 씨와 한국무용에 대해서 이야기를 좀 나누고 싶은데."

"물론이죠. 그런 시간이라면 얼마든지 만들 수 있어요."

"저도 같이 가도 됩니까?"

구언이 훅, 껴들자 주혁은 그녀를 바라보며 드러냈던 보조개를 지웠다. 뚱한 표정으로 구언을 바라보던 주혁은 다시 친절하게 웃었다.

"안타깝지만 유구언 씨의 무대 영상은 아직 못 봐서, 보고 나서 다음 기회를 잡도록 합시다."

……하! 구언은 황당하다는 표정을 지었다. 군계일학의 군계가 되는 일, 언젠가 한번 겪은 것만 같은데? 기시감은 대체 무엇?

맺고 끊음이 확실한 CEO는 불필요한 사람들과 자리를 엮지 않았다. 지금 주혁의 시선에 구언이란 그런 존재였다. 그가 꽂혀 있는 분야는 한국무용이었으므로.

"그럼 10분만 기다려줘요. 식당은 이 건물 8층, 괜찮겠죠?"

"그럼요. 천천히 일 보세요."

희원이 어서 기다리는 사람들에게 가보라 하자 주혁은 걸음을 옮겼다. 옆에 서서 수치스러움을 긴 숨으로 표현하고 있는 구언을 바라보며 희원은 팔을 툭툭 쳤다.

"먼저 가봐. 다음에 기회 있을 거야."

"하…… 말도 안 돼. 날 까다니."

"까는 게 아니지, 아직 안 봤다잖아."

"그게 그거야. 그게 그 말이라고."

무용수의 자존심에 금이 간다. 내가 같이 가면 뭐 어때서? 똥파리 보듯이 그렇게 사람을 내리깔며 봐도 되는 거야?

"나는 뭐 지랑 할 얘기가 있어서 같이 가자고 한 줄 알아?"

너만 잘났어? 나도 잘났어. 이거 왜 이래?

오랜만에 무시당했다는 느낌에 구언은 눈꼬리를 올리며 긴 숨만 불어 내쉬었다. 사실 데니스 한과 사적인 시간을 가져보고 싶었던 건 사실이지만, 앞으론 내 쪽에서 사절이다! 사절이야!

흥, 구언이 금 간 자존심을 붙들고 어깨를 펴고 있자 이윽고 볼일을 끝낸 주혁이 희원에게 다가왔고 두 사람은 나란히 서서 퇴장했다. 두 사람이 시야에서 사라지고 난 뒤에야 구언은 눈꼬리를 가늘게 만들었다.

"마음에 안 들어……. 안 들어……."

어쩐지 마음에 들지 않는다.

"어어, 구언 씨, 아직 안 가셨어요?"

"아, 예. 지금 막 가려고 합니다."

멍하니 서 있자 관계자가 다가온다. 오랜만에 만났다는 듯 어깨를 툭툭 치며 인사를 해 오던 관계자는 데니스 한을 만난 소감을 토로했다.

"실제로 보니 진짜 미남이더라고요. 그 얼굴에 그 재력에 그 능력에, 캬. 대단하지 않습니까?"

“아, 네, 뭐.”

지금 심정엔 별로 달갑지 않은 말이다. 사실 처음 데니스 한을 보았던 연습실에선 그에게 호감도 적지 않았는데.

“그래서일까요? 여성 편력이 엄청나다는 소문이 있어요.”

“네? 무슨.”

관계자는 주변을 둘러보더니 목소리를 낮췄다. 검증되지 않은, 한갓 소문에 불과하다.

“그 나이에 벌써 이혼을 네 번이나 했대요. 중간에 스캔들도 많았고.”

“예에?”

구언은 눈을 크게 떴고 관계자는 조용히 하라며 목소리를 더욱 낮췄다. 두 사람의 등이 이유도 없이 굽어진다.

“데니스 한을 보기 전엔 별 미친놈이 다 있구나, 혹은 그냥 하도 잘났다니 소문도 무성하구나 했는데 말이죠. 오늘 보니 소문이 사실일 수도 있겠어요.”

“아…… 어…….”

갑자기 눈앞이 캄캄해지는 기분이 든다. 한국무용에 관련된 일이라면 두 팔 벌려 환영하는 회원에게 검은손이 음흉하게 다가가는 것만 같은 착각이 인다.

“괜한 소문은 아니겠거니 싶습니다. 남자가 봐도 잘생겼는데, 그렇죠?”

“어…… 그래도 확인된 사실은 아니죠?”

“뭐, 그렇죠. 당사자한테 들은 이야기는 아니니까. 가정사를 묻는 건 실례잖아요."

이렇게 검증되지 않은 소문을 옮기는 것도…… 실례야…….

실제인지 소문인지 알 수도 없는 이야기. 하지만 구언의 얼굴은 편치 않다.

"전 이만 가볼게요. 다음에 또 봐요, 구언 씨."

관계자는 괜한 근심거리만 잔뜩 안겨준 채 퇴장했다. 여성 편력. 여성, 편력.

구언은 힐끔 시선을 들어 올렸다. 이 건물 8층, 전망 좋은 레스토랑.

"설마, 뭐, 문제 있겠나."

……이곳은 호텔 컨벤션.

"아 찝찝하게, 진짜."

구언은 내내 중얼거리다가 휴대폰을 꺼내 들었다. 어쩐지, 희원의 뒷모습이 늑대의 손을 잡고 퇴장한 빨간 망토 아가씨처럼 기억되었으므로.

＊＊＊＊◆＊＊＊＊

"나야."

— 네네. 알고 있어요.

"연습은 끝났나? 오늘 바쁘다더니."

지환은 얼추 일을 마무리했다는 것처럼 자리에서 일어났다. 시계를 들여다보며 그녀의 연습이 끝났는지 물었다. 시간을 맞춰 함께 저녁을 먹으려고, 오늘 하루 종일 이 시간만 기다렸다.

— 연습 못 했어요, 오늘. 바빴거든요.

"저녁은?"

"아직요."

"잘됐네. 저녁 같이 먹자, 내가 당신 있는 곳으로 갈게."

— 저녁? 오늘은 안 되겠는데.

외투를 집던 지환은 멈춰 섰다. 응? 안 돼?

"선약 있어? 웬만하면 같이 먹고 싶은데."

— 웬만하지 않아서요. 미안해요, 중요한 약속이 있어서.

"아아, 약속. 중요한 약속."

지환은 희원의 말을 곱씹으며 그녀의 다음 말을 기다렸다. 평소라면 그녀가 어떤 약속인지 설명을 해주었기에.

— 밥은 혼자서도 씩씩하고 맛있게. 알죠? 그럼 끊어요.

"어? 권희원 씨! 권희원 씨! 잠깐만! 잠깐만요!"

급하니 짧아졌던 말도 다시 길어진다. 띠릭. 하지만 애석하게도 전화는 끊겼다. 지환은 황당하다는 듯 휴대폰을 내려다보았다.

"뭐야, 무슨 약속인데 이렇게 야멸차게, 사람 참."

에휴······. 누가 배가 고프다고 했냐? 얼굴이나 보려고 같이 먹자는 거지. 밥은 핑계란 말이다, 이 여자야.

"······제길, 이렇게 된 이상 그냥 야근이나 해야겠다."

지환은 수북하게 쌓아놓은 서류 더미를 바라보다가 다시 외투를 걸어놓고는 털썩, 자리에 앉았다. 칼퇴는 개뿔이나, 야근이나 하며 일이나 처리해야지.

그때였다. 휴대폰으로 전화가 오는 것에 지환은 빛의 속도로 반응했다. 옘병, 그녀인 줄 알았더니 모르는 번호이다. 지환은 심드렁하게 전화를 받았다.

"서지환입니다."

— 접니다. 유구언.

오라는 전화는 안 오고, 이상한 놈팽이가 어떻게 번호를 알고 전화를 걸어왔다. 지환은 오만상을 찌푸리다가 입술을 열었다.

"뭡니까, 알려주지도 않은 남의 휴대폰으로 전화를 다 하고."

반갑지 않다고 대놓고 말하자 저쪽에서 난들 좋아서 전화했냐는 듯한 음성으로 말을 한다.

— 시간 되면 좀 만나죠. 우리.

응? 지환은 눈을 크게 떴다.

— 밥 먹자고요.

이상한 놈의 데이트 신청 같은 제안이었다.

◆ ◆ ◆ ◆ ◆ ◆ ◆ ◆ ◆

집으로 돌아온 백인호 의원은 서재에서 한참이나 비서와 대화를 나누었다.

"언론 분위기는 어때?"

"아주 좋습니다. 사모님께서 현장에서 인터뷰를 하신 영상 조회수가 이틀 사이 500만을 넘겼고 국민들도 호의적입니다."

아내 희주는 강진이 일어나 막대한 피해를 입은 최빈국으로 파견을 나섰다. 벌써 열흘째, 아내는 한국으로 돌아오지 않은 채 구조 현장에서 발로 뛰어다니고 있었다.

정치인 부인들 중에는 유일하게 그녀가 발 벗고 나섰고, 그러한 이야기는 백인호 의원에게도 좋은 영향을 끼쳤다. 모두가 대단한 일이라고 그녀와 백 의원을 칭송할 때, 정작 백 의원은 어쩐지 꺼림칙한 기운을 지울 수가 없었다.

"귀국 일정 알아봤어?"

"사모님께서는 아직 미정이라고 전해오셨습니다."

"……미정이라."

대체, 갑자기 그곳은 왜 간 걸까?

백인호 의원은 감이 오지 않는다는 것처럼 미간을 구겼다. 최빈국의 지진 현장, 언제 또다시 강진이 덮칠지 몰라 모두가 예의 주시하고 있는 현장. 설상가상 전염병까지 창궐하여 하루에도 수많은 사람들이 목숨을 잃어가고 있는.

그런 열악한 구조 환경에 군이 뛰어들어 솔선수범을 해 보일 만큼 그녀는 의롭거나 의협심이 대단한 사람은 아니었다. 자신의 인지도를 위해 목숨 걸고 파견을 청할 만큼, 자신의 정치 생활을 염려하는 여자도 아니었다.

그런데, 갑자기 왜. 마치 도망이라도 친 것처럼.

"그, 저…… 말입니다, 의원님."

골똘하게 생각에 잠겼던 백 의원은 고개를 들었다. 비서는 무슨 말을 하려는지 난데없이 뜸을 들였다.

"뭔데."

"그…… 일전에 알아보라던 서지환 검사, 말입니다."

"아아, 그래."

백 의원은 자세를 고쳐 앉았다. 조도가 낮은 서재의 안, 비서는 들고 있던 황색의 서류 봉투를 책상에 내렸다.

"서지환 검사가 지금까지 처리했던 사건들을 모아보았습니다. 주로 굵직굵직한 사건들을 도맡아 처리했고, 특히나 이번 금괴 밀수 건은 서지환 검사가 담당을 하고 나서부터 검거율이 높아지고 있습니다."

백 의원은 지환의 얼굴을 바라보고 있는 것처럼 서류 봉투를 바라보며 미간을 일그러뜨렸다.

이런 놈들이 제일 골치였다. 주제에 돈을 밝히지도 않고, 명예욕도 없으며, 그저 맡은 일을 처리한다는 소신만 분명한 자들. 신념을 이길 수 있을 만한 것들이 많지 않은 족속들.

"뭐라도 틈이 있어야 할 텐데. 틈. 좌천을 시킬 만한."

잘못 건드리면 누구라도 물어뜯을 준비가 되어 있는, 길들여지지 않는 들개 같은 자들.

"저, 틈은…… 아니겠지만 말입니다."

"……."

"이게 사모님…… 하고도 관련이……."

백 의원은 천천히 고개를 들었다. 아까부터 안절부절못하며 말 꼬리를 흐리는 비서의 안색이 좋지 않다.

"똑바로 말해. 뭔데."

"그…… 그러니까 그게 말입니다. 사모님이 얼마 전에 중앙지검을 찾아가셨다고 합니다."

"중앙지검을? 왜?"

"서지환 검사를 잠깐 만나신 듯합니다."

비서의 입술 사이로 뜻밖의 이야기가 나오자 백 의원의 뇌리를 스치고 지나가는 몇 개의 장면이 있다. 사소하게 치부해서, 잊고 지냈던 이야기가.

저는 만나는 사람이 있어요.

강희주가 제 앞에서 처음으로 뱉어냈던 말.

제발 저를 그 사람에게 돌려보내주세요. 제발…….

결혼 전, 그녀가 제게 애걸복걸하며 지켜내고자 했던 사랑.

"둘이 원래 알던 사이였나?"

"나누는 이야기까지는 듣지 못했다고 합니다. 주차장에서 만나고 헤어졌다는데, 채 2분도 걸리지 않았다고 합니다."

그녀에게 미행을 붙여두었던 백 의원은 생각하는 눈빛을 했다. 만났다, 서지환 검사를. 주차장에서.

"그, 옛날 매니저 말이야. 지금 뭐 하지?"

그럼 강희주의 목적도 애당초 권희원이 아니라, 서지환이었나?

"사모님 예전 매니저 말씀이십니까? 강릉에 거주하고 있습니다."

"물어볼 말이 있으니 한번 올라오라고 해. 직접 봐야겠으니까."

"예. 의원님."

……그렇다면 얼추 퍼즐이 맞아떨어진다.

온몸에 휘감기는 분노가 머리까지 뜨겁게 해, 백 의원은 주먹을 힘껏 쥐었다. 이제야 모든 전말을 알았다는 것처럼 실소했다. 그녀가 그렇게 쩔쩔매던 이유, 검사 내외와 자리를 만들어보라 했더니 지진의 현장으로 도망치듯 달아난 이유.

"강희주 통화 목록 좀 뽑아봐."

"예. 의원님."

그토록 숨기고 싶어 하던, 그녀의 비밀을 알아냈다.

백 의원은 깍지를 긴 손을 책상에 떨구며 헛웃음을 흘렸다. 비서는 퇴장했고 그는 어두운 서재에 홀로 남아 중얼거렸다. 서지환 검사와 그녀를 함께 엮어 떠올리니 세상에 없던 방법도 생길 것만 같았다.

"쇼는 이제 그만해야지, 강희주."

그래. 그녀에게 아름답지 않은 결말을 선물해줄 생각이다. 감히 나를 돕지 않은 죄, 감히 나를 기만한 죄.

"지금부턴 내가 너와 놀아줄 차례니까."

물론 그놈에게도.

- - ◆ ◆ ◆ ◆ ◆ ◆ - -

구언과의 약속 현장에 도착한 지환은 떫은 감을 가득 문 것처럼 떨떠름한 표정을 지었다. 주차를 하고 로비로 올라오니 옘병, 저쯤 소파에 유구무언이 앉아 잡지를 보고 있다.

슈트 재킷을 반듯하게 툭툭 털고 지환은 녀석을 향해 걸음을 옮겼다. 털썩 그 앞에 앉았지만 구언은 평온하게 잡지책의 다음 장을 넘겼다.

"오셨어요?"

"불렀으니까."

"아아, 부르면 오는구나. 쉽네."

뭐, 뭐라는 거야!

지환은 태연한 구언의 대꾸에 눈꼬리를 올렸다. 정작 사람을 불러놓고 데면데면한 쪽은 구언이었다.

"밥 먹자더니? 밥을 잡지책 사진으로 먹고 있나? 그것도 혼자?"

"기다려봐요. 난 뭐 읽고 싶어서 들여다보고 있는 줄 알아요? 다 전시용이라고요."

……뭐라고 냐옹냐옹거리는 건지 모르겠다. 지환은 구언의 이상한 행동만 바라보며 시간을 흘려보냈다. 구언은 잡지책을 조금 더 들여다보다가 덮었다.

이윽고 시계를 들여다보더니 일어선다. 어디 가? 지환이 눈빛으로 묻자 구언은 따라와, 하는 표정을 지었다.

"갑시다, 밥 먹으러."

"어디로?"

"당신 와이프 있는 곳으로."

"……뭐?"

지환이 당황스럽다는 듯 눈을 크게 뜨자 구언은 혀를 차는 소리를 내며 서두르라는 듯 손끝을 움직였다.

"당신 와이프 보러 가자고요. 여기 있으니까."

"여기…… 있다고?"

"네. 지금 여기 있죠. 기절할 만큼 잘생긴 남자와. 그러니까 따라

와요."

구언은 앞장섰다. 지환은 멀어져 가는 구언을 바라보다가 헐레 벌떡 일어섰다. 모든 장면, 모든 말들은 다 잊어버리고,

"몇 층?"

"8층."

'기절할 만큼 잘생긴 남자'만 뇌리에 박혔다.

두 사내는 엘리베이터에 올라타고, 동시에 8층을 눌렀다. 거침없 이 올라가는 엘리베이터처럼, 두 사내의 전투력은 급상승했다.

· · ◆◆◆◆◆ · ·

"어서 오십시오. 두 분이십니까?"

"네."

"자리 안내해드리겠습니다."

식당에 들어선 지환과 구언은 두리번거리며 희원을 찾았다. 엇, 저기 있다. 지환과 구언은 서로 바라보고는 약속이나 한 듯 걸었다.

"여기 앉아도 되겠습니까?"

"네. 물론입니다."

그녀와 가까운 곳으로. 가깝지만 그녀는 발견할 수 없을 사각지 대로.

누가 시킨 것도 아닌데 행동들이 민첩하다. 자리에 빠르게 착석 한 두 사내는 메뉴판으로 얼굴을 가리듯 들어 올렸다.

"이거, 이거 주세요."

구언이 주문하자,

"저도 그렇게. 똑같이."

지환은 녀석을 따라 주문했다. 하필이면 펼쳐놓은 곳이 주방장 특선 메뉴라, 숨넘어가는 가격이지만 내가 낼 거 아니니까.

부른 놈이 내겠지. 와이프 있는 놈이 내겠지. 두 사람은 같은 생각을 하며 일단 메뉴 합의를 마쳤다. 직원이 메뉴판을 들고 사라지자 두 사람은 본격적으로 테이블 염탐에 나섰다.

"내 아내에게 오늘 무슨 일 있었습니까?"

"중요한 모임이 있었습니다. 이 호텔에서."

희원의 뒷모습만 보이지만 그녀의 옷차림이 예사롭지 않음은 알 수 있었다. 왜냐, 등이 파였거든! 하염없이!

"춥겠네."

지환이 저도 모르게 중얼거리자 구언은 힐끔, 뒤를 돌아 그녀를 바라보았다. 데니스 한의 얼굴이 대각선으로 보인다. 구언은 그가 자신을 알아볼까 봐 다시 급하게 고개를 앞으로 돌렸다.

"얼마 전에 내한한 유명 에이전시 대표예요. 무용수들에겐 한 번쯤 만나보고 싶은 인물이기도 하고. 한국엔 처음 내한했고."

"그런데 왜 저 새…… 저놈…… 저 사람이 내 아내와 둘이 있는 건지?"

"한국무용에 대해 관심이 많다고 합니다. 그래서 내한했다고."

내 아내의 유명세, 이럴 땐 조금도 기쁘지 않다. 지환은 범죄자를 가리는 눈빛으로 사내를 뚫어지게 보았다. 기분이 엉망진창이 될 정도로 잘생겼다.

단순히 '잘생겼다'는 말로 사내의 얼굴을 총평할 수 없었다. 서양 특유의 분위기에 동양의 색을 입혀놓은 것 같은, 사내의 얼굴엔 여러 가지 매력이 뒤섞여 있었다.

이름값이 더욱 그의 가치를 높여놓았다고 여기고 싶지만 제길, 쉽게 눈을 뗄 수 있는 아우라는 아니었다. 희원이 사내에게 시선을 고정하고 있는 순간순간이 위태롭게 여겨질 만큼.

"알아주는 재력가예요. 저 손에서 탄생한 작품이 한두 개가 아니고, 대부분은 모두 성공했죠. 우리 업계에서 저 사람은 신화예요."

구언은 들끓는 남편의 마음에 기름을 쏟아부었다. 콸콸콸……. 기름을 들이부은 속내는 펄펄 끓어댔다.

"혹시 그…… 오빠……."

지환이 중얼거리자 구언은 기억이 났다는 듯 말을 이었다.

"아, 희원이가 오빠라고 하던데. 웃긴 게 뭔 줄 압니까? 둘이 알던 사이더군요."

"알던 사이……. 알던……."

지구 반대편에 살고 있는 사내와 무슨 수로 알고 지냈을까? 한국에 처음 내한했다면서. 얼마 전까진 한국 밖을 나가본 적 없는 내 와이프와, 대체 어떻…….

"아……."

지환은 미간에 힘을 주며 사내의 얼굴에 초점을 더욱 세게 맞췄다. 최첨단 시스템도 울고 갈 집중력으로 사내의 얼굴을 분해해 하나하나 뜯어 맞춰보니, 묘하게 맞아떨어지는 구간이 있다.

"그…… 선글라스……."

제대로 보지 못한 선글라스 속 익명의 투숙객이었지만, 지환은 지금 눈앞의 사내가 그때 그 사내임을 알 수 있었다. 왜냐. 선글라스에 비친 사내의 얼굴을 퍼즐처럼 조각 맞춰보기를 하루 종일 했었으니까!

"왜요, 서지환 씨도 아는 사람입니까?"

"내가 알면 이러고 있겠습니까? 당장 저 테이블로 갔지."

검사라는 직업은 이렇게 빛을 발한다. 역시, 나는 훌륭한 직업 덕분에 와이프 앞의 낯선 사내마저 알아볼 수 있게 되었다.

"꿈에서 만났을 겁니다. 저 사람이 사진을 찍어줬을 거고."

"아…… 네, 맞아요. 사진. 그건 또 어떻게 알고 있습니까?"

"훔쳐봤습니다. 아내의 SNS."

훔, 훔쳐봤다니……. 나도 나지만…… 당신 팔자도 참…….

위풍당당하게 아내의 SNS를 살펴보았다 실토하니 구언은 짠한 눈빛으로 지환을 바라보았다.

"여기 찬물 좀 줘요."

지환이 다가온 직원에게 요청을 하자 구언은 다시 뒤를 힐끔 돌아 데니스 한의 얼굴을 바라보았다. 왜 저렇게 웃고 있는 건지 모르겠다. 두 사내의 심사는 묘하게 뒤틀린다.

"그런데 대단하네요. 흐리게 나온 사진 한 장으로 사람 판별도 합니까?"

"수도 없이 봤으니까. 외울 정도로. 길에서 지나가다 만나도 알아볼 정도로."

얼굴은 분명하지 않았으나 저 피지컬, 저 분위기, 단번에 알아볼 수밖에 없다. 누구라도 그러했으리라. 왜냐, 드럽게 잘났으니까!

"여성 편력이 대단하다는 루머가 있어요. 이혼을 밥 먹듯이 했다는데. 검증은 안 됐지만."

"저 자식 말입니까?"

"저 자식이라뇨. 네. 저 새끼."

하……. 지환은 마음에 들지 않는다는 듯 더욱 미간을 구겼다. 여러모로 불쾌한 구간이 아닐 수 없다.

"그래서 날 불렀습니까?"

"네. 분하지만 뭐, 어쨌든 이런 상황에 서지환 씨만 한 지원군은 없을 테니까."

……오늘 좀 마음에 드는데?

지환은 시선을 돌려 구언을 바라보았다. 기특하게도 자신에게 지원사격 요청을 해 온 유구무언에게 오늘은 특별히 너그러운 마음을 가져야겠다.

"그 대답 오늘은 좀 괜찮은데?"

"뭐, 적의 적은 아군이니까. 그런 의미로 오늘은 페어플레이하죠."

페어플레이라니. 무슨 그런 섭섭한 말을. 밥값은 네가 내라, 유구무언.

"식사 나왔습니다."

밥 먹을 생각이 눈곱만큼도 없는 두 사내의 앞으로 주방장 특선 메뉴가 줄줄이 깔린다. 두 사람은 영혼 없이 포크를 들었다. 뭘 집어 입으로 넣고 있는지도 모르게 식사를 이어가며 간간이 저 앞의 테이블을 주시했다.

대체, 무슨 이야기를 하고 있는 건지 귀를 기울여가며. 저 잘나고 잘난 놈이, 그녀를 꼬드기고 있는 것은 아닌가 한마디 한마디에 신경을 곤두세우며.

✦ ✦ ✦ ✦✦✦ ✦ ✦ ✦

"한국의 문화예술계는 정적입니다. 받아들이는 것에도 인색하고, 또 지키는 것에도 미흡한. 문제가 많아요."

"맞아요, 맞아요. 저도 격하게 공감해요."

희원은 주혁의 말끝에 고개를 끄덕였다. 주혁이 바라보는 한국 예술계의 전망은 슬프게도 밝지 않았다.

"무용계 역시 변화가 필요합니다. 그 가장 기본엔 한국무용이 있어야 한다고 생각해요. 대중화를 넘어 세계화가 되어야 할 가치란 충분하니까."

와인을 한 모금 삼키며 주혁이 말을 잇자 희원은 감동 서린 눈길로 그를 바라보았다.

"사람들은 언제나 저를 특이하게 바라봤어요. 전통을 보전한다는 건 그만큼 힘든 일이니까요."

남들이 알아주지 않는 길을 걸어간다는 건, 생각만큼 쉬운 일은 아니었다.

"그래서 현대무용과 믹스를 선택한 겁니까?"

"선택의 여지가 별로 없었어요. 한국무용의 대중화를 위해서 장

벽을 낮추자는 생각이었죠."

"내 생각은 조금 다릅니다."

"……."

"권희원 씨는 그대로, 하던 대로 그 길을 갔으면 좋겠어요."

누구도 제게 쉽게 하지 못했던 말. 조언을 얻을 만한 사람도, 이 길의 끝을 아는 사람도 많지 않았던 현실.

"정말…… 저는 그래도 되는 걸까요?"

나 혼자 발버둥 치는 것은 아닐까 의심스럽던 나날.

"물론. 말했듯이 충분한 가치를 지니고 있으니까. 난 봤습니다, 권희원 씨의 가능성을."

명맥을 이어야 한다는 부담감에서 좀처럼 벗어날 수 없었던 마음이 한결 가벼워진다. 그의 말 몇 마디 앞에. 그가 보았다는, 가능성이라는 희망 앞에.

"감사해요. 대표님 말씀을 듣다 보니 용기가 저절로 생겨요."

"대표님이라니, 오빠라니까."

"……죄송해요, 잘 안 나와서, 생각만큼."

희원은 민망하다는 듯 웃음을 터트렸다. 그러자 와인잔을 빙그르르 돌리며 주혁도 따라 웃었다. 어디선가 날카로운 시선이 꽂히는 것 같지만, 느낌 탓이겠지.

"권희원 씨, 대화는 어떤가요. 즐겁습니까?"

"그럼요. 물론이죠. 제겐 이런 이야기를 나눌 만한 상대가 별로 없었어요. 여러모로 외로운 길이죠."

"굿. 좋네요. 목표가 같은 사람을 만난다는 건 행운입니다."

그의 얼굴에 보조개가 들어간다.

"그런 의미에서 내게 당신은 행운이고."

별것 아닌 말도 특별하게 만드는 재주가 있다. 희원은 그를 따라 와인잔을 들었다. 빙그르르, 잔을 돌리니 빛깔 좋은 와인이 춤을 추듯 일렁인다.

잘 못 마시는 와인의 텁텁한 맛도 달게만 느껴진다. 나의 고됨을, 나의 신념을 알아주는 사람을 만나 대화를 나누고 있다 보니 새로운 방식의 행복이 찾아왔다.

"왜 그렇게 사람들이 대표님과 얘기를 나누고 싶어 했는지 알 것 같아요."

"대부분의 사람들은 나와 이야기를 나누길 원한다기보다, 내게서 원하는 것을 얻어 가려고 하죠."

의외의 대꾸가 돌아온다. 희원은 그럴 수도 있겠다는 생각이 들어 고개를 끄덕였다.

"그럼 저는 어떤가요? 저는 대표님께 원하는 것이 있어 보이나요?"

"있다면 말해봐요. 먼저."

주혁은 꽤 많은 양의 와인을 털어 마셨다. 주저 없이 잔에 와인을 따르는 손길에 박력이 있다.

"말해봐요. 무엇이건, 원하는 게 있다면."

또다시 의외의 답이 돌아오자 희원은 웃었다. 여러모로 예측할 수 없는, 앞을 내다볼 수 없는 사내다.

"생기면요. 생길지 모르겠지만."

"생겼으면 좋겠군요."

그래서 나누는 모든 대화엔 팽팽한 긴장감이 서려 있었다. 어쩐지 자꾸만 마른 주먹을 말아 쥐게 만들었다. 눈앞의 사내는, 그녀를 긴장하게 했다.

"한국에서 만난 첫 번째 친구인데, 내가 들어줄 수 있는 거라면 뭐든지."

희원은 주혁을 물끄러미 응시했다. 말없이 바라보자 주혁은 그런 자신의 시선을 피하지 않으며 와인을 쭉, 삼켰다.

순간 묘한 기류가 둘 사이에 흘렀다. 그의 눈빛은 굳이 무얼 담지 않아도 강렬했다. 잠시 후, 주혁은 침묵을 흩트리듯 잔을 내리며 입술을 열었다.

"지금껏 세계적으로 수많은 무용수들을 만나 대화를 나누고, 그들의 성장 과정을 보아왔습니다."

"……."

"그중의 소수가 성공합니다. 성공하는 무용수들의 눈엔 공통적으로 담겨 있는 게 있어요."

"뭐가 담겨 있던가요?"

"열정, 갈증, 욕망."

"……."

"자신이 지닌 예술적 신념에 대한 확고함."

주혁은 상체를 테이블 쪽으로 기울였다. 그녀와 조금 더 가까워진 간격 사이로, 시선을 맞췄다.

"당신의 눈에도 있어."

희원의 눈동자는 그의 강렬함을 이기지 못하고 흔들렸다.

"당신은 열정이 많은 사람이군요. 현재에 안주하기 싫은, 더 높이 날아오르고 싶은."

"……."

"그런 눈빛, 마음에 듭니다. 그런 목마름은 예술가에게 생명과도 같으니까."

"한국무용엔 특별한 것이 숨어 있어요."

희원은 그의 말끝을 이었다. 주혁은 상체를 조금 뒤로 무르며 그녀의 말을 경청했다.

"한국 고유의 정서이기도 해요. 모든 것에 깃들어 있죠."

"그게 뭡니까?"

"한恨."

한. 주혁은 그녀의 말을 곱씹었다.

"아마 무용수 권희원의 눈빛에 가장 많이 서려 있는 것은 한일 겁니다. 열정, 갈증, 뜨거움을 이기는."

"한이라는 건 경험에서 쌓이는 것 아닙니까?"

"그래서 한 많은 여자가 되려고 하죠. 아직은 경험 부족이라, 눈빛으로 많은 것들이 표현되지는 않을 거예요."

그녀가 가볍게 분위기를 전환하며 대화의 매듭을 짓자 주혁은 턱을 괴었다. 눈앞의 권희원은 대화를 나누면 나눌수록, 묘한 향취를 자아내는 무용수였다.

"권희원 씨와 나누는 무용에 관련된 이야기는 끝이 없겠네요."

"그럼요. 저는 밤도 샐 수 있어요."

"그럼 밤을 지새워보죠. 대화가 끊길 때까지."

주혁은 손을 가볍게 들며 직원을 호출했다. 이미 텅 비어버린 와인을 한 병 더 주문했다. 자꾸만 귀가 가렵고 얼굴이 따가웠지만 이유를 종잡지 못한 채, 자리는 열정으로 물들어갔다.

· · · ✦ ✦ ✦ ✦ ✦ · · ·

"봤어요? 지금 저 테이블, 와인 한 병 더 시켰습니다."

하! 하! 또 시켰어! 또!

구언이 황당하다는 듯 중얼거리자 지환은 찬물을 벌컥벌컥 들이켰다. 식사가 끝난 테이블로 간단한 디저트와 와인이 세팅되었다. 이제부터 본격적으로 시작해보겠다는 것처럼, 분위기는 새롭게 변했다.

와인…… 못한다더니…….

지환은 부글부글 끓어오르는 속내를 눈빛으로 표출하며 계속해서 아내가 있는 테이블을 염탐했다. 무슨 이야기를 나누는 중인지 잘은 모르겠지만 중간중간 그녀는 끊임없이 웃었고, 저 드럽게 잘생긴 놈과 시선을 맞췄다.

지나치게 등이 파인 그녀의 원피스를 바라보고 있자니 혈압이 급상승하는 것만 같다. 아내의 등을 이런 식으로 보게 될 줄이야.

"보는 내가 다 추워 죽겠네, 진짜로."

지환이 중얼거리자 구언 역시 인상을 찌푸리며 입술을 열었다.

"식사가 끝났으면 재깍재깍 일어날 일이지, 원이 쟤는 무슨 얘기를 대체 저렇게.”

“내 말이.”

지환은 추임새를 넣었다.

“하긴, 데니스 한은 일생에 한 번 만나기도 힘든 사람인 건 분명해요. 나라도 쉽게 못 일어났을 겁니다.”

“……”

“그래도 말이야, 와인 두 병은 좀, 너무하지 않습니까?”

“내 말이.”

긍정과 부정이 명확하다. 구언은 지환의 추임새를 듣다가 흘깃, 지환을 바라보았다. 표정이 썩어 문드러진 것을 보고 있다 보니 문득 궁금한 것이 생겨난다.

“이 대목에 어울리는 질문인지는 모르겠지만, 서지환 씨에게 질문 하나 해도 됩니까?”

“뭡니까?”

“희원이 다른 남자랑 있는 걸 보면서 질투가 나긴 납니까?”

“안 나면 내가 지금 여기 왜 있겠습니까?”

“언제는 안 좋아한다며?”

“……”

“희원이가 좋다고 다가갈 땐 뿌리치더니 이제 와 웬 뒷북입니까?”

“그럼 나는 여기 왜 불렀습니까? 질투하라고 부른 것 아닙니까? 뒷북 좀 쳐보라고. 둥둥둥.”

“아니 뭐, 아까는 아무 생각 없었는데 좀 이상하잖아요. 상황이.”

지환은 침묵하며 다시 찬물을 벌컥벌컥 삼켰다.

"서지환 씨 지금 희원이하고 밀당하는 겁니까?"

"허, 밀당은 무슨. 과대평가는 회사에서만 받는 걸로 하죠."

다 마신 잔을 내려놓으며, 지환은 엄지로 입술을 닦았다. 구언은 말꼬리를 흐리는 그를 향해 눈을 가늘게 떴다.

"혹시 좋아해요? 희원이?"

"내가 하나하나 다 설명해야 합니까?"

"나한텐 중요한 일인데. 지금 저 대표보다 내게 더 위험한 인물은 서지환 씨니까요."

"아깐 아군이라더니?"

"그러니 혼돈의 연속 아닙니까. 나도 혼란스럽다고요."

"와인이나 한잔하죠. 끝나려면 오래 걸릴 것 같은데, 저 테이블."

지환은 직원을 불렀고, 그녀의 테이블에 있는 와인과 같은 와인을 주문했다. 구언의 얼굴이 사색이 되어간다.

"지금 그 와인 얼마짜리인 줄 알고 시킨 겁니까?"

"월급쟁이는 비싼 와인도 못 먹습니까?"

"아니, 그런 말은 아니지만 진짜 비쌉니다. 알고 마시라고."

두 사내가 옥신각신 다투는 사이 비싼 몸값을 자랑하는 귀한 와인이 테이블에 놓인다. 지배인이 직접 와인을 개봉한 뒤 전용 보틀에 따라주었다.

지환은 희원의 뒷모습에서 시선을 떼지 못한 채 와인잔을 들었다. 제길, 얻어먹으려고 했는데 사게 생겼다. 벌컥벌컥, 지환이 찬물 들이켜듯 와인을 마시자 구언이 질색한다.

"이거 포도주스 아녜요. 무슨 와인을 그렇게 무식하게."

"이 와중에 교양 따지게 생겼습니까? 속에서 천불이 나는데?"

지환은 막걸리 따르듯 와인을 잔에 따랐다. 구언은 격 있게 와인을 삼키며 힐끔, 지환을 응시했다.

그의 반응이 내심 궁금했는데. 그녀가 어디서 누굴 만나건 간에 관계없는 일이라고 치부해주기를, 은근 바랐는데. 그는 진심으로 들끓었다. 질투했고, 반응했다.

"글쎄 이거 포도주스 아니라니까요? 벌써 다 마셨어?"

"그냥 두죠. 댁이 계산할 거 아니면."

질투에 눈이 먼 지환을 바라보고 있자니 아이러니하게도 구언의 마음에 묘한 안도감이 일렁였다. 막상 이런 상황이 벌어지고 나니 지환이 그녀의 현재를 모른 척하지 않아서,

"아, 나도 그럼 급하게 마셔야겠네. 좋은 와인 한 입이라도 더 마시려면."

고마웠다.

"어어어, 저 자식이……."

와인을 홀짝거리던 구언은 지환의 탄식에 다시 시선을 돌려 희원을 바라보았다. 얌전히 앉아 와인을 마시나 했더니 대표 놈이 그녀에게 자신이 매고 있던 스카프를 건네는 게 아닌가?

그녀가 추워 보였던 모양이다. 지환과 구언은 동시에 눈을 희번덕거렸다.

"서지환 씨, 혹시 총 있습니까?"

데니스 한, 미안하게도 이쯤에서 죽어줘야겠어.

"검사는 총기 소지 권한이 없습니다. 애석하게도."

"검사도 별거 없네요. 총도 없다니."

"내게 총이 없어서 댁이 지금껏 살아 있었다는 생각은 안 드는 모양이지?"

두 사내는 불타는 눈길로 서로 흘겨보다가 다시 앞을 주시했다. 대표 놈이 목에 두르고 있던 스카프를 끌러 건네자 희원이 손사래를 친다.

그렇지! 잘한다! 두 사내는 주먹을 불끈 쥐었다. 그녀가 사양하자 주혁이 테이블에 스카프를 내려둔다. 두 사내는 멍청한 미소를 지었다.

"봤나? 내 와이프는 저런 사람이야."

"알면 좀 잘하지 그랬습니까? 뒷북이나 치고 있으면서 무슨."

"나는 뒷북칠 주제라도 되지. 본인은 그럴 주제도 못 된다는 걸 모르는 모양이지?"

"그런데 말은 왜 짧아집니까? 기분 나쁘게?"

"기분 나쁘면 먼저 태어났어야지."

"이런 꼰대……."

"형이라고 부를 자신 있으면 댁도 말 놓든가. 난 너그러우니까."

"아, 안 놔요! 형은 무슨!"

쉿. 목소리가 크다며 지환은 구언을 향해 인상을 찌푸렸다. 두 사람은 옥신각신 다투며 계속해서 힐끔힐끔 현장을 주시했다.

마치 범행 현장을 미행하듯이. 그녀에게 허튼짓이라도 했다간 금방이라도 뛰쳐나갈 준비가 되어 있다는 듯이.

"권희원 씨는 와인을 좋아하지 않는군요."

아까부터 한 잔을 따라놓고 빙글빙글 돌리며 입술만 축이는 그녀를 향해 주혁이 물었다.

"아…… 네. 실은 와인을 좋아하긴 하는데, 금방 취해서요. 여기서 취하면 안 되니까."

희원이 웃자 주혁은 귀엽다는 듯 미소 지었다. 주로 주혁만 마셨지만 와인 두 병은 쉽게 동이 났고, 어느덧 자리를 파해야 할 시간이 왔다.

"와인 잘하시네요."

"와인만 한 친구도 없죠. 탄생부터 매력적인 술이니까."

그는 마지막 잔을 가볍게 털어내며 입술을 닦았다. 서로 말은 하지 않았지만 이제 자리를 끝내야 한다는 걸 알고 있었다.

"모처럼 즐거운 자리였습니다. 끝이 아쉬울 만큼."

"저도 그래요. 인상 깊었어요. 오래오래 기억하겠습니다."

"무용수들을 발굴해서 키워내는 게 나의 임무죠. 오늘은 보석을 발견한 것 같고."

……마음이 덜컹하며 떨어져 내린다. 희원이 잔뜩 긴장한 표정을 짓자 주혁은 긴장 말라는 것처럼 편안하게 웃었다.

"고민해봅시다. 우리가 상생할 수 있는 길. 충분히 열려 있을 테니까."

상생. 그가 뱉은 단어가 너무나도 무겁고 대단한 까닭에 희원은 웃음도 잃어버렸다.

표정에 그대로 마음이 드러나는 희원을 바라보다가 주혁은 일어섰다. 맺고 끊어야 하는 타이밍이 있다면, 오늘은 지금이 그때였다.

"다음엔 조금 더 본격적으로 대화를 나눠보죠. 오늘은 이상향을 보았다면 다음엔 현재를 논해봅시다."

"네. 기회가 된다면요."

너무 얼빠진 표정을 짓고 있었다는 생각에 희원은 다급히 그를 따라 일어났다. 다가와 그가 의자를 조금 더 빼주고, 희원은 자리를 벗어났다.

"당신의 친구도 꽤 재밌는 사람인 것 같네요. 아까부터 느낀 거지만."

"네?"

주혁이 의미심장한 말을 하자 희원은 주혁을 바라보다가 그의 시선이 향하는 곳을 돌아보았다.

"어?"

희원이 바라보자 허겁지겁 반대편으로 돌아앉는 두 사람. 상상해본 적 없는 조합의 사내들.

"맞죠, 권희원 씨의 친구."

"아…… 네…….."

지환과 구언이었다.

•　•　•　◆　◆　•　•　•

희원은 빠른 걸음으로 두 사람에게 다가갔다.

엠병, 걸렸다, 걸렸어. 지환과 구언은 최대한 고개를 비틀어보지만 그런다고 피할 수 있는 상황은 아닌 것 같았다.

"둘이서 뭐 하는 거예요?"

아뿔싸. 다가왔다. 두 사람은 빠르게 눈빛을 교환하고는 다시 고개를 들었다.

"어? 부인!"

지환이 시치미를 뚝 떼며 그녀를 불렀다. '부인'이라는 소리에 느릿하게 따라오던 주혁이 멈춰 서며 지환을 바라보았다. 그녀의 남편인 모양이다.

"뭐 해요. 둘이 언제부터 여기 있었어요? 아니, 둘이 왜? 어쩌다가?"

"아아. 설명은 이쪽에서 할 거야."

지환이 선수 치며 구언에게 손을 뻗자 희원의 시선이 구언에게 닿는다. 불리한 진술을 도맡은 구언은 입꼬리만 씰룩씰룩 움직이다가 하하하, 크게 웃었다.

"아니, 지환이 형이 밥을 혼자 먹게 생겼다고 해서!"

"지환이…… 형……?"

언제부터 니가 서지환 씨를 형이라고 불렀어……?

희원이 눈으로 묻자 구언은 더더욱 크게 웃었다.

"하하하, 형! 여기 희원이가 있었네! 이런 우연이!"

"하하하하, 그러게 말이야! 나도 깜짝 놀랐네! 하하하하!"

……만담을 주고받듯 구언과 지환이 대화를 나눈다. 그러더니 척척 달라붙어 어깨동무를 한다.

"우리 친해! 친해졌어! 하하하! 형님으로 모시기로 했어!"

"맞아! 부인! 우리 이제 친해! 몹시! 피를 나눈 형제처럼!"

"……."

희원이 떨떠름한 표정만 짓고 두 사람을 응시하자 멍청하게 흘리던 웃음을 지웠다. 지환은 희원을 바라보며 한 손으로 턱을 괴었다.

"그나저나 당신이 여기 있는 줄은 몰랐네. 이래서 운명인가 우리는."

"아, 맞다. 소개해줄게요."

헛소리 말라는 듯 희원이 말을 자르며 뒤를 돌아본다. 주혁에게 가까이 오라는 듯 손짓한 희원은 지환에게 고개를 돌렸다.

"소개해줄게요. 그…… 어제 설명했던, 내한한……."

"아아, 그, 그분. 알지. 당신이 어제 말해줬잖아."

제대로 설명하기도 전에 지환은 아는 척을 했다. 자리에서 천천히 일어났고 주혁에게 다가갔다. 주혁은 풀었던 스카프를 다시 목에 둘러매고는 지환에게 손을 내밀었다.

"데니스 한입니다. 반갑습니다."

"서지환입니다. 처음 뵙겠습니다, 테니스 한 씨."

"……데니스 한, 입니다."

"아아, 죄송합니다. 데니스 한."

악수를 한 손에 힘이 들어간다. 지환은 악의적인 파워가 솟아날까 싶어 서둘러 손을 뺐다. 아무리 심사가 뒤틀려 있다 한들 그녀의 비즈니스를 망칠 수는 없지. 옘병, 가까이서 보니 더욱 광채가 흐른다.

"아, 잠시만요. 대리 기사님 전화가 와서."

회원이 잠시 자리를 비운다. 주혁은 그녀가 멀어지는 것을 힐끔 보더니 다시 지환에게 시선을 돌렸다.

"저토록 매력적인 아내분을 두고 계시다니, 행복하시겠습니다."

"네. 행복합니다. 저토록 매력적인 아내를 두지 않은 사내들은 가늠조차 못 할 정도로."

지환의 허세에 주혁은 웃었다. 옘병, 보조개가 움푹 들어가는 얼굴이 너무나도 핸섬하다. 상당히 불쾌한 작자이다.

"가늠은 안 되지만 매력적인 아내는 불안하단 걸 잘 알고 있죠. 남들 눈에도 매력적일 테니."

"와이프가 생각보다 철벽이라 말이죠. 아무리 추워도 다른 남자의 스카프는 두르지 않는. 그래서 불안은 없습니다."

지환이 말끝에 웃자 주혁은 약간 당황스럽다는 듯 얼굴을 굳히다가 힐끔, 시선을 내렸다. 자리를 내려다보니 자신이 선택했던 와인과 같은 종류의 와인을 마시고 있다.

뒤를 돌아보니 자신이 앉아 있던 테이블이 선명하게 보이는 위치다. 주혁은 피식 웃음을 터트렸다. 그녀의 남편은 이곳에서 한동안 아내를 주시했던 모양이다.

아내가 이곳에 있었음을 알고도 왜, 모르는 척을 하는 걸까? 때마침 통화를 마친 희원이 다시 걸어왔다.

"미안요. 지금 기사님 오고 있대요."

"대표님하고 대화는 잘 나눴습니까? 부인?"

"아, 네. 대표님이 한국무용에 대해 관심을 표해서 대화 나눴어요."

오빠에서 대표로 돌아선 호칭. 지환은 이상한 구간에서 안도하며 그녀의 곁에 가깝게 섰다.

"그래, 좋았겠다. 당신은 그런 대화 나누는 거 좋아하니까."

주혁은 지환과 희원을 유심히 바라보았다. 객관적으로도 무척이나 잘 어울리는 한 쌍이다.

"여기 있는 걸 알았다면 같이 식사하는 건데. 아쉽다."

지환이 의자 뒤에 걸어두었던 자신의 목도리를 들어 그녀의 어깨를 감쌌다. 별생각 없는 그녀는 가만히 있었다. 사실 춥기도 했고.

"밖에서 보니까 오늘은 더 예쁘네, 우리 부인."

"아…… 어…… 네. 고마워요."

지환의 기름기 흐르는 멘트에 희원은 얼어붙었고 구언은 메스꺼움을 토로했다. 얼굴에 단단하게 철판을 깐 지환은 조금 더 그녀를 끌어 곁에 세우며 주혁을 바라보았다. 이제 그만, 혼자 떠나도 된다는 암시다.

"제 아내의 이야기를 들어주셔서 감사합니다. 앞으로도 하시는 모든 사업 번창하길 바랍니다."

"사업이 번창하려면 권희원 씨 같은 무용수들이 필요합니다. 오히려 권희원 씨를 만난 건 제 쪽에서 감사한 일이죠."

주혁은 가보겠다는 것처럼 다시 꼿꼿하게 섰다. 이쯤에서 홀로 퇴장해주는 것이, 바람직한 일이었으므로.

"권희원 씨, 그럼 다음에 뵙겠습니다."

"네. 오늘 정말 감사했습니다."

주혁은 희원과 구언에게 차례대로 인사를 하고, 다시 지환을 보았다. 마치 영역을 지키는 늑대처럼 지환은 그녀의 곁에 가깝게 서 있었다.

"행복에 겨워 괜한 불행을 잡는 경우도 있죠. 그런 어리석은 일은 두 분 사이에 벌어지지 않길 바랍니다."

좀처럼 알아듣기 힘든 헛소리를 나불거리더니 떠난다. 지환은 영문 모르는 주혁의 마지막 말을 곱씹다가 그녀를 바라보았다. 이윽고 셋이 남아버린 자리.

"아, 취하네. 난 먼저 가야겠다."

구언은 치고 빠질 때를 알겠다는 것처럼 빛의 속도로 자리를 떴다. 그러자 비로소 둘만 남은 자리. 지환의 목도리를 두르고, 희원은 사방을 살피다가 입술을 열었다.

"서지환 씨, 진짜 나 여기 있는 줄 모르고 온 거예요? 구언은 알고 있을 텐데, 나 여기 있던 거."

"글쎄, 말을 안 해줘서."

"둘이 무슨 얘기 했어요. 아니, 대체 언제부터 둘이 밥 먹는 사이가 됐는지? 왜 친해졌어요?"

"뭐, 동병상련이랄까."

지환은 웃었다. 입고 왔던 코트마저 그녀에게 걸쳐주었다. 궁금

한 것이 많은 그녀 눈동자를 들여다보다가 우리도 이만 가자며 고
개를 까딱, 흔들었다.

"뭐야, 난 눈사람처럼 만들어놓고. 서지환 씨 추워요. 목도리라
도 해야…….”

"그냥 갑시다. 난 지금 후끈하니까.”

온통 그의 것으로 돌돌 감긴 그녀는 약간의 취기가 있는 지환을
올려 보았다. 여러모로 이상한 시간이었다.

"저는 대리 기사님 불렀으니까 서지환 씨도 어서 대리 기사님 불러요."

"……따로 가나?"

"당연하죠. 엄연히 집이 다른데 숟가락 막 얹지 맙시다? 나 오늘도 많이 피곤하거든요?"

사무실에 차를 두고 올걸, 제길.

지환은 호텔 로비에서 각자 헤어지자 말하는 희원을 야속하게 바라보았다. 사는 집이 다르다는 건 이토록 서글픈 일이다. 합쳐 살아야겠다. 방법을 연구해야겠어.

"나 여기에 차 두고 가도 되는데."

"알아요."

"내일 찾으러 와도 되는데."

"알아요."

"그럼 오늘은 같이……."

"아뇨."

어, 알겠다. 지환은 희원이 단칼에 거절하자 무안한 듯 고개를 끄덕였다. 희원은 눈을 가늘게 뜨며 그를 올려 보았다.

"되게 질척거려요, 지금. 본인은 알고 있나?"

"지, 질척이라니! 질척이라니!"

하! 하! 질척이라니! 나더러 질척이라니!

"진짜 질척질척한 게 뭔지나 알고 하는 이야기인가? 보여줘? 질척질척?"

"충분히 보고 있어요. 지금."

……할 말이 없다. 질척대는 거, 나도 인정.

"우리 집은 지금 서지환 씨가 잘 수 있을 환경이 아니라고요. 양말 한 짝도 없는데 출근 어떻게 하려고 자고 간다는 거예요. 셔츠도 갈아입어야 할 텐데."

"그거야 사면……."

아니야……. 노려보지 마……. 알겠으니까…….

희원이 노려보자 지환은 손사래를 쳤다. 힐끔, 시선을 내려 대리기사를 기다리는 희원의 손을 바라보자니 결혼반지가 없다.

오케이. 잘 걸렸다. 지환은 희원의 손을 덥석 잡아 위로 올렸다.

"반지 어디 있어?"

"집에요."

"왜 여기 없냐고."

"없을 만하니까 없겠죠."

하! 진짜! 지환이 눈꼬리를 있는 대로 끌어올리자 희원은 홱, 손을 놓았다. 여행 가서 잃어버릴까 봐 빼고 갔는데, 다시 끼는 걸 잊어버렸다. 그러는 지는 얼마나 잘 끼고 다니길…….

희원이 슬쩍 시선을 내려 그의 손을 바라보자 결혼반지가 있다. 공연히 미안해진다.

"내일부터 끼고 다닐게요. 미안요."

"난 죽을 때까지 안 뺄 거니까. 협조하시죠, 권희원 씨."

"참 나, 씻을 땐 빼야죠. 평생 안 뺀다는 게 말이 돼요?"

"빼더라도 절대 내 몸을 벗어나지는 않을 겁니다. 새겨들으시죠, 권희원 씨."

"아오……."

희원은 어서 대리 기사를 부르라며 손짓했다. 이제 난 갈 때가 되었단 말이오! 꾸물대지 말라니까?

"그럼 일단 전화를……."

지환은 마지못해 휴대폰을 들었다. 옘병, 왜 이렇게 아쉽냐. 치맛자락이라도 붙잡고 늘어지고 싶을 만큼 아쉽지만 꺼지라니 꺼져야 한다.

……하리를 다시 불러와야겠다.

"여보세요, 대리 기사님 좀 부르려고 합니다만. 여기가 어디냐면……."

지환은 연결된 콜센터와 통화를 시작했다. 부산스러운 소리가 들려 자연스럽게 시선을 뒤로 돌렸다.

"어, 잠깐만!"

로비 중앙 계단. 손잡이에 올라탄 아이가 미끄러지며 내려오다가 휘청, 계단 방향으로 몸이 기울었다.

괴성을 지르듯 콜센터 직원에게 '잠깐만!'을 외친 지환은 빛의 속도로 튕겨 나갔다. 무슨 일인가 싶어 희원이 뒤를 돌았을 땐, 이미 그는 계단을 뛰어 올라가 아이를 받쳤다.

"꺄악! 서지환 씨!"

계단을 두두두두 굴러 내려온다. 아이의 머리와 등을 꼭 감싼 채 두두두…… 바닥까지 그대로 굴러떨어졌다.

희원은 비명을 지르며 그에게 달려갔다. 그의 휴대폰은 액정이 깨진 채로 나뒹굴었다.

"서지환 씨! 서지환 씨!"

잔뜩 웅크렸던 아이가 품에서 꼼지락거린다. 지환은 눈을 뜨며 아이가 괜찮은지 먼저 살폈다.

"괜찮아?"

2층에서 잠시 통화 중이던 아이 엄마는 로비의 소란스러움에 난간 아래를 내려다보고는 기함했다.

"세상에! 영준아! 영준아아!"

지환은 아직 품에 있는 아이에게 재차 물었다.

"괜찮아? 움직일 수 있겠어?"

놀란 아이는 벌게진 얼굴로 눈물을 그렁그렁 매단 채 고개를 끄덕였다. 그러고는 잽싸게 몸을 일으켜 계단 쪽으로 다시 달려간다.

"영준이 너! 거기 그대로 있어!"

엄마는 정신없이 계단을 뛰어 내려왔다. 희원은 지환을 근심 어린 눈길로 바라보았다.

"괜찮아요? 서지환 씨, 괜찮아요?"

아이가 정말 무사한 건가, 지환은 고개를 약간 들어 앞을 바라보다가 다시 바닥에 머리를 기댔다. 껌뻑껌뻑하는 눈으로 천장을 주시하더니, 피식 웃더라.

고개를 비스듬히 내려 자신의 손끝을 바라보더니 다시금 피식피식거린다. 희원은 왜 이러나 싶은 표정을 지었다.

"……왜 웃어요? 미친 건 아니죠? 머리 다친 거 아냐?"

"아아, 괜찮아. 뒤통수가 좀 욱신거리기는 하는데."

"아후…… 놀래라. 머리 안 다쳤으면 됐어요. 어서 일어나요. 일으켜줄게요."

"잠깐만. 머리는 괜찮은데 그것보다."

지환은 일어날 생각이 없는 것처럼 천장만 바라보다가 그녀에게 시선을 돌렸다. 어딘가 모르게 그의 몸짓은 불편해 보였다.

아이의 엄마와 호텔 직원들은 로비에 뻗어 있는 그에게 달려왔다. 그 부산한 상황 속에서, 그는 확신했는지 입을 열었다.

"나, 아무래도 팔 부러진 것 같다."

희원은 털썩 주저앉았다.

· · · · ◆ ◆ ◆ · · ·

"오른손 다치지 않은 게 어딘가요. 그냥 그렇게 생각해요."

"위로되는 말이긴 하네. 양쪽 다 부러지지 않은 걸 다행으로 여겨야겠어."

호텔 측은 신속하게 구급차를 불렀고 그는 응급실로 이송되어 치료를 받았다. 밖에서 기다리던 희원이 지환을 다시 만났을 땐, 그는 단단한 석고 붕대를 감은 뒤였다.

"아프죠. 되게 아프겠다."

희원이 미간을 좁히며 말하자 침대에 걸터앉아 있던 지환은 어깨를 으쓱 올려 보였다.

"괜찮아. 참을 정도는 돼. 아이는?"

"아이 엄마랑 돌려보냈어요. 무슨 일 생기면 연락 달라고 명함 주고 가셨어요."

"잘했어. 애도 많이 놀랐을 텐데."

한사코 자리를 지키겠다던 아이 엄마를 돌려보낸 희원은 근심스러운 눈길로 지환을 바라보았다. 깁스를 한 채로 멀뚱멀뚱 자신을 바라보는 그가 왜 이렇게 측은해 보이는지.

"우리도 가요, 이제."

"그럼 호텔로 다시 가야 하나, 차 가져가야지."

"차는 내일 찾고 택시 타고 가요. 호텔 측에 말해놨어요."

희원은 일어서라며 지환을 부축했다. 다리를 다친 것도 아닌데 부축을 하는 모습이 귀여워 지환은 피식 웃었다.

"일단 우리 집으로 가요."

"어? 진짜?"

"혼자 있으면 불편할 거 아냐, 그러니까 조심을 좀 했어야죠."

희원이 통통 부은 목소리로 대꾸하자 지환은 눈썹을 추켜올렸다. 팔을 내어주고, 그녀의 짐을 얻었다.

오오…… 팔 따위…… 부러질 만한데…….

"아니, 나는 그냥 질척거리지 않으려고 했는데. 혼자 가도 돼……."

"나 두 번은 말 안 해요. 서지환 씨 집으로 갈 거예요?"

"택시 잡자. 빨리 가야지, 피곤하다며."

지환은 빠른 걸음으로 응급실을 나섰다. 이것저것 짐을 들고 있던 희원은 그의 속도에 탄식을 흘렸다. 최소 몇 주는 저러고 다녀야 할 텐데, 불편해서 어쩌려고…….

아이 엄마가 이미 병원비를 지불하고 떠난 까닭에 두 사람은 별다른 절차 없이 병원을 빠져나왔다. 택시를 탔고 곧장 집으로 향했다.

"편의점에 들러서 이것저것 좀 사야겠어요. 먼저 들어가요."

"같이 가. 말했지만 다리를 다친 건 아니라서."

"그래요, 그럼."

물론 함께.

＊ ＊ ＊ ＊ ◆ ＊ ＊ ＊ ＊

이튿날 아침. 일전에 그녀가 하리 때문에 마련해두었던 간이 침실에서 눈을 뜬 지환은 평소보다 일찍 일어나 출근 준비를 시작했다.

뭐 하나 쉽게 되는 일이 없다. 팔 하나가 묶였을 뿐인데, 불편함은 이루 말할 수가 없었다. 어찌어찌 씻고 나온 지환은 그대로 옷 방에 들어섰다.

"뭐야, 빨래하고 잤나?"

깨끗하게 다려놓은 와이셔츠, 편의점에서 구매해 세탁까지 끝내 놓은 속옷과 양말. 아마 희원은 어제 늦게까지 빨래를 하고 잔 모양이다. 공연한 미안함에 지환은 가만히 셔츠를 바라보다가 집어 들었다.

"일어났네요?"

"어, 깼어?"

그녀가 눈을 비비며 옷 방으로 찾아온다. 지환은 그녀의 단잠을 깨운 것만 같아 미안한 미소를 지었다.

"조금 더 자도 되는데. 나 때문에 깬 모양이네."

"화장실에서 막 우당탕쿵쾅 하던데. 난 또 큰일 난 줄 알았잖 아요."

"아아, 씻다가 샴푸통을 떨어트려서."

그 샴푸통으로…… 발등을 찍을 뻔했지…….

지환은 남은 말을 삼키며 셔츠를 집었다.

"서지환 씨, 옷을 먼저 벗어야 셔츠를 입을 수 있지 않을까?"

"그렇지. 똑똑하네."

지환은 다시 셔츠를 내렸다. 일단 입고 있는 잠옷부터 벗어야 하는데 순서가 엉망진창이다. 그는 잠옷 단추를 끌렀다. 벗으려는데 영 마음 같지 않다.

"내가 해줄게요."

그럴 줄 알았다는 듯 희원은 그에게 다가갔다. 그가 팔을 쉽게 뺄 수 있도록 도와주며, 희원은 속으로 거듭 주문을 외웠다. 지금 이 사람은 환자다. 아픈 사람이다. 아픈 사람. 환자. 환자.

……잠옷을 벗은 그의 상체가 시선을 어지럽힌다.

환자다. 아픈 사람이다. 측은지심, 측은지심. 측은지심을 가져야 한다.

차마 남편의 상체를 바로 보지 못하고 희원은 재빠르게 셔츠를 들었고 입을 수 있게 도와주었다. 팔을 끼우다 보니 어쩔 수 없이 간격이 조금 더 가까워진다. 헙, 희원의 시선은 자꾸만 발 아래로 내려간다. 환자. 환자. 아픈 사람. 아픈 사람.

"거꾸로 입힌 것 같은데."

"아! 죄송! 죄송해요!"

"죄송할 것까지야."

희원은 다시 다급하게 옷을 벗겼다. 으아, 좀처럼 침착해지지 않는다. 숨을 멈추듯이 참으며 희원은 지환에게 다시 옷을 입혔다. 팔을 끼우는데 깁스를 한 쪽이 퉁퉁해서 잘 들어가지 않는다.

"미안요. 불편해요?"

"……전혀 문제없습니다."

억지로 팔을 끼운 희원은 그의 셔츠 단추를 잠그기 위해 손을 뻗었다. 그가 자신을 내려다보고 있다는 건 알겠는데, 무슨 표정을 짓고 있는지 알 길이 없다. 희원은 마치 해야 하는 일을 하는 것처럼 자신의 표정을 수습했다. 이 순간, 나는 나이팅게일이다.

……단추를 여미려다 보니 그의 살갗에 자꾸만 손끝이 닿는다.

"으아! 죄송해요! 죄송! 고의는 아니에요!"

"섭섭하네. 고의면 좋겠는데."

미안하다는 말도 아닌 죄송하다는 말이 튀어나온다. 희원은 잔뜩 긴장한 채로 손끝에 온 신경을 집중했다. 단추를 하나하나 여밀 때마다 식은땀이 날 지경이다.

어찌어찌 단추를 모두 여며 그의 살갗을 덮고 나서야 희원은 밀린 숨을 불어 내쉬었다. 차마 그를 올려다볼 용기는 없다.

"됐죠?"

"선심 쓰는 김에 타이도 좀."

"아, 남자 넥타이 매는 법은 모르는데."

"내가 알려줄게."

희원은 그의 말을 따라 타이를 들었다. 목덜미를 둘러 타이를 매려니 어쩔 수 없이 그의 얼굴을 올려다보게 되었다.

시선이 마주치자 그의 표정은 다정하게 변했다. 아주 잘하고 있다고, 말하는 것만 같았다.

"알려줘요. 어떻게 해야 하는지."

"교차해서 한 바퀴 두르고."

"이렇게?"

"그렇지."

그의 목소리가 이렇게 쉬지근했나. 희원은 문득 그런 생각을 하며 손을 부지런히 움직였다. 어설프지만 완성이다.

"좀 모양이 이상하긴 하지만 출근은 할 수 있을 거예요. 도착하면 다른 사람한테 부탁해요."

"괜찮은데 왜. 잘했네."

희원은 애먼 곳에 시선을 주다가 고개를 들어 그를 올려다보았다. 어쩐지, 약간의 용기가 필요한 일이었다.

"점심쯤에 서지환 씨 오피스텔에 잠깐 들를까 해요. 필요한 거내가 대충 옮겨둘게요."

"내가 해도 되는데."

"합리적으로 움직이죠. 혼자 해도 되는 일에 둘 다 에너지 쏟지 말자고요."

그는 무엇이건 마음대로 하라는 듯 고개를 작게 끄덕였다. 홀로 계획표를 세웠는지 그녀는 오늘 해야 할 일이 많다며 분주히 일과를 읊었다. 그런 그녀의 말을 조용히 들어주다가 그는 툭, 하고 말을 뱉어냈다.

……그대가 어떤 날에 내게 올는지, 잘은 모르겠지만.

"늦어서, 미안."

"아? 늦었어? 지금 출근해도 늦은 거예요? 아아, 내가 지금 말이 너무 많았죠. 미안. 아침은 못 먹고 가겠네."

들끓은 조급함에 그대 걸음을 재촉하지는 않으려고 해. 이렇게 그대를 기다리는 순간도, 나쁘지 않으니까. 늦된 깨달음만큼이나, 지금이 소중하니까.

"당신 때문이 아니고 내가 멍청해서 늦었네, 이렇게."

"기다려봐요. 그렇게 늦진 않은 것 같은데. 아침은 샌드위치 사다 놓은 걸로 대신해요. 가방에 넣어줄 테……."

희원은 무언가 이상하다는 생각이 들었는지 말꼬리를 흐렸다. 그의 말과 눈빛은 어딘가 모르게 의미심장해, 생각을 돌려보게 했다.

그녀가 사뭇 긴장한 표정을 짓자 지환은 웃었다.

"바지는 어떻게……."

"그, 그건 알아서 해요! 그냥 그대로 출근하든지!"

희원은 화들짝 놀란 채 빠르게 뒤돌아 방을 벗어났다.

"치사하네! 도와주는 김에 끝까지 좀 도와주지!"

지환이 목청을 높여도 돌아오는 대꾸가 없다. 그는 불편한 움직임을 이어가며 바지를 갈아입었다.

"아, 벨트 하는 게 제일 힘드네. 이거 만만치 않은데."

……그대, 언제고 천천히 와주기를. 난 기쁜 마음으로 기다릴게.

＊ ＊ ＊ ◆ ◆ ◆ ◆ ＊ ＊

"서검 기사 났네? 아이를 구한 현직 검사. 현대판 히어로."

오……. 정윤이 휴대폰을 바라보다가 야유하는 듯한 소리를 내자 지환은 질색했다. 어제 사건으로 기사를 좀 쓰고 싶다며 사무실로 전화가 오더라. 어떻게 알고 전화를 걸어왔는지 모르겠다만 정중히 거절했는데, 기사가 올라오고 말았다.

"오…… 히어로…… 오…… 현직 검사 히어로……."

"미치겠다, 히어로는 무슨. 히어로 팔 부러지는 거 봤어?"

아파 죽겠고만. 지환은 혀를 끌끌 차며 불편하게 움직였다. 정윤은 그 모습이 웃기다는 듯 깔깔 웃으며 휴대폰을 내렸다.

"그 정도로 팔 부러지면 골다공증 아니냐? 관리해라, 서검. 뼈는

튼튼해야지."

"계단 모서리에 팔을 찧었는데 그 위로 애가 무게를 실으며 떨어졌어. 설마 했는데 부러졌네."

"당분간 고생 좀 하겠네."

"어쩔 수 있나, 할 수 없지."

덤덤하게 운명을 받아들이겠다는 지환을 향해 정윤은 다시금 야유를 보냈다. 의로운 일을 했다는 덤덤함이라고 하기엔, 어쩐지 지환의 표정은 사뭇 즐거워 보였다.

석연치 않은 표정으로 지환을 팁팁하게 바라보다가 정윤은 업무 이야기를 시작했다. 금괴 밀수범들은 여전히 공항을 빠져나가다가 단속에 걸렸다. 지속적으로 단속에 걸려들었지만 그럼에도 불구하고 밀수범들의 수가 줄어들지 않는 건, 그 정도의 손해를 감수하고도 득이 되는 일이었기 때문이다.

"차민규, 아무래도 꼬리 밟기가 어려운 모양이야."

경찰 협조로 용의 선상에 올려놓은 차민규의 뒤를 밟은 지 꽤 되었지만 이렇다 할 꼬리를 밟지 못한 상황.

"사람이 실없어 보여도 교묘하게 잘 빠져나가. 백인호 의원하고는 접촉도 하지 않고, 주로 유흥가만 전전하고. 하필 성은 왜 또 차씨야. 열 받게."

정윤은 자신과 같은 성씨에 발끈하며 중얼거렸다. 중간책인 차민규를 잡아야 백인호 의원을 잡을 수 있다. 지환은 포기는 이르다는 듯 단호히 말했다.

"백인호가 단속하고 있겠지. 아마 차민규는 백인호의 득과 실을 전부 쥐고 있는 사람일 테니까."

"정 안 되면 이 몸이 직접 나서보는 수밖에 없겠어."

"네가? 어떻게?"

지환이 한쪽 팔을 움직이며 서류를 만지자 정윤은 한쪽 입꼬리만 올리며 웃었다. 기다려도 말이 없기에 힐끔, 고개를 들어 정윤을 바라본 지환은 오만상을 찌푸렸다.

"가. 알겠어. 아무 말도 하지 말고 나가."

"왜? 내가 무슨 말을 할 줄 알고?"

"몰라. 모르겠는데 듣고 싶지 않으니까 그냥 나가."

"쳇. 눈치 하난 드럽게 빨라요, 하여튼."

정윤은 배시시 웃더니 자리에서 일어섰다. 기지개를 켜듯 쭉 팔을 하늘 위로 뻗었던 그녀는 이만 나가보겠노라 말했다.

"그럼 갈게. 아빠가 선보래서 기분이 별로였는데 너의 불행을 보고 나니 행복해졌어."

"······선보라셔? 대표님이?"

"그러게나 말이다. 선보러 다니는 거, 남의 일인 줄 알았는데 이렇게 또 내 일이 되네."

에효, 간다. 정윤은 손을 팔랑팔랑 저으며 퇴장했다. 정윤이 사라지고 난 자리. 지환은 텁텁한 기억이 떠올랐다는 것처럼 미간을 구겼다.

무엇 하나 평탄한 것이 없던 정윤의 결혼은 모두의 예상대로 빠르게 끝이 났다. 그 시작과 과정, 결말까지 모두 보아온 지환은 본격적으로 선 자리에 내몰리게 된 정윤의 현재가 다소 안타깝기도 했다.

"내 코가 석 자인데 누굴 걱정하냐."

그러다가, 누굴 걱정하고 말고 할 처지가 아니라는 것을 금세 깨닫고는 다시 서류 더미를 뒤적였다. 제길 할 일은 태산인데 팔이 불편해서 못 살겠다.

지환은 눈꼬리를 잔뜩 올린 채 불편한 움직임을 이어갔다. 부러진 팔 덕분에 그녀와의 시간을 획득했으니, 원망만 늘어놓을 일은 아니었으므로.

◆ ◆ ◆ ◆ ◆ ◆ ◆ ◆ ◆

"여보세요? 저예요, 희원이."

— 알지. 점심은 먹었습니까? 부인?

"네네. 먹었습니다."

희원은 유쾌한 컨디션으로 돌아온 지환의 음성에 저도 모르게 미소 지었다. 운전 중인 그녀는 지금 지환의 오피스텔로 향하는 길이다.

"연습 중간에 잠깐 나왔어요. 서지환 씨 오피스텔로 가는 길이고."

— 아, 이럴 줄 알았으면 청소를 깨끗하게 해두는 건데.

"괜찮아요. 야한 잡지 몇 권 나와도 모르는 척해줄게요."

— 발견하면 봐도 돼. 내 취향 정도 알아두는 거, 대환영이니까.

"아오, 진짜."

희원은 블루투스로 연결된 지환과 통화를 하다가 실제로 그가 곁에 있는 것처럼 눈에 힘을 주었다. 그가 큰 소리로 웃는데 왠지 모르게 그녀 마음이 편안해진다.

신호에 멈춘 희원은 룸미러를 통해 집에서 가져온 텅 빈 트렁크를 바라보았다. 저곳에 지환의 짐을 챙겨 올 생각이다.

"당장 입을 옷만 좀 정리해서 가져올게요. 오피스텔 비밀번호 뭐예요?"

— 아, 비밀번호.

희원은 그의 다음 말을 기다리며 커피를 들었다.

— 당신 생일.

그러다가 놀라 고개를 들었다. 잠시 침묵이 흐르자 그의 말이 이어진다.

— 설마, 본인 생일도 모르는 건 아니겠지.

"아니, 뭐, 그건 아니지만."

어쩐지 가슴이 콩닥거려 희원은 말꼬리를 흐리며 딴청을 피웠다. 대체 언제부터 내 생일을 비밀번호로 해둔 거예요? 묻고 싶지만 차마 입이 떨어지지 않았다.

— 나 회의 있어. 운전 조심히 하고, 잘 다녀와.

"아…… 네. 아! 이따가 몇 시에 끝나요? 셔틀 갈게요."

— 셔틀?

신호가 바뀌어 그녀는 액셀을 밟았다.

"팔도 불편한데, 끝나는 시간 비슷하면 맞춰서 들를게요. 같이 가요."

— 이거 감동인데. 한쪽 팔마저 부러트려야 하나.

"그럼 병원에 입원시킬 거예요. 마음대로 하시죠."

— 당신 끝나면 연락 줘. 비슷하게 끝낼 테니까.

"네. 이따 봐요."

희원은 회의가 있다는 지환과 가볍게 전화를 끊었다. 그의 오피스텔과 가까워지는 길.

"아…… 설레네. 왜 이러지?"

어쩐지 뛰어오르는 심장 소리가, 전화를 끊었음에도 귓가에 울리는 듯한 그의 다정한 음성이. 사랑을 받고 있다는 걸 말해주는 듯한 따뜻한 공기.

"이런 모습이었구나, 당신은."

거침없이 다가오는 그의 변한 모습은 순간순간 적응이 되질 않아 어색하기도 했지만, 그렇다고 말리고 싶지도 않은 묘한 기분을 느끼게 해주었다.

이렇게 그가 전력을 다하여 제게 오고 있음을 알고 있지만 여전히 궁금하고, 여전히 묻지 못하는 한마디가 있다.

그래서 당신은, 당신의 과거와 싸워 이겼나요?

"그건 또 별개의 문제, 아닌가……. 모르겠다……."

쉽게 물을 수 없는 질문의 대한 궁금증은 나날이 커져만 갔다. 그가 내게 마음을 열었으니 과거와 싸워 이겼을 거라는 확신을 서지 않았다. 그건 그것과 다른 문제라는 것을 깨달았고,

"가만있어보자……. 주차를……."

그리 쉽지 않은 문제라는 걸, 알아버렸기 때문에.

　지환의 오피스텔에 도착한 희원은 알려준 대로 자신의 생일을 누르고 집 안으로 들어섰다.

　혼자 사는 살림이 그러하듯 별거 없다. 그녀는 곧장 그의 옷 방으로 들어가 여벌의 옷을 챙기기 시작했다. 접어 넣기 힘든 옷은 옷걸이에 걸어 그 상태 그대로 차에 실을 생각이다.

　"옷은 이만하면 될 것 같고."

　흠. 이번엔 그가 챙겨 바르는 스킨로션을 챙기려고 침실로 들어섰다. 침대 바꾼다더니 아직 바꾸지 않은 모양인 듯 다른 종류의 침대가 있다. 희원은 침대에 슬그머니 걸터앉았다. 여기서 혼자 잠들고, 일어나고, 그랬겠네요. 서지환 씨.

　……기분이 이상하다. 희원은 공연히 침대 매트리스를 툭툭 치다가, 베개도 정리하고 스킨과 로션을 챙긴 뒤, 향수병을 들었다. 코에 가까이 가져다 대고 향을 맡으니 첫 만남부터 강렬했던 그의 향이 고스란히 배어 있다. 맡고 있다 보면 자꾸만 눈을 감게 만드는, 그의 향기.

　"이것도 챙겨 가야지."

　희원은 향수도 챙겼다. 빠트린 게 없을까 주변을 돌아보던 희원은 전화가 걸려오는 소리에 거실로 나섰다. 휴대폰을 확인한 희원은 주혁의 전화인 것을 확인하고 눈을 동그랗게 떴다.

　"여보세요?"

　— 식사는 했습니까?

"물론이죠. 대표님은요?"

둥근 일인용 소파에 앉았다. 그러곤 떡하니 걸려 있는 벽걸이 TV를 발견하고는 미간을 찌푸렸다. 뭐? 집에 TV가 없어? 아오.

— 연습실에 없던데, 어디에 있습니까?

"잠깐 나왔어요. 볼일이 있어서."

차마 남편의 집에 와서 짐을 챙겨 간다는 말은 하지 못해 그녀는 얼버무렸다. 뭐, 아무래도 좋다는 듯 주혁은 언제 돌아오냐고 물었다.

"곧 갈 거예요. 오후에 단체 리허설이 있어서."

— 잘됐네요. 저녁 같이하죠. 시간 괜찮습니까?

응? 저녁? 희원은 버릇처럼 시계를 힐끔 보았다. 이미 정해놓은 약속이 있었으므로 고민이 되는 일은 아니었다.

"오늘은 안 될 것 같아요. 선약이 있거든요."

— 아하, 선약.

목소리가 약간 달라지는 것이, 당황했다는 것 같다.

"끝나고 남편을 만나기로 했거든요. 저녁은 어려울 것 같아요."

— 음. 그렇군요.

"그런데 대표님, 무슨 일 있으세요?"

— 아…… 일이 있다면 약속은 취소가 가능한 겁니까?

……응? 희원은 별 뜻 없이 물었는데 진지하게 되물어오는 주혁의 말에 눈을 동그랗게 떴다. 주혁은 난처하게 되었다는 것처럼 말을 이었다.

— 실은 권희원 씨에게 소개해주고 싶은 사람이 있어서요. 워낙

시간 내기 힘든 사람이라 오늘이 아니면 안 될 것 같은데.

"네? 소개요?"

— 브릭트먼 팩 감독이 지금 한국에 왔습니다. 나도 지금 막 약속을 잡을 수 있게 됐죠.

"네에? 브릭트먼 팩……."

희원은 중얼거리다가 자리에서 벌떡 일어났다.

"브, 브릭트먼 팩 감독…… 브릭트먼 팩 감독님이요?"

브릭트먼 팩 감독이라면 전 세계적으로 유명한 〈위대한 아르헤나〉를 이끈, 현재는 주혁이 기획하는 모든 공연을 지휘하는.

"아…… 어떻게 한국에……."

— 뭐, 그는 내가 있는 곳이라면 어디든 함께하려 하니까.

"와…… 맙소사."

살아생전 데니스 한을 보기도 힘든데 브릭트먼 팩 감독과의 만남이라니. 희원은 가슴이 쿵쾅거려 심장 부근에 손을 올렸다. 주혁은 마치 로또와도 같은 기회를, 당신에게 주겠노라 말했다.

— 갑작스럽긴 하지만 브릭트먼 감독을 독대할 기회란 흔치 않을 겁니다. 그 누구라도.

허세라고 넘기기엔 너무나도 사실이라 희원은 마른침을 삼켰다. 기회. 누구에게나 함부로 주어지지 않을, 기회.

— 그 기회를 지금 당신에게 주고 싶은데. 어떻습니까?

천천히 시선을 돌려보니 작은 티테이블 위, 웨딩 촬영 사진이 놓여 있다. 사진 속 두 사람은 쇼윈도임을 누구도 알지 못할 살가운 웃음을 서로 나누고 있다.

— 어쩌면 오늘 당신의 미래가 바뀔 수도 있어요.

희원은 천천히 눈을 감았다가 떴다. 우린 어쩜, 저렇게도 천진하게 웃었을까. 마음 한 조각도 없이.

— 지금이 기회입니다. 미시즈 권. 아니,

궁금하다. 우리의 진짜 모습은, 무엇일까.

— 무용수 권희원 씨.

• • ✦ ✦ ✦ ✦ • • •

"어디 보자……. 몇 시나 되었나……."

지환은 시간을 확인하려고 휴대폰을 들었다. 그 모습을 바라본 최 계장은 탄식을 터트렸다.

"검사님, 아직 5분도 지나지 않았습니다. 조금 전에도 시간 확인하셨잖습니까?"

"아아, 그랬죠. 시간 되게 안 가네요, 오늘따라."

지환은 한시도 가만히 있지를 못하고 들썩거렸다. 사무실 앞으로 오겠다던 희원의 말을 듣고 난 후로는 뭘 해도 시간이 가지 않는 경험을 하고 있는 중이다. 이유 없이 실실 웃음이 나기도 했다.

"퇴근 후에 약속 있으신 모양입니다, 검사님."

"네네. 약속이 있어서요. 칼퇴해야 하는데 말이죠."

"약속이라면 사모님과 데이트라도?"

"어? 어떻게 아셨습니까? 아니, 제가 이렇게 또 팔이 부러졌다고 굳이 셔틀을 해주겠다고 하지 뭡니까. 본인도 바쁘면서."

지환은 군이 묻지 않은 이야기까지 꺼내며 너스레를 떨었다.

"괜찮다는데도 군이 오겠다고. 부러진 팔로 일을 하려니 얼마나 힘들겠냐며 걱정이 이만저만이 아닙니다. 아주 지극 정성이에요, 와이프가."

"아아, 그러십니까?"

"예예. 그렇습니다."

지환은 저도 모르게 싱글벙글 웃으며 답했고, 최 계장은 미소를 머금은 채 다른 서류를 열었다.

"이래서 다들 신혼, 신혼 하나 봐요. 우리 검사님이 저렇게 좋아하실 줄 누가 알았겠어요?"

이야기를 듣던 사무관이 참견하자 다른 사무관이 받아쳤다.

"맞아요. 매주 선보러 다니시며 개인 명함 만들어두실 때가 엊그제 같은데. 너무 보기 좋네요, 검사님."

"다들 결혼하세요. 다른 인생이 기다리고 있습니다."

"네네. 새겨듣겠습니다아아."

최 계장 외엔 미혼인 사무관들은 지환의 결혼 종용에 대답하며 웃음을 터트렸다. 팔이 부러져도 와이프 생각하며 온종일 저러고 웃고 다니니. 검사님이 저렇게 변할 줄 누가 알았겠는가.

"이제 몇 시나 되었나……."

지환은 다시 휴대폰을 들어 시간을 확인했다. 엠병, 이제 막 3분이 지났을 뿐이다. 그나저나 만나면 뭘 한담, 그냥 집으로 돌아가긴 아쉬운데.

……흠. 지환은 긴 숨을 내쉬며 생각에 잠겼다. 그러고 보니 결

혼 후 밖에서 데이트다운 데이트를 해본 기억이 없다. 처음엔 따로 살아서. 서로에게 관심이 없어서. 다음엔 하리를 돌보느라, 그 뒤론 다시금 멀어져서.

"진짜 한 번도 없네."

기껏해야 늦은 저녁 치킨에 맥주 한잔 마셔본 일이 전부라는 것을 깨달은 지환은 갑자기 마음이 급해졌다. 이러고 있을 게 아니라 어디 근사한 식당이라도 예약해서 식사를 해야겠다. 근사한 식당이라면 줄줄 꿰고 있을 만큼 잘 알고 있지 않은가. 이게 다 수도 없이 보아온 선 자리 덕분이다.

이렇게 써먹으려고 그렇게 선을 봤나 보다, 하는 마음에 피식 웃음이 흘렀다. 지환은 그중 기억에 남는 몇 곳을 정리했다. 가장 분위기가 좋았던 곳, 식사가 훌륭했던 곳, 뷰가 좋았던 곳.

문득 어제, 데니스 한이 떠오른다.

"그렇게 비싼 와인을…… 잘도……."

구언이 말해준 대로 와인은 헉, 소리가 날 만큼 비쌌다. 그런 비싼 와인을 남의 와이프에게 사는 저의란 무엇인가? 그리고 너만 살 줄 알아? 나도 살 줄 알아…….

흥, 지환은 내친김에 고급 와인도 함께 알아보기로 한다. 데니스 한의 얼굴을 지속적으로 떠올리며 지환은 눈을 가늘게 떴다. 묘한 오기가 생겨 어제 그 식사 자리보다 무조건 더 좋은 곳으로. 무조건 더, 좋은 음식과 분위기로.

검색을 이어가며 드럽게 잘생긴 데니스 한의 얼굴을 떠올리던 지환은 힐끔, 작은 거울을 들여다보았다. 가만히 바라보다가 손가락으로 볼을 푹 찔렀다.

봐라. 나도 이렇게 하면 보조개 들어간다. 너만 있냐? 나도 있다.

볼을 힘껏 찌르니 손가락 자국이 남는다. 애써 보조개처럼 보이기 위해 안간힘을 쓰던 지환은 곧 사라지는 자국에 눈을 더욱 가늘게 떴다. 그러다가 느낌이 수치스러워 고개를 들어보자 최 계장이 자신을 유심히 바라보고 있다. 제길, 없는 보조개 만들다가 들켰다.

"검사님, 볼에 벌레 물리셨어요? 그럴 땐 십자가로 눌러야 합니다."

"……됐습니다."

휴. 지환은 엄한 행동은 관두기로 한 채 다시 열심히 식당 검색에 나섰다. 드디어 적당한 곳을 찾았고, 전화로 예약을 하려고 하던 때,

마침 그녀에게 전화가 걸려 왔다. 지환은 회심의 미소를 지으며 휴대폰을 들었다. 목소리는 그 어느 때보다 자상했고, 당당했다.

"여보세요? 아아 당신 어디야. 도착했어?"

· · ◆ ◆ ◆ ◆ ◆ · ·

"한국이 이렇게 발전한 나라인 줄은 미처 몰랐어. 공항이 끝내주더군."

주혁을 만나기 위해 한국으로 입국한 브릭트먼 팩 감독은 놀라움을 금치 못했다. 저녁 식사 자리. 주혁을 만나자마자 브릭트먼 팩 감독은 신세계를 경험했다며 한국에 대한 평을 시작했다.

"뿐만 아니라 인터넷 속도는 믿기지 않을 정도야. 거리도 깨끗하고, 완벽해."

이어지는 감독의 극찬에 주혁은 빙그레 미소 지었다. 감독은 턱을 괴며 그를 바라보았다.

"데니스, 자네에겐 한국의 피가 흐르지?"

"그렇지."

"하지만 한국 방문은 자네도 처음이잖아. 소감이 어때?"

"다를 바 없어. 자네와 같은 기분이지."

주혁의 대꾸에 감독은 크게 웃었다. 사랑하는 내 동료의 나라, 브릭트먼 팩 감독은 주혁과 한국에 나란히 앉아 있음에 감회가 새롭다고 말했다.

"나는 한국이 아주 마음에 들었어. 음식도 훌륭해. 황홀할 지경이라고."

"진정해. 지금 우리가 먹고 있는 건 한식이 아니니까."

스테이크를 주문해놓고는 한국 음식 칭찬을 이어가니 주혁의 핀잔이 이어진다. 아무렴 어떠냐며 브릭트먼 팩 감독은 와인을 들었다.

"언제나 즐겨 마시는 와인이지만 오늘은 더욱 최고야. 한잔하자고."

"……."

"데니스?"

"아, 미안. 한잔하지."

멍하니 생각에 잠겼던 주혁은 서둘러 와인잔을 들었다. 함께한다는 간단한 제스처를 취한 주혁은 홀짝, 와인을 삼켰다. 머릿속엔 온통 복잡한 생각들이 자리했다.

죄송해요. 대표님. 아무래도 오늘은 어려울 것 같아요.

그녀는 잠시의 고민도 없이 제안을 거절했다. 주혁은 희원과의 통화 내용을 곱씹다가 미간을 좁혔다.

'권희원 씨는 브릭트먼 팩 감독의 명성을 잘 모르는 겁니까?'

'아뇨, 잘 알고 있습니다. 평소 존경하는 분이고요.'

'그런데 어째서……'

'안타깝지만 남편과의 약속이 있어서요.'

당황함은 주혁의 몫이었다. 일생일대의 기회를 망설임 없이 차 버리는 그녀가 이해되지 않았다.

'권희원 씨, 고작해야 남편과의 약속으로 이런 기회를 놓칠 수 있습니까? 남편은 집에서도 볼 수 있는 사람인데.'

'집에서도 볼 수 있는 사람을 군이 밖에서 봐야 할 땐 이유가 있는 거니까요.'

'맙소사, 권희원 씨. 생각 잘해요. 이런 기회란 흔치 않단 말입니다.'

'알아요. 하지만 남편과의 약속도 제겐 흔치 않은 일이라서요.'

주혁은 들고 있던 와인잔을 물끄러미 바라보았다. 그녀의 거절이란 상식에선 도저히 이해되지 않는 일이었다.

"말도 안 돼, 어떻게 거절할 수가 있단 건지."

"데니스, 자네 지금 뭐라고 말했어? 한국말 같은데?"

"아냐. 아무것도."

어떻게 이런 기회를 저버릴 수 있단 말인가? 기껏해야 남편을 밖에서 만나기 위해? 고작 그렇고 그런 시시한 이유로, 인생이 바뀔 수도 있는 찬스를 외면한단 말인가? 어째서? 어떻게?

"맞다, 데니스. 아까 소개해주고 싶은 사람이 있다고 하지 않았어? 함께 오겠다고?"

"……오늘은 어려울 것 같아. 선약이 있다고 하더군."

"선약? 아아, 그래. 그럴 수 있지. 하지만 데니스 한의 제안을 거절할 만한 선약을 지닌 사람이라니, 그건 좀 놀라운 일인데."

감독의 말에 주혁은 텁텁한 미소를 지었다. 그가 업계에 발을 들이고 세계적인 사업가로 거듭난 뒤로 처음 맞보는 거절이었다. 모두는 자신의 주변에 항상 대기 중이었고, 자신과 시선 한 번을 섞기 위해 몸 닳아 했으니까.

이해할 수 없다. 이해가 되지 않는다.

"그러지 말고 데니스, 며칠 동안 한국에 있으면서 생긴 일들 좀 말해봐. 오기 전에 곰에도 들렀잖아. 별일 없었어?"

"일, 있었지."

주혁은 와인을 홀짝였다.

"요 며칠 동안 고집 세고 어리석은 무용수를 만났어."

호오. 감독은 흥미롭다는 눈빛을 했다. 주혁은 희원을 떠올렸다.

"진심으로 자신의 분야를 사랑하는 무용수야. 하지만 뭔가 억압되어 있고 갇혀 있는 느낌도 있고."

"자네가 발굴하고 싶은 게로군. 혹은 내면적 열망을 끄집어내주고 싶다거나."

"그럴지도."

주혁은 중얼거리며 창밖으로 시선을 주었다. 이윽고 그녀와의 마지막 통화 내용이 떠올랐다.

'권희원 씨, 지금 이 기회보다 남편과의 약속이 더 중요하다는 말입니까? 당연히, 당연히…….'

'더 중요해요. 당연히 제일 중요하죠.'

'…….'

'가족이 제일 중요하다는 당연한 사실을 모르는 쪽은 오히려 대표님인 것 같은데요.'

주혁은 그녀의 일갈을 새기며 미간을 일그러트렸다. 당연히 기뻐할 줄 알았는데. 눈을 반짝일 거라고 생각했는데.

……적잖은 충격이었다.

"데니스. 자네가 오늘 내게 소개해주고 싶다던 무용수, 그녀 맞지?"

"맞아. 자네도 봤으면 했는데, 아쉬워."

흠. 브릭트먼 팩 감독은 말끝에 확신을 가지는 주혁을 물끄러미 바라보았다. 주혁은 감독의 시선을 의식하며 어깨를 으쓱 올려 보였다.

"그녀가 오늘은 나의 제안을 거절했지만 다음 제안은 아마도 거절하기 힘들 거야."

"어떤 제안을 하려고 하는데?"

감독이 묻자 주혁은 빙그레 웃기만 했다. 오랜 시간 함께 해오며 상대의 표정만으로 기분을 읽을 수 있는 사이가 된 감독은, 지금 마주 앉은 주혁의 얼굴을 바라보며 생각했다.

"아주 매력적인 제안. 그때도 내 제안을 거절할 수 있는지, 두고 봐야겠어."

데니스 한은 묘한 오기를 품었다. 자존심을 다친 것 같았으며, 회복할 명분을 찾고 있는 듯 보였다. 그는 타고난 승부사였다.

· · ◆◆◆◆◆ · ·

"아쉽다……. 아쉬워……."

하……. 희원은 연거푸 깊은 한숨을 내쉬었다. 영혼 없는 눈길로 스테이크를 썰고 있는 희원을 바라보다가 지환은 입술을 열었다.

"식사가 마음에 안 들어? 다른 곳으로 이동할까?"

"아뇨. 그건 아닌데."

희원은 정갈하게 스테이크를 썰어놓은 뒤 접시를 들어 지환의 앞에 내려놓았다.

"팔 부러져서 칼질도 못 하는 사람이 무슨 스테이크?"

"아니, 그러니까. 내가 그것까진 생각을 못 해서."

염치없이 희원이 썰어준 스테이크 접시를 넘겨받으며 지환은 웃었다. 그녀는 밉지 않게 눈을 흘기다가 자신이 먹을 스테이크의 칼질을 시작했다.

간간이 한숨은 이어졌다. 단호하게 주혁의 제안을 거절했지만 속이 쓰린 건 어쩔 수 없었다. 평생 한 번 오기도 힘든 기회가 하필 오늘 오다니.

하필. 하필! 배우 지망생이 유명 할리우드 감독과의 독대를 발로 차버린 것과 뭐가 다르단 말이냐! 미쳤어……. 내가 미쳤지……. 아흑…….

희원은 아무리 모르는 척하려고 해도 진한 아쉬움이 남는 까닭에 불편한 얼굴을 했다. 왜 그렇게까지 단호한 대답이 나갔는지 모를 일이다. 주혁에게 부드럽게 말해도 될 일이었는데. 너무나 감사한 일, 맞는데.

주혁이 지환과의 약속을 아무렇게나 치부하는 과정이 불쾌했고, 그래서 순간 욱했다. 하지만 불필요한 감정 소모였다. 누가 개개인의 가정사까지 염두에 두며 비즈니스를 제안한단 말인가. 그의 입장에선 황당할 만도 하겠지.

"휴……."

희원이 한숨을 내쉬자 지환은 미지근한 물을 홀짝 삼키고는 그녀를 바라보았다.

"오늘 당신, 무슨 일 있었나?"

"있었죠. 너무나도 험난한 유혹과 시련이 다녀갔죠."

"뭔데? 누가 괴롭혔어?"

"……아녜요. 말해도 잘 모를 테니까요. 식사해요, 우리."

"잘 몰라도 들어줄 수는 있는데. 대강은 이해할지도 모르고."

희원은 접시를 바라보던 시선을 들었다. 그는 이야기를 들어줄 준비가 되었다는 것처럼 턱을 괴었다. 뭐든 말해도 괜찮아, 라고 알려주는 것만 같은 눈빛. 그녀는 그런 그의 얼굴을 바라보다가 희미하게 고개를 가로저었다.

"그냥 좀, 어긋난 타이밍 때문에 잡지 못한 일이 생겼어요. 흔한 일은 아니라서 좀 아쉬울 뿐이에요."

당신을 만나러 오기 위해 일생일대의 기회를 날려버렸다고는, 차마 입이 떨어지지 않았다.

"아쉽겠다. 뭐든 타이밍이 중요한 건데."

"그러게요. 아쉬워서. 금방 나아지겠지만."

그녀는 매달린 아쉬움을 떨쳐버리려는 듯 와인잔을 들었다. 잊자, 잊어. 곱씹어봐야 속만 쓰리지.

"음식은 입맛에 맞아?"

"네. 맛있어요. 이런 맛집은 또 어떻게 알았어요?"

"아, 아, 뭐, 그냥, 뭐, 예전에 한 번, 운명처럼."

"선봤구나, 여기서."

아, 지환은 기습을 당했다는 것처럼 당황한 표정을 지었다. 희원은 뭘 그렇게까지 놀라는 표정이냐는 듯 힐끔 그를 바라보고는 다시 식사에 열중했다.

"서지환 씨."

뜨끈한 스튜를 먹다가, 희원은 그를 불렀다.

"내가 너무 야박하게 굴어서, 나한테 섭섭하죠."

"……그럴 주제가 되나, 내가."

지환이 아니라며 웃는다. 희원은 사심 없이 웃는 그의 얼굴을 바라보다가, 가슴이 뭉근하게 저려오는 기분을 느꼈다. 그녀는 빈 와인잔에 와인을 채웠다.

"좋아하라면 좋아할 수 있어. 내가 서지환 씨를 마음에서 완벽하게 비워낸 건 아니니까요."

뜻밖의 말이 공간을 울리자 그는 모든 행동을 멈췄다. 쪼르륵, 와인을 따른 희원은 한입 삼켰다.

"서지환 씨와 하리가 우리 집에서 지낸 마지막 날, 사실 지하 주차장에서 서지환 씨를 봤어요. 죽을상을 하고 있더라고."

그는 마른침을 삼켰다. 기억이 스쳐 간다. 그날, 아아, 그날.

"가까이 못 가겠더라고요. 엄두가 안 나는 거야. 너무 표정이 힘들어 보여서, 비틀비틀하면서 집으로 올라가는 뒷모습이 너무 위태로워 보여서."

"……."

"하지만 걱정은 되니까, 무슨 일 있었는지 물어보려고 뒤따라 올라가 문을 열었는데, 서지환 씨가 웃고 있더라고요. 아무 일도 없었단 듯이."

그녀는 말을 이었다. 아아, 그때 알겠더라. 당신의 그런 얼굴, 어제오늘만의 일은 아니었겠구나. 당신의 하루 끝은 이렇게 고달팠겠구나.

"서지환 씨가 나와 있는 시간 동안 죽도록 노력하고 있었다는 걸 알아버렸어. 그러니 그 이상을 바랄 수가 없게 됐잖아. 내가, 당신한테."

웃고 싶어서 웃는 게 아니라, 함께 있는 대상의 기분을 망치지 않기 위해 웃었구나. 결국은 나를 위해, 당신은 그런 시간을 지내왔구나.

"그런 거 있잖아요, 둘이서 고무줄을 팽팽하게 잡아당겼는데 결국 한쪽이 났어. 다치는 건 결국 고무줄을 끝까지 잡고 있던 쪽이라는 거."

"……."

"난 당신이 놓을까 봐 무서워서 고무줄을 났고, 서지환 씨는 고무줄을 끝까지 잡고 있었던 거죠. 그래서 당신이 더 많이 다친 것 같아 미안하기도 했어요."

그녀는 그를 바라보았다. 다친 팔을 바라보고는, 다시 시선을 들어 올려 눈을 응시했다.

"서지환 씨가 나를 바라보면서 웃을 때마다, 나는 아쩔해요. 예전엔 미처 몰랐던 부분을 알고 나니 당신의 웃음이 전처럼 밝아 보이지를 않아."

"……."

"서지환 씨는 지금 진짜로 웃는 걸까? 아닌 걸까? 깊은 한숨은 이미 저 밖에서 100번쯤 쉬고 오지 않았을까? 정말 당신은 지금 기쁜 걸까?"

지환은 그녀의 말을 들으며 와인병을 잡았다. 와인을 따랐고, 깊이 삼켰다. 갈 길을 잃은 것처럼 그의 표정은 웃음을 지웠다.

"불안한 거예요. 그 웃음이 날 위한 가짜 웃음일까 봐. 난 그런 웃음을 원한 건 아니었으니까. 매 순간순간 궁금할 거고, 당신의 웃음이 진짜인지 가짜인지, 난 선별하려 들 거예요."

이미 봐버렸으니까. 이미 난, 보고 말았으니까.

"어느 날은 밑도 끝도 없이 믿다가도, 또 어느 날은 당신의 웃음을 온전히 믿지 못해 스스로를 불행하게 하겠지. 난 그런 게 두려워요. 내가 나를 불행하게 만들까 봐."

희원은 두 손으로 턱을 괴었다.

"이게 솔직한 내 심정이에요. 당신이 좋고 싫고의 문제가 아닌, 내가 당신의 마음을 온전히 들여다볼 수 없는 이유."

……미처 몰랐다는, 알고 있는지 꿈에도 몰랐다는 미안한 시선을 하고 있는 지환을 바라보다가, 그녀는 웃었다.

"변명도 안 해, 나쁜 사람."

"아니, 뭐, 봤다니까. 현행범은 묵비권을 행사할 수밖에."

"부탁 하나 할게요. 내 앞에서 서지환 씨, 솔직했으면 좋겠어요. 그게 어떤 모습이건 간에."

지환은 와인잔을 돌리다가 멈췄다. 솔직한 모습. 무엇으로 위장하지 않은 진짜 내 모습. 지난 몇 년간 그런 모습을 수면 위에 올려놓았던 적이, 있었던가? 언제부터 나는, 감추고 사는 것이 일상이 되어버렸나.

"내 앞에선 숨기지 않아도 돼요. 서지환 씨의 모든 감정과 순간을 존중할 테니까."

"……어른이네, 권희원 씨."

"뭐, 당신이 고무줄을 끝까지 잡고 있어줬으니까요."

"……."

"다칠 걸 알면서도."

희원은 와인잔을 들었다. 그에게 잔을 내밀며, 조금 취하는 것 같다고 눈을 찡긋거리며 웃었다.

"지켜볼 거예요. 앞으로도 계속. 당신의 모든 순간이 진심처럼 다가올 때, 나도 한 번쯤 생각을 고쳐먹어볼 테니까."

천천히. 서두르지 말고. 당신이 당신의 모습 그대로 내게 보여줄 수 있을 때까지.

"그리고 서지환 씨에게 부탁 하나 할게요."

"무슨?"

그녀가 내민 와인잔에 자신의 잔을 부딪치며 그는 눈썹을 추켜올렸다. 무슨 말을 하려는지 잠시 뜸을 들이던 그녀는,

"이겨줘요."

단번에 알아들을 수밖에 없는 이야기를 꺼냈다.

"여자 권희원은 껍데기뿐인 남자 서지환을 원하지 않으니까. 당신은 당신의 모든 것을 다 챙겨서, 나한테 올 거면 다 가져와요."

쨍— 청명한 와인잔이 부딪치는 소리와는 사뭇 어울리지 않는 공기가 퍼진다.

"그런 거 아니면 나, 죽어도 서지환 씨 안 받아줄 거니까. 내 말 알아들었죠?"

그는 알 수 없는 미소를 지었다.

……부부란 경험해보지 못한 행복을 함께 누리는 것이 아니었다.

"요즘 나 와인 좀 잘 마시는 것 같아. 안 그래요? 취해서 검사실 구경하던 내가 아니라고요."

"얼굴은 빨개져선, 혀도 꼬이는 주제에 무슨."

"아아 그런가? 근데 요즘 와인이 맛있어. 비싼 것만 먹어서 그러나?"

"좋겠네. 비싼 와인만 마시고 다녀서."

누구에게도 보여준 적 없는 서로의 밑바닥을, 진정으로 감당하는 것이었다.

그런 의미에서 두 사람은 겨우 출발선을 지나는 것에 지나지 않았다. 인생이란 길고도 먼 여정이었으므로.

♦ ♦ ♦ ♦ ♦ ♦ ♦ ♦

"그만 일어날까, 어지러워 보이는데."

시간은 얼마나 흘렀을까. 지환은 조금씩 눈꺼풀이 무거워지는 그녀의 얼굴을 살피다가 입술을 열었다.

"아닌데. 나 괜찮은데."

"아닌데. 안 괜찮아 보이는데."

"……헷."

데헷. 그녀가 정곡을 찔렀다는 듯 귀엽게 웃는다. 지환은 그녀의 웃음소리에 너털웃음을 흘렸다.

"아니이, 와인이 맛있잖아요. 남기고 가기 아깝게."

"비상식량도 아니고 꾸역꾸역 마셔봤자 속만 아프지."

"술이 술술술, 술술술 넘어가는 걸 어떡해? 취하면 또 어때, 집에 갈 건데."

그녀는 머리가 무겁다는 듯 턱을 괴고는 홀짝 와인을 삼켰다. 말려도 듣질 않는다.

"대표님이 사준 와인도 남기고 와서 얼마나 아까웠는지 알아요? 취할까 봐 양껏 마시지도 못하고. 그 비싼 걸."

"……그것참 유감이네."

데니스 한과 있을 땐 빙글빙글 돌리기만 하고 마시질 않던 와인을 잘도 비워낸다. 또 한편으로는 그런 모습이, 예쁘게만 보인다.

"당신은 사람을 참 편안하게 하는 재주가 있는 것 같아."

그녀는 중얼거리며 두 눈을 꼭 감고 와인을 삼켰다.

"처음 만났을 때부터, 생각해보면 서지환 씨는 한없이 경계를 풀게 했던 것 같아."

"칭찬으로 들을게. 요즘 나는 당신 칭찬에 굶주렸으니까."

"덕분에 검사실에서 잠도 자고요. 이렇게, 결혼도 하고."

그녀의 말은 조금씩 느려졌고, 눈꺼풀의 움직임 또한 한없이 느려졌다.

"날…… 좋아해줘서 고마워요……."

그러다가 테이블에 기댔다. 팔을 베고 머리를 기대더니, 그녀는 정말로 하고 싶었던 말을 뱉어냈다.

"고맙고…… 미안하고…… 그래요."

그는 기어이 말이 끊긴 그녀를 응시했다. 모든 움직임을 멈춘 채 테이블에 기대 잠이 든 그녀를 바라보자니, 울컥하는 뜨거움이 솟구쳤다.

"뭔들 못 이길까 싶다."

그는 툭, 하고 말을 뱉어냈다.

"당신 빼고는 다 이길 수 있을 것 같은데."

그녀는 잠이 들고 말았다.

와인…… 늘었다며…….

"집에 다 왔어. 이제 일어나자."

"아 몰라……. 몰라……."

와인이 늘긴 개뿔이나! 뭐가 어떻게 얼마나 늘었다는 거냐!

대리 기사님은 진즉 자리를 떠나고 뒷좌석에 덩그러니 남은 지환과 희원은 몇 분째 씨름 중이다. 집에 왔다고 일어나라고 해도 그녀는 요지부동이다.

"권희원 씨, 집에 다 왔다니까?"

"……."

불편하게 목을 꺾은 채로 잘도 잔다. 완전히 곯아떨어진 그녀가 깨어나기를 한참이나 기다리던 지환은 슬슬 차 안이 추워진다는 것을 깨닫고는 차 문을 열었다.

왼팔에 통깁스를 했으니 자연스럽게 행동은 둔해졌다. 차에서 내린 지환은 허리를 꺾어 뒷좌석을 내려다보았다. 이대로 두고 가도 모를 만큼 그녀는 쌔근쌔근 잘도 자고 있다. 어느덧 그녀 입에서 입김이 새어 나온다.

"어어, 춥겠는데. 더 있으면 안 되겠어."

하……. 지환은 붕대 감은 팔을 내려다보았다. 한 팔로…… 그녀를 부축할 수 있을까?

쉽지 않을 것 같긴 하다. 식당에선 어찌어찌 끌고 나왔다만 차에서 그녀를 데리고 나오기란 쉬워 보이지 않는다. 그렇다고 머물러 있을 수도 없으니 일단 그녀를 차량 밖으로 끌었다. 주우욱, 마네킹처럼 끌려 나온다.

"조심, 조심."

지환은 안간힘을 쓰며 한쪽 팔로 그녀를 부축했다. 축 처진 와이프는 생각보다 더 무거웠다. 힘을 쥐어짜듯 악력으로 그녀의 허리를 지탱하며 지하 주차장을 빠져나왔다. 입술은 저절로 꽉 물게 되었다.

"흐어, 미치겠네."

엘리베이터를 기다리며 지환은 힐끔 그녀를 내려다보았다. 그녀 자발적으로 서 있다고 하기보다, 자신이 세워놓았다는 표현이 더 옳을 것 같다. 띵동, 문이 열린다. 이미 더 아래 지하 주차장에서 타고 올라온 사람이 흠칫하며 놀란다.

"아, 안녕하세요."

"네. 안녕하세요."

입주민이니 인사를 나누고 본다. 지환은 힘겹게 올라타며 민망

하다는 듯 웃었다. 축 처진 그녀를 가까스로 안고 있자니 주민이
조심스럽게 묻는다.

"도와드릴까요? 보아하니 팔도 불편하신 것 같은데."

"아닙니다. 괜찮습니다."

"사모님이 만취하셨네요."

"네. 그러네요."

문이 열리고 주민이 사라진다. 힐끗 돌아보는 사내의 눈빛에 짠
함이 배어 있다. 비로소 문이 닫히자 지환은 끙차, 하며 그녀를 부
축한 손에 힘을 주었다. 한 줌이나 될 것 같은 허리를 꽉 붙잡고 있
지만 로맨틱하다 말할 수 있는 상황은 아니었다.

비로소 집 앞에서 엘리베이터가 열리고 짐짝 끌어내리듯이 지환
은 영차, 영차, 구령 소리와 함께 그녀를 내렸다. 희원이 사정없이
기대온다. 넋이 나간 그녀는 그에게 기댄 채 목덜미 부근에 숨을
내리 쉬었다.

"으어어어……."

비밀번호를 눌러야겠는데 도저히 어느 팔로 어떻게 눌러야 하는
지 모르겠다. 지환은 그녀를 몸에 밀착시키고 붕대 감은 팔로 등을
눌렀다. 비로소 자유로워진 오른팔로 비밀번호를 순식간에 누르고
문을 열었다.

쿵, 문이 닫히고. 신발을 벗기지 못한 채로 그는 그녀의 허리를
휘어 감아 공중으로 들었다.

"미치겠다, 어후, 무거워."

쿵쿵쿵쿵, 그는 빠른 걸음을 걸어 그녀의 침실로 직행했다. 그녀

를 눕히자니 자연스럽게 침대에 함께 쓰러졌다.

"헉, 헉, 헉……."

거친 숨이 턱 끝까지 차올라 지환은 눈만 감았다가 뜨며 천장을
바라보았다. 다시 생각해봐도 어떻게 데리고 올라왔는지 모르겠다.

스스로의 대견함에 피식피식 웃음이 흘렀다. 곁에선, 세상모르
고 잠이 든 와이프의 깊은 숨소리가 들려온다.

"……여기, 우리 집이야?"

"어라? 깼어?"

곁을 바라보니 그녀가 희미하게 눈을 뜨고 있다. 혼이 쏙 빠진
눈길로 연거푸 눈을 두어 번 감았다가 뜨더니 피식, 웃는다. 초점이
흐린 것을 보아하니 제정신은 아닌 것 같았다.

"거짓말. 여긴 집이 아니라 꿈속인 거 다 알아."

그녀는 술주정을 하듯 중얼거리더니 이내 다시 눈을 감았다. 허,
황당함에 탄식을 내뱉은 지환은 다시 천장을 바라보았다.

"꿈이라니. 큰일 날 소리 하네."

이겨줘요.

"이제 나한텐 당신이 현재인데."

그는 형체 없는, 지독하게도 괴롭히던, 그러한 것들과 싸울 준비
가 된 것만 같았다. 덮어두고 묻어두기 급급했던 그것들과의 싸움.
그녀의 숙제를 시작하기로 한다.

· · · ◆ ◆ ◆ ◆ · · ·

익숙하고 따뜻한 이불, 눈을 뜨지 않아도 내 침실, 내 침대라는 걸 알 수밖에 없는 향기. 희원은 천근만근 무거운 눈꺼풀을 올리지 못한 채 조금씩 잠에서 깨어났다. 실로 오랜만의 만취다.

처음엔 데니스 한의 제안을 단칼에 잘라낸 속상함에 넙죽넙죽 와인을 마셨다. 그러다가 지환과의 대화에 심한 갈증이 났다. 그림자처럼 그에게 매달린, 이유 모를 애처로움에 자꾸만 술이 들어갔다.

그렇게 한 입, 두 입, 마시다 보니 진심이 흘러나왔고 결국엔 실려 왔다. 눈을 뜨지 않아도 알 수 있었다. 지환이 집에 데려왔을 것이고, 이 대단한 두통은 숙취일 것이고.

"그나저나 몇 시냐……."

희원은 눈만 감고 있을 뿐 조금씩 현실을 인식하기 시작했다. 눈꺼풀에 닿는 햇살의 밝기가 이미 아침이라는 것을 알게 해줬다. 그러다가, 평소보다 주변이 지나치게 따뜻하다는 것 또한 깨닫고.

"음……."

베개가, 내 것이 아니라는 것 또한 깨달았다. 음……. 낮은 소리를 내던 희원은 번쩍하고 눈을 떴다.

"으아아아……."

"굿모닝."

너무 가까워 얼굴도 제대로 들여다보이지 않는, 남편이 곁에 누워 있다. 너무 놀라 희원이 눈을 크게 뜨자 지환은 일어났냐며 눈썹을 꿈틀거렸다. 희원은 천천히 곁눈질하듯 베개를 바라보았고.

"우어아아아아악!"

희원은 상체를 벌떡 일으켰다. 베개가 아니라 그의 팔이다. 그것
도 붕대 감아놓은 팔.

얼마나 놀랐는지 숨이 거칠어진다. 옆으로 비스듬하게 누워 그
녀에게 팔베개를 제공했던 지환은 붕대 끝에 간신히 나와 있는 손
가락을 꼼지락거렸다.

"이보게 와이프. 나는 괜찮네. 아직 감각은 있으니."

"뭐, 뭐예요! 나 언제부터 이러고 잔 거야?"

"글쎄 시간 확인은 못 했지만 날 밝기 전부터였으니까."

헐……. 희원은 이불로 얼굴을 가리다가 슬금슬금 지환을 바라
보았다. 미쳤다. 남편의 부러진 팔에 기댄 채 자다니. 간병해줘도
모자랄 판에! 짐이 되어버리고 말다니!

"팔 괜찮아요? 진짜로 괜찮은 거예요?"

"괜찮다니까. 봐봐, 희미하지만 움직이잖아."

애처로운 그의 손가락 끝이 붕대 사이로 꼼지락거린다. 아흑, 희
원은 머리를 쿵쿵 치다가 긴 탄식을 뱉었다.

"날 밀어내야지. 바보처럼 그러고 그냥 버텼어요? 옆으로 밀어
내면 됐잖아."

"어허, 무슨 소리. 어떻게 얻은 기회인데 내가 당신을 밀쳐내."

"그나저나 왜 내 침대에서 잔 거예요?"

"가지 말라며?"

"……응? 내가?"

기억에 없다.

"내가 가지 말라고 했다고? 정말?"

"그렇다니까?"

희원이 눈을 껌뻑껌뻑하며 끊긴 기억의 구간을 더듬자 지환은 미소를 지었다. 그녀가 의심 많은 눈길로 바라보지만 뭐, 심증은 있어도 물증은 없을 테니까.

"언제는 가지 말라며. 옆에 있으라며."

"못 살겠다, 술김에 한 말을 또 곧이곧대로."

"당신도 나 취했을 때 옆에서 재웠잖아. 이심전심, 빚은 이렇게 갚는 거지."

그녀는 슬그머니 손을 이불 속에 넣어 옷 상태를 점검했다. 아아, 옷은 무사하다. 헷.

"……."

뭐가 무사한데! 지금 이게 문제가 아니잖아!

"아무 일도 없었으니 됐어요. 오늘 일은 묻어두기로 하죠."

"아무 일도 없었다니, 무슨 소리야."

"뭐, 옷도 그대로인데?"

"내가 다시 입혀놨을 거라는 생각은 안 드는 모양이네?"

"죽여야겠다……."

희원이 목을 조를 것처럼 덤벼들자 지환은 금세 항복했다. 눈길이 진짜로 죽일 것만 같아서, 금세 항복하고 마는 것이다.

"농담. 농담입니다. 반성합니다."

"아오, 살 떨리는 농담 하지 말라고요."

희원은 그에게 덤벼들었던 자세를 곧게 하며 이마를 짚었다. 저절로 눈은 질끈 감겼다.

"와인…… 내가 다신 마시나 봐라……. 내가 개야, 개……."

"검사실에서 재울 때도 그 얘기 했는데. 난 그럼 지금 반려견과 함께인 건가?"

"우씨……. 아침부터 웬 시비예요? 싸우고 싶어요?"

"뭐, 싸우다가 정도 드는 거지. 부부싸움은 칼로 물 베기라고 하니까."

"물 베기라는 건 세간의 이야기고 난 꼭 그것만 벨 것 같지는 않아서. 조심 좀 하죠."

희원이 목을 베는 시늉을 하며 눈을 흘기며 말하자 지환은 흠칫했다. 처음부터 같이 있으려고 했나 뭐.

재워놓고 나가려고 했다. 취한 와이프 곁에 있어봤자 좋을 일은 없을 것 같아서. 하지만 그녀가 추운지 꼬물꼬물 옆으로 붙더라. 잠깐 얼굴 좀 들여다보고 나간다는 것이, 이렇게 되고 말았다.

"앞으론 같이 자자."

"뭐, 뭐요?"

"전에도 말했지만 나 이 침대 마음에 들어."

"……."

"당신은 더 마음에 들고."

지환은 상체를 일으켰다. 놀라 눈이 휘둥그레진 그녀를 바라보다가 머리를 헝클었다. 너무 놀라 전투력을 상실한 그녀 얼굴은 볼만했다.

"무, 무슨, 하리도 없는데 우리가 왜 같은 침대를, 아니, 갑자기 혼자 진도를 이렇게 빼⋯⋯."

"미안한데 남은 말은 퇴근 후에 하고 나 출근 좀 해도 될까?"

"⋯⋯."

"지금 출발해도 지각인데."

희원은 눈을 감았다가 뜨고는 시계를 바라보았다. 헐, 그의 말대로 출근하기엔 시간이 늦어버렸다. 그녀는 퉁기듯이 일어났다.

"미쳤어, 진짜! 빨리 일어나서 준비해요! 하, 나 진짜 미치겠네! 날 깨웠어야지!"

"너무 곤히 자니까 엄두가 안 나던데. 안 그래도 조금 기다리다가 일어나려고 했어."

"이렇게 자꾸 지각하다가 잘려요, 서지환 검사님! 네?"

아흐 미치겠다, 희원은 부리나케 거실로 나갔다. 그의 출근 준비로 침실을 함께 쓰자는 제안은 유야무야 넘어갔다. 지환은 성공적이라며 회심의 미소를 지었다.

"부인! 와이셔츠 입혀줘야 하는데!"

"어어어! 기다려요! 기다려! 금방 해줄게요!"

"옷도 벗겨줘야 하는데! 부인!"

"어어어! 기다려요! 금방 벗겨줄게요!"

팔은 한없이 저려왔지만 어쩐지 상쾌한 아침의 시작이었다.

· · ◆ ◆ ◆ ◆ ◆ · ·

스케줄이 일찍 끝난 희원은 땀을 많이 흘린 까닭에 곧장 집으로 들어섰다. 혼자 있으니 옷을 편안하게 벗고 방을 나서려던 희원은 우뚝 멈춰 섰다. 그러곤 천천히 벗은 옷을 돌아보았다.

"흠."

그녀는 다시 주섬주섬 옷을 입었다. 그러곤 가만히 서 있다가 왼 팔을 구부렸다.

그런 자세로 주위를 두리번거리던 희원은 커튼을 묶는 기다란 천을 꺼내어 양 끝을 묶고, 왼팔을 넣었다. 깁스를 한 사람처럼 자신을 만들어두고는 다시 옷 벗기를 시작했다.

"아, 이게 되게 어려운 거구나."

한 팔로 옷을 벗으려니 생각했던 것보다 훨씬 어렵다. 그녀는 꽤 나 오랜 시간을 투자해서 옷을 벗었고 그대로 샤워실에 들어섰다. 한 팔이 묶여 있으니 뭐부터 해야 하는 건지, 아니, 뭐를 할 수 있는 지 생각하게 되었다.

"오른팔 안 다친 게 정말 신의 한 수네."

일단 머리부터 감아볼까? 희원은 물을 틀었고 머리를 적셨다. 물 줄기가 흘러 왼팔을 적실 때마다 그녀는 오만상을 찌푸렸다.

"이렇게 씻다간 붕대 다 젖겠다. 아후."

어찌어찌 물을 묻힌 희원은 고개를 들었다. 아뿔싸, 샴푸가 눌러 서 짜는 것이 아니라 뚜껑을 돌려 열어야 하는 제품이다.

"별게 다 말썽이야."

우씨. 희원은 붕대를 감아놓은 팔을 이용해 샴푸통을 가슴에 품 고는 뚜껑을 열었다. 과정이 험난하다. 뚜껑을 열긴 열었는데, 어떻 게 짜야 하는지 모르겠다.

"와, 뭐냐 이거."

이 와중에 물은 철철 흐르고, 희원은 엉거주춤하게 서서 다리 사이에 샴푸통을 끼고 있는 힘껏 샴푸를 짰다. 쿵, 하고 샴푸가 떨어진다. 일전에 지환이 씻다가 샴푸통을 떨어트렸다던 말이 떠올라 희원은 미간을 좁혔다.

"진짜, 하……."

가까스로 집어 들어 미끌미끌한 샴푸통을 고정하고 샴푸를 짰다. 샴푸의 반은 손바닥에, 반은 바닥에, 가관이다.

"맙소사……. 벌써 힘들어……."

머리에 거품을 올리기 시작한 때부터 그녀는 기진맥진했다. 한 팔로 거품을 내려니 그것도 만만한 일이 아니다. 깨끗하게 감긴 건지, 그것도 잘 모르겠어.

우여곡절 끝에 머리를 감고 나니 보디샤워 용품도 뚜껑을 돌려서 짜야 하는 제품이다. 그러고 보니 치약도, 스킨로션도.

"어떻게 씻었을까. 대단하네, 서지환 씨."

샤워를 끝냈음에도 조금도 개운하지 않은 기분을 안고 그녀는 물을 잠갔다. 한 손으로 머리를 털고 몸을 닦고, 수건을 몸에 돌돌 마는데 그 역시 편안한 과정은 아니다.

문을 열고 나오자 평소의 배로 걸린 샤워 시간이 확인된다. 희원은 어후, 한숨을 내쉬고는 어깨를 축 늘어트렸다. 그 후로도 그녀는 한참이나 끈을 매고 다니며 왼팔을 고정해두었다.

"얼추 알겠어. 그럼 일단 마트를 다녀와야겠다."

그러곤 다시 밖을 나섰다.

스스로 겪어보지 않으면 알지 못할, 지환의 자잘한 불편함을 알고 싶었다. 가늠만으로는 전부 알 수 없었으니까. 그는 전부 다, 말해주지 않을 테니까.

* * * ◆ ◆ ◆ * * *

"부인, 남편 왔어."

"어서 와요, 생각보다 일찍 왔네?"

마트에 다녀온 희원이 저녁을 준비하고 있는데 지환이 돌아왔다. 한쪽 팔만 입고 한쪽 팔은 입지도 못한 코트 사이로, 꺾인 팔이 보인다.

희원의 시선은 자연스럽게 그의 팔로 향했다. 잠깐 체험해봤다고 엄청난 불편함이 느껴졌다.

"오늘은 별일 없었어?"

지환은 그녀를 스쳐 옷 방으로 들어섰다. 그녀는 그를 따라 들어갔다.

"별일 없었죠. 무사했고."

"다행이네."

그는 좋다는 듯 눈썹을 추켜올리며 코트를 벗었다. 희원은 자연스럽게 코트를 받았다. 그러고는 재킷을 편하게 벗을 수 있도록 도왔다.

"나가서 먹어도 되는데 식사 준비하고 있었어?"

"그냥, 추우니까. 집에서 먹어요. 간단하게 하고 있었어."

순서처럼 그의 넥타이를 풀었다. 지환은 그녀가 다가와 옷을 벗겨내니 약간 당황한 듯 멈춰 섰다.

"팔 좀 벌려봐요."

"어? 아아, 어."

희원은 숨도 쉬지 않는 얼굴로 빠르게 셔츠 단추를 풀었다. 지환은 그녀가 시키는 대로 양팔을 벌리고 그녀를 내려다보았다.

"뜨거운 물 받아놨어요. 거품도 알차게 불어나고 있으니까 들어가서 몸 좀 녹여요. 반신욕."

"어, 어. 어어."

그녀가 셔츠를 단숨에 벗긴다. 지환은 집에 들어온 지 1분 만에 상의 탈의를 한 당황함에 눈을 감았다가 떴다.

그의 셔츠를 벗긴 희원은 깊게 숨을 들이마셨다. 지환은 그녀가 무얼 하려는지 알겠다는 것처럼 몸을 움츠렸다.

"왜, 왜 이래."

"뭘 왜 이래요. 바지 벗기려고."

"아, 아, 아, 귀, 귀, 권희원 씨."

"벗기 힘들잖아. 벗겨줄게요."

"어, 어, 아니, 아니, 자, 잠깐만. 잠깐만요."

희원은 준비가 되었다는 듯 힘껏 그의 허리를 자신 쪽으로 끌었다. 그가 엉성하게 끌려온다. 그의 정장 바지의 버클을 노려보듯 하던 희원은 턱, 벨트를 잡고 버클을 열었다. 정장 바지의 잠금도 함께 풀었다.

"지퍼 정도, 혼자 열 수 있죠?"

"아…… 어어……."

"열어줘요?"

"아니! 아니오!"

희원은 턱 끝으로 뒤를 가리켰다.

"뒤에, 보이죠? 가운 사다 놨어요. 가운 입고 들어가서 목욕해요. 불편한 일 있으면 목욕 중에 불러줘요. 머리 정도는 감겨줄 의향이 있으니까."

놀란 지환은 흰자만 희번덕거리며 희원을 바라보았다. 그녀는 실컷 벗겨놓고 뒤로 돌아 주방으로 나섰다.

"지금…… 뭐가 지나간 거야……."

지환만 멍하니 자리에 남았다.

"나 왜…… 벗고 있냐……."

그녀는 모르는 것이 분명했다. 바지 버클은, 하는 게 힘들지 푸는 건 무척 쉽다는 걸.

· + + ◆ + + ·

그녀는 주방에서 식사 준비가 한창이고, 지환은 가운을 입은 채 바깥의 동향을 살피다가 후다닥 샤워실로 들어갔다. 이유는 모르겠는데, 그냥 좀 위험한 느낌이 든다.

"뭔가 자꾸 말리는 것 같은데."

지환은 고개를 갸우뚱하며 가운을 벗었다. 더운 김이 모락모락 피어나는 샤워실엔 그녀가 준비해둔 목욕물이 반기고 있었다.

"거품 목욕이라니."

이런 거품, 태어나 처음 본다.

지환은 우선 머리부터 감을 생각으로 물을 틀었다. 몇 번 해봤다고 나름 씻는 일에 익숙해졌다. 처음엔 정말이지 너무 힘들더라. 물을 묻힌 지환이 샴푸통을 찾는데, 원래 쓰던 것은 보이질 않고 새 제품이 놓여 있다.

"다 썼나? 아닌데, 많이 남았었는데."

지환은 영문을 모르겠다는 듯 눌러서 샴푸를 짰다. 뚜껑 있는 제품을 쓰다가 눌러서 펌핑하니 세상 편하다.

보디워시도 펌핑용으로 바뀌었다. 지환은 별생각 못 하고 평소보다 편안하게 간이 샤워를 마쳤다. 드디어 뜨거운 물로 입성하니 으어어어, 단전에서부터 끓어오르는 소리가 자연스럽게 터진다.

"으어어어, 좋다……."

붕대 감은 팔에 자꾸 물이 묻을 것 같아 깊숙하게 들어가지 못하고 몸을 뒤척이던 때. 곁에 대롱대롱 매달려 있는 끈이 자꾸만 시선을 잡아끈다. 지환은 멀뚱멀뚱 바라보다가 팔을 집어넣었다. 엇, 잘 고정이 된다.

"야, 이렇게 하니까 편하네. 그런데 여기 왜 끈이 묶여 있는 거지."

조금 더 물속으로 들어간 지환이 중얼거리다가, 천천히 세면대로 시선을 옮겼다. 아깐 미처 보지 못했는데, 세면대엔 미리 치약을 묻혀놓은 칫솔이 있다.

지환은 가만히 욕실을 둘러보다가 피식, 웃음을 흘렸다. 바뀐 욕실 제품, 미리 걸어둔 팔걸이, 전투적으로 옷을 벗기던 그녀 손길.

"……후."

그는 오른팔로 세수를 다시 하듯 얼굴을 문질렀다. 아마도 그녀는 머무는 동안 조금이라도 더 편하게 만들어주고 싶었으리라. 세심하게 관찰했을 것이고, 오래도록 생각했을 것이다.

"미치겠다……."

그녀가 평소 사용하는 제품인지 거품 속에서 무척 익숙한 꽃향기가 난다. 지환은 고개를 꺾으며 편안하게 기댔다.

눈을 감고, 퍼지는 꽃향기를 가득 들이마셨다. 이렇듯 가만히 앉아 눈을 감고 그녀의 향을 맡고 있자니 욕심이 났다.

"KO다, KO."

당신도 내 기억을 가득 베어 물면, 온통 나로 퍼지는 세상을 만날 수 있게 되기를. 지금의 나처럼.

◆ ◆ ◆ ◆ ◆ ◆ ◆ ◆ ◆

씻고 나온 그가 다시 옷 방으로 들어가자 기다렸다는 듯 그녀가 따라 들어온다.

"부르면 들어가려고 대기하고 있었는데 혼자 잘 씻었나 보네요?"

"아, 아, 어, 덕분에 잘 씻었습니다. 부인."

제길. 귀가 빨개지는 기분이 든다. 지환은 엉성하게 답하며 황급히 돌아섰다.

"주변 정리는 잘 못 하고 나와……."

"내가 할게요. 그런 거 안 바라니까."

"미안한 일투성이네."

"뭐가 불편한 건지 말해줬으면 진작 해줬잖아. 말을 안 해, 사람이. 일단 여기 앉아봐요."

희원이 간이 의자를 툭툭 치며 말하자 지환은 자리에 앉았다. 그녀는 스킨을 화장솜에 덜어내고는 부드럽게 얼굴을 닦았다. 자연스럽게, 그의 눈이 감긴다.

"그동안 스킨 어떻게 발랐어요?"

"뭐, 짐승의 움직임으로."

"아오, 말을 하지 좀. 입 뒀다 뭐 해? 순 농담이나 하려고 들고."

이번엔 로션을 덜어낸다.

"다른 말 할 것 없이 이런 거나 좀 확실하게 얘기하라고요. 세상에 한 손으로 로션을 어떻게 덜어내고 발랐어?"

타박을 하는 것 같지만 몰라서 미안했다는 미안함이 묻은 음성이다. 그녀가 로션을 얼굴에 묻히자 그는 웃었다.

"그냥 얼굴에 뿌리고 문질렀지."

"잘났다, 진짜……."

이내 손길이 부드러워진다. 어루만지듯이 얼굴을 문지르는 그녀 손길이 좋아 조금 느껴보려고 하니 철썩, 철썩, 이내 약간의 과격한 손길이 이어진다.

"지금 때리는 것 같은데."

"아니, 이렇게 발라야 흡수가 잘 되지."

철썩, 철썩.

……뭐지. 얻어맞고 있는 것 같은데 기분 탓인가. 지환은 따가움에 인상을 찌푸렸다. 그제야 과격하게 로션 바르던 손길이 멈춘다.

"끝?"

"머리 말려줄게요."

"호오."

아니 이렇게까지 바란 적은 없었는데. 지환이 탄성을 터트리자 희원은 눈을 가늘게 떴다. 드라이기를 꽂고 전원을 켜자 지환은 물었다.

"혹시 이게 우리의 마지막 밤이라거나 날 두고 영영 떠날 생각이라거나, 그래서 지금 마지막 선물처럼 잘해주는 거라든가, 그런 건 아니지?"

"서지환 씨 소원이 그쪽이면 그렇게 해주고."

"그럴 리가."

머리를 헝클어트리는 그녀 손길이 좋아서, 그는 다시 웃고 말았다. 희원은 꼼꼼하게 그의 머리를 말리다가 거울에 반사되는 그의 얼굴을 바라보았다.

"몰랐어요. 그렇게 불편할 거라고는."

"모르는 게 당연하지."

"난 이렇게 모르는 게 많아요. 앞으로도 모르는 게 많을 거고."

"……."

"당신이 말하지 않으면 난 당신이 힘든 것도 모르고 지나가겠죠. 앞으로도."

그녀는 약간의 뜻이 담긴 말을 전했다. 다 알아들었을까, 거울에 비친 그는 눈을 감은 채 중얼거렸다.

내가 당신에게 나누어줄 수 있는 것이 있다면, 그게 힘든 일은 아니었으면 좋겠다.

"괜찮아. 모르고 지나가도 돼. 충분히."

그러니 뭐든 괜찮아. 당신은 지나쳐도 돼.

"힘든 건 나만 할 테니까."

부디 그래줬으면 좋겠어. 마음 쓰린 일은, 앞으로도 나만 할게.

"미안해."

미안해. 그가 낮게 중얼거리자 머리 말리기에 집중하던 희원은 드라이기를 잠시 껐다.

"아까부터 뭐가 자꾸 미안하다는 거예요. 듣는 사람 민망하게."

"그냥, 이것저것."

"미안한 일 참 많네요. 미안하면 빨리 나아요."

"그래, 빨리 나을게."

⋯⋯말끝에 마음이 글썽인다.

"다친 곳이 많아서, 미안해."

그는 웃음으로 갈무리했다.

◆ ◆ ◆ ◆ ◆ ◆ ◆ ◆

잘 준비를 마친 희원이 침대에 눕지 못하고 오랜 시간 화장대에 앉아 시간을 흘려보내고 있다.

앞으론 같이 자자.

"설마…… 농담이었겠지."

전에도 말했지만 나 이 침대 마음에 들어. 당신은 더 마음에 들고.

희원은 아침에 지환이 던지고 간 말을 곱씹으며 긴장한 얼굴을 했다. 분명 아침에 그는 오늘부터 같이 자자는 말을 했다. 당장 오늘부터.

당장! 오늘 밤부터!

"무슨 일이야, 이게 대체. 물에 빠진 사람 건져줬더니 보따리 내어놓으라는 것도 아니고……."

팔을 다쳐서 집에 데려왔더니 안방 침실까지 점령할 셈인 모양이다. 희원은 저도 모르게 손톱을 잘근잘근 물었다. 내가 그냥 다른 방에서 잘까? 잠시 생각했던 희원은 고개를 가로저었다.

"그런다고 해결될 문제는 아닌 것 같은데……."

그럼 그 방으로 따라오겠지! 소파에서 자도 따라올 거 아냐!

희원은 화장대 거울로 비치는 자신의 침대를 바라보았다. 그와 누워본 기억이 없는 것도 아닌데, 곁에 하리가 있고 없고는 굉장한 차이를 보였다.

한참이나 침대를 바라보던 희원은 거울 속 자신의 얼굴로 시선을 돌렸다. 이렇게 긴장한 듯이 앉아 있으면 그가 좋아하겠지. 지금 긴장한 거냐며 엄청 놀려댈 것이 뻔하다.

"긴장은 개뿔이나, 됐고. 권희원, 당당해져야 해."

그래, 뭐. 한 침대 쓰는 게 어때서? 안 써본 것도 아니잖아. 무슨 일이 일어날 거였으면 진작 일어났을 수도 있는 건데 뭐. 게다가 지금의 그는 환자가 아니던가?

"뭐야, 생각해보니 그러네."

희원은 한쪽 입꼬리를 올리며 웃었다. 어차피 한쪽 팔도 못 쓰는 남자잖아.

흠. 희원은 마음의 준비를 끝마쳤다는 듯 눈가에 붙이고 있던 작은 아이팩을 떼어냈다. 남은 화장품을 톡톡 두드려 흡수시키고 있던 때.

"준비 끝났어?"

그가 문을 열었다. 조금 전까지 달래놓았던 마음은 어디로 가고,

"나, 들어가도 될까?"

희원의 마음속으로 쿵, 하며 심장이 떨어져 내렸다.

· · ✦✦✦✦✦ · ·

"오랜만에 뵙습니다, 의원님. 그간 잘 지내셨습니까?"

늦은 밤, 사람들의 눈을 피해 백인호 의원의 자택으로 찾아온 사내가 있다. 두툼한 점퍼 차림의 사내는 두 손을 공손히 모은 채 백 의원 앞에 서서 허리를 구부렸다.

오랜만에 뵙는다는 사내의 인사를 받지만 백인호 의원의 표정은 차갑기만 하다. 별다른 인사도 필요하지 않다는 것처럼 백 의원은 턱 끝을 들며 사내에게 소파에 앉으라 했다.

사내는 두리번거리다가 소파를 발견하고는 걸음을 옮겨 앉았다. 소파에 앉은 사내와, 서재 책상 의자에 앉아 있는 백 의원 사이로

간격이 벌어진다.

마주 앉아 대화를 나눌 생각은 없는 듯 백 의원은 자리 그대로 앉아 사내를 바라보았다. 자택까지 불려 온 사내는 불편한 기색을 지우지 못한 얼굴로 힐끔힐끔 백 의원의 눈치를 보았다.

"다시는 의원님 뵐 일 같은 건 없을 줄 알았는데 말입니다."

그러다가 침묵을 견디기 힘든지 사내는 입을 열었다.

"어쩐…… 일로 저를 찾으셨습니까?"

백 의원은 미간을 문지르며 고개를 반쯤 숙였다.

"묻고 싶은 말이 있어서."

"아…… 묻고 싶은 말……. 예예."

사내는 다시 자세를 바르게 했다. 묻고 싶은 말이 무언가, 사내는 빠르게 생각해보지만 딱히 짚이는 것이 없다. 아아, 단 하나 유추하자면 희주와 관련이 있을 거라는 것.

"희주는 잘…… 지냅니까? 뉴스를 보니 봉사 활동을 갔던데."

"……."

고개를 반쯤 숙이고 있던 백 의원이 사나운 눈빛을 들자 사내는 멍하니 그를 바라보다가 손사래를 쳤다.

"죄송합니다. 사모님, 사모님께서는 안녕하십니까?"

그는 오래전, 희주가 방송 생활을 하던 때의 매니저다. 거액의 돈을 받고 그녀를 백 의원 앞에 데려다준 장본인이기도 하다.

"그때, 결혼 발표를 하던 당시에 말이야."

질문을 끊듯이 백 의원의 입술이 열리며 본론이 시작된다. 사내는 마른침을 꿀꺽 삼키며 그를 바라보았다. 떳떳하게 마주 앉아 서로의 안부나 물을 수 있는 관계는 아니었으므로.

"만나던 남자가 있다고 했는데."

"아…… 남자……요……?"

사내는 그 당시 꿈도 꾸지 못할 거액을 손에 쥐었다. 남들보다 부지런히 발로 뛰며 차곡차곡 열심히 날아오르던 신예 스타의 날개를 부러트렸지만 그녀의 남은 인생은 지금보다 황금빛일 거라고, 나름의 위안을 했었다.

백인호 의원의 아내가 된다면 그녀도 종국엔 행복할 거라고. 모두가 사는 길이라고.

"그 남자가 누군지 당신은 알지."

돈에 눈이 멀어 그녀의 절규를 외면했다.

"아…… 남자의 신원을…… 물어보시는 겁니까?"

"되도록 짧게 대답해줬으면 좋겠는데. 되묻지 말고."

"아…… 이게 오래된 일이라서요, 기억이 날 듯 말 듯……. 아…… 이게……."

사내는 혼잣말처럼 중얼거리며 시간을 끌었다. 챙겼던 거액의 돈은 도박과 유흥으로 탕진한 지 오래. 사내는 돈이 필요하던 차였다.

"아…… 있었던 것 같기는 한데……. 워낙 또 오래전 일이고 제가 기억력이 그다지 좋지 않다 보니……."

백 의원은 사내를 바라보다가 서랍을 열었다. 두툼한 봉투를 꺼내 바닥으로 던졌다.

사내는 튕기듯 일어나 봉투를 손에 쥐었고 거침없이 열어보았다. 눈이 돌아갈 만큼의 액수를 확인한 사내는 감출 수 없는 미소를 지었다. 백 의원은 사내의 다음 말을 기다렸다.

"기억이 조금 날 것도 같습니다. 그때 아마, 사모님께서 만나던 남자가 그……."

이름이 뭐더라……. 뭐였는데…….

"저, 하나만 더 부탁드려도 되겠습니까? 제가 땅을 좀 보고 있는데 조건이 까다로운 터라, 의원님께서 규제 완화를 좀 해주신다면……."

"비서실장에게 말해두고 가면 처리하지."

"예예, 그 남자가 아마 검사였을 겁니다. 당시에 검사가 된 지 얼마 안 됐던 걸로 기억하는데요. 지금은 어디에 있는지는 모르겠고 이름이……."

"서지환, 맞나?"

"어? 알고 계시네요?"

……아. 사내의 표정은 빠르게 굳었다. 순간의 유혹에 눈이 멀어 덥석 뱉어놓고 보니 희주에게 안 좋은 일이 벌어질 것만 같은 생각이 들었던 모양이다.

그러나, 어쩌겠나. 이미 벌어진 일을. 없었던 일을 만들어 고하는 것도 아닌데.

"그런데 오래된 예전 일을 왜 이제 와서 물어보시는 건지……."

사내는 누가 뺏어갈세라 돈 봉투를 점퍼 안쪽 주머니에 욱여넣으며 근심 어린 표정을 했다. 백 의원은 가증스럽다는 듯 나가보라 다시 턱 끝을 들었다.

"다시 보는 일은 없었으면 하고. 나가봐."

"아…… 예. 나가보겠습니다. 부탁드렸던 땅만 잘 처리 부탁드립니다."

사내는 허리를 깊숙하게 숙이며 인사했다. 백 의원은 표정을 감춘 채 뒤돌아 나서는 사내를 바라보았다. 이윽고 사내가 사라지자, 백 의원은 인터폰을 눌렀다.

— 예. 의원님.

"후에 문제 생기지 않도록 잘 처리해."

— 예. 알겠습니다.

그는 인터폰을 끄며 마른 주먹을 움켜쥐었다. 아내와 서지환이 만났던 그날의 기억을 떠올리며 주먹을 더욱 거칠게 움켜쥐었다.

어쩌면 서지환이 집요하게 사건을 물고 늘어지는 건, 자신을 잡기 위한 복수의 수단이라는 생각이 들었다. 어디까지 알고 있는 건가. 어디까지 알고 싶은 건지?

"서지환……."

쾅! 그는 소리 나게 책상을 내리쳤다. 꽉 다문 입안에선 비릿한 피 맛이 흘렀다.

* * ✦✦✦✦ * * *

지환은 편안하게 누웠고 한참이나 딴 짓을 하던 희원은 결심을 굳힌 듯 자리에서 일어났다. 침대 끄트머리를 지나 그와 간격을 널찍하게 벌리고 일단 앉았다.

으아. 갈수록 심장이 두근두근거린다. 그녀는 휴대폰을 켰다.

"안 눕고 뭐 해?"

"검색 좀 하고요."

"검색? 무슨?"

"호신술 정도."

피식, 지환이 웃는다. 희원은 못 들은 척하며 검색을 이어갔다.

"이래 봬도 남편이 와이프 호신술 정도 알려줄 능력은 되는 사람인데 나한테 배우지그래."

"당신한테 써먹을 건데 당신한테 배워서 뭐 해?"

피식, 그가 또 웃는다.

"백날 눈으로 읽어도 나 하나 제압한다는 게 쉬운 일은 아닐 텐데."

"팔 한쪽 제대로 못 쓰는 남자 제압할 힘 정도는 나도 있어요."

"아아, 그래. 그럼 잘해봐."

"뭘 잘해! 뭘! 뭐를!"

희원이 홱 돌아서며 언성을 높이자 지환은 힐끔 그녀를 바라보았다. 제압하겠다고 하니 그러라고 한 것뿐인데, 갑자기 이 분노는 무엇?

"갑자기 분위기 싸하게 만드는 이유는 뭐지?"

"아, 아니. 제압할 상황 같은 건 만들지 말라는 뜻이죠. 내 말은."

오호, 지환은 팔꿈치로 바닥을 지탱하며 손바닥에 머리를 기댔다. 그러곤 옆으로 누워 그녀를 바라보았다.

"이제 보니 뭘 자꾸 기대하시는 것 같은데요, 부인."

"아니 그러니까 내 말은, 한 침대를 쓰자고 하니까 내가 자꾸 이런 헛소리를 하는 거 아녜요."

아흑. 나 지금 뭐라고 떠드는 거냐. 희원은 입술을 꾹 깨물며 휴대폰을 내렸다.

"긴장했어? 나 옆에 있어서?"

이거 봐. 긴장한 듯 보이면 저렇게 좋아한다니까?

"오해 말아요. 굳이 서지환 씨가 아니라도 나 아닌 타인이 곁에 누워 있으면 긴장되니까."

"긴장했구나, 내가 옆에 있어서."

"아 진짜! 멀쩡한 게 더 이상한 거잖아! 이 상황에서!"

희원은 눈꼬리를 올렸다. 볼썽사나울 정도로 긴장한 자신과는 달리, 물처럼 흐르는 저 사내의 여유를 좀 보라. 옷 벗겨줄 때 허둥 지둥하던 모습은 대체 어디로 가고? 별꼴이야 진짜!

"서지환 씨, 분명히 말하는데 당신이 환자라서 봐주는 거예요. 알겠어요?"

"그런데 나는 언제까지 그 서지환 씨, 호칭을 들어야 하는 건지?"

"함께하는 동안. 죽을 때까지. 누구 하나 사망신고서 내기 전까지는 내내!"

"사는 동안 이혼할 생각은 없다는 거네. 마음에 들어."

아…… 끓는다…….

희원은 더 이상의 말씨름은 하고 싶지 않다는 것처럼 침대에 누웠다. 어찌 되었든 편안하게 뒤척일 정도의 간격을 확보했고, 이대로 잠을 잔다면 문제는 없어 보였다.

"불 꺼도 될까?"

……미치겠다.

"마음대로 해요."

켜두고 잘 수는 없는 거잖아.

그녀는 지환이 불을 끄자마자 곁에 있는 수면등을 켰다. 은은한 불빛, 제길, 분위기는 더 이상해졌어.

"서지환 씨, 빨리 자요. 머리만 대면 자는 사람이잖아."

"그러게. 그런데 오늘은 잠이 잘 안 오네."

두 사람은 널찍한 간격을 두고 누운 채 천장만 바라보았다. 등을 돌리자니 아직은, 어쩐지 아직은.

"나 뭐 하나 물어봐도 돼?"

작은 불빛만 존재하는 어둠 속에서 그가 물어온다. 그녀는 대답 대신 침묵을 택했다.

"이 집에서 나 나가고 나서, 왜 연락 안 했어?"

"할 말이 없었으니까요. 그리고 서지환 씨도 안 하니까 그냥 나도 자연스럽게."

"그동안 잘 지냈어?"

"……그러려고 했죠. 나름."

그의 시선이 자신에게 닿고 있음이 느껴진다. 희원은 모르는 척 천장만 바라보며 느리게 눈을 감았다가 떴다.

"그러는 서지환 씨는 잘 지냈어요?"

"……아니."

아주 늦은, 안부가 오고 간다.

"왜 연락 안 했어요?"

"고백할까 봐."

그녀는 천천히 눈을 감았다.

"당신 괴롭힐까 봐."

"……."

"나는 잘 지내지 못했는데, 당신은 잘 지내고 있을 것 같아서."

"넘겨짚기는……."

"당신처럼 솔직할 자신이 없어서, 연락 못 했어."

불빛이 사라지고 눈앞에서 서로의 얼굴이 사라지자 진심이 오고 간다. 희원은 자장가처럼 낮고 고요하게 울리는 그의 목소리에, 마음을 조금씩 놓았다.

"그런데 후회했어. 조금 더 빨리 연락해볼걸. 이 집에서 나가지 말걸."

심장은 위아래로 뛰어오르는 것이 아닌, 밖으로 튀어나오려고 발악을 하는 것만 같았다.

"당신이 그만하겠다고 했을 때 아무 생각 말고 그냥, 붙잡을걸."

터질 것도 같았다.

"고백할걸."

이어지는 그의 한숨 같은 웃음소리에 그녀는 다시 눈을 떴다. 약간은 슬프고, 아쉽게도 짧게 지나간 웃음소리가 심장 부근에 내려 앉는다. 그의 목소리에 어쩐지 가슴이 울리고 아파, 마음이 뭐라고 떠들고 있는 건지 알아채기도 힘들었다.

"당신이 나한테 이겨달라고 했잖아."

"……그랬죠."

그녀가 간신히 대답을 하자 그의 말이 끊긴다. 그는 숨을 뱉었고, 그녀는 숨을 들이 삼켰다.

이겨줘요. 당신을 괴롭히는 과거와의 싸움에서.

"그 말 참 고마웠어. 고맙다고, 여러모로 고맙다고 인사 정도는 하고 싶어서."

"그게 뭐 인사 받을 일이라도 되나……. 그런데 왜 갑자기 이런 이야기를 하는 거예요?"

"이 말 안 하고 넘어가면 내내 후회할 것 같아서. 그리고 당신이 말하지 않으면 아무것도 모른다고 하니까."

한 이불을 덮고 널찍한 간격 사이로 누워 마음을 전하는 대화를 하고 있는 지금. 희원은 어쩐지 매일매일 새로운 그를 발견하는 느낌을 받았다. 처음엔 마냥 편하고 통하는 게 많은 사람이었는데.

"이기고 와달라던 말, 나 그때 농담한 거 아니에요. 알겠지만."

다음엔 감추는 게 많은 상처투성이, 남자를 보았다.

"진심이었어요. 정말로."

"알아."

"……."

"가고 있어. 당신한테."

다음엔 나를 사랑한다는, 남자 서지환을 만났다.

"나는 도착한 것 같은데, 앞으로 판단은 당신한테 맡길게."

그는 몸을 밀어 간격을 약간 좁혔다. 아주 작은 움직임이었지만 좁아진 간격을 느낀 희원은 그대로 숨을 멎듯 눈을 크게 떴다.

하지만 거기까지. 그는 더 이상 움직이지 않았고, 가까워지려 하

지 않았다. 잠을 청하려는 듯 그의 숨마저 내려앉은 때,

비로소 그녀는 그가 어떤 말을 하고 있는 건지 문득 알 것만 같았다. 오늘 한 걸음, 그리고 내일 한 걸음 우리, 다가가자고.

"나 왔어."

"……."

"준비됐으면, 당신도 와."

당신, 마음 놓고 다가오라고.

· · ◆◆◆◆◆ · ·

곁에 지환이 누워 있다는 사실도 잊은 채 희원은 모처럼 깊은 잠을 잤다. 눈꺼풀에 반사되는 빛을 느끼며 아침이 왔음을 깨달은 그녀는 몸을 뒤척였다.

아아, 이 방에 그가 있다. 맞다. 우리 같이 잠들었지.

희원은 지환이 누워 있는 방향으로 누우며 비로소 현실을 깨달았다. 좀처럼 무거운 눈꺼풀을 들어 올리기가 힘들어, 그녀는 한참이나 눈을 감은 채 그대로 있었다.

눈을 뜨면, 그가 있을 것이다. 내 곁에서 무방비 상태로 잠이 든, 그가 있을 것이다.

그녀는 준비가 되었다는 것처럼 천천히 눈을 떴다. 눈꺼풀이 올라가는 사이로 그의 모습이 맺힌다. 희원은 완전히 눈을 뜨고는 서너 초 그를 바라보았다.

약속이나 한 듯, 그와 시선이 마주친다. 어둠에 잠겼던 시야가

환해지며 온통 그의 모습으로 주변이 꽉 차듯 보이자 희원은 엷은 미소를 지었다.

언제부터 나를 보고 있었냐고. 왜 잠든 사람을 쳐다보고 있었냐고. 그런 호들갑은 나오지 않았다.

"부인, 좋은 아침."

"응. 좋은 아침."

그녀는 살갑게 대꾸했다. 닫힌 창은 불어드는 차가운 바람을 막아주고,

"우리 이러고 5분만 더 누워 있을까?"

"좋을 대로 해요."

함께 덮은 이불 속은 따뜻했다. 살결이 닿지 않아도, 마치 닿은 것처럼 여겨지는 눈 맞춤을 이어가다 보니 매일 이런 풍경을 맞이하는 것도 나쁘지 않겠다는 생각이 들었다. 잠이 덜 깬, 심신이 따스한, 그의 모습에 취한 희원은 계속해서 그를 바라보았다.

나 왔어.

어제, 그 어둠 속에서, 그가 남긴 말은 그녀 가슴에 살아남았다.

준비됐으면, 당신도 와.

어두운 가슴에 별이 된 듯 반짝였고, 근심이 고여 있던 자리를 밝게 비추었다. 따라서 많은 것들은 녹았고, 사라졌다. 다시 눈뜬 이 아침의 풍경이 다르게 보일 정도로.

"무슨 생각 해?"

그녀가 좀처럼 시선을 떼지 않으니 그도 마음 놓고 그녀를 응시했다. 눈빛엔 멍한 기운이 없어, 무슨 생각을 하고 있느냐고 물었다.

1분 1초, 지나가는 모든 시간 속 그대가 궁금하다. 그대가 바라보고 있는 것, 그대가 생각하고 있는 것, 알고 싶어졌다.

"그냥, 이런저런 생각 하고 있어요."

"예를 들면."

"아침은 뭘 해서 먹을까……."

그녀의 대답에 그는 웃음을 터트렸다. 저렇게 사랑스러운 눈빛을 하고 한 침대에 누워서, 아침밥 타령을 하고 있는 그녀의 대꾸는 허를 찌르듯 맥을 풀리게 했다.

"미안해요. 내 안에 로맨틱 유전자가 생성되지 않아서. 없어요, 그런 거."

"왜. 충분히 로맨틱했는데."

"당신 생각, 정도의 대답이 나와줘야 했던 상황인 건 나도 알겠는데 인간은 솔직해야 하니까."

"출근 전 남편의 아침밥을 걱정하는 와이프보다 더 로맨틱한 감동은 없지. 난 그렇게 생각하니까."

"전부터 느낀 건데요. 서지환 씨는 꿈보다 해몽이 좋은 것 같아."

"이게 다 정신 건강이 좋은 이유입니다."

지환은 상체를 일으키며 아직 누워 있는 그녀를 바라보았다. 그러다가 느닷없이 그녀 방향으로 허리를 내렸다. 어어어, 희원은 갑자기 지환의 얼굴이 자신을 향하자 두 눈을 꽉 감았다. 뭐, 뭐야. 설마 이 아침부터 뭐 하자는 거야?

저도 모르게 이불을 쥐고 있는 손에 힘이 들어갔다. 뽀뽀! 뽀뽀를 하자는 건가 봐!

하지만 지환이 가까워졌다는 것은 알겠는데, 이후 아무런 움직임이 느껴지질 않는다. 희원은 슬며시 한쪽 눈을 떴다. 으악, 그의 얼굴이 바로 앞에 있다.

그는 그녀가 슬그머니 눈을 뜨자 기다렸다는 듯 이마에 가볍게 입술을 가져다 댔다. 허. 희원은 숨을 짧게 토해내고는 입술을 꽉 깨물었다.

"뭐…… 뭐 하는 거예요…….."

"아아, 문득 하리 선생님의 가르침이 생각나서."

그녀 얼굴이 금세 붉어진다.

"당신 얼굴에 그 정도의 지분은 가지고 있다고 생각하는데. 내가 권희원의 이마 정도는 점유할 수 있지 않나?"

그는 빙그레 웃으며 침대에서 일어났다.

"나 아침 안 먹어도 돼. 더 자."

훌쩍 방을 나선다. 희원은 잔뜩 붉어진 얼굴만 하고 있다가 그가 방을 나서자 긴 숨을 토해냈다.

그러고는 자신의 이마에 손을 올렸다. 그의 온기가 여전한 것 같아 가만히 이마에 손을 올린 채 생각에 잠겼던 희원은 중얼거렸다.

"서지환 씨, 하리 선생님께 가르침을 잘못 전수받았네."

난 내 이마의 지분을 내어줄 생각이 없다고요. 서지환 씨.

"하리는 이마에 뽀뽀, 안 한다고요."

입술이면 몰라도.

・・・◆◆◆・・

"으으, 추워."

희원은 냉동고 같은 자가용에 올라타 시동을 켰다. 지환은 이미 출근을 했고, 그녀는 직장인보다 늦은 출근을 시작하고 있다.

집에서 미리 내려 온 커피를 곁에 두고 그녀는 아파트 단지를 빠져나왔다. 전쟁터를 방불케 했을 출근 시간의 도로도 제법 한적해진 때, 그녀는 지금 이 순간을 사랑했다. 여유가 있었고, 숨이 달가웠다.

"오랜만에 라디오나 들어볼까?"

요즘따라 질리게 들었던 노래 말고 사람 소리가 듣고 싶은 마음에 희원은 손을 움직여 라디오 채널을 찾았다. 적당한 채널을 맞추며 그녀는 빙긋 미소를 지었다.

— 뭔가 추억에 잠기게 하는 날씨, 여러분은 이런 날씨에 무얼 하고 계시나요?

"이분 목소리도 오랜만이네."

보통 이 시간이 그러하듯 사연을 읽는 디제이의 음성이 활기차다. 희원은 들려오는 목소리에 마치 아는 사람을 만난 것처럼 반가움을 표시했다.

— 소복하게 쌓인 눈을 바라보고 계시나요? 아니면 향긋한 커피와 함께하고 계시나요?

힐끗, 희원은 시선을 돌리며 곁에 놓아두었던 커피를 들었다.

"어떻게 알았지? 커피와 함께하고 있는데."

― 어떤 것이라도 함께하고 싶은 날, 사연 하나 읽어드릴게요. 안녕하세요, 저는 서울에 사는 서른일곱의 남성입니다.

그녀는 보통의 날보다 조금 더 속도를 줄여 운전을 했다.

― 3년 전 제게는 무척 슬픈 일이 있었어요. 제 아내가 큰 사고를 당해 목숨이 위태로웠거든요. 몇 번이나 대수술을 해야 했고, 아내는 힘들어했습니다.

간간이 신호에 걸렸고, 멈췄다.

― 하지만 저는 죽지 않고 버텨준 제 아내에게 고마울 따름이었죠. 사고를 당하던 그날 아침에, 사실 아내와 다퉜거든요. 아내에게 당신을 만난 걸 후회한다는 마음에도 없는 말을 던지고 출근을 했었기 때문에 모든 일은 제 탓인 것만 같았습니다.

희원은 사연이 흘러나오는 스피커를 힐끔 바라보았다.

― 아마 그날, 아내가 잘못되었다면 전 제대로 살아갈 수 없었을 겁니다. 그런 무시무시한 말들이 아내와 나눈 마지막 말이 되었더라면, 어떻게 됐을지 상상만으로도 울컥합니다.

마지막, 말.

생각해본 적 있는가, 사랑하는 사람과 나누는 마지막, 말.

― 어찌 되었든 아내는 사고 이후 재활에 성공하여 지금은 조금 불편해도 일상생활이 가능한 수준까지 되었습니다. 지금은 매일매일 아내에게 사랑한단 말을 하고 있어요. 그날 이후로 우리 부부는 많은 것이 변했습니다. 마지막이라는 건 예고 없이 온다는 걸 깨달았으니까요.

……그래, 누구나 그러겠지. 마지막이라는 것을 알았더라면 고

마운 말들을 미루지 않았을 텐데. 순간의 감정이 만들어낸 진심 아닌 말들로 상처 주지는 않았을 텐데.

똑바로 전하지 못한 마음을 부둥켜안고 내내 후회하며 지내는, 그런 날은 오지 않았을 텐데. 그게, 마지막인 줄 알았더라면.

— 사랑하는 사람이 있다면 명심하세요. 모든 말은 마지막이 될 수도 있다는 걸. 사랑하는 사람에게 사랑한다고 말하기 좋은 날은 바로 오늘입니다.

"오늘…… 오늘……."

희원은 중얼거리며 뜻이 담긴 눈꺼풀을 내렸다가 올렸다.

— 많은 생각을 하게 만드는 사연이네요. 아내분께서 건강을 되찾으셨다니 정말 다행이라고 생각합니다.

……아직도 모르는 게 많은 나는, 타인이 겪은 죽음과도 같은 경험으로 나의 오늘을 살린다.

— 그럼 저는 노래 하나 들려드리고 다시 돌아올게요. 제가 돌아오기 전까지 사랑하는 사람에게 진심을 전해보는 건 어떨까 해요.

다시 신호에 멈춰 선 희원은 가지런히 달려오는 반대편 차량들을 바라보았다. 그러다가, 지환이 떠올라 블루투스로 전화를 걸었다. 심장은 공연히 불편하게 뛰어 받은 숨을 뱉게 했다.

— 여보세요.

그의 목소리가 차 안을 가득 메운다. 희원은 사방에서 들려오는 그의 목소리에 안도했다.

"나예요. 출근 잘했나 해서."

— 그럼, 잘했지. 당신이 이 시간에 웬일이야?

"난 출근 중. 운전하다가, 그냥요."

— 아아, 그래? 난 회의 들어가려고 준비 중이야.

— 사모님 안녕하세요! 최 계장입니다!

최금호 계장님의 목소리가 들린다.

"계장님께 네, 안녕하세요, 잘 지내시죠? 감사합니다, 라고 전해
줘요."

— 알았어. 그런데 진짜 왜 전화했어? 혹시, 사고 났나?

"아니, 그런 건 아니구."

희원은 잠시 뜸을 들였다. 딱히 전화한 이유도 없고, 할 말도 없
는 상황. 이렇게 아무 이유 없이 그에게 전화를 걸어본 적이 단 한
번도 없었다는 것을 깨달은 지금. 그의 의아함을 어떻게 풀어줘야
할지, 고민되었다.

"나 뭐 하나 묻고 싶은 게 있어서 전화했는데."

— 뭔데?

회의 준비를 하는지 그의 분주함이 느껴진다. 옆에 사람들도 있
는데. 회의 준비하느라 정신도 없을 텐데. 당신은 나의 질문에, 답
할 수 있을까?

"내게 전할 수 있는 마지막 말이 있다면 나한테 무슨 말을 하고
싶어요?"

— 무슨 말이야, 떠나?

하물며 진심을 전하는 법도 모르는 남자가.

— 오늘이 마지막이야 우리?

"지금 뭐라고 하는 거예요! 만약에! 만약에!

― 아, 무슨 만약인데 그렇게 살벌하고 무서워. 무서워서 어디 답하겠나?

"그렇죠? 답 못 하겠지? 알았어, 안 해도 돼요."

희원은 괜한 질문을 했다는 생각에 황급히 대화를 접었다.

― 갑자기 그런 질문은 왜 하는 건데. 그것도 출근하다 말고.

"아니 그냥. 신경 쓰지 마요, 별로 의미 있는 질문은 아니었으니까."

이게 다 라디오 사연 때문이다. 사람을 쓸데없이 감성적으로 만들었어.

우씨. 희원은 감성적으로 변한 자신과는 달리 메마른 업무에 시달리고 있을 지환의 입장을 떠올렸다. 그의 입장에서 바라보면 이렇게 황당한 질문도 없을 것이다.

"끊어요, 회의 들어가야 한다며. 회의 잘하고……."

― 만약에 당신과 나눌 수 있는 마지막 말이라면 종류가 많지는 않겠는데.

그녀는 저도 모르게 침묵했다.

― 그중에서도 하나를 꼽으라면 신중하게 선택해서 이런 말을 해야겠어.

마른침을 삼켰다. 서류를 툭툭 치는 소리가 난다. 그가 다음 말을 잇기 전, 아주 잠깐의 공백이었지만 기다리는 동안 무척 길게 느껴졌다.

― 사랑해.

"……뭐라고요?"

— 사랑한다고.

희원은 두 눈을 감았다가 떴다. 여전히 그의 세상은 바쁘게 돌아가고 있다.

— 나 이제 정말 회의 준비해야 해서.

"아…… 아아! 응! 응응!"

— 답에 이상 없으면 이따가 다시 통화해.

"네! 네네 알았어요! 끄, 끊어!"

— 끝까지 운전 조심하고.

끊자. 지환은 전화를 끊었다. 종료되는 소리를 들으며 희원은 운전대를 잡고 있는 손에 힘을 꽉 주었다.

사랑해.

차 안을 가득 울린 그의 답은 또다시 그녀 가슴에 살아남는다.

사랑한다고.

심장 부근을 점령한 말은 생각과 시간을 지배할 절대 권력을 쥐었다.

"아, 아니, 나는 또 그런 말을 원한 건 아닌데……."

예상도 못 한 말에 심장 폭행당했다는 듯 희원은 눈을 크게 뜨고 숨을 불어 내쉬었다. 진정을 하려고 커피를 마셔보려는데 손이 떨려 보온병을 들 수가 없다. 처음 운전대를 잡았을 때처럼 손은 바들바들 떨려오고, 시야는 좁아져 운전대에 상체가 바짝 붙어버렸다.

"아…… 미치겠다……. 으아…… 미치겠어……."

그녀는 다음 신호에 걸려 멈춰 설 때까지 줄곧 그 상태였다. 더운 기운이 와락 몰려와, 그녀는 히터를 꺼버리고 말았다.

"왜 그러고 서 계십니까? 회의 준비 안 해요?"

희원과 통화를 마친 지환이 파일을 이것저것 챙기다가 고개를 들어보니 최 계장이 딱딱하게 굳은 얼굴로 자신을 보고 있다.

"계장님?"

"검사님, 괜찮으십니까?"

"네? 저 말입니까? 네. 괜찮은데."

"혹시 팔 다치셨을 때 머리도 조금…… 손상된 것이 아닌가…… 하는…….."

"멀쩡합니다. 사물 인식에 문제없거든요."

지환은 회의에 필요한 USB를 챙기고, 결재를 받아야 하는 순서 대로 서류를 정리하다가 다시 고개를 들었다. 여전히 최 계장은 꽝 꽝 언 떡을 문 것처럼 얼얼한 상태다.

"제 눈엔 지금 계장님이 더 안 괜찮아 보이시는데요? 무슨 일 있 습니까?"

"아, 아닙니다. 너무 놀라서. 정신 차리겠습니다."

"……아. 난 또 뭐라고."

지환은 그제야 멋쩍게 웃었다. 최 계장은 믿기지 않는다는 것처 럼 도리질을 쳤다. 이제 살펴보니, 최 계장 뒤에 서 있는 사무관들 의 넋 빠진 표정도 만만찮다.

"제가 표현에 인색에서 와이프가 고생을 좀 하더군요. 고쳐보려 고 합니다."

"그거 좋은 생각입니다. 검사님은 표현을 잘 안 하시니까요."

"계장님, 제가 그렇게 표현을 잘 안 합니까?"

"아니, 뭐, 솔직히 말씀드리면 속내를 잘 드러내지는 않으시죠. 매사 좋다고만 하시니 사실 그 내면은 모를 일 아니겠습니까?"

"그렇군요. 참고하겠습니다. 더 노력해야겠네요."

지환은 최 계장의 솔직한 답변에 수긍하며 허리를 폈다. 그래, 뭐든 애매모호하게 긍정하며 좋다고만 할 일도, 싫은 것을 참아 누르며 감출 필요도 없는 일이다. 솔직하게. 매사에, 솔직하게.

이제 회의장으로 떠날 시간이다.

"계장님, 이발하셨네요?"

"아? 예. 엊그제 했습니다만."

"저번 스타일이 훨씬 좋습니다."

"……예."

"그리고 계장님, 파란색 안 어울려요."

"……예."

지환은 그럼 이만 떠나자는 눈짓을 하며 사무실을 나섰다.

"어이, 서검! 서검! 같이 가!"

회의장으로 향하는 정윤이 그를 부른다. 지환은 멈춰 서 뒤를 돌아보았다.

"너 향수 뿌렸냐?"

"어? 어어어! 뿌렸지! 어때? 너무나도 시원하고 상쾌한, 그런 향 아니야? 나와 잘 어울리지?"

"그래, 잘 어울리네. 송진 냄새 같달까."

"이게 진짜! 우씨!"

솔직해지는 법, 연습이 필요한 때였다.

· · ◆◆◆◆◆ · ·

서울세계무용축제를 위해 각국에서 초대된 유명 무용수들이 하나둘 입국하기 시작했다. 각자 주최 측에 제출해야 하는 공연 영상을 촬영하기 위해 스케줄에 맞춰 약속 장소에 나타났다. 총 열흘간의 일정이었고, 희원은 가장 첫날 제작을 하게 되었다.

"권희원 씨, 컨디션은 어떻습니까?"

"어, 대표님!"

그녀가 간단하게 몸을 풀며 차례를 기다리는데 주혁이 다가왔다. 희원의 곁에 서 있는 무용수와 간단하게 눈인사를 주고받더니, 바로 희원에게 시선을 돌리더라.

"일전엔 정말 죄송했어요. 남편에게 일이 있어서 제가 꼭 필요했던지라."

"죄송하다니요. 무리하게 부탁한 건 나였습니다. 사과는 오히려 내 쪽에서……."

"그럼 퉁 치죠. 대표님도 사과하지 않는 걸로."

……퉁? 주혁은 시원한 웃음을 터트리는 희원을 갸우뚱하며 바라보았다. 어쩐지 며칠 전보다 훨씬 더, 그녀는 편안해 보였다.

"정말 아쉬웠어요. 개인적으로 좋아하는 감독님인데 이렇게 기회를 잃어버려서."

"비록 브릭트먼 팩 감독이 일정 때문에 곧 출국해야 해서 권희원 씨와 만나지 못했지만, 기회는 또 있을지 모르는 일이니까."

"마음 써주신 점 감사합니다."

"그래요. 우선 촬영 잘하고 다음에 다시 이야기하도록 하죠."

주혁은 그녀의 어깨를 가볍게 툭툭 치고는 돌아서 공연 관계자들과 함께 사라졌다.

"권희원 씨, 대표님과 친한 사이예요?"

희원의 곁에 서 있던 무용수가 물어온다. 이틀 전에 입국한, 세계적인 무용수 로리스 킴이다. 미국인 남편을 만나 평범하게 살고 있던 때 주혁의 발탁으로 인생이 통째로 바뀐, 무용계의 별.

"아, 뭐, 친하다고 하기엔 좀 그렇고요."

희원이 아니라며 고개를 내젓자 로리스 킴은 황당하다는 듯 그녀를 바라보았다.

"권희원 씨가 브릭트먼 팩 감독님과의 만남을 거절한 모양이네요. 아, 물론 엿들을 생각은 아니었지만."

"비밀 이야기는 아니었으니 들어도 상관없어요. 그리고 사정이 있어서 거절할 수밖에 없었고요."

"대표님께서 브릭트먼 팩 감독을 만나자고 제안하셨다니, 사실 좀 놀랐어요."

"저도 놀랐죠."

"권희원 씨가 거절했다는 것은 더 놀라운 일이고요."

로리스 킴은 팔을 하늘 위로 쭉 뻗어 올리고 미끈하게 허리를 꺾어 몸을 풀었다. 몸 안에 뼈가 있기는 있나 싶을 정도로 유연하게 몸을 풀던 로리스 킴은 힐끔, 희원을 바라보았다. 이윽고 자세를 바로 했다.

"무례했다면 미안해요, 권희원 씨. 쉽게 볼 수 있는 광경은 아니었다 보니 놀라워서요."

"모든 무용수들은 대표님의 부름에 열 일 제쳐두고 달려가야 하나요?"

희원은 눈가에 힘을 주며 물었다. 주혁이 대단한 인물이고 대단한 업적을 쌓아 올린 건 부정할 수 없지만, 어쩐지 그의 주변 모두가 그를 신격화하는 것 같은 느낌에 일순 거부감이 들었다.

"나의 개별적인 상황 같은 건 안중에도 없이 그 사람이 원하면, 원할 때마다, 달려가야 하는 건지 물었어요."

"그래야 하는 법은 없지만 모두는 그렇게 하고 있죠. 데니스 한은 꿈을 쥐고 있는 사람이니까."

"세상에 어떤 사람이 내 꿈을 쥐고 있을 수 있단 말인지 잘 모르겠어요. 가능한가요?"

"보기보다 어리석군요."

로리스 킴은 말끝에 웃었다.

"권희원 씨, 세상에 무용수들은 많고 공연의 수는 적어요. 그 없고 없는 공연 중에서 데니스 한이 만드는 공연은 거의 손에 꼽히고."

희원이 딱딱하게 굳은 얼굴로 바라보자 로리스 킴은 다정하게 다가와 그녀가 몸을 풀 수 있도록 팔을 잡아주었다.

데니스 한을 만나려면 얼마나 많은 관문을 거쳐야 하는지 아마

희원은 알지 못할 것이다. 얼마나 많은 시간을 투자해야 하고, 얼마나 많은 사람들을 거쳐야 하고, 몇 달 전부터 그와 약속을 잡으려 노력해야 하는지.

희원이 아무렇지 않게 그와 마주하고 흘려보낸 몇 분의 시간을, 타인들은 어떻게 얻어내고 있는지.

"난 권희원 씨가 엄청난 기회를 놓친 것 같아 아쉬워서 하는 말이에요. 오해 말아요."

기회란, 이렇게나 조금도 공평하지 않다.

"로리스 킴, 당신은 대표님을 따라 많은 공연을 다니죠?"

"물론. 대표님을 만난 건 행운이었죠. 난 다시 태어난 것과 다름없어요."

"지금의 삶은 진심으로 행복한가요?"

"당연하죠. 당연히. 진정한 나를 찾았으니까."

데니스 한에게 발탁되어 세계 곳곳을 누비며 자신을 알릴 수 있는 기회를 얻은 것이, 다시 태어난 것과 같다고 그녀는 말했다.

희원은 로리스 킴이 움직이는 대로 몸을 움직이며 스트레칭을 했다. 간간이 로리스 킴의 얼굴을 바라보았다. 어쩐지 빛이 나는 것만 같은, 어쩐지 모든 순간 살아 있음에 행복해 보이는, 그런 로리스 킴을 바라보고 있자니 묘한 서글픔이 맴돌았다.

그녀의 가슴 한 켠엔 여전히 날아오르고 싶은 꿈이 담겨 있었으므로.

일정을 모두 마친 희원은 동료들과 함께 탈의실로 돌아와 옷을 갈아입었다.

"배고파, 떡볶이 먹고 싶어."

누군가 옷을 갈아입으며 툭 말을 뱉자 삽시간에 동요가 일었다.

"아아, 맛있겠다. 어묵 넣고 한껏 졸여서 진한 레드로 변한 시장표 떡볶이, 정말이지 퍼스널 컬러야. 내 인생 컬러."

"내 말이. 난 즉석 떡볶이 먹고 싶어. 밀떡……."

"난 목욕 가고 싶어. 뜨거운 물에 들어가고 싶다."

"으아아아…… 좋지……."

무대 위를 장악하던 무용수의 껍데기를 벗은 그들은, 먹고 싶은 것도 많고 가고 싶은 곳도 많은 평범한 청춘일 뿐이다.

"상상했어, 방금. 목욕하고 나와서 떡볶이 먹는 내 모습."

희원이 중얼거리자 다들 오늘 저녁은 떡볶이라며 아우성이다.

서지환 씨는 떡볶이 좋아하나? 매운 거 잘 먹나? 오늘 저녁에 떡볶이 먹자고 해볼까? 그녀는 자연스럽게 지환을 떠올렸다. 이젠 무얼 먹어도 함께 먹어야 하는, 우리는 가족이니까.

떡볶이만 오매불망 떠올리며 거울 앞에서 옷매무새를 점검하는, 그때였다.

"여보세요?"

희원은 걸려 온 전화를 받았다. 주혁이다.

— 한주혁입니다.

"네, 대표님."

목소리만 들었을 뿐인데 희한하게도 항상 그에게서 풍겨 나오는 향을 맡은 기분이 든다. 지환에게서 나는 부드러운 향과는 사뭇 다른 묵직한 향을.

─ 오늘도 선약이 있습니까?

"오늘……요? 오늘은 아직…….."

─ 할 말이 좀 있는데, 끝났으면 식사 어때요?

네? 할 말요? 그녀는 고개를 갸우뚱했다. 그가 제게 할 말이라는 게 도무지 유추되지 않았다.

─ 그럼 허락으로 알고 장소는 메시지로 보낼게요. 이따 봐요.

"아…… 네. 네, 대표님."

희원은 얼떨결에 고개를 끄덕였다. 지난 제안을 단칼에 거절했던 미안함이 자못 크기도 했다.

"대표님이 언니 자주 찾는 것 같아."

"맞아. 엄청 바쁠 텐데 언니 만나러 자주 오시는 것 같아. 부러워."

전화를 끊자 주변에 있던 무용수들이 그녀 곁으로 다가왔다. 좀처럼 다른 사람들과는 말을 섞지 않으며, 유독 희원과 대화를 나누는 주혁은 누구에게나 특이 사항으로 보였다.

"부럽다, 언니. 대표님이랑 막 친하게 지내는 거 너무 부러워."

"부럽긴, 별게 다."

희원은 얼버무리며 태연한 척했다. 동료들의 부러움을 받는 건 부담스러웠다.

"나도 대표님이랑 얘기 좀 해보고 싶다. 나도 할 말 많은데."

"나도. 난 그분께 듣고 싶은 얘기가 많아. 내 무대 영상 좀 봐주셨으면 좋겠어."

"희원 언니; 혹시 대표님이 언니 마음에 들어 하시는 건 아닐까요?"

"무슨 소리 하는 거야, 지금."

희원이 정색하자 동료들은 그럴 수도 있다며 눈을 커다랗게 떴다. 눈빛엔 기대가 가득하다.

"그렇잖아요. 대표님이 언니 공연 동영상도 다 봤다며. 혹시 언니를 캐스팅하려는 이유는 아닐까요?"

……캐스팅.

"대표님이 언니 세계무대로 데뷔시켜주려고 하는 거 아냐? 난 막 그런 촉이 오는데?"

"설마."

희원은 중얼거리며 가방을 들었다. 동료들은 미리 김칫국을 마시며 저들끼리 소란을 떨었다.

"아아, 상상만 해도 좋다. 우리 희원 언니가 세계적 무대로 데뷔하는 모습. 그렇지 않아?"

"맞아. 떨려. 단지 상상만 했는데도 막 온몸에 소름이 돋아."

모두는 기대를 걸었다. 희원이 데니스 한에게 발탁되기를 은연 중 바랐다. 그의 전지전능한 능력 앞에, 그녀가 날아오를 수 있기를 희망했다.

"나 가볼게!"

"잘 가요, 희원 언니! 대표님이랑 무슨 얘기 했는지 내일 알려줘요!"

아주 가능성 없는 이야기는 아닐 거라고, 모두는 생각했다.

· · · ◆ ◆ ◆ · · ·

지환은 야근이 확정이라는 소식을 전해왔고 그녀는 저녁 약속이 있다고 말했다. 약속 장소에 도착한 희원은 주혁과 마주 앉아 식사를 이어가는 중이다.

"대표님께서는 어쩜 그렇게 매번 기획하는 공연마다 성공시킬 수가 있는 거죠? 궁금했어요."

희원은 평소 주혁, 데니스 한에게 궁금했던 질문을 던졌다. 주혁은 앞서가는 길을 두려워하면, 실패는 벌어지지 않겠지만 성공도 할 수 없다고 말했다. 시작하기 전엔 아무도 모르는 거라고.

"내년엔 브리트먼 팩 감독과 함께 세계 전통춤과 관련된 공연 기획을 하고 있습니다."

"와…… 그러시구나."

"모든 전통춤엔 그 나라 국민성과 향이 묻어 있더군요. 발견할수록 즐거운 일이었습니다. 공연은 런던을 기점으로 시작하려고 합니다."

"런던……. 한 번쯤 가보고 싶은 곳이었어요. 런던은 어떤가요?"

"음, 안개 낀 템스강을 끼고 타워브리지를 바라보고 있자면 회색 도시의 느낌을 물씬 받을 수 있죠."

"가보고 싶어요. 여행 리스트에 빠지지 않고 있는 곳이거든요."

"권희원 씨가 템스강 주변에 서 있다면 오만한 풍경도 누그러질 것 같은 느낌인데요."

주혁의 말끝에 그녀는 웃었다. 그가 오만하다 표현하는 회색 도시 런던의 풍경을, 그녀도 느껴보고 싶었다. 그러다 문득 궁금한 것을 떠올렸다.

"저, 대표님은 많은 나라를 다니시죠? 그렇게 떠돌다 보면 집이 그립진 않으신가요?"

"……두 가지를 모두 얻을 수는 없더군요."

주혁은 물잔을 들었다. 그녀가 와인을 거절한 까닭에, 오늘은 와인 없는 식사가 진행 중이다.

"가끔은 날 기다려주는 것이 그리울 때도 있지만, 다 가질 수 없다면 선택할 줄도 알아야 하니까."

"가족은…… 없으세요?"

"있었죠."

"아, 죄송합니다."

"괜찮습니다. 내가 나를 몰랐던 게 잘못이었죠. 난 머물러 살 수 없는 사람인데 말입니다."

……머물러 살 수 없는 사람. 어쩐지 주혁은 훌쩍 큰 어른처럼 여겨졌다. 어지간한 크기의 풍파는 눈길도 주지 않을, 강인한 사람처럼.

"난 이렇듯 떠돌지만 매번 새로운 것을 발견하는 인생을 택했습니다. 한곳에 머물러 살 수 있는 사람이 아니라는 것을 오래전에 깨달았거든요."

"네. 그렇군요."

"권희원 씨는 어떤가요. 머물러 살 수 있는 사람인가요?"

칼질을 이어가며 그가 눈길을 준다. 희원은 한 번도 생각해보지 않은 질문에 어깨를 으쓱 올려 보였다.

……그래. 원했던 적이 있었지. 한없이 자유롭고 싶었다. 자유를 갈망하여 사랑 없는 결혼도 선택했던 내가 아니었던가.

"아니라고 말하기엔 고여서 잘 살고 있으니까요. 그런대로 만족하며."

사랑해.

하지만, 이 시점에 그의 말이 떠오른 건 왜 일까.

"만족이란 상대적일 수밖에 없죠. 다른 인생을 경험해보지 않으면 비교 대상이 없으니까."

"그럴 수도 있어요. 하지만 내 삶에 충분한 행복을 부여하려고 노력하고 있으니까요."

사랑한다고.

"권희원 씨."

"네. 대표님."

"혹시 다른 삶을 권유 받는다면 어떻겠습니까?"

희원은 무심하게 이어가던 칼질을 멈췄다. 문득 동료의 말이 뇌리를 스친다.

혹시 언니를 캐스팅하려는 그런 이유는 아닐까요?

"이번 한국에서 가장 큰 수확을 얻었다면 권희원 씨, 당신을 만난 일이라고 생각합니다."

언니 세계무대로 데뷔시켜 주려고 하는 거 아냐?

"권희원 씨, 이번 무대가 끝난다면 전 세계로 무대를 넓혀보는 것은 어떻겠습니까?"

"……네?"

천천히 고개를 들었다. 쿵, 하고 마음에 돌이 떨어져 내린다. 쿵, 쾅, 쿵, 쾅, 심장이 급격하게 요동치기 시작하고, 아무리 침착해보려 해도 손끝이 바르르 떨려왔다.

"당신에게 한국이라는 무대는 너무 작아. 나는 권희원 씨가 더 넓은 무대를 만날 수 있게 되기를 바랍니다."

주혁은 그런 그녀를 주시하며 손등으로 턱을 괴었다. 매사 미소 지으며 유쾌하던 호텔 투숙객 한주혁은 어디로 가고,

"권희원 씨가 세계무대에서 성공하는 일, 가능하리라 봅니다."

"……."

"나와 함께라면."

진중한 눈길로 매섭게 말이 이어가는 NK에이전시의 대표, 데니스 한이 앉아 있다.

"어…… 저기, 잠시만, 잠시만요, 대표님. 제가 지금 정신이 하나도 없……."

"나는 권희원 씨와 지금부터 이런 이야기를 이어가보려고 하는데. 천천히, 차근차근."

그의 눈에 가득 찬 확신을 바라보며, 희원은 점점 더 가까워지는 꿈을 보았다.

"대화, 괜찮겠죠."

심장은 터질 듯이 뛰었다.

＊ ＊ ＊ ◆ ◆ ◆ ＊ ＊ ＊

'아, 맞다. 차 검사님 혹시 들으셨어요? 남 형사님 다시 복귀하셨
대요.'

정윤은 빠르게 복도를 걸었다.

'누가…… 어디로 뭘 해요?'

'남현수 형사님이요. 지방 파견 끝내시고 돌아오셨다던데…….
어…… 알고 계셔야 할 것 같아서…….'

심장은 쿵쿵 뛰었다. 곁에 누가 지나치는지도 모르게, 그녀 걸음
은 무척이나 빨랐다.

'검사님께선 아직 모르고 계실 것 같아서 알려드려요. 관할이 겹
치니 언제고 마주치실 것 같아서. 게다가…….'

'……'

'지금 서지환 검사님 방에 계세요.'

그게 뭐 대수냐는 듯, 전남편이 원래 관할로 돌아온 것이 뭐 대
단한 일이냐는 듯 침착하게 그 자리를 파하고 나왔지만 전신이 저
려왔다.

아무 파일이나 손에 쥐고 지환의 사무실로 향하던 정윤은 순간
우뚝 멈춰 섰다. 연거푸 숨을 뱉고 정신을 차려보자, 자신이 왜 이
렇게나 동요하고 있는지 모르겠다.

"찾아가서, 뭘 어쩔 건데."

이혼 뒤 자신과 엮이는 것이 불편해 지방으로 자처해서 내려갔 던 전남편을, 이렇게 다시 만나 뭘 어쩌자고?

손에 쥔 파일이 미세하게 떨렸다. 정윤은 입술을 꾹 깨문 채 파 일을 내려다보았다.

"그래. 일이 있어서 찾아가는 거야. 이거 서검한테 줘야 하니까."

그래. 다른 건 없다. 갑자기 전달해줘야 할 파일이 생각나 찾아 가는 것뿐. 그 이상도 이하도 아니다. 정윤은 결심한 듯 서둘러 다 시 걸음을 옮기다가 멈춰 섰다. 그러곤 슬그머니 휴대폰을 꺼내 카 메라를 틀고 자신의 얼굴을 바라보았다. 화장이 지워지진 않았나, 머리가 헝클어지진 않았나.

그래. 이건 잘 보이고 싶은 마음이 아니라 너 없이도 잘 살고 있 다는 걸 보여주고 싶은 의지다, 의지.

정윤은 각오를 마친 듯 휴대폰을 주머니에 넣고 다시 걸음을 옮 겼다. 종전보다는 제법 전투적으로 변한 걸음. 정윤은 생각할 틈도 없이 단숨에 지환의 사무실을 열었다.

"내 결혼식도 못 올 만큼 바쁘다더니, 서울에 다시 온 소감이 어 때."

"어지러워 죽겠습니다. 뭐 이렇게 빡빡한지. 이러니 정이 붙겠습 니까?"

……오랜만에 들려오는 목소리에 소름이 끼친다. 문을 반쯤 열 고, 정윤은 멈췄다.

"그나저나 어떻게 하면 팔이 부러집니까, 모양 빠집니다."

"야, 그만큼 절박한 상황에서 아이를 구했…… 어, 차검."

지환이 열린 문틈 사이로 멈춰 서 있는 정윤을 발견하고 부르자, 깍지 낀 손을 무릎에 떨군 채 소파에 앉아 있던 그녀의 전남편이 고개를 돌린다. 정윤은 숨이 엉켜 헛기침을 뱉었다.

"저기, 차검 왔네. 남 형사."

"저도 눈 있습니다."

"들어와, 차검."

"……어라? 손님이 있었네?"

정윤은 모르고 왔다는 것처럼 태연하게 말을 뱉었다. 그러면서 내내 속으로 되뇌었다. 당당하게 들어가자, 당당하게 행동하자.

그녀는 평소보다 더 허리를 꼿꼿하게 펴고 들어섰다. 파일을 대충 지환의 책상에 던지며 그녀는 말을 뱉었다. 숨이 가쁜 탓에 말이 빨랐다.

"문서상 기밀이니 확인하고 연락 줘. 손님 앞에서 직접 언급하기 그러니까."

"아, 그래."

지환이 힐끔 현수를 바라보며 고개를 작게 끄덕이자 정윤은 휴, 짧은 한숨을 내쉬었다. 두 사내를 등지고 있던 정윤은 다시 자신감을 장전한 채 그들을 향해 돌아섰다.

"여긴 왜 왔어? 어쩐 일?"

엇. 나름 부드럽게 말하려고 했는데 의지와는 다른 냉랭한 음성이 튀어나간다. 후회했지만 무를 수가 없어, 정윤은 표정을 굳혔다. 굳이 딱딱하게 보이려 하지 않아도 긴장한 까닭에 얼굴이 굳어버렸지만.

그녀의 전남편, 남현수 형사는 한참이나 시간을 보내다가 입술을 열었다.

"검사검사."

그 짧은 대꾸에 그녀는 마른 주먹을 쥐었다. 동굴 속에서 말하는 것처럼 낮에 퍼지는 특유의 음성, 길게 말하는 법 없는 말투. 모든 것은 그대로였다.

"아아, 검사검사."

정윤은 그다지 관심사는 아니었다는 것처럼 과장된 표현을 하며 그의 말을 곱씹었다.

"검사는 서검 만나는 일이겠고, 나머지 다른 검사는 뭡니까? 남 형사님?"

네? 네? 정윤이 눈을 부릅뜨며 묻자 현수는 입을 꽉 다물었다. 그러자 정윤의 눈꼬리가 사납게 올라간다.

저, 저, 저 말 씹는 버릇! 여전하구만? 사람이 변한 게 없어 변한 게!

"고향 내려가시니까 좋으셨어요? 네? 아주 좋으셨겠어요. 왜? 고향에서 살고 싶으시다더니? 네? 그냥 거기 쭉 계시지 여긴 왜 다시 돌아오셨어요?"

"어어, 차검, 남 형사 돌아온 거 들었어, 벌써?"

"……야, 서검! 그게 중요한 게 아니잖아 지금!"

"괜히 나한테 화살이 꽂혀. 새우 등 터지네."

지환이 중얼중얼하며 현수의 다리를 발로 툭툭 쳤다. 야야, 빨리 해결해. 쟤 지금 터진다.

"그냥 고향에서 풀이나 뜯고 소도둑이나 잡으면서 사실 일이지 여긴 또 왜 오셨냐구요, 남현수 형사님."

"뭔 대답이 듣고 싶은 건데 지금. 높은 데서 가라는 지시가 내려왔으니까 왔지, 달래 왔나?"

"하! 완전 웃겨. 지가 언제부터 높으신 분들의 말씀을 새겨들으며 지냈다고."

정윤은 전남편의 짤막한 대구에 팔짱을 끼며 코웃음을 쳤다. 하! 저 봐! 저 보라고 사람 환장하게 하는 말투!

"야야, 또 싸우냐? 싸우지 마, 여기서. 니들은 대체 몇 년 만에 만났는데 얼굴 보자마자 싸우냐?"

지환이 보다 못해 거들자 현수는 고개를 휙 돌렸다. 허! 정윤 역시 불쾌하다는 듯 고개를 휙 돌렸다. 나가면 그만일 일을, 꼿꼿하게 서서 전투력만 높이고 있다.

"야, 현수. 싸우지 말고 빨리, 빨리 사태 해결해."

지환이 발로 현수를 툭툭 치며 오만상을 찌푸리자 현수는 그러게 왜 불렀느냐는 표정을 지으며 쿨럭, 헛기침을 뱉었다. 고개만 꼿꼿하게 들고 딴 곳만 주시하는 전 와이프를 바라보다가, 현수는 말을 꺼내려고 했다.

지환은 일순 긴장했다. 그래! 이 분위기 좀 어떻게 해봐! 제발! 현수야!

"뭔 볼일이 있다고 그러고 서 있는 건데."

"나, 나갈 거야! 누군 여기 있고 싶어서 있는 줄 알아?"

……망했다.

지환은 눈을 질끈 감았다가 뜨며 현수를 노려보았다.

"진짜 어이없어 죽겠네. 내가 지 보려고 이렇게 서 있는 줄 알아? 서검하고 개인적으로 볼일이 있어서 기다리는 중이었거든?"

"……저랑요?"

저랑 무슨…… 이야기를……?

지환이 자신을 가리키며 영문을 모르겠다는 듯 소환된 이유를 묻자 정윤은 손부채질을 했다. 이 와중에 정윤이 나갈 생각은 없어 보이니 현수는 포기한 듯 자리에서 일어섰다.

"이만 가볼게요. 팔 부러져서 술도 못 한다며, 다음에 한잔해요."

"그래. 내가 보다시피 상황이 이래서. 깁스 풀고 연락할게, 진하게 한잔하자. 와인도 좋고."

"깡시골에서 나고 자란 놈한테 와인은 무슨, 소주나 한잔해요."

살갑지 않은 성격처럼 남방을 무심하게 툭툭 털고 일어난 현수는 별 인사 없이 소파를 돌아 나왔다. 뭐라도 인사하겠거니, 고개를 반대편으로 돌린 채 은근 기다리던 정윤은 현수가 아무 말 없이 문을 열고 나서려고 하자 눈을 크게 떴다.

"어, 얼마나 있었다고 벌써 가? 가도 내가 가야지 왜 먼저 가는 건데?"

"할 말 있다며, 서 검사님하고."

"내일 해도 돼! 우리는 맨날 만나는 사이니까!"

"……저랑요?"

저랑 매일 만나요……? 언제부터……?

다시 소환된 지환이 의문스럽게 묻자 정윤은 콱 씹으며 쿵쿵쿵 앞으로 나아갔다. 현수와 가까워지듯 서더니, 그가 잡고 있던 문고리를 그녀가 붙잡았다. 그녀의 움직임에 현수는 빠르게 문고리를 놓았다.

"예나 지금이나 그 거지 같은 성격. 퉤."

"잘 지냈고?"

"그래! 잘 지냈다! 왜! 너도 잘 지낸 모양이네! 신수가 아주 훤하셔! 아주 그냥!"

"……맞나."

"간다! 가! 비켜!"

정윤은 홱 하니 서검의 사무실을 나서 떠나버렸다. 그녀가 열어놓고 간 문틈을 말없이 바라보고 있자, 지환은 그런 현수를 바라보다 혀를 끌끌 찼다.

"차검, 쟤는 꼭 너만 만나면 바이오리듬의 디폴트가 분노로 형성되더라. 예나 지금이나 여전하네."

"제가 죄 많은 놈입니다. 다 제 탓이죠 뭐."

"현수야. 그러니까 다른 겸사의 이유가 너라고 말을 했어야지. 차검, 너 보러 왔다고."

지환이 안타깝다는 듯 조언하자 현수는 헛웃음을 지으며 문고리를 잡았다.

"넘겨짚지 마십쇼. 갑니다."

"그럼 다음에 또 놀러 와라. 차검 화난 모습 오랜만에 보니 그것도 재밌네."

"일없으니 쾌차나 하십쇼. 형수님께 안부 전해주시고. 갑니다."

현수는 무심하게 나가며 쿵, 문을 닫았다. 전남편과 전 와이프, 검사와 형사 사이.

이혼 후, 2년 만의 재회였다.

· · · ◆◆◆◆ · ·

'왜 나예요?'

주혁을 만나고 집으로 돌아오는 길. 터덜터덜, 희원은 주차장에 차를 세우며 내렸다.

'왜, 제가 선택되었는지 물어봐도 돼요?'

'당신이니까.'

'……'

'그렇게 자신이 없습니까? 자신의 능력에 대해?'

이야기 끝에 했던 자신의 질문을 곱씹다가 희원은 멈춰 섰다.

"너무…… 바보 같은 질문을 했어."

아직도 그의 제안에 대한 깊이가 현실로 다가오질 않고 주변을 배회한다. 희원은 웃음도 울음도 나지 않는 명한 상태로 집까지 도착했다. 그가 계획한 세부적인 이야기를 들으면 들을수록, 현실감은 사라져갔다.

터덜터덜, 왜인지 흥이 나지 않고 걸음이 무겁다.

'지금 답하라는 것 아니니 집으로 돌아가서 생각해봐요. 갑작스러울 테니.'

그토록 바라던 일인데. 너무나도 꿈만 같은 일인데.

언제부터인가 주혁이 그런 제안을 해올까 봐, 겁이 났다. 실제로 그런 일이 벌어질까 봐, 은연중 불안하기도 했다. 갈등할까 봐. 고민할 일이 생길까 봐.

"미치겠다······."

마냥 기쁘고 행복하기만 한, 그런 제안이 아님을 실감하게 될까 봐.

희원은 어깨를 축 늘어트린 채 긴 한숨을 뱉었다. 지환을 떠올리니 마음은 한없이 복잡해져갔다. 스스로도 어떤 길을 택해야 하는 건지 알 수 없을 때. 그래서 발걸음이 자꾸만 무겁게 여겨질 때. 발걸음 소리를 죽이고 곁으로 다가온 낯선 사내의 손이 뒤에서 허리를 감싸 안는다.

허, 소리를 뱉으며 동시에 느껴지기를, 위협적이지 않고 다정하며 익숙한 향이 느껴져,

"이제 왔어?"

"어, 언제 왔어요? 차도 안 가져갔잖아. 주차장엔 왜······."

지환임을 알아챈 그녀는 마음을 놓았다.

"당신 올 것 같아서 기다렸어. 얼마 안 됐고."

지환은 뒤에서 그녀를 한 팔로 안았다. 깁스가 불편한 탓에 제대로 안을 수는 없었지만, 그런대로 서 있을 만했다. 그녀가 움직이려 하자 그는 조금 더 힘을 주었다.

"잠시만."

······찰나를 영원으로 만드는 재주를 탐하고 싶은 순간.

"잠시만 이러고 있자."

희원은 지환의 말에 우뚝 멈춰 섰다. 등 뒤에서 느껴지는 그의 선연한 온기가 낯설었지만 완강하게 벗어나고 싶지 않았다. 마음이 많이 지친 까닭에, 버둥거릴 힘조차 남아 있지 않은 것만 같았다.

"오늘 아침에 당신이 물었던 질문에 대한 답, 어땠어."

이런 와중에도 그의 질문에 피식 웃음이 난다. 그녀는 아침에 느꼈던 감정이 살아나는 것을 느끼며, 잠시 번뇌는 묻어두기로 했다.

"괜찮았어요. 조금 놀라기도 했죠."

"그런데 있지, 나 그 대답 정정하고 싶어서."

"응? 정정?"

사랑한다는 말을 마지막으로 하고 싶다던 남자는, 다른 마지막 말을 택하고 싶다고 했다. 희원은 잠자코 그의 말을 기다렸다.

"답을 정정할게."

그러다가, 들려오는 그의 목소리에 천천히 눈을 감았다. 등 뒤에서 울려 퍼지는 내 남편의 마지막 말을 들으며.

· · ·✦✦✦✦· · ·

"부인, 남편은 이만 과중한 일과를 해치우러 떠나겠소."

"뭐예요, 아침부터 그 이상한 말투는?"

아침 출근 시간. 희원은 뚱한 표정을 지으며 출근길을 서두르는 지환을 바라보았다. 셔츠도 입혀주고 넥타이도 예쁘게 매줬더니 이상한 말투를 시전하고 계신다.

"부인께서도 오늘 하루 고되겠으나 보람찬 하루를 보내고 돌아오시오."

"대체 왜 그러는 거냐구요, 벌써부터 사람 고되게."

눈을 뜨자마자 저런 상태인 남편을 바라보다가 희원은 질색하는 표정을 했다. 진심으로 싫어하는 태가 나자 지환은 머쓱한 표정을 지었다.

"그냥, 뭐, 당신이 뭘 좋아하는지 몰라서 앞으로 이거저거 시도해보려고."

"참 나."

"한국무용 하니까 이런 말투 좋아하지 않을까 해서."

"왜? 이왕 하는 김에 도포 자락 휘날리며 갓 쓰고 말 타고 출근하지?"

"그래도 부인께서 이 사람을 사대부의 사내로 인정해주니 참으로 고마울 따……."

"시끄럽고 빨리 출근해요! 이상한 사람이야, 정말!"

"넵."

희원이 버럭 소리를 지르자 지환은 눈치를 슬슬 보다가 현관으로 걸음을 옮겼다. 눈을 가늘게 뜨던 그녀는 그런 지환이 귀엽다는 듯 피식 혼자 웃으며 그 뒤를 따라갔다.

밤새 저런 말투를 생각했을 그의 엉뚱함에 고개를 절레절레 저었다. 이 남자, 가끔 보면 귀여워. 희원은 지환의 어깨를 툭툭 털어주며 말을 이었다.

"서방님, 그럼 오늘 하루도 막중국사에 지쳐 쓰러지지 마시옵고 힘을 내시옵소서."

"뭐야!"

지환이 홱 돌아보자 희원은 웃음을 터트렸다.

"배신자. 아닌 척하면서 혼자 즐기고 있었어."

"즐기다니요. 오해십니다, 서방님."

희원이 맞장구를 치며 연신 웃음을 터트리자 지환은 그런 그녀를 바라보다가 따라 웃음을 터트렸다.

어제의 피곤이 채 물러가기도 전에 맞이한 아침. 자못 무기력하고 우중충한 분위기를 환기하는 일은, 그다지 어렵거나 대단하지 않았다. 시시콜콜한 농담에 크게 한번 웃고 마는 것. 덕분에 활기찬 아침으로 하루를 시작하는 것.

"자, 농담은 그만하고 늦겠어요. 어서 출발해요."

희원은 현관 앞에서 떠나질 않고 머뭇대며 시간을 끄는 지환의 등을 밀었다. 그러자 지환은 잠시 고민하는 듯하더니 그녀에게 다가가며 목덜미를 가볍게 그러쥐었다. 당기듯 끌어, 입술을 올렸다.

……이마에 닿는다.

"진짜 다녀올게."

갔다가, 올게.

"그래요. 다녀와요."

희원은 이마에 그의 입술이 닿자마자 뒷걸음을 치며 가볍게 멀어져 손을 흔들었다. 표정 변화가 없는 희원을 바라보다가 지환은 씩 웃고는 현관문을 열고 나섰다.

쿵, 문이 닫히자 희원은 가만히 서 있다가 자리에 풀썩 쓰러져

앉았다.

"끄, 끌어당겼어……."

목덜미를 움켜쥐고, 허락 없이 끌어당기며…….

"어우, 뭐야. 왜 이렇게 심장이 뛰어. 이게 뭐라고."

심장이 발악을 하듯 뛰고 내려 희원은 심장 부근에 손을 가져다 댔다.

하리의 고집으로 인해 단순히 뽀뽀를 할 때도, 이마에 지분이 있다며 느닷없이 입술을 가져다 댈 때도 이렇게 떨리진 않았던 것 같다. 오히려 하루하루 지날수록 익숙해져서 조금씩 무뎌져갈 거라 생각했는데.

목덜미 한번 휘어잡힌 여파는 생각보다 강력했다. 희원은 멍하니 앉아 있다가 목덜미가 뻐근할 때처럼 손으로 목덜미를 지그시 눌렀다.

"모, 목덜미가 뜨거운 것 같아……. 어떡해……."

그의 악력, 온기, 코트에 배어 있던 향기, 이런 것들이 한꺼번에 뒤섞여 그녀를 강타했다. 희원은 자신의 반응이 본인도 황당하다는 것처럼 고개를 번쩍 들었다. 남편한테 목덜미 한번 휘어잡혔다고 이러기 있냐? 권희원?

"이, 이, 이, 입술에 한 것도 아닌데. 나 왜 이렇게 오버야? 지금 완전 황당한데?"

키스라도 하면 볼만하겠다? 허리라도 휘어잡히면 입에 거품 물겠어?

"아하하, 하하하, 하하……. 권희원, 너무 웃겨, 너무 웃겨어……."

이런 상태라면 그 이상의 진도는 꿈도 못 꾸잖아!

희원은 기계적인 하하하, 웃음을 내뱉다가 뚝 그쳤다. 눈만 깜빡 깜빡거리다가 천천히 목덜미를 쥐고 있던 손을 내렸다.

"잠깐만. 이거 뭔가 이상한데?"

나 지금 서지환 씨한테 이러면 안 되는 거 아냐? 이건 마치 아무런 문제 없는 신혼부부의 모습인데?

생각해보니 지금 자신의 모습은 말과 행동이 전혀 따로 노는, 서지환이라는 남자에게 온통 마음을 내어준 여자처럼 행동하고 있다. 그도 어느새 자연스럽게, 자신이 마음을 열었다고 확신한 것처럼 굴었다.

"뭐야. 우리 지금 이 상황, 이 관계 무엇?"

그냥 우리 이렇게, 그냥 막 흘러가는 거야? 물처럼?

가만히 생각에 잠기던 희원은 깨달았다는 듯 미간을 좁혔다.

"맞아. 서지환 씨가 팔이 부러지면서 우리 집에 왔잖아. 그러면서 갑자기 유야무야 이렇게, 관계가 막 이렇게 급진전……."

병간호를 해줘야 한다는 생각에 데려왔을 뿐인데 자신의 상태는 점점 위험해져갔다. 한 침대를 쓰고 있지, 걸핏하면 이마에 입술 맞추지. 난 또! 그럴 때마다 가만히 있지!

"이럴 게 아니라 뭐라도 사달을 내야겠어. 병간호의 수준을 뛰어넘은 지금 이 상황, 이대로 그냥 흘러가게 두면 안 돼."

흥. 희원은 고개를 끄덕거리며 전의를 불태웠다. 유야무야 넘어갈 수는 없는 일이다. 팔이 부러졌다는 이유 하나로, 이렇게 은근슬쩍 합쳐질 수는 없는 거니까.

그래. 맞아. 좋은 게 좋은 거라고, 뭐든 확실한 게 좋은 거니까.

* * * * ◆ * * *

"여사님, 피곤하시죠! 좀 쉬엄쉬엄하셔도 됩니다."

"왔으면 열심히 해야죠. 괜찮습니다."

희주는 자신의 숙소로 찾아온 봉사 단체 사람과 대화를 나누었다. 최빈국에서 일어난 강진. 그로 인해 십수만의 사상자가 발생하고 재난민의 수는 당장 셀 수도 없었다.

임시 거처를 마련해줄 수 없는 정부의 무능함에 집을 잃은 사람들은 갈라진 도로 위에서 잠을 청했다. 식수도 부족하고 먹을 것도 부족했으며, 환자의 수에 비해 의료진 또한 터무니없이 부족했다. 사람들의 눈물은 끊이질 않았고, 설상가상 오염된 공기 속으로 전염병이 침투했다.

역사상 최대 규모의 대지진, 아비규환. 차마 눈을 뜨고 마주하기 힘든 참담함은 현장에 오지 않는 이상 경험하기 힘들었다.

"여사님께서 적극적으로 나서주신 덕분에 한국에서 많은 지원이 오고 있어요. 정말 감사드립니다."

"뭐라도 도움이 된다니 정말 다행이에요. 저는 알아서 잘 있을 테니 신경 쓰지 않으셔도 된답니다."

그 가운데에, 희주가 있다.

봉사자들은 그녀의 열성적인 태도에 연신 감탄했다. 직접 왔다는 것도 신기한데, 사진 몇 장 찍고 인터뷰나 하며 그림이나 완성하려 하는 여타의 유명 인사와는 달라도 무척 달랐다.

"그래도 저희는 여사님 몸 상하실까 봐 걱정입니다. 안 그래도 이렇게 험한 일은 해본 적 없으셨을 텐데, 혹시 병이라도 걸리실까 봐……."

"몸은 힘들어도 마음은 편해요. 이런다고 지은 죄가 덜어지진 않겠지만, 무엇이라도 속죄하고 싶은 마음이 있어서 그런 거니까."

"네? 속죄……요?"

봉사자가 눈을 동그랗게 뜨자 희주는 빙긋 웃었다.

"농담이에요. 그냥 보고 있자니 자꾸 마음이 쓰여서."

"아…… 하하, 농담. 네."

"그리고 저, 원래 험한 일 전문이었어요."

맨 얼굴, 갈아입어도 금세 더러워지고 마는 흰 티셔츠. 그녀는 어느 때 어느 일보다 더욱 열심히 구호 현장에 매달렸다. 한국에서 뭐라고 떠들건 간에, 남편의 지지율이 올라가고 있건 말건 간에 그런 건 중요하지 않았다. 그저, 지금이 편했다.

"사모님, 양 비서입니다."

"들어와요."

때마침 그녀의 비서가 찾아오고 봉사자는 퇴장했다. 피곤함에 어쩔 수 없이 무거워진 눈꺼풀을 들어 올리며 희주는 손을 씻었다. 양 비서는 그녀 곁으로 다가왔다.

"한국에서 연락 온 거 있어요?"

"네. 의원님께서 주신 연락은 아니고, 그게, 그러니까."

무슨 말이기에 뜸을 들이나, 희주는 힐끔 양 비서를 바라보았다.

휴대전화가 잘 터지지 않는 터에 그녀는 한국에서 오는 연락을 직접 받을 수 없었다. 대부분의 연락은 비서를 통했고.

그런데.

"임광호 씨라고……."

"……누구?"

비서가 의외의 인물을 언급하자 희주는 급히 물을 껐다. 오랜만에 듣지만 잊을 수도, 지울 수도 없는 이름.

그는 자신이 연예계 생활을 하던 때의 매니저다. 그때 그녀는 욕심이 많은 매니저에게 모든 것을 믿고 맡겼고, 의지했다. 그것이 실수였을까.

"임광호 씨라고 합니다."

"그런데? 그 사람이 왜?"

"어제 사망했다고 연락이……."

"뭐라고……?"

죽어? 죽었다고?

"과도한 빚에 시달려 괴로웠다는 유서를 남기고 자살했다 합니다. 연락은 고인의 동생이 남겼습니다. 고인의 휴대폰에 사모님의 번호가 남아 있었다면서."

"그러니까, 그러니까, 자살을……."

"……."

"자살을…… 했다고……?"

"네. 사모님."

희주는 입술을 멍하니 벌렸다. 뜻밖의 이야기에 그녀는 할 말도 잃어버렸다.

"어떻게 처리할까요. 조의금을 전달할까요? 아니시면 근조 화환
이라도……."

"일단 알겠으니까 나가봐요. 다시 부를 테니까."

"네, 사모님."

희원은 의자에 앉았다. 충격을 받은 그녀의 눈동자는 하염없이
떨렸다.

"죽다니, 자살을 했다니, 대체 왜……."

삶에 대한 의지가 강력하고 욕심이 많은 그가 자살을 택하다니.
좀처럼 믿을 수가 없었다.

"아아, 양 비서."

"네, 사모님."

희주는 밖을 나서는 비서를 다시 불렀다. 그의 자살을 쉽게 수긍
하지 못하는 건, 말도 안 되는 일들이 자꾸만 벌어지는, 그런 삶에
놓인 까닭이기도 했다.

그런 이유로 희주는 지금 이 순간 남편의 얼굴을 떠올렸다.

"한국으로 돌아가야겠어요. 준비해줘요."

……예감이 좋지 않았다.

"네? 당장, 말씀이십니까?"

"그래요. 당장."

죽은 임광호는 옛 연인이었던 지환을 알고 있는, 몇 안 되는 사
람 중 한 명이었으므로.

"지금, 당장."

◆◆◆◆◆◆◆◆◆

　정신없는 하루가 지나고 급하게도 어둠이 진다. 겨울은 여름의 하루보다 더 짧게 느껴지는, 그래서 모든 것이 여름보다 빠르게 정리되는 기분이 들었다. 그런 도시 위로 차가운 눈이 내린다.

　"여보세요? 나예요. 나 거의 다 왔어요."

　희원은 오늘도 지환의 퇴근 셔틀을 자처했다. 아침에 다짐한 대로 오늘, 남편과 사생결단을 내야겠다. 이대로 마음이 물처럼 흘러가는 건 두고 볼 수 없으니까 말이야!

　— 그래? 벌써 다 왔어? 천천히 와도 되는데.

　"밖이야? 시끄러운데요?"

　어수선한 소리가 들리자 희원은 물었다. 그는 사무실에서 나와 걷는 중이라고 했다.

　— 차가 멈추기 좋은 곳까지 걸어가려고. 걸으니까 좋네.

　"좋긴, 차 엄청 막혀. 그럼 걸으면서 기다려요."

　희원은 지환과 만나기로 한 장소를 확인한 뒤 전화를 끊었다. 후, 후……. 긴 숨을 뱉으며 그녀는 조금씩 전투력을 상승시켰다.

　"팔도 일부러 부러트린 거 아냐? 아니면, 부러지지도 않았는데 일부러 깁스하고……."

　……아니, 그건 아니지. 응급실 의사 선생님들이 부러지지도 않은 팔에 깁스를 해주셨을 리는 없지.

　"은근슬쩍 집에 들어앉아서는 남편 행색을 제대로 하시겠다? 막 뒤에서 앉고 이마에 뽀뽀하고 한 침대 쓰자고 하고. 어? 문제가 많아? 서지환?"

희원은 길이 미끄러운 탓에 조심조심 느리게 갔다. 스스로 생각 정리를 하는 듯 혼잣말은 늘어갔다.

"뭐? 그때 뭐라고 했더라? '나 왔어. 준비됐으면, 당신도 와.' 이랬지? 이렇게 말했지?"

희원은 지환의 목소리를 따라 하듯 입술을 쭉 내밀고는 굵은 목소리를 내었다.

"뭐, 그렇게 말하면 다 성공인 줄 아나 본데, 내가 막 받아주고 마음 열고 그럴 줄 아나 본데 천만의 말씀! 사람 만만하게 봤다고요!"

설레게 하고, 선도 없이 막 넘어오고. 나는 막, 그런 거에 또 물색없이 넘어가고!

"정리가 필요해. 교통정리. 오늘 아주 혼쭐을 내줄 거야."

감히 동의도 구하지 않은 채 날 설레게 한 죄를 물어주마. 서지환 딱 기다려.

흥, 흥, 희원은 연신 코웃음을 치며 운전을 했다. 어, 저기. 앞으로 걸어가고 있는 지환의 뒷모습이 보인다.

희원은 대로변에 바짝 붙어 천천히 운전을 하며 그의 모습을 지켜보았다. 넓은 어깨, 곧은 걸음걸이, 앞모습을 기대하게 하는 멋진 분위기. 희원은 애정이 섞인 눈길로 그의 뒷모습을 바라보다가 멈칫했다.

······혹시나 당신, 지금 쓸쓸한 표정을 짓고 있지는 않을까.

그녀는 주차장에서 지환의 힘든 얼굴을 목격한 때를 떠올렸다.

지금 당신의 얼굴도 그때처럼 어둡거나 힘들거나, 슬퍼 보이지는 않을까. 아직도 여전히 혼자일 때면 웃음 같은 건 모르고 사는 남자의 얼굴을 하고 있지는 않을까.

희원은 조금 더 속도를 냈다. 천천히 걷고 있는 그를 스치며, 그녀가 타고 있는 차량은 앞서갔다. 간격이 더 벌어지기 전에 희원은 룸미러로 그의 얼굴을 확인했다.

끼이이익. 그녀는 차를 멈췄다. 땅을 보며 걷고 있는 그의 표정은 잘 확인이 되지 않았지만, 예감할 수 있었다. 그는 다정한 표정을 짓고 있었다는 걸.

"아……."

누군가를 떠올리고 있는 듯 도로를 훑는 그의 입가에 둥근 미소가 자리한다. 희원은 아직 자신의 차량을 발견하지 못한 채 느리게 걷고 있는 그를 바라보았다.

간간이 뒤를 돌아보며, 혹시 익숙한 차량이 보이지는 않을까 기대하는 그의 눈빛이 많은 것을 말해주고 있었다. 진심으로 그의 표정은 편안해 보였다.

희원은 운전석에서 내렸다. 눈이 내리는 거리, 느린 걸음을 걷는 그대.

……문득 어제의 라디오 사연과, 그가 어젯밤 지하 주차장에서 제게 해준 말이 동시에 떠올랐다. 어제, 그 지하 주차장에서,

내가 오기만을 기다렸던 그는, 다정하게 나의 등을 감싸며 질문에 대한 답을 내어주었다.

지금은 매일매일 아내에게 사랑한단 말을 하고 있어요. 마지막

이라는 건 예고 없이 온다는 걸 깨달았으니까요.

'답을 정정할게. 사랑한다는 말은 앞으로도 많이 할 테니까, 난 조금 더 당신에게 특별한 말을 해주고 싶어. 만약에 마지막이라면. 이런 말은 살면서 자주 하지는 않을 테니까.'

'뭔데요?'

'당신은 최고야.'

'…….'

'최고의 아내고, 최고의 여자고.'

사랑하는 사람이 있다면 명심하세요. 모든 말은 마지막이 될 수도 있다는 걸.

희원은 여전히 자신을 발견하지 못한 그에게 빠른 걸음을 옮겼다. 라디오의 사연과, 그의 답변과, 내리는 눈과, 가까워 오는 것만 보아도 저절로 맡아지는 그의 향이,

뭉쳐지고 단단해지다가, 눈사람처럼 우뚝 세워진다.

사랑하는 사람에게 사랑한다고 말하기 좋은 날은, 바로 오늘입니다.

그녀가 자신을 발견하기 쉽도록 느리게 걷던 지환은 가까워 오는 그녀를 발견하곤 우뚝 멈춰 섰다. 바로, 오늘.

"어? 당신 어디서 왔어? 눈 오는데 왜 나왔어, 차에 있……."

희원은 그의 코트 속으로 손을 뻗었고, 허리를 감싸 안았다. 잘 움직이지 못하는 팔을 어정쩡하게 두고, 그는 놀라 커다래진 눈으로 그녀를 내려다보았다.

"무슨 일 있어? 왜 이래, 사고 났어?"

"응. 나 사고 났어."

"어디서 사고 났어. 다친 곳은 없어? 놀라서 이러는 거야?"

"응. 나 놀라서. 많이 놀라서."

알아들을 수 없는 대꾸만 늘어놓으며 품을 파고드는 희원을 바라보다가, 지환은 잠시 말을 멈췄다. 어련히 알아서 털어놓을 때까지 기다려보려는 심산인 것 같았다.

그러나 이제 발견한 그녀의 자가용은 저 앞에 멀쩡히 서 있고, 여전히 그녀는 품을 벗어날 생각이 없어 보이고,

"눈 맞잖아. 춥게."

지환은 오른손을 들어 그녀의 머리를 가렸다. 코트를 조금 여미며 그녀를 품에 가두었다. 갑자기 그녀가 왜 이러는 건지 알 길은 없었지만, 그냥 이대로. 원한다면 언제까지고 그냥 이대로, 두고 싶었다.

그의 손바닥을 우산 삼아 한참, 그렇게 한참 그의 품에 안겨 숨을 쉬던 그녀는 마침내 입술을 열었다.

"있잖아, 언제까지 우리 집에 있을 거예요?"

"어? 어? 아, 어. 팔 다 나을 때까……지……라도……."

"그 팔 다 나으면, 다시 나갈 거예요?"

"어? 아, 어…… 아…… 어…… 아니…… 뭐…… 딱히……."

그녀가 무엇을 요구하고 있는 건지 감을 잡지 못해 지환은 말꼬리를 흐렸다. 불리할 땐 묵비권이 최고의 선택이다.

희원은 처음으로 파고들어본 그의 품이 낯설고, 생각보다 따뜻한 까닭에 희미한 미소를 지었다. 눈을 맞을까 코트로 자신의 등을

여미며 손바닥으로 머리를 가려주고 있는 그의 행동에, 마음은 계절과는 상관없이 따뜻해져갔다.

"1가구 2주택, 어떻게 생각해요?"

"어? 아, 어…… 상당히 문제가 많지…… 라고 답을 해야……겠나……. 아닌가……?"

"그 집, 언제까지 비워둘 건데? 들어가 살 사람도 없는 그 집."

지환은 바로 답을 내어놓지 못하고 머뭇거렸다. 조금씩 그녀 생각을 유추하다 보니, 무언가 답을 강요하는 듯한 느낌을 강하게 받았다.

그는 조금 더 코트를 여몄다. 네가, 언제고 따뜻했으면 좋겠다.

"합쳐 살자. 나 그 집 처분할게."

"진심이에요?"

"그러고 싶은데. 나, 당신하고 살고 싶어."

"그래요, 그럼. 그렇게 해."

……이런 말을, 진정으로 원했다고?

지환은 믿기지 않는다는 듯 그녀를 내려다보았다. 그의 고개가 내려온다는 것을 깨달은 그녀는 민망한지 얼굴을 그의 가슴팍에 조금 더 묻었다.

"서지환 씨가 책임져요, 나 당신 때문에 사고 났으니까."

"대체 무슨……."

"설레기 시작했단 말이야. 다시 또."

얼굴에 달라붙는 눈발이 조금도 시리게 느껴지지 않는다. 지환은 너무 놀라 우뚝 멈춘 것 같은 상태로 입술을 멍하니 벌렸다. 희원은 천천히 그의 가슴팍에서 눈을 떴다.

"버틸 자신이 없어. 나 말 자주 바뀐다고 뭐라고 할 거예요?"

"그, 그, 그럴 리가! 그럴 리가!"

"도착했다며, 이겼다며. 정말 믿어도 돼요?"

"……믿어. 괜찮아."

"믿는 것만큼 어리석은 일이 없다며. 당신이 그랬잖아."

"그래도 믿어. 어리석게 만들지 않을 테니까."

희원은 그의 목소리를 가슴에 녹이며 천천히 다시 눈을 감았다. 어제, 주차장, 우리가 나눌 수 있는 마지막 말이라면 꼭 이 말을 해주고 싶다던 그의 말은 그녀를 충분히 뜨겁게 했다.

당신은 최고야.

그래, 나는 그거면 되었다. 당신 없는 공간의 성공 같은 건, 슬프게도 이젠 필요 없어.

최고의 아내고, 최고의 여자고.

날 사랑해주는 사람에게 최고라면 그 안에서 자유로울 수도, 꿈을 꿀 수도 있어.

최고의 무용수야. 당신은.

"서지환 씨, 나도 준비됐어."

"……."

"이제 막 도착했어요."

약속해. 우리, 서로의 우산이 되어줍시다. 서로의 등불이 되어줍시다.

"그래, 당신 잘 왔어."

서로의 꿈이, 되어줍시다.

"나, 이제 당신 안 놓쳐."

도시 위로 따뜻한 눈이 내렸다.

닿자마자 녹아내리는

눈이 오는 거리. 내 마음 너의 마음을 모두 확인하고 난 뒤에야 두 사람은 걸음을 옮기기 시작했다.

지금의 풍경과 단절되고 싶지 않은 그들은, 그리 멀지 않은 곳에 세워둔 그녀의 승용차를 암묵적인 합의하에 지나쳤다. 뭐가 그리 좋은지 쳐다만 봐도 웃음이 났다.

"주먹 좀 쥐어봐."

"주먹? 왜?"

느닷없이 그가 주먹을 쥐어보라니 희원은 손을 말아 쥐었다. 그는 마치 작은 공을 말아 쥐듯 그녀 손을 자신의 손바닥으로 덮었다.

"장갑 하나 사줘야겠다. 손 시리겠는데."

"주로 차를 타고 다니니까 밖에 있을 일이 없어서, 괜찮아요."

"앞으론 종종 걷자. 어디든."

바람 한 점 뚫고 들어올 것 같지 않다. 희원은 의외의 곳에서 세심함이 느껴지는 그의 행동에 말간 미소를 지었다.

무심하게 바라볼 땐 알 수 없었던 것들. 그는 자신의 보폭을 타인에게 맞출 줄 아는 사람이었고, 타인의 느린 속도를 재촉하지 않는 사람이었고, 목적지 없는 갈림길에서 원하는 방향으로 끌어당기는 사람이 아니었다.

선택할 수 있도록 은연중 기다렸고, 말없이 따라왔다. 자신의 어깨에 소복하게 쌓인 눈은 모른 척하며, 그녀의 어깨에 눈이 내려앉을세라 연신 털어냈다. 그런 사람이었다.

"어? 서검!"

목적지 없는 느린 걸음을 옮기고 있던 때. 바로 앞 베이커리 집의 문이 열리며 정윤이 나왔다. 지환과 희원은 그녀를 발견하고 자리에 멈췄다.

"어? 안녕하세요!"

"오랜만이에요, 희원 씨. 두 사람 어디 가는 길?"

"아, 우리요? 음, 글쎄요."

빵으로 대강 저녁 식사를 때우려던 정윤은 느닷없이 마주친 지환과 희원을 바라보며 회심의 미소를 지었다. 그도 그녀도 정윤이 짓는 미소의 의미를 모르지 않았다.

"아아, 두 사람 아직 갈 곳 안 정했구나."

"적당히 해라, 너도. 어? 차검."

"내가 뭘?"

"뭐긴, 미안한데 난 지금 너를 우리 사이에 끼워주고 싶은 생각이 없어."

"내가 있어. 내가 두 사람 사이에 끼어들고 싶은 생각이 간절해."

"……뒤로 가자."

지환은 희원을 홱, 끌며 돌아섰다.

"자, 잠깐만! 잠깐만 서검!"

제길, 길이 미끄러워 뛸 수도 없다. 뭐, 뛰어봐야 차검 손바닥 안이겠지만.

정윤은 종종종종 걸어와 다시 두 사람의 앞길을 막았다. 두 팔을 널찍하게 벌리고 서더니 푼수같이 웃는다.

……정말 싫다. 지환은 정윤의 웃는 얼굴을 보다가 질색했다.

"희원 씨, 아직 저녁 안 먹었죠?"

"네. 안 먹었어요."

"내 와이프의 식사 여부를 니가 왜 궁금해해. 대체 왜."

"아아, 희원 씨 아직 식전이구나. 나도 식전인데. 이건 마치 운명 같은데?"

정윤은 지환의 괄시를 콱 씹어버리며 희원에게 살갑게 다가섰다. 저 거지 같은 서지환보단 희원을 공략하는 편이 훨씬 유리하단 걸 아는 것이다.

"요 앞에 파불고기 잘하는 집 있는데, 희원 씨 갈래요? 진짜 맛있어. 양도 많이 줘."

"진짜요? 맛있겠다."

"안 먹어. 안 먹는다고."

지환이 급하게 껴들어보지만 정윤은 지환을 아예 등으로 밀어버렸다.

"그럼 희원 씨, 안 먹겠다는 사람 버리고 우리 둘이 갈래요? 오붓하게."

오붓? 오붓? 그 단어가 왜 그 입에서 나와? 해도 내가 해야 할 말인데?

지환은 눈꼬리를 올리며 파고들 틈을 연신 찾아댔다. 마치 등에 눈이라도 달린 것처럼 정윤은 지환을 기술적으로 밀어내며 희원과 분리시켰다.

"야, 지금 부부가 퇴근길에 만나서 데이트 좀 하겠다는데 너는 왜 갑자기 나타나서 방해……."

"시끄럽고 넌 이거나 받아. 너 줄게. 너 다 줄게."

정윤은 홱, 돌아보더니 방금 구매한 베이커리 봉투를 지환의 깁스한 팔 끝에 걸었다. 지환의 손가락 끝에서 빵 봉투가 대롱대롱 흔들린다. 집에 혼자 가서 이거나 먹으라는 뜻인 것 같다.

"희원 씨, 거기 사장님 엄청 잘생겼어. 서비스도 많이 줘요. 내가 단골이거든. 나랑 가면 메뉴에 없는 안주도 막 줘요."

그 불고기집…….

"우와, 진짜 단골이신가 봐요."

"응. 맞아요. 난 초초 단골이거든."

내가 알려줬잖아!

아오. 지환은 희원을 꽉 붙들어 맨 채 자신과 저녁을 먹자고 꼬드거대는 정윤의 어깨를 잡았다. 그러자 치한을 만난 것처럼 정윤이 빠르게 그 손을 붙들고 비틀어 돌린다. 날렵하기가 이루 말할 수 없다.

"아아아아아! 아아아아아! 야 인마!"

깁스한 팔 때문에 균형도 못 잡고 지환이 휘청거린다. 희원은 눈을 동그랗게 떴고 정윤은 그런 와중에 활짝 웃었다.

외롭게 나 혼자 혼밥을 하느니 커플 지옥이라도 서슴없이 들어가겠다, 정윤은 그런 생각을 하고 있는 게 분명했다.

"희원 씨. 파불고기, 콜?"

"놔! 놔 인마! 아아아아!"

· · ◆◆◆◆ · ·

"대박 푸짐하죠? 엄청 맛있지?"

"네. 엄청 맛있어요, 달달하고."

"술을 절로 부르는 맛이라니까요. 여긴 정말 최고야."

정신을 차리고 보니 어느새 파불고기 집에 셋이 나란히 앉아 있다. 지환은 연신 맛 평가를 하며 술을 마시는 정윤을 향해 눈꼬리를 올렸다.

인간이 눈치가 없어도 정도껏 없어야지, 이런 기념비적인 날에 껴들긴 왜 껴들어? 특급 호텔 스페셜 코스를 먹어도 시원찮은 판국에 파불고기가 웬 말이냐? 오늘 우리 와이프가 나 받아준 날인데? 오늘 우리 1일인데?

지환은 빨리 먹고 자리를 파하자는 듯 희원의 팔을 툭툭 쳤다. 그러자 희원이 앙, 가득 문 파불고기를 오물오물 먹으며 맛있다고 응답해준다.

"야, 빨리 가고 싶으면 너 먼저 가. 빵 봉투 챙기고, 희원 씨 두고."

"아오……."

"서지환 씨, 집에 빨리 가고 싶어요? 왜? 무슨 일 있어요? 피곤해?"

"아니……. 없어……."

이렇게 손발이 안 맞아서야. 사정없이 눈꼬리를 끌어올리고 앉아 있지만 관심 가져주는 이 한 명도 없다. 서럽다……. 서러워…….

"자, 희원 씨. 우리 짠!"

"짠!"

둘이 잔을 들자 지환은 급히 잔을 들고 희원의 잔에 가져다 댔다. 정윤은 그런 지환을 바라보다가 입술을 열었다.

"서검, 아직도 삐졌냐?"

"보다시피."

"어후, 삐돌이. 언제까지 삐져 있을 건데?"

"영원히."

"음식에 대한 예의가 아니야, 서검. 정신 차리고 밥이나 먹어."

"싫어. 너 나한테 말 걸지 마. 겸상은 더더욱 꿈도 꾸지 말고."

"그래, 그럼. 그렇게 계속 그림자처럼 있어줘. 나도 그게 편하니까."

옥신각신하는 두 사람 사이에서 희원은 웃음을 터트렸다. 희원이 웃자 지환의 눈꼬리가 이내 순하게 내려간다.

"부인, 왜 웃어?"

"그냥요. 두 분 보기 좋아서."

"보, 보기 좋다니. 어떻게 그런 말을⋯⋯. 내 프레임에 걸려야 할 인물은 저쪽이 아니라 당신인데."

지환이 말을 더듬으며 당황하자 희원은 적당히 음식을 들어 지환의 접시에 덜어주었다. 정윤은 너 먼저 먹어라, 당신 먼저 먹어요, 하는 지환과 희원을 바라보았다. 이제 와 관찰하니 두 사람, 묘하게 찰싹 달라붙어 있다.

"저기, 있잖아. 두 사람 내 앞에선 안 그래도 돼."

정윤은 홀짝 술을 삼키며 말했다.

"그건 또 무슨 말이야."

희원이 내려준 음식을 먹으며 지환이 묻자 정윤은 술잔을 내렸다. 무슨 말인지 알 것 같은 희원은 조용히 웃었고, 정윤은 다소 뱉기 힘든 말을 하는 것처럼 표정을 어둡게 했다.

"나 다 알아. 두 사람 관계. 그러니까 내 앞에선 그렇게 노력 안 해도 된다구."

"뭘 아는데?"

"두 사람 쇼윈도잖아. 나 다 아는데?"

"⋯⋯아."

지환은 탄식처럼 짧게 숨을 뱉었다. 그러곤 정윤의 돌발 멘트에 희원이 무슨 생각을 하는지 궁금했던 지환은 빠르게 희원의 표정을 살폈다. 그런데, 의외로 태평하다.

"희원 씨도 아는 얘기야. 내가 저번에 얘기했거든."

"얘기? 언제?"

대체 이런 이야기를 언제 만나 언제 했다는 거지? 두 사람이?

지환이 이해를 못 했다는 듯 눈을 가늘게 뜨자 정윤은 고개를 절레절레 저었다.

"아, 그건 중요한 게 아니고 하여튼 편안하게 해, 편안하게. 서로 억지로 다정한 척하지 말고. 편안하게. 나 쿨해, 알잖아. 두 사람이 어떻건 난 관심 없어."

정윤이 읊조리듯 중얼거리자 지환은 너털웃음을 흘렸다. 눈치가 빠르다, 관찰력이 좋다, 검사들 사이에서도 정평이 난 정윤이었지만 어떻게 알았는지는 가늠이 되질 않는다. 사무실에선 잘 숨긴다고 숨겼는데.

"뭐, 그래. 안다니 할 말은 없다."

"그래. 편안하게 있어. 그런다고 없던 마음이 생기는 것도 아니고 자연스……."

럽……게…….

정윤은 빈 잔에 술을 따르다가 말꼬리를 흐렸다. 지환이 희원의 손을 테이블 위로 올려 깍지를 끼고는 흔드는 게 아닌가.

"서검 왜 이래? 미쳤어? 희원 씨 불편하게."

"우리 아까부터 계속 테이블 아래서 손잡고 있었는데."

"……왜? 혹시 너 변태야?"

"와이프 손 테이블 아래로 잡으면 변태냐?"

뭐…… 사실 아니라고는 말은 못 하겠는데…….

"하여튼 애쓴다, 두 사람 진짜 애써."

"우리 지금 보여주기식 아니야, 차검."

"그럼 뭔데."

"진심인데. 이를테면 이런 거."

지환은 이번엔 희원의 손등에 입을 맞췄다. 가득 찬 술잔을 들던 정윤은 그대로 손을 멈췄다. 희원도 적잖이 당황했는지 입술을 작게 벌렸다.

"뭐, 뭐 하는 거야. 신성한 파불고기를 앞에 두고."

"이런 건 어때."

이번엔 희원의 어깨를 다정하게 붙잡더니 천천히 지 품으로 끌어당긴다. 다소 놀란 눈치지만, 거부하지 않는 희원의 모습도 충격이다.

"순서가 좀 엉망이긴 하지만 우리 이렇게 됐다. 차검."

"아……."

정윤은 말을 잇지 못하고 두 사람을 응시했다. 파불고기를 먹다가, 맥주를 한잔 나눠 마시다가.

"내가 괜한 말을 해서 못 볼 꼴을 보고 말았네……."

꿈에도 보고 싶지 않은 다정한 부부의 모습을 보고 말았다.

"이렇게 됐어요, 차 검사님."

"됐어요……. 말 안 해도 충분히 알 것 같으니까."

희원이 거들자 정윤은 그만 말하라는 듯 손사래를 쳤다. 아아, 방금 전까지 시원하던 맥주가, 드럽게 쓰게 느껴진다.

"나만 빼고 다 행복해. 젠장맞을 세상."

정윤은 으르렁거리며 중얼거렸다.

"서검 불행이 곧 나의 행복이었는데."

"어쩌냐, 이제 내내 불행하겠다, 너."

"시끄러! 부채질하지 마! 특히 너! 특히 넌 더 안 돼!"

서검을 향해 잔뜩 볼멘소리를 늘어놓던 정윤은 희원에게 시선을 옮기며 활짝 웃었다. 아수라 백작 같다.

"뭐, 희원 씨. 심심한 위로를 보내요. 서검이랑 간간이 행복하게 지내요. 드문드문."

"네, 차 검사님."

"두 사람 잘됐으니까 내가 선물 하나 할게."

"엇, 진짜?"

지환이 반기며 묻자 정윤은 저 멀리 사장님을 향해 손을 들었다. 그러곤 우아하게 흔들었다.

"사장님! 여기 파불고기 2인분 추가요! 여기 축하해줄 일이 있어서! 파 많이!"

사실은 지가 더 먹고 싶었던 모양이다.

· · ✦✦✦✦✦ · ·

걸려 온 전화를 받고 오겠다며 지환이 잠시 자리를 비운 공간.

"아, 너무 좋다. 퇴근하고 누군가와 함께 있는 거."

정윤은 우연히 만난 부부와의 시간이 즐거운지 턱을 괴며 미소를 지었다. 각자의 사연들이 시끄럽게 울려 퍼지는 음식점 안. 다닥다닥 붙은 양철 테이블에 앉아 술을 따르며, 정윤은 희원에게 술을 권했다.

"희원 씨, 서검이 보기보다 무딘 면이 좀 있어요. 살면서 답답할

지도 몰라.”

“예를 들면요?”

“희로애락 모든 면에 좀 무딘 편이죠. 같이 기뻐하고 같이 슬퍼하고, 이런 게 잘 안 되는 것 같더라고요. 공감 능력 제로랄까?”

“씁쓸한데요.”

“……..”

“얼마나 부딪쳤으면 무뎌졌을까, 그런 생각이 들어서요.”

“아…….”

정윤은 의외의 답을 내어놓는 희원의 얼굴을 바라보며 입술을 작게 벌렸다. 동료의 장점, 혹은 좋은 말을 꺼내기가 민망스러워 없는 흉이나 끄집어내려고 했는데. 돌아오는 아내의 답변이란 게 예상하지 못한 따뜻한 말이었다.

“희원 씨처럼 그렇게 생각할 수도 있군요.”

“저도 종종 그런 생각 했었거든요. 그런데 지내다 보니 무딘 게 아니라 무뎌진 것 같다는 느낌이 들어서.”

희원은 술을 홀짝 삼키며 다시 말을 이었다.

“일전에 주신 충고, 감사했어요.”

“내가? 희원 씨에게 충고? 어떤?”

서검 본인이 아물어야죠. 타인은 해줄 수 없어요.

“상처는 스스로 치유해야 한다는 거.”

“……아.”

하지만 의지만으로도 힘겨울 때가 있지. 낫고 싶다고 나을 수 있는 건 신밖에 없을 테니까.

"그런데 어쩌죠, 희원 씨. 나 그날 집에 돌아가면서 그런 말을 한 것에 대해 후회했는데."

"네? 왜요?"

"희원 씨라면 낫게 해줄 수도 있을 것 같더라고요. 생각하다 보니까."

정윤은 후회했다며 낮게 중얼거렸다.

"그리고 모두는 다른 거니까. 전부 다르게 사는 건데 너무 내 입장에서 말했지 뭐예요."

"누구나. 누구나 내 입장에서 설명하게 되는 거니까요. 그걸 원해서 질문했고요."

"그러게. 그런데 후회했어. 차라리 그냥 응원해줄걸, 하고."

시간에 떠밀려 어른이 되었지만 여전히 실수투성이. 저질러놓고 보는 후회 많은 어른아이. 우리는 여전히 모르는 것이, 아는 것보다 많다.

"저도 매일매일 마음이 바뀌어요. 뭐가 옳은 일인지, 모르고 할 때가 더 많아요. 그냥 오늘 이끌리는 대로 다짐하고 생각하고. 철이 좀 없어요."

"다만 사는 거죠. 희원 씨도 나도, 서검도, 오늘을."

"……다만. 다만."

다만. 희원은 정윤의 말을 다시 한 번 곱씹으며 낮게 중얼거렸다.

……그래, 언젠가 어디선가 그런 이야기를 들어본 적이 있다. 과거를 담으면 후회, 미래를 짚으면 불안. 다만 오늘을 사는 것이 가장 안전한 길이라고.

"차 검사님 만나면 기분이 좋아져요. 언니 같아."

"언니 같아, 가 아니라 나 언닌데?"

"아아, 그렇죠? 언니 맞죠."

나는 한 번도 '다만'이라는 단어에 대해 생각해본 적은 없었지만, 생각해보니 이토록 어른스럽고, 굉장히 멋진 말이었다. 모든 것을 아우르고 차분하게 만들어주며, 비워내게 하는.

오로지.

"언니라고 불러요. 차 검사님, 이런 호칭은 너무 매력 없어."

"그럼 그렇게 부를게요. 언니."

나는 다만 오늘을 산다. 다만, 그를 사랑한다.

• • • ✦ ✦ ✦ • • •

"어후, 오늘 무슨 날이야? 사람 엄청 많네."

이슥한 시간이 되어서야 가게를 나선 세 사람은 거리를 누비는 사람들의 행렬에 눈을 크게 떴다. 이 많은 사람들이 대체 어디서 왔단 말이냐 싶을 정도로, 먹자골목의 저녁 시간은 정신없었다.

"나 먼저 갈게! 두 사람 모두 안녕!"

나오자마자 가겠다더니 정윤이 획, 하고 사라진다. 인사를 나눌 경황도 없이 쿨하게 걸어가는 그녀를 바라보다가, 지환과 희원은 서로 마주 보았다.

"대리 기사님 부르려면 오늘 전쟁이겠는데."

"택시도. 눈이 많이 와서 엄청 대란이겠어요."

"천천히 기다릴까?"

"좋지."

급하게 발을 동동 구르며 서두를 필요 없는 시간. 희원과 지환은 느긋한 마음으로 길가에 섰다. 눈발은 어느덧 희미해졌지만 희원은 간간이 그의 머리를 털어주었다. 짧은 머리 때문에 빨간 지환의 귀가 더욱 도드라져, 희원은 웃음을 터트렸다.

"귀여워."

"응? 뭐가?"

"귀가 빨개서, 귀여운데요?"

"내가 추운 게 귀여워?"

"추워?"

희원은 추워어? 물으며 지환의 허리로 쓱 손을 뻗었다. 나무를 감싸 안듯 지환의 허리를 감싸 안자 지환은 그녀를 내려다보았다.

"추워요? 난 하나도 안 추운데."

"아, 덥다. 이제."

"더워졌어? 더우면 떨어져야겠……."

그녀가 다시 손을 빼려 하자 지환은 덥석 그녀의 팔을 잡았다.

"떨어지지 말고 이대로 있어."

그러자 그녀가 웃는다. 지환은 코트를 조금 더 넓게 벌려 그녀의 몸을 에둘렀다.

저 멀리, 한눈에 보아도 택시 승강장의 줄은 끝이 보이질 않고, 대리 기사님을 부르려는 사람들의 목소리는 이곳저곳에서 울려 퍼지고.

"뭔가 우리만 안전한 것 같아, 지금. 그렇지 않아요?"

마치 TV 속 인파를 구경하는 것처럼 두 사람의 시선엔 조바심이 없다. 서로에게 기대어 지나가는 사람들을 물끄러미 보고 있자니, 지나가는 모든 사람들이 이곳에서 사라지고 없어질 때까지 이렇게 서서 기다리고 싶어졌다.

어느 로드 숍에서 따뜻한 멜로디의 음악이 흘러나온다. 그는 그녀의 머리에 얼굴을 기대며 나직하게 물었다.

"우리도 슬슬 움직일까? 바람이 찬데."

"음, 조금만 더 있다가?"

왜 이렇게 서 있는 건지 이유도 알 수 없는 때. 그냥 조금만 더, 서로에게 기대어 있고 싶은 마음만 간절해질 때. 헤어질 것도 아닌데, 함께 집으로 돌아갈 일만 남았는데 왜 이렇게 지나는 1분 1초가 소중해지는 건지.

……풍경마저 아름다워지는 순간. 그는 시선을 조금 더 내려 그녀를 바라보았다. 시선이 느껴지는 까닭에 그녀도 시선을 들어 올렸다.

"왜 그렇게 봐요?"

뜻 없이 묻자 그가 작게 웃는다.

"맞춰봐."

"……."

"내가 왜 이렇게 보고 있는지."

응? 그가 되물어 오자 희원은 고개를 약간 기울이며 눈을 감았다가 떴다. 그러자 천천히 그는 자신의 코트를 잡고 그녀의 얼굴을 덮듯이 가렸다. 순식간에 시야에서 많은 것들이 사라지자 거리를 울리는 음악 소리만 그녀의 귓가에 고였다. 완벽한 그의 품이고, 바람은 비켜 갔다. 그의 입술이 내려오니 천천히 눈이 감겼다.

희원은 그의 허리춤을 잡고 있던 손끝에 힘을 실었다. 찬바람이 그대로 느껴지는 그의 얼굴과 입술이 그녀의 입술과 맞닿았다.

지환은 조금 더 코트를 끌어올려 그녀와 자신의 얼굴을 모두 가렸다. 숨이 엉키고 달아 녹을 것 같은 서로의 입술이 마주 닿자, 그녀는 생각했다.

당신과 함께하는 모든 순간을 엮고, 붙이고, 묶고 싶다. 오늘은 당신과 함께할 내일을 떠올리고, 내일엔 당신과 함께했던 오늘을 곱씹으며, 그렇게 살고 싶다.

……공간을 지배하던 소음과, 들려오던 노랫소리를 지웠다. 한동안이었다.

· · · ◆◆◆◆◆ · · ·

보장된 평화 속에 시간은 흘렀다. 여느 때처럼 그는 일과에 한창이었고, 그녀는 연습에 한창이었다.

"삶은 달걀 먹고 연습한다고? 그거 가지고 밥이 돼?"

— 대충 먹는 거지 뭐. 동료가 달걀을 삶아 왔지 뭐예요. 어차피 연습 중간엔 많이 먹을 수도 없어.

"그래도 그렇게 먹으면 쓰나, 힘이 있어야 연습도 하……."

"이게 누구십니까, 서지환 검사님 아니십니까?"

희원과 통화를 하며 걸어가던 지환은 자신을 부르는 소리에 우뚝 멈춰 섰다.

"아, 당신 연습 들어가. 내가 이따가 다시 전화할게."

— 그래요, 수고.

지환은 희원과의 통화를 종료하며 다가오는 사내를 바라보았다. 백인호 의원이다.

휴대폰을 들고 있던 팔을 천천히 내리며 지환은 자신에게 다가오는 백 의원을 응시했다. 어인 일인지, 그도 혼자였다.

"안녕하십니까, 검사님. 오랜만입니다."

"네. 오랜만입니다."

여전히 사람 좋은 미소를 입가에 걸고 쾌히 인사를 청해 온다. 그런 백 의원의 인사를 달갑지 않게 받은 지환은 묵례 끝에 돌아서려고 했다. 언제, 어느 때에 섞여본들 반가울 리 없는 관계.

"일이 있어서 들렀다가, 이렇게 검사님을 다 뵙습니다."

"아, 네. 그럼 이만."

"언제 한번 식사 자리나 마련해달라고 제 아내한테 부탁을 했는데, 아직 아내가 검사님께 말을 못 전한 모양입니다."

지환은 돌아서려던 움직임을 멈췄다. 백인호가 건네는 이야기의 맥락을 잡을 수가 없어, 잠시 눈길을 다른 곳에 주었다.

"언제 한번 사적으로 만나 식사라도 대접하고 싶은 마음이 큽니다. 시간 좀 내주시죠. 격무에 바쁘시겠지만 말입니다."

"일개 검사가 의원님과 사적으로 엮일 수 있겠습니까? 마음만 받겠습니다."

"이미 사적으로 충분히 엮인 걸로 압니다."

무슨, 뜻인가.

지환은 발끝이 따갑게 느껴지는 긴장감을 삼키며 백 의원을 바라보았다. 뱉는 말과 조금도 어울리지 않는, 백 의원의 얼굴은 만들어낸 웃음으로 가득했다. 백 의원은 손사래를 쳤다.

"오해하지 마십시오. 그저 제 와이프가 검사님 아내분의 팬이라고."

팽팽하게 당겼던 끈을 조금 놓는다. 백 의원은 조금 더 지환에게 다가갔다.

"제 아내가 요즘 한국무용에 관심이 많아졌으니 제가 모른 척할 수가 있겠습니까. 해서 여러모로 공연 문화에 도움이 되고자 힘쓰고 있습니다."

"굳이 제게 하실 말씀은 아닙니다."

"아내가 오지랖이 넓어 검사님과도 연을 텄을 줄 알았는데 아닌 모양입니다. 부담 갖지 마시고 언제 한번 부부 동반 모임이라도 하시죠. 가볍게 말입니다."

"……."

지환이 침묵으로 일관하자 백 의원은 짧은 숨을 내쉬고는 다시 입가에 미소를 매달았다. 이렇게라도 한번 마주치길 벼르고 있었다는 듯, 그는 속내를 흘렸다.

"제 주변 탐색 열심히 하고 계신 것 다 압니다. 오해와 의심은 정치인과 뗄 수 없는 부분이니 충분히 이해하는 바입니다만, 저도 사람인지라 섭섭한 마음이 있습니다."

그는 그저 이 말이 하고 싶었던 거다.

"이해는 합니다. 검사님은 검사님의 일을 하시는 것뿐이니 말입니다."

그렇지. 뒤를 밟고 있음을 모를 수는 없겠지.

"하지만 너무 열심히 하진 마십시오. 상실감이 클 수 있습니다."

"……."

지환은 긍정도 부정도 하지 않았다. 일을 끝낸 그의 보좌관이 저 뒤에서 빠른 걸음으로 걸어오고 있음을 확인한 지환은 다시 인사를 건넸다.

"피차 바쁜 것 같은데 이만 가보겠습니다. 동반 모임 이야기는 못 들은 걸로 하겠습니다."

"그럼 다음에 만날 곳은 검사님 사무실입니까?"

편히 놓아주질 않는다. 지환은 잠시 숨을 고르고는 음성을 누르듯 낮게 답했다. 어차피 감춰봐야 서로 알고 있는 일.

"장담은 못 하겠지만 바람은 가지고 있습니다."

"제가 뭘 잘못하길 기다리시는 것 같습니다. 더욱 조심하며 지내야겠는데요."

"그러셔야 할 겁니다. 더 조심. 더 더 조심."

"……."

"하늘은 넓고 가리는 손바닥은 작으니 말입니다."

지환이 대꾸하자 백 의원은 크게 웃음을 터트렸다. 호방한 그의 웃음소리에 지나가는 사람들이 두 사람을 주시했다.

호감형 정치인으로 정평이 난 백 의원이 웃고 있자, 주변인들도 빙긋 미소 지으며 흐뭇하게 시선을 주다가, 사라졌다.

"하, 검사님. 이러시면 제가 검사님 무서워서 어디 정치하겠습니까? 너무 미워 마십시오. 더 잘해보겠습니다. 제가 잘해야, 검사님들도 편안하십니다."

이만 가볼 요량인 듯 백 의원은 보좌관에게 시선을 주었다. 보좌관의 허리가 약간 내려간다.

"뭐, 모쪼록 조만간 뵐 것 같은 기분이 듭니다. 검사님 사무실이건."

"……."

"다른 어느 곳이건."

표정 뒤 무엇을 감춰두었는지 알 길 없는 백 의원이 돌아선다.

"검사님의 남은 검사 생활, 앞으로도 기대하겠습니다."

……인사일까.

"더불어 아내분의 좋은 공연도 기대하겠습니다. 서울세계무용축제, 기대가 큽니다."

협박처럼 들려왔다.

• • ◆◆◆◆ • •

유난히, 아주 유난히 몸이 가벼운 날이 있다. 서울세계무용축제 준비는 치밀하게, 그리고 순조롭게 진행되고 있었다.

대형 프로젝트인 만큼 준비 기간도 넉넉했고 그만큼 이슈도 많았다. 연습량을 계획적으로 늘려가며 무용수들은 준비에 만전을 기했다.

"배고파……."

희원은 주린 배를 문지르며 다음 연습을 기다리고 있었다. 합을 맞춰야 하다 보니 대기하며 다른 무용수들을 기다려야 하는 경우도 적지 않게 벌어졌다. 내로라하는 최고의 무용수들만 모여 있으니 묘한 경쟁의식도 생겨났다. 그만큼 치열했다.

"그러고 보니 그 뒤로 대표님께 연락이 없네."

희원은 문득 주혁을 떠올렸다.

생각이 정리되면 연락 줘요. 당신의 미래를 위한 선택, 기다리겠습니다.

"기다리실 텐데. 슬슬 연락을 드려야겠는데."

그는 예상했던 일정보다 더 오래 한국에 체류 중이었고, 떠나기 전엔 만나야 했다.

희원은 주혁에게 연락을 해야 한다는 걸 알면서도 머뭇거리게 되었다. 머리가 결정한 일을 마음이 시원하게 따라오지 못하고 있었고, 마음이 이끄는 일은 머리가 말을 듣지 않았다.

사랑 하나와 맞바꾸는 자신의 미래의 꿈을, 지금은 감당해도 나중은 감당하지 못할까 봐. 그의 제안을 거절하기로 이미 결론을 지었으면서도 혹시 후회하지는 않을까, 혹시 내내 후회하며 불행하지는 않을까.

어리석은 결정이었다며 후회하면 어떡하지? 나는 내 선택을 책임질 수 있는 걸까? 나 혹시, 정말 이래도 되는 건가? 이래도. 이대로?

"미쳐버리겠다. 왜 마음 하나를 못 잡고……."

터벅터벅 자신 없는 발걸음을 옮기며 인적 없는 복도를 걸어갈 때였다. 지환에겐 입도 뻥긋 못 했다. 그의 마음을 불편하게 할까 봐. 어차피 안 가기로 생각한 일, 내 안에서 스스로 정리하고 말면 되는 일이었으니까.

"에효, 참, 인생의 기회란 이렇게 가혹해요. 좋을 때 오는 법이 없……."

그때였다.

"여보, 제발 내 말 좀 들어봐, 제발."

코너 뒤에서 들려오는 통화 소리에 희원은 걸음을 멈췄다. 향하던 공간은 코너 뒤에 있지만 어쩐지 지금 그곳으로 가면 안 될 것 같았다. 그곳에서 통화 중인 사람에게 방해가 되고 싶지 않았다.

"제발 들어봐, 여보. 일단 내 얘기를 좀 듣고……."

로리스 킴이다. 희원은 목소리로 그녀임을 알아채고, 더불어 그녀는 남편과 통화 중임을 깨달았다. 슬쩍 고개를 빼고 로리스 킴을 바라보니 그녀는 고개를 숙인 채 이마를 짚은 자세로 남편과 통화 중이었다. 벽에 기댄 모습은 어쩐지 초라해 보였다.

"알잖아. 이건 내 꿈이라고. 난 이제 겨우 꿈을 이룬 사람이라는 거, 당신도 알잖아."

통화 내용은 앞뒤를 잘라 들어도 알 것만 같았다. 인기척을 낼 수 없어 가만히 멈춘 희원은 들려오는 통화 내용이 남처럼 느껴지지 않아, 무거운 숨을 내쉬었다. 그토록 화려하고, 꿈을 이뤄 행복하다고 말하던 로리스 킴의 진짜 인생.

"여보, 난 당신 없으면 안 돼. 날 조금만 더 이해해줄 순 없는 거야?"

화려하게 날아오르던 무용수 로리스 킴이 아닌, 무대 밖 혼자가 되어버린 그녀의 진짜 인생.

"여보, 전화 끊지 마, 제발. 내 얘기를 좀 들어봐, 제발. 제발……"

작은 음성으로 연거푸 한숨만 뱉어내던 그녀는 기어이 끊긴 전화를 붙들고 한참이나 숨을 죽였다. 그래. 그녀가 날아오르는 동안, 그녀의 남편은 행복하지 않았던 거다.

"아, 희원 씨."

마음의 정리가 어느 정도 끝났는지 코너를 돌아 나오던 로리스 킴은 멍하니 서 있던 희원을 발견했다. 적잖이 놀랐는지 그녀의 눈이 커지고, 희원은 웃었다.

"미안해요. 휴게실로 들어가려다가 이렇게, 오도 가도 못 했어요."

잠시 마음을 추스르던 로리스 킴은 괜찮다는 듯 어깨를 으쓱 올렸다.

"나와 남편과의 관계를 알았대도 상관없어요. 어차피 우리 인생이라는 게 이런 거니까. 비밀만 지켜줘요."

"남편의 불행을 묵과할 만큼 로리스 킴, 당신은 정말 행복해요?"

"행복해요."

완강한 대답에 희원은 할 말을 잃었다.

"……그렇군요. 행복하군요."

"행복해요. 그렇게 생각해야 난 나의 지금을 지킬 수 있으니까."

로리스 킴은 아주 작아진 모습을 하고는 중얼거렸다. 떨리는 어깨를 감추고 싶은지 그녀는 한 팔로 자신의 다른 팔을 붙잡았다.

더 이상의 말도, 설명도, 필요가 없어 두 사람은 한동안 침묵했다. 이윽고 로리스 킴의 입술이 열렸다.

"내가 전 세계를 누비는 동안 남편은 매일 나를 기다렸어요. 이젠 지쳤대요. 나는 더 이상 그를 붙잡을 수 없어요."

약간은 울컥한 마음이 드는지, 로리스 킴은 팔짱을 끼며 입술을 잘근 물었다.

"얼마 전 뉴욕의 새로운 맨션으로 이사를 했죠. 거금을 들여 남편의 자가용도 새로 바꿔줬어요. 난 내가 할 수 있는 모든 것을 다 했다고."

"남편분이 원하는 건 다른 게 아닐 거예요. 로리스 킴."

"……."

"당신, 당신을 원하는 거지."

하……. 로리스 킴의 한숨이 낮게 퍼진다. 희원은 그녀의 어깨를 다독였다. 무엇이 잘못되었고, 무엇이 잘된 일이라고 하기엔 그저 꿈을 따른 일밖에 없는 지금.

"힘내요. 내가 할 수 있는 말이 이런 것밖에 없어서 미안해요."

"가끔은 생각해요. 내가, 그냥 평범한 아내였다면 지금쯤 어떻게 살고 있을까."

"……."

"행복했겠지. 지금은 몰랐을 테니까, 그 사람과 함께, 행복했을 거예요. 충분히."

"후회해요?"

"솔직하게 가끔은요. 가보지 않은 길은 미련이 남기 마련이니까요. 난 아직 남편을 사랑하거든요."

로리스 킴은 허탈하게 웃었다. 그다지 위로가 되지 않을 말들과 눈길로 한참이나 로리스 킴의 어깨를 다독이던 희원은 무거운 걸음을 옮겼다.

"휴…… 내 속이 다 쓰리네. 얼마나 마음고생이 심할까."

마치 자신의 미래를 보고 온 것만 같아 심란했다. 누구라도 속 시원히 답을 내어줄 수 없는 현실임을 잘 알고 있어서, 위로조차 엉망이었음을 깨닫고는 긴 숨을 불어 내쉬었다.

"나도 이러고 있을 게 아니다. 기다리는 입장도 생각해야지."

희원은 한동안 생각하다가 휴대폰을 들었다. 그러곤 주혁에게 전화를 걸었다.

인생은 선택과 책임의 연속. 그녀는 선택의 기로에 놓였고,

― 네. 한주혁입니다.

"권희원입니다. 대표님."

― 네. 전화 기다렸습니다.

책임을 지려 하고 있었다.

◦ ◦ ◦ ◆ ◆ ◆ ◦ ◦ ◦

"어서 와요. 권희원 씨."

"안녕하세요, 대표님."

먼저 나와 그녀를 기다리고 있던 주혁은 꼿꼿한 걸음걸이로 다

가오는 희원을 발견하고는 자리에서 일어섰다. 어떤 각오에 단단히 물든 것만 같은 희원의 얼굴을 바라보다가 주혁은 흔연한 미소를 지었다.

서로를 마주 보고 앉아 소소히 안부를 묻는 과정을 보내고, 희원은 마른침을 삼켰다. 긴장한 그녀의 손끝은 자꾸만 물을 찾았다.

"괜찮아요. 편안하게."

주혁은 병원 앞 아이를 달래듯 부드러운 음성으로 말했다. 그녀가 어떤 답을 가져왔는지 즐겨보기로 한다.

"대표님의 제안을 듣고 고민 많이 했어요."

"그래요. 많은 것이 변화할 제안이니 고민은 해야겠죠."

주혁은 서류 가방을 열고 계약서를 꺼냈다. 그녀 앞으로 밀며 읽어보라 눈짓했다.

"완벽한 조항은 아닙니다. 원치 않는 것들은 바꿀 수 있어요. 읽어보고 검토해줬으면 좋겠군요."

나눴던 이야기의 실물이 눈앞에 등장하자 희원은 재차 마른침을 삼켰다. 여전히 울대에 맺혀 있는 말들은 뒤죽박죽이고, 뱉어내는 순간까지도 어떤 말이 나올지 자신이 없었다.

이 서류 안에, 나의 성공이 깃들어 있다.

"지금 흔들리고 있는 거, 다 압니다."

주혁은 보여주었던 미소를 감췄다. 당신만큼 진지하다고, 표정을 바꿨다.

"어렵겠죠. 이런 삶의 변화는 겪어본 적 없을 테니, 기대되는 만큼 두려운 마음도 이해합니다."

그녀를 잡고 싶다. 키워낸 많은 무용수들처럼 그녀를 완벽하게 만들고 싶다. 오만하고 무지한 한국의 작은 무용수를, 세계적인 무대의 주인공으로 세우고 싶다.

"하지만 당신의 잠재된 능력, 무대에 서고 싶은 욕심, 이런 것들을 묶어두고 살기엔 아까워요. 권희원 씨도 알 거라 생각하고."

당신이 옳았다며 변한 인생에 감동할, 무용수 권희원을 보고 싶다.

말없이 계약서만 응시하고 있는 희원에게 말을 건네다가, 주혁은 툭 하고 질문을 던졌다.

"남편 때문에 고민입니까? 그래서 쉽지 않은 겁니까?"

그녀의 눈빛에 미세한 변화가 깃든다. 주혁은 그럴 줄 알았다는 듯 너털웃음을 흘렸다.

"남편이 그러던가요? 가지 말라고. 그건 욕심입니다. 누구나 자기 그릇이 있어요. 그 그릇의 크기를 억지로 줄인다고 되는 일이 아닙니다."

"남편은 아직 모릅니다."

"……모른다고?"

"네. 아직 말을 안 했거든요."

희원은 천천히 고개를 들었다. 주혁은 이해가 되지 않는다는 것처럼 고개를 비스듬히 꺾었다. 부부가, 이 정도의 큰일을 상의하지 않으면 어쩐단 말인가?

"어째서 말을 하지 않았습니까? 남편의 의견도 필요할 텐데?"

"그의 의견은 중요하지 않아요. 내 인생을 거는 일이니까요."

"이해가 되질 않는군요."

"나중에 후회한다 해도 그의 탓으로 돌리고 싶지는 않았어요."

희원은 말끝에 계약서를 주혁의 방향으로 밀었다. 까칠한 종이 질감에 닿은 손끝이, 마비되듯 저리게 느껴졌다.

……내 손을, 떠난다.

"제안을 거절하려고 왔습니다."

"이봐요, 권희원 씨."

주혁은 자세를 고쳐 앉았다.

"대표님께서 보셨다는 제 미래, 기뻤어요. 다른 사람도 아닌 대표님께 그런 말을 들으니 조금 특별하게 여겨진 것도 사실이에요."

"이러지 말아요. 당장 계약하자는 건 아니니 가서 검토라도……."

"아뇨. 안 볼래요. 검토하면 계약서에 사인할 것 같아서."

희원이 웃자 주혁은 이마를 짚었다. 이 멍청하고 어리석은 무용수를 어쩌면 좋단 말인가? 스타로 만들어주겠다고. 당신, 세계 제일의 별이 될 수 있다는데.

"다시 생각해요. 이건 단순한 호의가 아니라 제안이란 말입니다."

"전 엄한 할아버지와 함께 보수적인 집안에서 자랐어요."

희원은 회상하듯 긴 시선으로 주혁을 응시했다.

……그래, 내게도 오랜 꿈이 있었다. 하나만 알고, 하나만 배우고, 하나만 바라보며 자랐으니 자연스럽게, 당연하게도.

"할아버지께선 가진 것을 지키고, 지키기 위해 노력하는 분이셨어요. 저도 은연중 그렇게 배우며 컸고요."

처음 할아버지 손을 잡고 한국무용의 길로 들어선 나이, 세 살.

기타와 드럼 소리보다, 대취타와 가야금 소리를 더 좋아하던 소녀의 시절을 지나,

"그런 집의 문화가 싫고 답답해서 결혼을 선택했는데, 독립해서 살다 보니 저도 할아버지와 똑같이 살고 있지 뭐예요."

교복보다 한복이 편안하던 학창 시절을 거치고, 어깨를 나란히 하던 동료들이 하나둘 사라지는 순간마저도 지켜온 지금,

"가진 것을 지키고, 지키기 위해 노력하고."

이곳이 내 자리다.

"더 많은 것을 가지는 것만이 능사는 아닌 것 같아요. 있는 자리에서 최선을 다하며, 느려도 그렇게 가볼래요. 내가 해야 하는 일이란 계승, 지키는 일이니까."

"변명입니다. 흔들리잖아. 날아오르고 싶잖아, 당신."

"그만큼 지키고 싶은 것도 많아서요."

결국 말을 뱉고 나니 현실이 되고, 생각했던 것보다 훨씬 더 마음은 편안해졌다. 그래, 이 길이 옳다는 것처럼. 원했다는 것처럼.

"제안 정말 감사했습니다. 대표님이 해주신 말씀, 잊지 못할 거예요."

희원은 일어섰다. 더 이상 앉아 있다간 마음이 어떻게 흔들릴지 모를 일이다.

"권희원 씨, 권희원 씨."

"네?"

주혁은 급한 마음에 따라 일어서며 그녀를 불렀다. 인사를 하고는 걸음을 옮기려던 희원은 멈춰 서 주혁을 바라보았다.

불쾌함이 묻어나는 얼굴로 주혁은 미간을 일그러트렸다. 벽 보고 얘기하듯 답답한 모양이다.

"당신 지금 실수하는 거야. 이런 기회가 또 올 거라 생각합니까? 당신은 어떻게 이 실수를 감당하려고……."

"대표님은 실수가 두려우신 모양이네요. 전 그렇지 않아요. 실수, 살면서 많이 했거든요."

"그런 말이 아닙니다. 이건 여타의 실수와 비교도 할 수 없다고."

"실수를 받아들이지 못하는 사람은 오직 벼랑 끝에서 다음 발을 내디딘 사람뿐이에요."

"……."

"제겐 남은 길이 많아서, 넘어져도 괜찮아요."

주혁은 처음으로 할 말을 잃었다. 희원은 진심을 다해 감사 인사를 건네며 웃었다.

"감사했어요. 꿈에서도, 이곳에서도. 내내 성공하시길 진심으로 바라겠습니다. 앞으로도 많은 무용수들의 꿈이 되어주세요. 대표님."

자, 이제 남은 것은 단 하나. 나는 나의 선택을 따르면 되는 것이다.

❖ ❖ ❖ ❖ ❖ ❖ ❖ ❖ ❖

"여보세요? 어디예요?"

식사 장소를 나서며 희원은 지환에게 서둘러 전화를 걸었다. 이곳에 오기 전, 지환과 통화를 했었다.

— 지금 앞에 와 있어. 약속 있다며, 벌써 끝났어?

"그럼요. 벌써 진즉 끝났죠."

희원은 그가 이곳 앞에 와 있다고 말하자 걸음이 빨라졌다. 조금 전 통화 때, 약속이 있다고 하니, 데리러 가도 되냐고 묻더라.

당연히 된다고 말했더니 거짓말처럼 그가 이곳에 서서 자신을 기다리고 있다. 누굴 만났냐고, 뭘 했냐고 묻지도 않는다.

"나 지금 한주혁 대표님 만났는데."

그녀가 일순 걸음을 늦추며 말하자 답이 없다. 희원은 웃음을 터트렸다.

"불만 있구나?"

— 아니, 뭐, 딱히, 그렇다기보다. 또 아니라고 하기도 뭐 하고.

"나 있지, 무시무시한 제안을 받았다고요. 대표님이 나 세계 스타로 만들어준다고."

— 아아, 뭐, 어? 뭐라고?

"어떡해? 나 스타 만들어준다는데? 그분 우리 업계에서 전설인 거 알죠?"

그의 말이 잠시 끊긴다. 희원은 걸음을 멈췄다. 그래, 놀랐을 것이다. 당황했을 것이고.

"나 어떡해? 어떻게 했으면 좋겠어요?"

— 나야 뭐 할 말 없지. 당신의 미래인데 당신이 선택해야지. 옳은 길로.

그녀 입가에 저도 모르게 미소가 걸린다.

"그런데 왜 말이 없었어? 잠깐? 무슨 생각 했어요?"

— 검사 일을 그만두고 당신 매니저를 해야 하나, 그 생각 했지.

"뭐어?"

— 설마, 나 떼어놓고 가려고? 나 데려가야지.

"일은 어쩌고! 당신도 일해야죠!"

— 당신 매니저 해도 안 굶고 살 것 같아서. 내가 관둬야겠다. 괜찮아, 어차피 총도 없는데 뭐.

희원은 황당한 그의 답변에 다시 걸음을 옮기기 시작했다. 그러다가, 걸음이 빨라졌다.

— 다 좋은데 일단 만나서 얘기하자. 나도 지금 경황은 없으니까. ……지금까지 쓸데없는 걱정을 했지 뭐야.

일말의 주저 없이 편을 들어준 그의 말 앞에, 그토록 싫다 말하며 놀려댔던 그의 농담 앞에, 그녀는 마음의 고삐를 풀고 후들거리는 다리로 내달렸다. 자신을 발견하고 휴대폰을 내리는 그를 향해 달린 희원은 다짜고짜 그를 끌어안았다.

"어, 왔어? 금방 내려오……."

그녀는 그를 꽉 끌어안고는 산소통을 낀 것처럼 편안하게 숨을 내쉬었다. 꿈은 변하기 마련이고, 세워둔 공식이란 바뀌기 마련이다. 지금 그녀가 세운 공식의 답은, 그였다.

"찾았다, 내 꿈."

· · · ◆◆◆ · · ·

"……하."

희원이 떠난 자리. 그녀가 두고 간 계약서만 말없이 바라보던 주혁의 잇새로 탄식이 터졌다. 정신을 차려보겠다는 것처럼 마른세수를 하더니, 그는 믿을 수 없다는 것처럼 시선을 위로 들어 올렸다.

이렇게 말문이 막혀본 일도 처음이다. 무슨 말을 해도 통하지 않을, 그녀는 어느덧 그런 눈빛을 하고 있었다.

막연히 변화를 두려워하는 눈빛도 아니었고 가본 적 없는 미래에 대한 불신의 눈빛도 아니었다. 지금의 결심을 언젠간 후회할 거라는 것까지 내다본. 하지만 그마저도 자신의 몫이라고 확정 지은. 그의 입장에선 쓸데없이 대범하고 겸허한, 그런 눈빛이었다.

"무슨, 이런……."

대표님은 실수가 두려우신 모양이네요.

"겁이 없는 거야, 겁이 많은 거야, 대체 뭔데……."

실수를 받아들이지 못하는 사람은 오직 벼랑 끝에서 다음 발을 내디딘 사람뿐이에요.

……휴. 주혁은 긴 숨을 불어 내쉬며 그녀가 두고 간 계약서를 들어 올렸다. 눈이 휘둥그레질 만큼 높은 단가로 책정한 계약금도, 파격적인 대우로 마련한 다른 조건들도 무용지물이 되어버리고 말았다.

"하, 진짜. 할 말 없게 하네."

야심 차게 만들어 온 계약서를 바라보던 주혁은 실성한 사람처럼 헛웃음을 토했다. 귓불까지 뜨거워올 만큼 자존심이 구겨졌고, 속은 새카맣게 타버렸다.

거절. 거절을 당했다.

"뭘 그렇게 대단한 것들을 지키고 산다고, 어떻게 이걸……."

벌써 두 번째 거절. 단 한 구간도 이해가 되지 않는 거절의 이유. 주혁에게 성공이란 화려하지만 외로운 길이고, 그런 것들을 감수해야만 하는 길이었다.

제안을 받은 모든 이들이 그 길을 기꺼이 택했으며, 따라서 당연한 길이었다. 그렇게 자신을 따라 성공을 거머쥔 무용수들은 주혁에게 트로피가 되었고 재산이 되었다. 그런데, 거절을 했다.

"말도 안 돼. 이깟 현실에 안주하고 살면서 얼마나 만족할 수 있을 것 같아? 미련하긴."

주혁은 그녀의 선택을 믿지 않았다. 그녀의 잘못된 선택을 어떻게 해서든 되돌려주고 싶었다.

아니, 사실은 거절을 받아들이고 싶지 않았다. 자신을 위해서.

"내 사전에도 실패는 없다고. 데니스 한에게 그런 오점을 남길 수는 없으니까."

그는 사실 실패를 견디지 못하는 사람이었다. 성공 궤도만 달려온 그는 실패를 끔찍하게도 두려워했다. 마치 그녀의 말처럼 벼랑 끝에 서 있는, 한순간에 모든 것을 다 잃어버릴 것만 같은 망상을 안고 있게 했다.

그녀를 붙잡고 싶다. 자신의 판단이 틀리지 않았음을 설득하고 싶다. 달아날수록 포기가 되질 않는다.

"다시 생각을 정리하고, 연락을 해야겠어. 이런 방식이 어울리지 않는다면 다른 방식으로라도."

실패. 사실은 해본 적이 없을뿐더러, 경험하고 싶지도 않았다.

· + + ◆ ◆ ◆ + + ·

"요즘 일이 힘들어졌어. 인호 너도 알듯이 단속이 심해져서 손해가 이만저만이 아니야."

백인호 의원과 만나기로 약속이 되어 있던 그의 사촌 형 차민규는 그의 집으로 찾아와 서재로 걸음 했다.

누구도 믿지 않는 백인호 의원은 서재 이외의 공간에서 차민규를 만나지 않았다. 제한된 장소, 제한된 시간 안에서만 은밀하게 친척이자 금괴 밀수의 중간책을 맡고 있는 차민규를 만났다.

"인호야, 니가 힘 좀 써봐. 인맥은 뒀다 뭐 해? 니 인맥이면 검사한 명 날려버리는 건 일도 아니잖아."

차민규는 껄렁한 자세로 소파에 앉아 특유의 쨰지는 목소리로 말을 이었다. 친척이고, 형이니 이름을 부르는 것은 당연한 일이지만 백인호 의원의 얼굴은 어딘가 모르게 편치 않다.

서로의 치부를 쥐고 있으니 함부로 대할 수는 없지만, 일이 아니었다면 평생 보며 살고 싶지 않은 상극의 두 사람이다.

"모르면 가만히 있어. 검사가 그렇게 쉬운 상대인 줄 알아? 각자의 수사권이 있다고. 공론화도 어렵지 않고."

모르면 가만히 있으라는 백 의원의 말에 차민규는 어깨를 으쓱 올려 보였다.

"아아, 그래? 그렇지. 난 별로 아는 게 없으니까. 가만히 있을게."

차민규는 바로 수긍하는 말을 하며 손을 들어 보였다. 동생인 주제에 사람 무시하는 백인호의 저 말투는 언제 들어도 비호감이지만 어쩔 수 없다. 보통 동생은 아니니까. 대한민국을 쥐었다 폈다 하는 대단한 정치가였으니까.

"자금이 필요해. 눈치 보며 미룰 시간이 없어."

백인호는 차민규에게 자금이 필요하다고 말했다. 공항 검색이 까다로워져 대다수의 금괴가 발이 묶인 채 현금으로 돌지 않고 있었다. 무릇 정치란 돈이 있어야 가능했고, 돈이 있는 곳으로 사람이 모여드는 법.

"인호야, 돈이 필요하면 뭐 해. 움직일 수가 없다니까? 지금 공항 사정이 좋지 않아요. 알면서 그래."

"그게 형의 일이야. 몰라?"

"인호야. 내가 널 위해 얼마나 열심히 일했냐? 나 진짜 내 목숨 내어놓고 일하는 거야. 너 알잖아. 그런데 요즘은 어렵다고."

"어렵다?"

"……그래. 어, 어려워. 좀 많이."

백인호의 날 선 눈빛을 받아낼 깜냥이 없는 차민규는 높게 치켜들었던 턱을 내리며 시선을 피했다.

아랫사람 부리듯 자연스럽게 자신을 부려먹으려 하는 동생 백인호가 마음에 들지 않아 은연중 틱틱거리는 말투가 나오지만, 그것도 금세 사라지고 만다. 어찌 되었든 한량으로 살아 별 볼 일 없던 자신에게 출처 남지 않는 거만의 부를 주었고, 자잘한 사고를 치고 돌아다녀도 가진 힘으로 금세 풀어주고 마는, 능력자였으니까.

"아, 알았어. 더 노력해볼게, 인호야. 안 되는 일이 어디 있겠어. 하면 다 되는 거지."

"그래. 그래야지. 그렇게 말해야지."

백인호는 깍지를 낀 채 책상에 올려놓았던 손을 내렸다. 이번에 새로 부임한 SUC 방송국 사장에게 당과 관련된 호의적 뉴스를 청탁하며, 동시에 방송국 부지 선정에 힘을 써달라는 청을 받았다.

국토부 관계자들을 만나 손을 써야 했고, 따라 뻗어나갈 줄기에 하나하나 돈을 발라야 했다. 모든 것은 전부 돈으로 시작해서 돈으로 끝이 난다.

"이만 가봐. 수고하고."

"어, 그래. 알았어."

그리 길지도, 중요하지도 않은 말을 하려고 여기까지 사람을 불렀나 싶어 차민규는 슬쩍 고개를 돌리고는 미간을 일그러트렸다.

"저, 그런데 인호야. 이제 나 감시하는 거 그만해도 돼."

서류를 들춰보려던 백인호는 손길을 멈췄다.

"내가 한두 살 먹은 애도 아니고. 난 있지, 그렇게 감시하는 똘마니 붙여놓고 있는 거 되게 불편하다? 너 그거 알아? 누가 너 24시간 감시한다고 생각해봐. 편하겠어?"

"감수해. 감수할 만하잖아."

"인호야, 나 좀 풀어줘라. 너를 위해 내가 이렇게 애를 쓰는데."

"나를 위해 애를 쓰는 게 아니라 형 본인을 위해서 이렇게 사는 거야. 말은 똑바로 해."

"……."

"그리고 말인데, 적당히 자중하면서 있어. 벌써 경찰서만 몇 번을 들어갔다가 나오는 거야. 이러려고 개명시킨 줄 알아? 사람 얼굴에 먹칠을 해도 유분수지."

"아, 그건 내가 술 먹고 작은 실수를……."

"그 정도면 병이야. 알코올중독 센터에 가보든가."

"너, 넌 무슨 형한테 그렇게 섭섭한 말을……."

"술만 마시면 그렇게 사고를 치는데, 내가 그런 자잘한 일로 사람들 입에 오르내려야……!"

……휴. 백인호는 끓어오르는 속을 잠재우려는 듯 깊은숨을 내쉬었다. 자신이 봐줄 거라는 것을 믿고 이름을 팔고 다니며 자잘한 사고를 끊임없이 치고 다니니, 조용히 수습을 하는 것만도 큰 스트레스였다.

"밖으로 소문내지 않게 하는 것도 일이야. 잘하라고, 앞으로."

"알았다. 동생 앞날에 누가 되는 형이라 미안하다. 내가 입이 열개라도 할 말이 없네."

차민규는 영혼 없는 목소리로 동생 비유에 맞을 대꾸를 늘어놓고는 소파를 돌아 나왔다. 돈이 필요하다니 돈을 마련하러 떠나야 할 때. 잔재주가 비상하여 지금껏 들키지 않고 정체를 숨긴 채 잘해왔으니, 앞으로도 잘할 수 있을 것이다.

"주시하는 눈이 많아. 더 조심하고."

"나도 알아. 걱정 마라. 동생."

차민규는 백인호를 힐끗 바라보고는 서재를 나왔다. 조용한 집을 걸어 나오다가 희주를 만났다.

"여어, 제수씨."

"오셨어요."

"온 게 아니라 가는 중입니다. 제수씨는 얼굴 보기 참 힘들어요."

차민규는 응접실로 걸어가는 희주와 마주치자 기분 나쁜 웃음을 지었다. 사람을 순식간에 위아래로 훑는 시선. 희주는 숨을 꾹 참으며 그의 시선을 받아냈다.

"뭐, 제수씨 신세나 내 신세나 크게 다를 것 없는데, 언제 한번 밥이나 먹읍시다. 내가 맛있는 걸로 제대로 대접할 테니까."

"……살펴 가세요."

"제수씨는 인호 서재 출입이 가능한가? 혼자서도?"

묵례를 건네는 희주에게 차민규는 머리를 긁적이며 헛소리를 해 댔다. 그게 무슨 말이냐는 듯 희주가 바라보자, 차민규는 이내 손을 저으며 비위 상하는 웃음을 터트렸다.

"아니, 그냥 물어봤어요. 서재 출입은 안 되겠지 아마. 인호가 제수씨한테 그런 것까지 다 보여주고 말해주겠어요?"

"무슨 말씀이세요?"

"아니, 아니라니까. 아니, 그것도 아닌 것 같네. 한 침대 쓰는 사이면 그런 말도 하려나? 한 침대에선 못 할 말이 없을까?"

차민규는 말끝에 시선을 다시 희주에게 주고, 위아래를 빠르게 훑었다. 참고 싶지 않은 수치심이 올라왔지만 희주는 여느 때처럼 평범하게 인사를 건네고는 돌아섰다. 정말이지 싫은 인간투성이다.

"갈게요, 제수씨. 잘 있어요, 우리 인호 잘 부탁합니다. 인호가 표정만 무섭지, 나랑 둘이 있으면 영락없는 애라니까요. 형 말이라면 껌뻑 죽고."

"네."

"힘든 일 있으면 나한테 다 말해요. 내가 인호 혼내줄 테니까."

"……안녕히 가세요."

"그래요, 갑니다."

차민규는 껄렁껄렁하게 손을 흔들며 사라졌다. 참고 밀렸던 숨을 한꺼번에 내쉬며 희주는 감정을 다스리다가, 고개를 들었다. 서재. 문득 서재에서 벌어지는 일들이 알고 싶어졌다.

희주는 먼 곳으로 시선을 주며 그의 서재를 말없이 바라보았다. 무언가 지환과 관련된 일들이 저 안에서 벌어질 것만 같은, 그런 느낌이 왈칵 밀려들었다.

◆ ◆ ◆ ◆ ◆ ◆ ◆ ◆ ◆

"아무리 그래도 그렇지, 일을 그만두겠다는 소리가 서지환 씨는 그렇게 쉽게 나와요?"

집으로 돌아온 희원은 다과를 준비한 뒤 지환과 식탁에 마주 보며 앉았다. 너 한 입 나 한 입, 과일을 먹던 희원은 지환을 향해 가늘게 눈을 흘겼다. 해외로 진출하게 되면 검사직을 관두고 매니저로 따라오겠다던 말이 떠오른 것이다.

"진짜 대책 없어. 나는 나고 서지환 씨는 서지환 씨지. 어떻게 일을 그렇게 쉽게 관둘 생각을 해요."

"쉽다니. 누가 쉽대."

"3초 만에 튀어나오던데 뭘. 그만두고 따라오겠다고. 매니저로 취직시켜달라며?"

"아아, 그거."

지환은 생각났다는 듯 웃었다.

"쉽게 말한 거 아닌데."

"그것도 농담이었어?"

"농담도 아니었는데."

"……"

"물론 일을 관둬야 하는 건 어렵겠지만, 당신이 하는 결정보다는 쉬울 것 같아서 그렇게 말한 건데."

희원은 눈을 동그랗게 떴다. 그는 턱을 괴고는 둥근 미소를 지었다.

"그렇잖아. 아무렴 내 선택이 당신의 선택보다야 쉽겠지. 난 그렇게 생각했는데."

"으른이다, 으른. 서지환 씨는 으른이네."

약간은 감동받았다고, 희원이 예쁜 얼굴을 하고는 웃자 지환은 그녀의 얼굴을 빤히 바라보았다. 속이 쓰릴 텐데. 아마도 평생을 품어온 꿈일 텐데.

"후회 안 하겠어?"

"뭐를요?"

"계약서 보지도 않고 발로 뻥, 차버린 거."

"아아, 제안요."

흠. 희원은 짧게 숨을 끊어 쉬며 지환이 하고 있듯 턱을 괴었다.

"후회할 수도 있어요. 알잖아, 난 생각보다 신중하지 않고 뭔가 즉흥적이라는 거요."

"나 때문에 그런 결정한 것 같은데, 나중에 후회하면 어쩌나 싶어서."

그의 염려는 이를테면 이런 것들이었다. 내가 너를 가둬두는 형국이 된 건 아닐까. 내 곁에 남았음이 불행하게 되면, 어떡해야 하나.

"물론 당신이 잘 생각했겠지만 마음이 아주 편하지 않……."

"후회할지도 모른다니까? 아마도 내 성격에 살다가 분명히 후회할 거예요."

지환은 그녀의 대꾸에 입을 다물었다.

"나는요, 있잖아요. 후회하지 않을까 봐 이런 선택을 한 게 아니라."

"……"

"결국 후회해도 서지환 씨가 곁에 있다면 괜찮을 것 같아서."

"나보다 더 으른이 여기 있네. 으마으마하네."

지환이 희원의 말투를 따라 하며 중얼거리자 그녀는 웃음을 터트렸다.

"그리고 그런 생각도 했어. 내가 대표님이 알아볼 정도의 뛰어난 무용수라면 결국 언젠가는 더 많은 사람들에게 인정받지 않을까? 그런 생각?"

희원은 이번엔 양손으로 턱을 괴고는 상체를 스윽 앞으로 밀었다. 의자에서 일어나 무릎을 세우고, 발돋움을 하며 팔꿈치로 테이블 위를 미끄러지듯 그에게 가까워져 갔다.

별생각 없이 포크로 과일을 찍어 입으로 가져가던 지환은 움찔, 하며 손길을 멈췄다. 그녀는 턱밑까지 순식간에 얼굴을 들이밀고 다가와서는, 세상 다시없을 연약한 표정을 짓고 있다.

"나한테 해줄 마지막 말이, 나 최고라고 했잖아요."

"아, 아, 그랬지."

조금 전까진 어른이었던 그녀가.

"그 말 진짜 좋았어요. 몰랐겠지만 그 말이 엄청 힘이 되었다고요."

아이가 되어버린 것만 같은 눈빛을.

"내 사람에게 인정받는구나, 와, 인정받았구나. 나 그럼 성공한 거 아닌가? 막 그런 생각도 들었고요."

즐겨보던 만화영화의 주인공을 실제로 만난 것 같은 수줍음을.

"물론 사랑한다는 말도, 좋았어요."

헤. 희원이 눈꼬리를 둥글게 하며 웃자 지환은 저도 모르게 손에 힘을 주었다. 딱딱하게 굳어선 부들부들 떠는 남편의 손을 힐끔, 바라본 희원은 다시 그의 눈을 바라보았다.

"포크 휘었어. 서지환 씨."

"……아, 아아. 어."

미안하다. 힘이 넘쳐난다…….

지환은 접시에 포크를 내리며 고개를 돌리고 헛기침을 했다. 뭔가 바라는 것이 있는 것처럼 양손으로 턱을 괴고, 불편한 자세를 굳이 유지하며 자신을 바라보고 있는 그녀의 얼굴로 다시 시선을 옮겼다.

어딘가 새침해 보이기까지 하는 그녀의 지금 분위기는 어린아이에서 금세 다른 무엇으로 변하고 만다. 그게 뭐더라. 그게 뭐였지.

"있잖아요, 나 궁금한 게 있는데."

"아아, 궁금한 거."

"나는 동물로 치면 뭐 닮았어요?"

그래. 나도 지금 그거 생각하고 있었어.

지환은 지금 그녀의 얼굴을 바라보자니 점점 선명해져가는 동물을 떠올렸다.

"여자들은 동물로 많이 비유하잖아요. 뭐, 강아지 상도 있고……."

희원은 고양이 같다는 말을 듣고 싶어 말꼬리를 흐렸다. 고양이. 고양이라고 말해줘요. 서지환 씨. 냐옹이. 냐옹이. 에옹. 에옹.

"삵……."

"뭐? 뭐요?"

사아아삵? 희원은 상체를 벌떡 일으켰다. 지환은 순식간에 멀어지는 그녀의 얼굴을 따라 시선을 들었다.

"지금 내가 뭐라고 했지?"

친애하는 판사님. 저는 아무 죄가 없습니다.

"삵? 삵? 삵이라고 했어요, 지금 나한테?"

"내가 삵이라고 했어? 설마? 마음의 소리를 그대로 한 거야?"

"이 남자가 진짜!"

왜냐하면 여우에게 홀린 심신미약 상태이거든요.

지환은 여우라고 말할 뻔하다가 겨우 고양잇과에 도달했는데, 고양이까지 오지 못하고 삵에서 합의를 마치고 말았다. 다행이야. 하마터면 스라소니라고 할 뻔했어.

"와이프한테 삵 같대. 삵을 닮았대. 와, 대박사건."

"진정해. 삵도 새끼 때는 귀여워. 얼마나 귀여운데."

"내가 새끼냐 지금? 새끼야? 나 어른인데?"

"멸종 위기의 소중한 동물이야. 귀한 동물이지."

"됐거든요! 고양이 두고 굳이, 굳이 삵이래. 참 나."

희원이 이내 눈꼬리를 사정없이 끌어올리며 열을 내자 지환은 속으로 생각했다. 저 봐. 똑같이 생겼잖아. 털만 세우면 완벽하다.

"삵은 잊어버려. 과일 먹자. 아직 남았는데."

"됐고요, 댁이나 많이 드세요. 야생에서 나고 자란 저는 사냥이나 하러 가야겠네요."

쳇. 희원이 쌩하니 고개를 돌리며 자리를 벗어나려고 하자 지환은 일어섰다. 총총총 하며 걸음을 옮기는 희원의 무릎을 툭 치자 뒤로 꺾인다.

"엄마야!"

지환은 금세 균형을 잃고 뒤로 넘어지는 희원을 한 팔로 붙잡았다. 척, 받아서 척, 세우더니 척, 하고 깁스한 팔과 가슴 사이에 희원을 밀착시켰다.

"이 인간이 진짜, 뭐 하는 거예요 지금!"

사냥.

"떨어져 있기 싫은데. 이러고 집도 치우고 설거지도 할까?"

"뭔 소리 하는 거예요, 지금! 이러고 무슨 집을 치워. 아, 놔요!"

"같이 다니자니까?"

버둥거려도 놓아주질 않는다. 포크 휘어지듯이 휘어질지도 모른다는 생각에 희원은 버둥대다가 멈췄다. 어느 틈에 안긴 것이 나쁘지 않은지 금세 얌전해진다.

지환은 툭, 하고 자신의 가슴에 머리를 기대오는 희원을 바라보다가 소리 없는 웃음을 지었다. 뭔가 길들여지는 것 같은 기분은 그저 느낌 탓인가?

"서지환 씨, 나 청소 귀찮아."

"내가 하지 뭐. 나 청소 전문이야."

"설거지도 귀찮아."

"그것도 내가 하지 뭐. 사실 나 한 팔로 설거지 잘해."

뭐든 지가 하겠다니 희원은 너털웃음을 흘리고 말았다.

"빨래도 귀찮아."

"걱정 마, 내가 할게."

"분리수거도 귀찮아."

"걱정 마. 안 그래도 그것도 내가 하려고 했어."

얼떨결에 모든 집안일이 지환에게 넘어간다. 그래도 좋은지 놓아주려 하질 않는다.

"농담이에요. 시간도 늦었는데 서로서로 도와 정리해봅시다. 서지환 씨."

"아냐. 다 귀찮다며. 내가 할게."

"됐다니까?"

"씻는 건 안 귀찮아? 그것도 내가……."

희원이 고개를 위로 올리며 다시 삶으로 돌아가자 지환은 허공으로 시선을 옮겼다.

"이거 놔줘요. 놔줘야 씻든지 설거지를 하든지 할 거 아냐."

그녀가 놓아달라며 가슴에 얼굴을 비비자 지환은 눈을 질끈 감았다가 떴다. 놓고 싶지 않고, 떨어지고 싶지 않다.

그는 더욱 그녀를 힘주어 끌어안았다. 단단한 가슴과 깁스 사이에 끼어, 희원은 편안한 숨을 고르기로 한다. 하지만 그것도 잠시.

"괜찮아. 원래 삶은 철망 사이에 껴서 노는 거 좋아하거든. 너도 여기 껴서 놀아."

"야이씨, 서지환! 죽을래?"

안녕하세요, 내 와이프는 삶입니다.

비싼 여자

크기를 가늠하기 힘들 만큼 넓은 호텔 스위트룸. 호텔 피트니스 클럽에서 이른 운동을 마치고 돌아온 주혁은 객실에 딸린 사우나를 즐기고 나왔다.

쉐이빙 크림을 턱 주변에 부드럽게 올린 뒤 예리한 눈빛으로 면도를 시작했다. 작은 실수도 허용하지 않겠다는 듯 섬세하게 날을 밀자 쉐이빙 크림이 밀려 올라가며 반듯해진 턱이 모습을 드러냈다.

"굿."

평소보다 면도가 잘됐다는 생각에 주혁은 눈썹을 추켜올리며 만족스러워했다. 한동안 거울 앞에서 관찰하듯 얼굴을 바라보던 주혁은 익숙하게 머리를 손본 뒤 샤워실을 나섰다.

미리 주문해둔 조식 테이블 아래 놓인 조간신문을 하나 집어 들고 드레스룸으로 향한 그는 여러 장 걸린 셔츠를 하나하나 밀며 힐끗, 간간이 셔츠로 시선을 주었다.

"흠, 오늘은 이걸로 할까."

손끝으로 밀어내던 셔츠들 사이에서 하나를 선택한 뒤 거울에 비춰보며, 주혁은 고개를 작게 끄덕였다. 그는 타고난 감각과 센스로 타의 추종을 불허하는 패션을 선보였다. 어디서나 이목을 끌었고, 주목을 받았다.

한 손엔 신문, 다른 한 손엔 셔츠를 꺼내 든 주혁은 이내 슈트를 고르고 거울 앞에서 옷을 입었다. 마치 종교의식을 치르듯 아침마다 같은 순서를 따르며 일과를 준비하는 그는, 오늘 어느 때보다 신중했다. 줄곧 희원을 떠올리고 있었다.

"마지막 기회……."

여심을 홀리기에 적당한 향수를 골라 가볍게 뿌리며 주혁은 중얼거렸다. 오늘, 그녀와 자신에게 주어진 마지막 시간. 부드러운 권유가 통하지 않는다면 강렬한 인상으로 끌어당겨볼 생각이다.

그녀의 사정이야 어찌 되었건 간에 사업하는 사람의 입장에서 그냥 포기하고 말 일은 아니었다. 아까운 인재였고, 그의 입장에선 놓치면 손해였으니까.

"놓칠 수 있겠나, 무슨 수를 써서라도 잡아야지."

어쩐지 한동안 느낄 수 없었던 승부욕마저 활활 불타올랐다. 묘하게 이 순간을 즐기는 것 같기도 했다. 손에 넣지 못하는 것을 오랜만에 마주했고, 그것을 잡기 위해 안간힘을 써야 하는 지금 이 순간이 무척 흥미롭게 다가오는 것이다.

그래. 흥미로웠다. 갖고 싶은 것을 탐한다는 것은, 어떠한 의미로는 삶을 뜨겁게 했으므로.

"자, 이제 준비는 다 된 것 같고."

무조건 갖고 싶었다. 그녀가 그렇게 만들었다. 토끼는 움직이는 모든 것에서부터 도망치는 것이 당연했으며, 그것이 본능이라면,

사자는 자신에게서 멀어지는 것을 향해 미친 듯 달려드는 것이, 본능이었으니까.

"그럼 가볼까."

언제나 사자는 빨랐다. 도망치는 것이 빠르게 멀어질수록. 사력을 다해 피하려 들수록.

· · ◆ ◆ ◆ ◆ ◆ · ·

"원아, 오늘 끝나고 뭐 하냐?"

"나? 오늘 저녁에?"

희원은 다가온 구언을 바라보며 돌아섰다. 각자 스케줄이 바빠 한동안 뜸하다가 오늘 오랜만에 마주한 녀석이다. 구언은 수건을 들고 땀을 닦으며 가까이 다가왔다.

"같이 밥 먹자. 오랜만에."

"밥? 오늘?"

희원은 느닷없이 밥을 먹자는 녀석을 뚱한 눈빛으로 응시했다. 구언은 툭툭 머리를 털더니 그녀를 힐끔 쳐다보았다.

"뭘 그러고 보냐? 얼마 후에 너 생일이잖아, 인마."

"아, 내 생일. 그렇지, 얼마 안 남았네."

"생일 당일이나 앞뒤로는 밥 먹기 힘들 거 아니야. 남편도 있고 가족들도 있으니까."

무심결에 기억이 난 것처럼, 녀석은 말을 이었다.

"스케줄 보려고 달력 보다가 이맘때쯤 뭐가 있었던 것 같아서 보니까 네 생일이 있더라고."

"아, 그랬구나."

"작년에야 뭐, 너도 할 일 없고 나도 할 일 없어서 밥을 생일날 먹었다고 하지만 요번엔 힘들 테니까."

별스럽지 않은 기억이 두 사람 사이로 스친다. 혹독한 통금 시간에 시달리던 그녀는 생일 파티도 훤한 대낮에, 점심식사로 대신하곤 했다. 때때마다 녀석이 있었던 시절.

"뭐, 설마, 아직도 나랑 둘이 밥 먹기 부담스럽다거나 그런 거 아니지? 설마? 설마?"

"아, 아냐. 그런 거."

희원은 고개를 저으며 웃었다. 녀석의 마음은 지금쯤 어디를 달려가고 있는지 정확하게 알 길은 없었지만, 표정만큼 편안해진 거라고 믿어보기로 한다.

"그래, 구언아. 밥 먹자. 오늘 시간 괜찮아."

"콜. 그럼 내가 아는 곳으로 예약해둔다?"

느껴진다. 과거를 해치지 않고, 미래를 엮지 않으며, 현재에 공존할 수 있는 방법. 그런 것들을 내내 고민하고 연구했을, 녀석의 마음이.

"저, 구언아."

"아? 왜?"

휴대폰을 꺼내며 돌아서는 녀석의 옷자락을 붙잡았다. 자연스럽게 돌아서며 눈빛으로 궁금증을 내보이는 녀석을 바라보다가, 희원은 입술을 열었다.

"고마워."

사실은 그보다 더 큰 미안함이 있지만.

"뭐가 고마워. 밥 한번 사준다는 게 옷자락까지 붙잡으며 고마워할 일은 아니잖아, 우리 사이에."

"아니, 든든해서."

"별소리를 다 듣는다. 이따 봐. 나 예약해야 해서 바빠."

녀석은 마음에 담지 않은 채 다시금 돌아서고 멀어졌다. 희원은 휴대폰을 들고 사라지는 녀석을 바라보다가, 작게 미소 지었다.

고마워. 그리고 다행이라고 생각해. 멀어지는 너의 그림자가, 더는 무거워 보이지 않아서.

"휴, 서지환 씨는 뭐 하는데 연락도 없고 전화도 안 받고. 다시 전화해볼까?"

희한하다. 고맙다는 말과 미안하다는 말은 조금도 닮은 구석이 없는데, 한꺼번에 전달되는 것이.

"아니다, 확인하면 전화 오겠지. 바쁜데 괜히 들들 볶지 말고 기다려야겠다."

문득 '고맙다'와 '미안하다'는 이란성쌍둥이와도 같다는 생각이 들었다. 모습은 닮지 않았지만 떼려야 뗄 수 없는 한 몸과도 같은 사이. 각자 다른 모습으로 태어났지만, 하나의 공간에서 한날한시에 태어난 운명과도 같은 사이. 빼고 더할 필요 없이 언제나 한마음 한뜻으로 움직이는 거라고.

그래서 고마워, 그리고 미안해.

· · · ◆ ◆ ◆ · · ·

"어? 서지환 씨!"

연습을 끝내고 구언과 이동을 하려는데 연습실 밖에 지환이 기다리고 있다. 희원은 걸음을 멈추며 눈을 동그랗게 떴다. 전화가 오지 않기에 바쁜가 보다, 기다렸더니. 야근인가, 오늘 아주 많이 늦는 건가 싶어 내심 걱정했더니.

"연락도 없이 언제 왔어요?"

"그냥. 서프라이즈."

웬 거지 같은 서프라이즈를 하고 있다. 희원은 믿지 않게 눈을 흘기며 타박하듯 말을 꺼냈다.

"연락을 해야지, 연락을. 엇갈리면 어쩌려고 이렇게 연락도 없이 와서 무작정 기다리고 있어요?"

"연락을 하면 서프라이즈가 아니잖아. 뭘 모르네."

"이렇게 서 있어도 하나도 안 놀랍거든?"

"웃기시네. 눈은 토끼 눈을 하고 종종 걸어왔으면서."

희원은 그제야 자신의 눈이 커져 있다는 것을 깨닫고 게슴츠레 눈을 떴다. 지환은 멋쩍게 웃으며 이실직고를 했다.

"사실 볼일이 있어서 근처 지나가다, 계속 일이 바빠서 연락은 못 하고 끝날 시간인가 싶어서 왔는데 당신이 나온 거야. 이제 전화하려고 했어."

"그랬구나, 메시지라도 주지 그랬어요."

"아아, 공무 집행 중이라."

공무 집행. 내 남편의 입에서 튀어나온 말이 너무 낯설어 희원은 웃음을 터트렸다.

그녀보다 조금 더 늦게 연습실에서 나오던 구언은 지환을 발견하고는 우뚝 멈췄다. 지환과 구언의 시선이 동시에 마주친다.

"뭐야, 저 할 말 없게 생긴 놈은."

"누구? 아, 구언이."

희원이 힐끔 돌아보고는 난처한 표정을 지었다. 어떡하지? 난 구언이하고 약속이 있는데.

"아, 맞다. 서지환 씨하고 구언이, 두 사람 친해졌다고 하지 않았어요?"

"내가 언제? 내가 왜 저 할 말 없게 생긴 놈이랑⋯⋯."

⋯⋯아. 그랬지. 친하다고 했지.

지환은 문득 데니스 한을 만났던 날을 떠올리며 말꼬리를 흐렸다. 그사이 구언이 가까이 다가왔다. 이놈 저놈 같은 마음을 품고, 오만상을 찌푸린 채 마주 섰다.

"오셨, 와, 왔, 왔어. 형."

어색한 인사가 공중을 떠돈다.

"에, 네, 에, 어, 응. 왔다, 구언아."

서로 싫어 죽겠다는 표정을 짓고는 영혼 없는 친한 말들로 인사를 주고받는다. 희원은 두 사람을 멀뚱멀뚱 보다가 구언의 곁에 다가가 섰다.

왜 그리 가? 내 옆으로 와야지? 지환이 미간을 사정없이 구기자 희원은 웃었다.

"어떡하지? 나 오늘 구언이랑 둘이 밥 먹기로 했는데."

"아…… 밥……. 둘이……."

유구무언 이 자식……. 지금 내게 총이 없다고…….

"서지환 씨가 연락이 없어서 구언이랑 먹고 집에 들어가려고 했죠."

"아…… 그렇구나……. 우리 와이프가…… 선약이 있구나……."

지환은 세상 서럽다는 표정을 지으며 중얼거렸다. 구언은 미래를 보고 왔다는 것처럼 겸허하게 눈만 감았다가 떴다. 제길, 그녀에게 무슨 사심이 남아 밥을 사겠다고 한 건 아니지만, 정말이지 개탄스럽지 않을 수 없다.

"가, 같으……."

구언은 마지못해 웅얼거리다가 결국 말을 다 잇지 못한 채 접었다. 옘병, 정말 데려가기 싫다.

"어? 뭐라고? 같이 가자고?"

그렇게 말꼬리를 흐렸건만 귀신같이 알아듣고는 지환이 아는 척을 해온다. 저, 저, 같이 가자니까 속도 없이 웃는 낯 좀 보소. 그녀의 남편이지만 정말이지 너무너무 꼴 보기 싫다.

"진짜? 서지환 씨도 같이 가도 돼? 정말?"

그녀마저 반가워하며 덥석 물자 구언은 긴 숨을 불어 내쉬었다.

몰래 쉬고 싶지만 입김이 살벌하게 흘러나온다. 하…….

"저번에 형이…… 비싼 걸 사주기도 했고……. 신세 갚아야지……."

"그래. 맞다. 내가 그날 쓴 밥값을 아직도 갚고 있어."

지환은 하하하, 하하하하, 크게 웃으며 그녀를 자신의 옆으로 끌었다. 구언은 헛기침을 뱉었다.

그래. 밥을 둘이 먹건 셋이 먹건 중요한 건 아니다. 생일 밥 정도는 사고 싶었으니까. 그저, 그것뿐이니까. 남편이 있다면 그녀가 더욱 마음 편하게 식사할 수 있겠지.

구언은 마음속에서 일련의 정리를 마쳤다. 정말이지 접시에 코 박고 밥이나 실컷 먹어야겠다.

"그럼 우리 일단 이동할까?"

가자고, 구언은 차 키를 꺼냈다. 그때였다.

빠앙! 세 사람 사이로 클랙슨 소리가 울려 퍼지고, 동시에 세 사람은 소리가 나는 방향으로 돌아보았다.

아파트 한 대 값은 우습게 뺨 때리고 지나갈 고급 차량이 멈춰 서 있다. 이윽고 운전석 문이 열리고 번질번질한 구두가 땅에 닿자, 지환과 구언의 얼굴은 휴지처럼 구겨졌다. 희원은 입술을 작게 벌렸다.

"권희원 씨, 이제 끝났습니까?"

오늘 무슨 날인가? 찾아온 이는 주혁이었다.

"주문해요. 오늘은 내가 살 테니."

주혁은 호방하게 손짓하며 모두에게 주문하기를 권고했다.

자리가 이상해졌다. 희원과 단출하게 생일 밥이나 먹으려고 했는데 남편이 오더니, 이제는 세상 잘난 놈까지 껴들어 자리가 북적북적해졌다. 지환과 구언은 메뉴판 위로 서로 시선을 마주쳤다.

이봐, 유구무언. 저 자식 저거 진짜 잘난 거 맞아? 이제 보니 밥 먹을 사람 하나 없는 것 같은데? 지환이 눈으로 묻자,

정신 차려요. 지금 저놈이 진짜 밥이나 먹자고 여기 왔겠습니까? 구언이 눈으로 답했다.

"흠, 이게 좋겠는데. 권희원 씨는 어떻습니까?"

주혁이 중얼거리며 메뉴판을 희원에게 보여주었다. 희원의 시선은 주혁이 내민 메뉴판에 머물고, 지환과 구언은 다시 눈빛을 주고받았다. 일단 저 자식이 산다고 하니 메뉴는 제일 비싼 거.

"난 이걸로 해야겠다."

구언은 메뉴판을 대강 훑고는 제일 비싼 메뉴를 골랐다. 돈 잘 버는 잘난 놈이 굳이 사겠다는데 말릴 이유란 뭔가. 좋은 걸로 먹어주마. 상관없잖아, 어차피 잘 버니까.

"흠, 그럼 나는."

지환은 구언이 멈춘 곳을 힐끔 보다가 따라 멈췄다. 잘 모를 땐 남이 고르는 메뉴가 최고다.

"오케이. 나도 이거."

손쉽게 메뉴 선정을 마친 두 사람이 고개를 들자 희원과 주혁이
바라보고 있다.

"다 골랐습니까?"

주혁이 묻자 조금 더 염치없는 구언이 메뉴판을 직원에게 보여
주었다.

"식사는 이걸로. 와인은⋯⋯."

"와인은 내 쪽에서 주문하죠."

엇, 와인까지 최상급으로 시키려는데 주혁이 제지한다. 그러더
니 쏼라쏼라 하며 와인을 주문한다.

"가능하겠습니까?"

"메뉴엔 없습니다만 특별한 때를 위하여 갖춰놓았습니다. 가져
다드리겠습니다."

심지어 메뉴판에도 없는, 더 비싼 놈으로 주문을 하니 구언과 지
환은 또다시 서로 힐끔, 바라보았다.

나도 해? 나도 돈지랄 좀 해? 나도 할 수 있어. 구언이 눈썹에 힘
을 주며 움찔움찔하자, 적당히 해. 지는 게임은 하는 게 아니야. 라
고 말하듯 지환은 짧게 고개를 저었다.

그저 눈빛만 오고 가는데 말이 통한다. 두 사내는 주혁의 돈 지
랄에 꽤나 열을 올렸지만 식사와 와인은 죄가 없음에 합의를 끝마
치기로 한다.

희원은 멀뚱멀뚱 두 사람을 번갈아 바라보았고, 주혁은 그런 희
원을 바라보았다. 누가 보아도 이상한 자리였다.

• • • ◆ ◆ ◆ • •

"처음 밀라노에서 이 와인을 처음 접했습니다. 그날은 무척 특별한 날이었는데, 이곳에서 추억할 수 있게 되다니 재미있군요."

주혁은 와인잔을 빙글 돌리며 중얼거렸다.

"아, 얼마 전에 과속했다고 딱지가 집으로 왔더라고. 뭐지, 생각해보니까 대리 기사님이 딱지를 끊었더라."

구언은 갑자기 생각이 났다는 듯 말을 이었다.

"내일 대설 특보가 내려졌던데, 출근을 평소보다 일찍 해야겠어."

지환은 혼잣말처럼 중얼거리며 스테이크를 썰었다. 셋이 각자 떠들고 있다.

"이 와인엔 꼭 곁들여야 하는 치즈가 있는데 지금 이 치즈도 괜찮네요. 구성 자체로 너무 훌륭하군요."

"내가 과속하는 사람이 아닌데 이상하다 했어. 딱지를 끊을 줄이야."

"올해는 눈이 작년보다 많이 내리는 것 같은데, 느낌 탓인가?"

……여전히 따로국밥이다.

희원은 차례대로 그들의 얼굴을 바라보았다. 아까부터 서로 하는 말을 전혀 듣지 않고, 지들 하고 싶은 말만 하고 있다.

끼어들자니 한 명의 이야기만 아는 체할 수도 없고, 가만히 듣고 있자니 정신이 산만해진다. 함께 식사하는 것 같지만 묘하게 따로 노는 세 남자를 바라보다가 희원은 나이프를 내렸다.

그러자 동시에 시선이 따라오며 적막이 내려앉는다. 아, 이제 좀 살겠다.

"우리 통일된 대화를 좀 나눌 수는 없을까요? 너무 각자 떠들고 있는데."

"그게 좋겠군요."

주혁은 손가락을 부딪치며 소리를 내었다. 이제 지방방송은 정리가 되고 자신이 말할 수 있게 되었다고 생각하는 모양이다.

그러나 남은 두 사내의 생각은 조금 다른 것 같았다. 서로 지 말만 하려고 여전히 대기 중이었다.

"통일된 대화를 나누려면 통일된 주제가 있어야 하는데, 우리에게 통일된 주제와 대화란 당신의 이야기뿐이라."

주혁이 희원을 바라보며 중얼거리자 구언과 지환의 입가로 알 수 없는 미소가 떠올랐다. 그래. 그거 좋지.

"제…… 이야기요?"

희원은 머뭇거렸지만 구언과 지환은 머뭇거릴 이유가 없었다. 그녀의 이야기라면 누구에게 뒤지지 않을 만큼 가지고 있다고, 서로는 생각했으니까.

· · ✦ ✦ ✦ ✦ ✦ · ·

"권희원 씨를 처음 만났을 때 무척 강렬했습니다. 그렇게 느리고, 고고한 춤사위는 처음이었으니까요."

주혁이 회상하듯 말하며 와인을 한 모금 삼켰고, 구언은 자신의 빈 잔에 와인을 따랐다. 와인, 세 병째다.

"제가 희원이를 처음 만난 건 고등학교 때였고, 이후 다시 만난 게 스물네 살? 세 살? 하, 그때 권희원은 정말 날아다녔어요."

"궁금하군요, 유구언 씨. 그때의 권희원 씨는 여전히 오만했습니까?"

"물론이죠. 오만하기 그지없는, 세상 혼자 사는 무용수였죠."

주혁과 구언이 '희원'이라는 주제를 가지고 대화를 나눈다.

"그녀의 춤엔 특별한 것이 숨어 있어요. 전율이 일었습니다. 무척 오랜만에 느껴봤다고 할까."

"다른 건 몰라도 대표님의 안목은 확신합니다. 저도 희원이의 춤사위에 깃들어 있는 감정을 하나하나 존중하니까요."

엠병, 껴들 틈이 없는 지환은 조용히 와인을 삼켰다.

주혁은 와인을 연거푸 삼키다가 약간의 힘을 실어 잔을 놓았다. 타이를 비틀어 내리는 그 모습이 여간 섹시한 것이 아니다.

"권희원 씨에게 날개를 달아줄 수 있는 사람은 오직 나뿐입니다."

남자의 섹시함. 드럽게 불쾌하다. 주혁이 입가를 섹시하게 닦자 지환은 오만상을 찌푸렸다.

"저로 말할 것 같으면 희원이를 가장 오랜 본 사람이죠. 누구보다도, 더, 오래."

구언이 자신감에 찬 얼굴로 희원을 바라보며 중얼거린다. 이제 보니 여기, 묘하게 자기 어필하느라 정신이 없다.

"희원의 히스토리는 듣는 것보다 보는 것이 더 가슴에 남습니다.

그런 의미로 전 오랜 시간 동안 그녀와 친구로 지내며 영광의 시절을 보냈네요."

"사랑해."

"풉!"

주혁은 구언의 이야기를 들으며 홀짝 와인을 마시다가 느닷없는 지환의 목소리에 주르륵 와인을 뱉었다.

사랑해.

섹시하게 닦고 말고 할 정신도 없이 손등으로 입술을 닦으며 고개를 들자, 지환이 희원의 머리를 쓸어 넘기며 헛소리를 나불거리고 있다.

이미 구언은 영혼을 탈곡했는지 이 세상 사람 아닌 표정을 짓고 있다. 지환은 다정하게, 그리고 낮게 다시 입을 열었다.

"사랑해."

"아…… 어……."

미, 미쳤나 봐! 왜 이래요!

희원이 얼굴을 붉히며 간신히 웃음을 매달자 지환은 사랑스러워 죽겠다는 표정을 짓고 그녀의 머리를 쓸어내리다가, 다시 앞을 바라보았다. 두 사내의 일그러진 표정을 바라보고는 손짓했다.

계속해봐. 그렇게 니들끼리 계속 떠들어봐.

"두 분은 말씀 나누시죠, 편안하게. 잘 듣고 있습니다."

어차피 내가 이기는 게임이니까.

테이블엔 와인 네 병째 들어왔다.

"미래는 도전하는 사람에게 아름답습니다. 오늘은 내일을 위해 존재하는 거니까. 그런 의미로 권희원 씨는 도전을 멈추면 안 됩니다."

주혁은 여전히 그녀의 미래에 집착했고, 구언은 그런 집착에 침착한 대응을 했다.

"도전의 기준이란 모호하지 않습니까? 오늘을 살아가는 것조차 위대한 도전이라고, 저는 생각하는데요."

그리고,

"사랑해."

때마다 대화에 조금도 어울리지 않는 말로 분위기를 박살내는 사람이 여기 있다.

"······쉣."

쉣. 주혁은 도리질을 쳤고,

"······하."

구언은 탄식하며 이를 꽉 깨물었다. 틈만 나면 '사랑한다'는 말로, 지환은 두 사내의 미간에 깊은 내 천川 자를 선사했다.

"거참, 적당히 합시다. 고막에 닭살이 끼었잖아요."

구언은 질색하는 얼굴을 하며 지환을 바라보았다. 그녀의 머릿결을 다정하게 쓰다듬으며 지 혼자 다른 세상을 살고 있다.

"아아, 미안합니다. 제가 때와 장소를 가릴 줄 아는 사람이 아니다 보니."

적의 적은 아군이라고 했지만 이 상황에 누가 더 적군인지 판별이 어려울 지경이다. 지환은 계속 떠들어보라며 두 사내에게 손짓했다.

"이쪽은 신경 쓰지 말고 말씀들 나누세요. 우린 괜찮습니다."

너무나 신경 쓰이게…….

"그리고 우리는 지금 1분 1초가 아쉬운 신혼부부니까. 더더욱 신경 쓰지 마세요."

지금 니가 만들고 있잖아!

아오, 구언은 눈꼬리를 끌어올리며 와인을 마셨다. 힐끔 주혁을 바라보니 저쪽도 터지기 일보 직전이다. 지환은 아닌 척하며 묘하게 사람 속을 긁어댔다. 시종일관 웃고 있는 지환의 얼굴도 영 마음에 들지 않는다.

결국은 승리자다 이거냐…….

"그나저나 대표님, 괜찮으세요? 와인 많이 드신 것 같은데."

희원은 지환의 손길을 슬쩍 바깥으로 밀며 주혁을 바라보았다. 그의 주량을 알 길은 없지만 마신 양이 살벌한 것은 사실이다.

"괜찮습니다. 사내들끼리 술 한잔도 섞지 않고 할 수 있는 이야기가 많지 않네요."

그는 또다시 보조개를 꺼내며 웃었다.

"특히나 이런 분위기를 맨 정신으로 버티기엔 무리가 있고."

"이런 분위기라니? 어떤?"

지환이 껴들며 묻자 주혁의 이마에 씰룩씰룩 실핏줄이 터진다. 본인을 겨냥한 말이라는 걸 알고도 뻔뻔하게 물어보는 저 불량한

양심. 너무나도 불쾌하다.

"분위기를 만들고 있는 당사자가 그걸 모른다고 하면 쓰겠습니까?"

불쾌하다! 너무나!

"대표님께선 표현의 자유, 존중해주실 줄 알았는데 아닌 모양입니다."

"표현도 적당한 테두리 안에서 존중을 받는 법이죠."

"아내에게 사랑한다는 말을 하는 것이 테두리를 벗어난다는 건가요? 근거 있는 말입니까?"

"근거는 내 기분이 근거입니다. 다른 게 근거가 아니라."

"워워, 침착해요. 아직 사랑한다는 말은 스물여덟 번 정도 더 남았으니까."

……취한 척하고 그냥 때릴까.

주혁은 와인을 한 입 삼키며 깊게 숨을 내리쉬었다. 마치 희원이라는 강력한 무기를 손에 쥔 것처럼 의기양양 어깨 펴고 있는 꼴이라니, 너무나 보기 싫다. 그녀는 어째서 저런 남자와 결혼까지 하게된 걸까.

"여기, 와인 한 병 더."

주혁이 와인을 더 시키자 지환은 조용히 와인을 마셨다. 한 놈은 그녀의 미래를 걸고 열을 올린다. 또 한 놈은 그녀의 과거에 취해 열을 올린다.

그래봐야 소용없는 얘기란 말이다. 난 그녀의 현재니까. 흥.

"와인 너무 많이 마신 것 같은데……."

희원이 중얼거리며 빈 병을 바라보자 주혁은 턱을 괴고 그녀를 바라보았다. 보조개는 평소보다 깊게 파였다.

"더 마실 수 있습니다. 난 아직 권희원 씨에게 할 말이 남았으니까."

……후. 이윽고 주혁은 고개를 돌리며 짧게 숨을 불어 내쉬었다. 어떻게든 사업적인 이야기를 시작하려고, 그는 지금까지 예열의 시간을 보냈다.

주당인 두 사내의 틈에 껴서 한두 잔 의식 없이 마시다 보니 꽤나 많은 양의 와인을 마시고 말았다. 흐트러질 정도는 아니었지만, 순간순간 아찔함이 다녀갔다.

"잠깐 실례 좀 할게요."

희원이 자리에서 일어서자 세 사내의 눈에 번쩍하고 불꽃이 튄다. 둥근 테이블에 각을 잡고 앉아 멀어지는 희원의 뒷모습만 바라보던 세 사내는 척, 고개를 돌리며 서로를 째진 눈빛으로 바라보았다.

구언은 적당히 좀 하라며 지환에게 눈빛으로 타박했고 흥, 몰라, 지환은 고개를 옆으로 돌리며 외면했다. 주혁은 깍지 낀 손을 테이블 위에 올리며 목소리를 낮췄다.

"서지환 씨, 단도직입적으로 묻겠습니다."

"아뇨. 빙빙 돌려 물어봐주세요. 저는 못 알아듣는 걸 좋아합니다."

저걸…… 죽여 살려…….

주혁은 이미 많이 먹은 와인을 벌컥벌컥 삼키며 화를 참았다. 자꾸 열이 받는데, 구체적으로 왜 열이 받는지는 잘 모르겠다. 후, 주혁은 짧게 숨을 쉬었고.

"권희원 씨에게 해외 진출에 대한 제안을 했습니다. 그런데 거절을 당했죠."

"너무 단도직입적인데. 더 빙빙 돌려 말할 순 없겠습니까?"

"서지환 씨, 장난 사절입니다. 난 진지하니까."

"누군 장난처럼 보입니까?"

지환은 홀짝 와인을 비웠다.

"이렇게까지 하는데도 내 말뜻을 이해 못 하고 있는 건 대표님인 것 같은데요."

"아내의 미래가 엉망이 되어도 괜찮다는 말입니까?"

……빈 잔을 돌려보다가, 지환은 헛웃음을 토했다. 그러곤 시선을 들었다.

"권희원의 미래가 왜 당신의 손에서 완성이 된다고 생각합니까? 당신 아니면 엉망인가?"

"당연하지. 나니까."

주혁은 깍지 낀 손에 힘을 주며 나직하게 답했다.

"당신 와이프는 당신의 아내로만 살기 너무 아까운 인재라는 말입니다. 나는 모든 가능성을 열어줄 수 있는 사람이고."

"그것참 대단하군요."

"그런 대단한 사람에게 잠시 맡겨줄 순 없겠습니까? 최고가 될 수 있단 말입니다, 당신의 아내는."

"당신의 아내, 라는 표현 말고 무용수 권희원으로 표현할 순 없겠습니까? 그녀는 내 소유물이 아닌데 말입니다."

"당신이 당신의 아내로만 머물길 바라잖아. 권희원이라는 대단한 무용수가."

어느덧 말이 짧아진 주혁에 눈빛에 취기가 보인다. 저걸 들이받아? 말아? 지환은 잠시 고민하다가 와인을 따르며 입술을 열었다.

"그 대단한 무용수가 내 곁에서 살겠다는데 난들 존중 안 할 이유가 있겠나?"

들이받을 필요 없이, 그냥 같이 말 놓으면 되는 거다.

"게다가 사랑하는데."

"하, 사랑? 사랑이 밥 먹여주나? 성공을 이뤄주나? 날개를 달아줘?"

"밥 먹여주고, 성공 이뤄주고 날개, 달아줘."

"……."

"당신은 잘 모르겠지만."

"어리석긴."

"뭐, 보다시피 내가 좀 철이 없어서."

지환이 피식 웃으며 답하자 주혁은 표정을 일그러트렸다. 그녀만큼 말이 통하지 않는 답답한 인물이다. 희원이 성공하면 남편인 본인도 함께 인생이 바뀔 수도 있는 일인데, 왜 저러고 들으려고도 하지 않는 건지 모르겠다.

"취한 것 같은데 자리 파하죠. 더 있다간 서로 웃으며 헤어지지 못할 것 같은데."

구언이 자리 정리에 나서자 주혁은 가득 따른 와인을 다시금 한껏 비워냈다. 술김인가, 이토록 감정 조절이 되지 않는 것도 처음이다.

휘청휘청하는 손을 들어 지환을 가리켰다. 삿대질이다.

"똑바로 들어. 나는 당신 와이프를 반드시 데리고 갈 거야. 내가 틀리지 않았다는 걸 보여줄 거야. 당신 와이프를 내가, 세계 최고의 무용수로 만……."

쿵, 지환은 거칠게 와인병을 내렸다. 주혁은 천천히 말꼬리를 흐렸고, 그제야 지환은 사납게 주혁을 바라보다가 입술을 열었다.

말끝마다 당신 와이프, 당신 와이프.

"당신은 서지환의 와이프를 보러 이곳에 왔나? 무용수 권희원을 보러 온 게 아니고?"

"……."

"그것부터 정확하게 인지하고 말해주면 좋겠군요. 서지환의 아내를 보러 온 건지, 무용수 권희원을 보러 온 건지도 모르는 사내에게 그녀의 미래를 맡길 수는 없는 거니까. 더더욱."

그녀가 저 멀리 걸어오는 것을 인지한 지환은 천천히 웃었다.

"한마디 덧붙이자면 날 붙잡고 이런 말을 해봐야 소용없습니다. 모든 선택은 그녀가 스스로 하는 거니까."

"당신은 그럼…… 뭘 하는데."

"선택에 대한 존중. 믿으니까."

영문 모르는 그녀는 자리에 앉았다. 휴, 답답하리만치 틈이 없는 부부였다.

"왜 그렇게 대표를 도발합니까? 애도 아니고."

지환이 화장실을 찾자 구언이 따라 들어온다. 거울 앞에 지환이 서자 녀석의 타박은 시작되었다.

"뭘 그렇게까지 발끈해서 정색을 해요? 딱 봐도 그 대표 취했던 데."

"걸어오는 싸움은 피하기가 힘드네. 사람을 직접 때릴 순 없으니 말로 때릴 수밖에."

그 싸움…… 본인이 먼저 걸지 않았나…….

"정식으로 초대도 받지 않은 사람이 자리에 껴서는 헛소리를 지껄이는데, 내가 정상인으로 받아줄 수가 있겠어? 심지어 내 아내와 관련된 일인데?"

그러는 본인은…… 정식으로 초대받아서 온 것처럼……?

"사돈 남 말 하고 있다……."

"지금 무슨 소리 들은 것 같은데. 그거 내 얘긴가?"

"아, 아녜요. 설마."

구언은 혼잣말처럼 중얼거린 것을 귀신같이 들은 지환을 향해 손을 내저었다. 그러다가 힐끔, 시선을 들어보니 지환이 자신을 바라보고 있다.

"그쪽은 괜찮나? 꽤 마시던데."

"나요? 난 괜찮죠."

"와인 잘하네."

"그러는 댁은 아닌 것처럼."

가성비가 좋지 않은 남자 둘이서 이죽거린다.

"팔은 어쩌다가 그렇게 됐습니까?"

"어, 말하자면 팔을 내어주고 그녀를 얻은 전설의 사건이 있었지."

"쉽게 좀 말해요."

"계단에서 굴러떨어졌어."

죽을 뻔했지. 지환이 중얼거리며 자신의 얼굴을 요리조리 바라본다. 이제 보니 이 남자들, 의식의 흐름대로 대화를 이어가고 있다.

"거, 참 잘생겼다. 참 잘생겼네."

"……나요?"

구언은 나 말하는 거냐며 고개를 들었다. 그러자 지환이 질색하는 얼굴을 하고 있다.

"그건 또 무슨 헛소리? 나요, 라니?"

"댁? 그, 그럼 지금 댁 말한 거요? 본인이 본인더러 잘생겼다고?"

"무슨 질문이 그래? 둘이 있는데 그쪽 아니면 나겠지. 두개골이 쓸데없는 걸 지키고 있네."

"성격…… 진짜 최악이다…….."

지 입으로…… 지 얼굴 잘생겼다고…… 말하고 싶어……?

구언은 못 믿겠다는 시선으로 지환을 훑었다. 그러자 지환이 뒤에 걸린 포스터를 턱 끝으로 가리킨다. 거울에 반사되는 곳으로 시선을 주니 어느 유명 배우의 뮤지컬 홍보 포스터가 붙어 있다.

"내가 좋아하는 배우가 잘생겼다고. 생사람 잡지 말고 개연성을 좀 따져줬으면 좋겠는데."

"아, 놀라라. 난 또 본인이 잘생겼다는 줄 알고 미쳤다 했는데."

"본인이라고 생각하고 '나요?'라고 했던 그쪽 질문도 만만치 않았어."

지환이 자신의 머리를 손보며 중얼거리자 구언은 꿍얼거리며 옷매무새를 다듬었다.

"나 진짜로 궁금해서 물어보는 건데요."

"뭔데?"

그러다가, 구언은 다시 입술을 열었다.

"진짜로 사랑이 밥 먹여주고 성공시켜주고 날개 달아준다고 생각합니까?"

"뭔 소리야. 내가 아무리 학창 시절에 공부만 하고 반듯하게 살았다 해서 세상 물정까지 모르는 건 아니거든."

"아까 전에 그렇게 얘기했잖아요, 대표한테."

"그런데 권희원이라면 가능하지 않을까."

"또, 또 헛소리. 아오, 이 팔불출. 댁의 두개골은 지킬 게 없어서 편하겠네."

지킬 게 없다니. 뇌, 뇌가 없다는 뜻? 그건 말이 너무 심하잖아!

"진심인데. 권희원이라면 가능할 수 있지. 내 부인이니까."

"됐어요. 물어본 내가 잘못이지."

지환이 대수롭지 않게 답하자 구언은 미간을 사정없이 구기며 질색했다. 마음은 누그러지고 있었지만, 그 또한 놀랍기만 하다.

······그래. 그녀라면 가능할 수도 있겠다. 당신의 사랑을 먹으며,

당신의 사랑 안에 날개를 달아 행복할 수 있는.

"맞아요. 희원이라면 가능할 수도 있죠. 희원이의 꿈은 사실 본인이 유명해지는 건 아니었으니까."

"그런데 말이야, 우리 둘 다 이렇게 나와 있으면 지금 바깥 상황은 어떻다는 건지?"

"……네?"

구언은 지환을 바라보았다. 지환은 약간의 위기감이 서린 표정으로 화장실 문을 바라보았다.

그래. 이러고 떠들 때가 아니다.

"아, 희원이."

"가지."

두 사내는 약속이나 한 듯 빛의 속도로 화장실을 빠져나왔다. 테이블엔, 취한 대표와 희원만이 남아 있는 때였다.

◆ ◆ ◆ ◆ ◆ ◆ ◆ ◆ ◆

"인정할 수 없습니다. 난 이 상황을 도저히 받아들일 수가 없다고!"

어머? 이 사람 취했다.

희원은 목소리가 조금씩 커지는 주혁을 바라보았다. 완전체의 얼굴을 하고는 흐트러지니 그 나름의 섹시함은 대방출되고 있었지만 지금은 그런 게 중요할 때가 아니었다.

"당신의 의견을 존중한다? 하, 새빨간 거짓말이야. 당신 남편은 당신을 존중하는 게 아니라 뻔뻔하게 이용하는 거라고!"

"제 의견을 존중한대요? 저 없을 때 그랬어요? 어머, 이런 괜찮은 사람."

희원이 대화의 흐름을 이상한 곳으로 가져간다.

……아니야. 이게 아니야! 주혁은 말리지 말자는 듯 연거푸 고개를 흔들더니 다시 그녀를 바라보았다. 초점이 흐려져, 미간은 더욱 좁아졌다.

"당신 남편이 당신을 쥐고 조종하는 겁니다. 욕심이 많아서. 당신의 성공을 두고 보고 싶지 않은 거라고."

"몰랐는데 내 남편 집착 쩌네요. 내 스타일."

"쩌네? 쩌……."

……됐고.

"사랑만 가지고 밥을 먹습니까? 날개를 단다고? 다 거짓말이야. 다 거짓말!"

"제 남편이 그랬어요? 완전 로맨티시스트. 웹소설에나 나올 법한 소리를."

"웹소설? web?"

……말린다.

"왜 이렇게 나와 대화가 이어지지 않는 겁니까? 왜? 어째서? 왜?"

"그야 대표님이 취했으니까요."

희원은 시선을 바로 하며 취한 주혁의 얼굴을 바라보았다.

"지금 나누는 이야기는 의미 없잖아요. 대표님이 취하셨는데 무슨 이야기를 하겠어요. 의미 없죠."

그나저나 이 사람들은 화장실에 가서 왜 안 오냐……. 아니, 이젠 화장실도 같이 다니는 사이야……?

휴. 희원은 자꾸만 화장실 방향을 힐끔거렸다. 서로 비아냥거리며 이죽거리느라 정신없는 두 사내가 화장실에서 나올 생각을 않던 때였다.

"취한 김에 그럼 말할게."

어느덧 대표의 말이 짧아진다. 올 게 왔다는 것처럼 희원은 느리게 눈을 감았다가 떴다. 그래, 취하면 본성 나오는 법이지. 술 앞에 장사 없거든.

"당신은 날 좋아하게 될까 봐 두려운 거야."

"……하."

뭐냐…… 이 신박한 전개는…….

하아……. 희원은 깊은 한숨을 내쉬었다. 주혁의 취한 눈에 확신이 깃든다.

"당신은 날 사랑하게 될까 봐, 그래서 두려운 거지. 나 같은 남자와 함께 있다 보면 사랑에 빠질 테니까."

웃음도 나질 않는다. 희원은 솜털만큼 남아 있던 미련도 싹 지워 냈다.

"내 눈을 똑바로 봐봐. 사실은 내게 흔들리는 거지, 당신."

한편으로는 슬퍼졌다. 이런 사내를 대표라고 믿고, 인생을 던질 뻔했으니까.

"내가 흔들리는 게 아니라 대표님 몸이 흔들리는데요, 지금."

기우뚱기우뚱하면서 내일 아침 이불킥 할 말들만 잔뜩 쏟아내는 주혁을 바라보다가 희원은 씁쓸한 기분을 느꼈다. 이래서 술은 위험한 거다.

"원한다면 나를 줄 수 있어. 당신이 원하는 건 내가 뭐든지 줄 수 있다고. 나를 원하면 나를 줄게."

"내 남편 검사라고, 혹시 얘기했나?"

"⋯⋯검?"

"와인 마시고 눈뜨니 검사실 소파였던 경험은 나만 하기 아까운 건데, 오늘 한번 해볼래요?"

히끅. 주혁은 잠시 말을 멈췄다. 더는 듣기 불쾌하다는 얼굴로 희원이 바라보자 주혁은 다시 와인잔을 들었다.

허, 이 상황에 그만 마시라고 말릴 수도 없고. 인간들아! 대체 왜 안 오냐고!

그때였다. 벌컥벌컥 술을 마시던 주혁이 결국 쿵, 하며 머리를 테이블에 찧었다.

"으이크!"

주혁이 힘을 잃고 떨군 와인잔의 와인이 테이블을 적시고, 희원은 급히 자리에서 일어났다. 때마침 저기서 두 사내가 허겁지겁 달려오는 것을 발견한 희원은 인상을 찌푸리며 주혁을 가리켰다. 지환과 구언은 자리에 우뚝 멈췄다.

"이 사람 뻗었어."

주혁은 전대미문의 인사불성이 되었다.

"어떡해?"

◆ ◆ ◆ ◆ ◆ ◆ ◆ ◆

"취해도 참 드럽게 취했네."

얼마나 몸이 부대끼는지 주혁은 아예 바닥으로 내려가서 잠을 자기 시작했다. 지환과 구언은 각자 팔짱을 끼고 서서 주혁을 내려다보았다.

"이 사람 집 알아?"

지환이 힐끔, 구언을 바라보며 묻자 구언은 모르겠다며 고개를 가로저었다.

"한국에 집이 있겠습니까? 호텔에 투숙 중이겠죠."

"흠, 그럼 이제 어떡하지? 일단 보내긴 보내야 할 것 같은데."

희원은 졸린지 앉아서 꾸벅꾸벅 졸고 있다. 지환은 의자 가까이 다가가서 그녀의 고개가 아래로 향하지 않게 손바닥으로 얼굴을 받쳤다. 구언은 그런 희원을 지그시 바라보고 지환을 한번 바라보고, 다시 고주망태가 된 주혁을 내려다보았다.

하⋯⋯ 답은⋯⋯ 정해졌잖아⋯⋯.

"일단⋯⋯ 희원이 데리고 가요⋯⋯."

구언은 한 손으로 이마를 짚고, 다른 손을 팔랑거렸다. 지환은 눈을 반짝거리며 크게 반겼다.

"어? 나 간다, 진짜? 호의는 거절 안 해. 진짜 가?"

"가요⋯⋯ 빨리⋯⋯. 내 마음 변하기 전에⋯⋯."

두 사람⋯⋯ 어서⋯⋯ 가⋯⋯. 내 걱정은 말고⋯⋯.

"부인, 갑시다. 이 난리 통에서 어서 빠져나갑시다."

"……아? 우리 가요 이제?"

그녀가 눈도 제대로 뜨지 못하고 물어온다. 지환은 익숙하게 그녀를 한 팔로 부축하듯 일으켜 세웠다. 몇 번 해봤다고, 이젠 한 팔로 뭐든 쉽게 할 수 있다.

"저, 손님. 이제 계산을……."

그때 직원이 다가왔다. 지환과 구언은 긴장한 얼굴로 서로를 홱, 바라보았다. 이내 슬금슬금 두 남자의 시선이 빈 와인병으로 향한다. 얼추 계산을 해도 앞자리 숫자가 빠르게 바뀐다.

"이분이."

"이분이."

서로는 서로를 강력하게 추천했다. 그러다가 다시 홱, 서로를 바라보았다. 바닥에서 기고 있는 놈에게 술값 계산을 시킬 수는 없겠고, 결국 둘 중 하나는 해결을 해야 하는 상황.

하…… 결국은 큰 그림이었나……. 유구무언…….

지환은 잠시 희원을 앉혀놓고 지갑을 꺼냈다. 부들부들 떨리는 손으로 카드를 꺼내 들었다. 직원에게 쿨하게 카드를 전해주고 싶은데 도저히 쿨할 수가 없다.

"잘 먹었습니다, 형. 음식 정말 맛있었어요."

"후기 남기지 마. 형이라고 부르지도 말고."

쿨할 수 없는 마음도 몰라주고, 직원은 시원하게 카드를 긁고 다가왔다. 영수증은 차마 볼 수 없어 주머니에 대강 구겨 넣었다.

"그럼 수고해."

지환은 가보겠노라 구언을 바라보았다. 구언은 주혁을 바라보고 다시 고개를 들며 씩 웃었다.

구언이 손을 들자 지환은 가볍게 하이파이브를 했다. 짝! 가볍고 경쾌한 소리가 공간을 울린다.

"간다. 수고."

"가요. 수고."

갑자기 하이파이브를 하게 된 이유는 서로 몰랐다. 그냥, 서로 통하는 게 있는 순간이었다.

· · ◆ ◆ ◆ ◆ · ·

"후……."

조금씩 정신이 돌아오는 아침. 주혁은 긴 숨을 내쉬며 몸을 뒤척였다.

침대가 끌어당기듯 몸은 하염없이 무거웠다. 어지러운 기운이 아직 남아 있어, 주혁은 눈꺼풀을 무겁게 닫은 채 연거푸 긴 숨만 불어 내쉬었다.

어젠 정말이지 지독한 과음을 했다. 나중엔 내가 술을 마시는 건지 술이 술을 불러오는 건지, 그것조차 모르겠더라. 살며 몇 번 겪어본 적 없는 취기였다.

묘하게 사람 속을 긁는 두 사내를 곁에 두고, 희원을 바라보고 있자니 이상하게 침착해지질 않았다. 무언가에 들끓었고 분노가 일었으며 답답증에 한숨만 나왔다.

실패. 실패를 했다. 준비한 말과 제안은 10퍼센트도 보여주지 못

하고, 그녀의 남편과 쓸데없는 기싸움만 하다가 자리가 끝났다.

괜히 따라갔다. 적당한 때를 봐서, 그녀와 독대를 했어야 했는데. 그럴 기회가 다시 오려나. 이대로는 내가 아쉬워서 끝을 낼 수가 없는데, 실패란 있을 수 없⋯⋯.

당신은 날 좋아하게 될까 봐 두려운 거야.

문득, 말도 안 되는 장면이 뇌리를 스친다. 주혁은 감은 눈 사이로 펼쳐지는 어제의 상황을 바라보듯 숨을 끊어 내쉬었다.

나 같은 남자와 함께 있다 보면 사랑에 빠질 테니까.

⋯⋯아니야. 말도 안 돼. 이건 지금 내가 만들어낸 허구, 허상일 뿐이다.

사실은 내게 흔들리는 거지, 당신.

주혁은 믿을 수 없다는 듯 마른침을 삼켰다. 선명하게 어제의 장면이 떠오르기는 하는데 무엇 하나 확실한 것은 없고, 지금 이 장면이 꿈인지 실화인지 그것도 잘 모르겠다.

아니야. 이것은 허구일 뿐이다. 내가 그랬을 리 없어. 아무리 취했다고 내가 그런 말을 했을 리 없⋯⋯.

원한다면 나를 줄 수 있어. 나를 원하면 나를 줄게.

주혁은 이를 꽉 깨물었다. 경멸이 내려앉은 그녀의 표정과 눈빛이 그대로 재현되었다. 단 한 번도 본 적 없던 그녀의 차가운 표정이 리얼하게 그려지자 조금씩 현실감이 찾아온다. 주혁은 마른 주먹을 쥐었다.

내가, 내가 그런 말을 했다고? 그런 말을? 아⋯⋯ 그런⋯⋯ 말을⋯⋯.

"······가만."

주혁은 자신이 지금 어디에 누워 있는 것인가를 두고 다시 생각했다. 이곳은 낯선 향, 낯선 침대가 분명했다. 그들 중 자신이 묶고 있는 호텔을 알고 있는 사람이 없었고, 여기가 어디건 간에 어떻게 이곳까지 왔는지도 잘 모르겠다.

천천히 주혁은 눈을 떴다. 낯선 인테리어, 호텔인지 아닌지도 구분이 어려운 공간.

"여긴······ 어디······?"

상체는 탈의했고, 바지만 간신히 입고 누워 있던 그는 천천히 상체를 일으켰다. 누군가 씻고 있는 소리가 들리고, 그는 소리가 나는 곳을 바라보았다.

누군가 씻는다. 이곳에서? 그럼 난 혼자 있는 게 아니었던가? 대체 누구와 함께?

주혁은 짧은 시간 오만 가지 상상을 다 하며 긴장한 눈빛을 했다. 기억이 나지 않는 구간엔 걱정과 두려움이 대신 자리했다. 이제 보니 자신의 옆에서 누군가 자고 일어난 흔적이 있다. 더 환장하겠다.

"설마."

희원······ 당신이······.

그녀가 이곳, 자신의 곁에서 아침을 맞이했다는 건 불가능에 가깝다는 것을 알면서도 당장 떠오르는 인물이라곤 그녀밖에 없었다. 가능해서 떠올린 게 아니라, 누군가 자신의 곁에서 잠을 청했다면 부디 그녀였길 바라서였다.

자신의 기억이 끊긴 사이 기적 같은 일이 벌어나 그녀가 자신을 선택해주었길, 본능적으로 원하고 바랐다.

이윽고 샤워실에서 들려오던 물소리가 멈췄다. 주혁은 긴장한 눈빛을 했다. 잠시 후 샤워실 문이 열리고, 그는 마른침을 삼켰다. 누구냐. 누구인가. 부디 당신이길…….

"어? 일어났어요?"

"아…….'

주혁은 믿을 수가 없다는 듯 눈을 감았다가 떴다. 저, 저, 건강한 상체, 숙취라고는 조금도 찾아볼 수 없는 깨어 있는 눈빛.

"아, 나는 아직 대표님 자는 줄 알고 대충 수건만 두르고 나왔는데. 이것도 안 둘렀으면 큰일 날 뻔했네."

짧은 머리를 털어내는 가벼운 손길, 다름 아닌 구언이다. 녀석임을 확인한 주혁의 얼굴은 사정없이 일그러졌다.

"뭐야, 당신이 왜 여기 있어."

"허, 이건 무슨 신선한 박대입니까? 집주인에게 여기 왜 있냐고 물으면 뭐라고 답을 해야 하는지?"

"뭐? 집주인? 여기 당신 집이야? 나, 어제 당신하고 있었어?"

"그럼 누구랑 있었길 바라는 겁니까? 나 아닌 가능성은 대체 누구?"

"……."

주혁은 입술을 꽉 다물었다. 별 희한한 소리를 다 듣는다는 것처럼 구언은 슬리퍼를 끌며 침대 가까이로 다가왔다. 녀석이 다가오자 주혁은 침대 구석으로 몸을 뒤로하며 슬금슬금 이불을 잡아 끌어올렸다.

"난 왜 벗고 있는 거지? 당신이 벗겼나?"

"질문의 뜻은 알겠는데 참 더럽게 말씀하시네. 내가 벗기긴 했죠. 토했다고요, 대표님. 드러워서 살 수가 있나."

"……."

"오물이 묻은 셔츠를 입고 내 침대에서 자겠다? 내가 그걸 또 어떻게 봅니까? 싫어 죽겠는데 간신히 벗겨서 재웠더니 그 눈빛은 대체 뭐요? 설마."

구언은 의심의 눈초리를 했다.

"나를 데리고 몹쓸 상상하는 거면 당장 집어치워요. 나 그런 쪽 취미 없으니까."

"……휴."

구언의 대답에 한시름 놓았다는 듯 주혁은 긴 숨을 내쉬며 이마를 짚었다. 그 모습을 바라본 구언은 황당하다는 듯 코웃음을 쳤다.

"뭘 이렇게까지 내외해요. 자면서 내내 사람 몸 더듬은 쪽은 대표님인데."

"더, 더, 더, 더듬……?"

"대표님 자는 내내 엄청 힘들어했다고요. 물도 엄청 찾고. 밤새 뭔 일 날까 싶어서 옆에 있어줬더니 손버릇이 영……."

구언이 위아래로 훑는 시선을 하자 주혁은 입을 떡 벌렸다. 내가 너를 더듬었다고? 내가, 너를?

"가, 같이 잤어? 나하고 당신?"

"한 이불 덮긴 했죠. 다정하게."

"맙소사. 맙소사!"

주혁이 머리를 부여잡으며 고함을 지르자 구언은 한심하다는 듯한 눈길로 그를 바라보았다.

"그러게 술은 왜 그렇게 많이 마셨습니까? 이기지도 못할 거."

"아…… 말도 안 돼, 말도 안 돼……."

한동안 자책하다가 시선을 드는 주혁을 바라보며, 구언은 짧게 손을 들어 보였다.

"뭐, 일단은 인사하죠. 아침이니까."

주혁은 이불을 가슴팍까지 끌어올렸다. 놀라 거품 물기 일보 직전인, 대표를 놀려먹으며 구경하는 재미란 무척이나 쏠쏠했다.

"굿모닝, 마이 베드 프렌드."

"오우, 쉣……!"

낯선 사내의 드럽게 탄탄한 상체를 본의 아니게 마주하며, 주혁은 아침을 시작했다.

· · ✦ ✦ ✦ ✦ ✦ · ·

"그런 일이 있었단 말이지. 너하고 백인호 의원하고 마주쳤다? 그것도 여기서?"

지환은 자신의 사무실에서 정윤과 마주 앉았다. 수사 과정을 모두 알고 있는 정윤이기에 작은 사건 하나하나 모두 공유는 필수였다.

지금 하는 수사와 관련된 필요, 그 이상의 것들까지 알고 있는 그녀라서 사실은 완벽한 공유가 가능했다. 백인호 의원과 마주했다는 것이 지환에게 어떠한 의미인지, 그녀는 잘 알고 있었으니까.

정윤은 커피를 삼키며 다시금 입술을 열었다.

"그러니까 백인호의 요지는 서지환 검사, 수사 적당히 하고 덮어라. 그런 말을 하고 싶었던 거 아냐?"

"그렇지. 요지는 그거지."

"서검. 백인호는 어디까지 알고 있는 걸까? 우리 수사 과정을 다 알고 있을까?"

"그건 힘들 거야. 우리가 전부 감추는 일도 한계가 있지만 그들이 전부 안다는 것도 한계가 있어."

"흠."

백인호 의원이 지나가는 지환을 붙잡고 적당히 수사해라. 조심해라. 그런 말을 우회적으로 했단다.

"세계무용축제 관련 기대가 크다고, 그런 말도 하더라."

"……거기에 희원 씨 나온다고 하지 않았어?"

"그렇지."

"뭐야, 검사 와이프 걸고 협박하는 거야 백인호가? 미친 거 아냐?"

지환은 미간을 문질렀다. 굳이 지나치는 자신을 붙잡고 그런 말을 던진, 그의 의도를 알아내는 것이 중요했다.

무엇인가. 속에 있는 말을 여과 없이 한 것은 아닐 거다. 백인호에겐 숨겨놓은 수가 있을 것이고, 자신이 그대로 움직여주길 바라고 있는 거다.

"야, 서검. 속도 내자. 기분 나빠. 뭐 이런 거지 같은 경우가 다 있어? 뭐? 기대가 커? 지가 뭘 어쩔 건데!"

정윤은 열을 올렸다. 지환에게 희원을 걸고넘어지는 것이 못마땅한 거다. 그것도 하필이면 백인호가. 강희주를 낚아채 간, 하필이면 그 백인호가.

"서검, 우리 일단 차민규 끌어오자. 명분은 후에 만들면 될 거 아냐. 그냥 들이받⋯⋯."

"백인호가 원하는 건 그런 쪽일 거야. 아마."

지환은 입을 열었고 정윤은 말을 멈췄다. 소파 헤드에 머리를 기대며 지환은 다소 높게 시선을 올렸다. 아마도 예측하기를,

"나를 도발하고 싶었겠지. 이를 악물고 뭔가 액션을 취해주길 기다리는 거야."

"백인호가? 너를 도발해서, 수사 속도를 내게? 무리수를 두게끔?"

"그렇지. 무리수라도 두게 만들고 싶은 거지. 그래야 날 끌어내릴 수 있으니까."

그래. 그럴 것이다. 백인호의 첫 번째 수.

이를 갈게 하고 싶겠지. 분노에 눈이 멀어 무리수를 두게끔 만들고 싶었겠지. 작은 덫을 놓고 기다리다가 강압적인 수사를 하게 유도하고, 결국엔 수사권을 빼앗고 싶은 거다.

와이프의 신상을 두고 거들먹거렸으니 사내라면 응당 눈이 뒤집힐 거라고, 백인호는 가볍게 예측했을 것이다.

"눈에 보이는 수들은 전부 지나가. 당분간은 차민규 관련된 정보도 신뢰하지 마."

"……휴, 알겠어. 서검."

정윤은 어깨를 축 늘어트렸다. 힘이 빠진다.

"서검, 그럼 어떡해? 그럼 결국엔 수사 멈춰야 하는 거잖아. 믿을 만한 정보도 없고 수사도 할 수 없다면 결국엔……."

"이것도 백인호가 원하는 과정이다. 차검."

그래. 백인호의 다음 수는 이것이다. 자신의 첫 번째 수를 읽고 지환이 예리하게 덫을 예측한다면, 결국 수사를 하지 못할 것이라는 데까지 계산한 거다.

몸을 사리게 될 것이고 수사는 진행이 어려울 것이다. 모든 것은 덫이라는 생각에 묶여 멈출 수밖에 없는 거다.

결국 백인호는 자신의 어떤 수를 읽힌대도 상관없는 거다. 움직일 수도, 멈출 수도 없을 테니까.

"서검, 우리 진짜 어떡하지? 당장은 내부도 신뢰할 수가 없어."

지환은 점점 뜨거워지는 것이 아니라 점점 차가워져갔다. 걱정을 한 다발 늘어놓는 정윤에게 천천히 시선을 옮긴 지환은 잠시 후 입술을 열었다.

"차검, 이건 어때?"

"뭔데?"

지환은 답 대신 씨익 웃었다. 커피를 삼키던 정윤은 웃는 지환의 얼굴을 바라보고는 오만상을 찌푸렸다.

"야, 서지환. 나 지금 욕 먼저 해도 돼?"

"듣고 해. 성격 급하면 먼저 해도 되고."

무엇이건 결정해야 했다.

"공연? 오후에도 공연이 있어?"

슬슬 해가 기울고 저무는 시간. 희원에게 전화를 건 지환은 PC를 바라보다가 시선을 들었다. 같이 퇴근할까 했는데, 와이프는 공연이 있다고 한다.

"시끄러운데? 지금 어디?"

— 지금 야외무대 세트장 근처라서 좀 시끄러워요.

"야외? 야외 공연이야? 이런 날씨에 무슨 야외 공연을 한다고?"

— 응. 당분간은 야외 공연도 많아. 공연 성수기라고 해야 하나?

"아…… 공연 성수기. 그거 너무 슬픈 말인데."

— 슬프다니, 사람이. 기뻐해야지. 와이프가 열심히 돈 버는데.

"그런 점은 아주 훌륭하게 생각해. 슬픔이 안개처럼 가신달까."

— 태세 전환하는 것 좀 봐. 서지환 씨, 진짜 세속적이네요.

"밥값으로 생긴 빚이 많다 보니 사람이 변하네. 이해해줘."

시시콜콜한 농담을 주고받다가 웃음을 터트렸다. 여전히 추운 날씨에 외투도 없이 얇은 공연복을 입고 야외 공연장에서 공연을 한다니, 지환은 속이 상한지 미간을 문지르다가 입술을 열었다.

"당신 공연하면서 춥겠다. 어떡하지?"

— 괜찮아, 익숙해서. 이 정도 추위는 추위도 아니거든요. 더 추울 때도 하는데 뭐. 관객만 있다면.

"아아, 그럼 관객을 다 없애야 안 하는 거지?"

— ……죽을래?

"가상의 시나리오야. 내가 무슨 힘이 있어서 관객을 다 없애. 총도 없는…….."

희원아, 거기 서 있지 말고 이쪽으로 와. 춥잖아.

웬 사내의 목소리가 들린다. 지환은 귀를 쫑긋 세웠다. 유구무언인가 싶지만 처음 듣는 생경한 음성이다.

— 알겠고, 일단 끊어요. 나 이제 바쁘니까.

"지금 누구야?"

— 뭐가 누구야?

"누가 당신 불렀잖아. 지금 당신 부르지 않았어?"

희원아, 난로 앞으로 와, 빨리. 추워.

다시 그녀를 부르는 목소리가 들린다. 지환은 사정없이 미간을 좁혔다.

"봐봐. 누가 부르잖아, 지금."

— 별걸 다, 으휴. 끊어요.

"어어? 못 끊어. 안 끊어. 싫어. 누가 당신을 부르잖아 다정하게. 성 떼고 존댓말 떼고 누군데 이렇게 다정하게 당신을 찾아, 찾기를."

지환은 눈을 희번덕거렸다.

— 별꼴이야 진짜. 나 추울까 봐 동료가 난로 앞으로 오라는데 그게 그렇게 막 사람 취조하듯이 할 말이에요?

"아니 그러니까 글쎄. 당신이 춥건 난로가 없건 그 맥이 왜 상관하냐고, 왜."

— 서지환 씨. 지금 시비 거는 거야, 질투하는 거야?

"그거야 당연히 시비……!"

— …….

"일 리 있겠어? 질투지. 온전한. 남자의 질투."

— 다행이네. 시비 거는 거면 남은 팔도 부러트려주려고 했는데.

"시비 걸까? 그럼 지금 나한테 와주나?

— 끊어요!

"넵."

그녀가 전화를 뚝 끊어버린다. 휴, 결국 어느 놈인지 알아내지 못했다.

원망이 그득그득 담긴 눈빛으로 휴대폰만 바라보던 지환은 손을 내리며 고개를 들었다. 측은하게 자신을 바라보고 있는 최금호 계장과 눈이 마주친다.

"계장님, 저 한심하죠?"

"어, 뭐, 딱히 그렇다기보다."

"지금 계장님 말하고 표정하고 따로 놀잖아요."

"어…… 죄송합니다. 솔직히 조금 없어 보이긴 했습니다."

"……."

지환은 눈썹을 추켜세우며 다시 PC를 바라보았다. 휘이이잉, 두꺼운 바람이 창문을 덜컹 흔들며 지나간다. 지환의 표정은 점점 더 흉악하게 변해갔다.

"전용 난로를 한 대 마련해줄까…….

이런 날씨에 야외 공연이라니. 그녀가 싸우고 있을 추위가 걱정되었다. 너무나도.

— 경호 정렬, 경호 정렬, VIP께서 오셨습니다.

무대 준비를 하는 주변이 소란스러워진다. 검은 슈트를 차려입은 사내들이 어디 숨어 있다가 나왔는지 우르르 쏟아졌다.

꽤 넓은 공간을 가지런하게 채운 의자, 그 가운데 가장 앞줄, 정중앙에 놓인 의자로 희주가 걸어온다.

"춥지 않으시겠습니까? 사모님?"

"괜찮습니다."

서울시에서 기획, 준비한 이번 야외무대에 희주와 몇몇 인사들이 초청되었다. 공연의 규모를 확정 짓는 건 공연자들의 명성만이 아니었다. 이곳에 어떤, 누가 방문하였는가도 무척 중요했다.

희주는 주변에 자리한 경호원들을 바라보다가 관계자를 향해 고개를 돌렸다.

"의원님께선 급한 일이 있어서 불참하셨습니다."

"예. 들었습니다. 사모님께서 자리해주신 것만으로도 영광입니다."

"경호 줄여주시고 공연에 집중할 수 있게 해주세요."

"알겠습니다."

희주는 자리에 앉으며 함께 걸음 한 사람들과 조곤조곤 대화를 나누기 시작했다. 공연 시작은 얼마 남지 않았고, 텅 비었던 공연장엔 사람들이 들어섰다. 순식간에 커다란 공연장은 사람들로 가득 차버렸다.

"뭔데 이렇게 사람이 많아······."

결국 퇴근 후 희원의 공연장을 찾아온 지환은 인파에 눈을 크게 떴다. 야외 공연이라고만 들었지, 이렇게 규모가 방대할 줄은 생각도 못 했다. 출연진이 꽤나 대단한 모양이다. 중간에 희원의 공연이 있는데 앞뒤로 유명 아이돌 공연도 있단다.

완전무장을 한 사람들 틈을 이리저리 헤치며 지환은 적당한 곳에 자리했다. 커다란 전광판 아래서 공연자들은 순서에 따라 화려한 공연을 펼쳤다.

흠. 지환은 자신이 왔다는 걸 알 리 없는 희원에게 전화를 걸어 볼까, 하다가 관두기로 한다. 아마도 무대 뒤 그녀는 집중하고 있을 것이라.

이 많은 사람 앞에서 흔들림 없는 무대를 만들기 위해 자신 안의 것들과 많은 이야기를 나누고 있을 것이다. 오늘은 무용수 권희원의 무대를 보는 것, 온전히 그것에만 집중해보기로 한다.

······그러고 보니 처음 있는 일이 아닌가. 그 어떤 다른 이유 없이, 목적 없이, 아내의 공연을 관람하는 일.

지환은 느긋한 시선으로 축제 같은 공연을 즐겼다. 아내의 순서가 다가올수록 괜스레 긴장이 되었다. 공연이 펼쳐질수록 야외무대 주변은 후끈 달아올랐다. 맹렬한 추위도 방해가 되진 않았다.

"아, 나온다."

이윽고 희원의 순서가 되었고 그녀는 무대 앞으로 나와 때를 기다렸다. 언뜻언뜻 살이 비치는 저고리, 바람에 흔들리기 좋은 치마. 지금 그녀가 입은 옷이라곤 그게 다였다.

"저렇게 얇은 걸 입고…… 이 날씨에……."

지환은 희원의 입에서 입김이 흘러나오는 것을 바라보며 가슴을 졸였다. 무대 세팅과 조명 설명 시간을 벌어주기 위해 사회자가 말을 이어가고 있는 시간.

이곳 누구도 그녀의 입김을 바라보며 추위를 생각하지 않겠지만 흘겨 생각할 수 없는 유일무이한 자가, 여기 있다.

"움직여야 좀 덜 추울 텐데."

이봐, 사회자. 말 좀 그만하고 시작하라고! 우리 각시 얼어 죽으면 그쪽이 책임지나?

"아오."

아오. 탄식이 절로 흐른다. 지는 털목도리에 가죽 장갑까지 끼고 시간 끌기에 여념이 없으니. 지환은 사회자를 노려보았다.

"다음 공연 순서는 한국무용의 꽃, 희망을 보여드릴 차례인데요. 박수로 맞이해주십시오!"

아이돌 공연이 아니다 보니 박수 소리가 시원찮다. 지환은 일당 백을 소화해내며 팔이 부러져라 박수 치고 싶지만,

"제길."

이미 부러졌어…….

별 관심이 없는지 사람들의 시선이 휴대폰으로 간다. 음악이 시작되었고, 구슬픈 가락이 도시 위에 가득 내려앉았다.

"오빠, 나 추워."

"조금만 참아. 이거 끝나면 너 좋아하는 가수 나와."

"언제 끝나? 추운데."

지환은 홱, 고개를 돌리며 눈썹을 씰룩거렸다. 시끄러! 난 이거 보러 왔어!

"야, 누구냐? 예쁜데?"

"누구?"

"지금 나온 사람. 예쁘잖아."

홱, 지환은 다른 쪽으로 방향을 틀었다. 친구들끼리 왔는지 사내 너덧이 서서 희원에게 시선을 주고 있다. 춤사위를 보고 있다기보다, 그녀의 얼굴을 보고 있는 것 같았다.

"야, 진짜 예쁜데?"

"그러게. 누구지? 쩐다."

음악이 고조되고 조명이 좁아지며 그녀 자리만 비춘다. 휴대폰만 바라보던 사람들의 시선이 점점 그녀를 향한다. 수십 명이 서도 남을 큰 무대에 홀로 서서, 그녀는 조금씩 공간을 장악했다.

하나둘 그녀의 춤사위에 빠져든다. 보지 않는 사람은 있어도 보고 나면 눈을 뗄 수 없는, 그런 무대.

"저 여자 진짜 멋있다. 대박. 내 이상형."

"야, 넌 뭐 여자만 보면 이상형이래? 저분 이번엔 내 이상형."

"야야, 심장 뛴다. 누구지? 아니 너무 멋있는데?"

"지린다. 뭔가 막 빠져드는 것 같은 느낌이야. 소름 돋았어. 사인 받고 싶다."

사내들은 블랙홀처럼 희원에게 빨려 들어갔다. 휴대폰을 보던 다른 친구가 이제야 힐끗 앞을 보고는 입을 연다.

"아, 나 저 무용수 알아. 올림픽 개막식에 나왔잖아. 엄청 유명해."

"그래? 누군데?"

"권, 권? 권 뭐더라. 잠깐만. 이름이 기억이 안 난다. 검색해봐야 겠어."

"빨리 찾아봐. 내 스타일. 나 지금 반했다고."

"저분 영상 보면 말잇못이다. 대박이야."

"저기, 말입니다."

저들끼리 중얼거리며 희원의 무대를 감상하던 사내들은 들려오는 낯선 소리에 뒤를 돌아보았다. 언제 슬금슬금 곁으로 다가온 건지, 웬 낯선 사내가 자신들에게 말을 걸어오고 있다.

"네? 저희요?"

"네네."

지환은 무대를 향해 손을 뻗었다. 여전히 무용수 권희원은 사람들의 심장을 손에 쥘 듯 춤을 추고,

"저 무용수, 예쁘죠? 멋있지 않습니까?"

"네? 아, 네. 그런데요?"

그는 오만하게 턱을 들어 올렸다.

"제 와이픕니다."

"⋯⋯네?"

"제 와이프. 저 무용수 아내라고요."

"아⋯⋯."

"아⋯⋯ 네⋯⋯."

미안한데…… 우리 안 물어봤어…….

사내들이 떨떠름한 시선으로 그를 바라보지만 지환은 상관없다는 듯 씩 웃었다.

"무용수 권희원입니다. 앞으로도 많은 관심과 사랑 부탁드립니다."

대단한 팔불출이었다.

· · ✦✦✦✦ · ·

찬 공기는 가득 올라왔다. 발끝은, 코끝은 시렸지만 동공에 맺히는 무용수의 춤사위엔 열기가 가득해서 참을 만했다. 그녀에게 시선을 빼앗긴 사람들은 말을 잃은 자세 그대로 멈춰 서 공연을 관람했다.

무용수 권희원의 춤사위는 설명이 많지 않아 불친절했지만, 들려오는 자락은 익숙한 감이 없어 낯설기만 했지만, 누구나 가지고 있을 법한 정서는 있는 그대로 그녀의 움직임과 노래를 받아들이게 했다.

단순히 '아름답다'는 말로는 부족했다. 아름다움에도 끝없는 깊이가 있어 처량했고, 구슬펐다. 어쩐지 가냘픈 감동마저 있었다. 그녀의 작은 체구에서 뿜어져 나오는 힘찬 움직임은 가히 압도적이었다.

……고조되던 자락은 소강하고, 그녀는 여운을 갈무리하며 움직임을 멈췄다. 조명이 꺼지며 그녀를 삼킨다. 뭐에 홀린 듯 바라보던

사람들은 일제히 박수를 쳤다. 시작할 때와는 다른, 환호와 갈채가 하늘 위로 행진했다.

"와, 진짜, 할 말이 없네."

"가슴이 쿵쿵하네. 대중가요와는 확실하게 뭔가 달라."

"나이 먹었나 봐. 눈물 날 뻔했어."

각자들은 평을 쏟아내기 바빴다. 갈채가 끊이질 않고 연신 울려 퍼지는 틈을 타 회원은 무대에서 내려왔다.

두어 명의 경호원이 그녀의 곁을 바짝 따랐다. 여전히 사람들 틈에 끼어 와이프 자랑만 늘어놓던 지환은 목을 길게 빼서 앞을 바라보았다. 은근 사람들은 와이프 자랑을 하던 지환을 주시하고 있었다.

진짜 아내 맞아? 약간 그런 의혹도 있는 것 같았다.

"부인! 부인!"

지환이 손을 하늘 위로 들며 그녀를 크게 불러보지만 소용없다. 힐끗거리며 자신을 바라보는 사람들의 눈길에 의혹은 점점 커져만 갔다.

"부인! 부이이이인!"

지환이 목소리를 크게 하자 남편을 두고 공연을 보러 온 불특정 다수의 '부인'들만 바라본다. 다시 한 번 소리 내어 불렀다. 애석하게도 그녀는 돌아보질 않는다.

"아내분 맞긴 맞아요?"

"······."

결국 누군가 의혹을 제기하기 시작했다. 내내 자기 와이프라고

깐죽거렸으니 이런 의혹 받아도 싸지. 지환은 차마 맞다는 말은 하지 못한 채 한 손으로 나팔 모양을 만들고는 입가에 가져갔다.

"권희원!"

여길 봐! 내가 왔어!

"권희원! 권희원!"

내가 왔다고! 여길 좀 보라고!

"희원아!"

희원아! 목이 터져라 부르니 사람들이 애처롭게 바라본다.

그때였다. 그녀가 돌아보며 방금 자신을 부르는 소리를 들었다는 듯 사람들 사이사이를 훑어보았다. 지환은 손을 미친 듯이 흔들었다.

옘병, 그녀가 돌아보니 여기저기서 손을 흔든다. 다들 손 내려! 나만 흔들 거야, 이것들아!

"여기! 여기, 여기! 희원아! 나! 여기 남편 왔어!"

……가지가지 불쌍하다.

희원은 잘못 들었나? 싶은지 고개를 갸우뚱하더니 다시 사람들 사이를 훑었다. 그러다가 지환을 발견하고는 자리에 우뚝 멈췄다. 지환은 더욱더 격렬하게 손을 흔들었다.

"희원아! 나 여기! 여기!"

여기 남편이 왔다아아아!

그녀가 웃는다. 언제 왔냐는 듯 놀란 표정을 짓더니, 다정하게 손을 흔들어준다. 이윽고 거기서 기다리라는 듯 손짓을 하고는 다시 사라졌다.

지환은 손을 내리며 주변을 살폈다. 오, 시선이 달라졌다. 내 와이프 맞다니까 자식들이.

"아, 온다고 말을 안 하고 몰래 왔더니 이렇게 또 힘드네요."

그는 중얼거렸다. 누구 들으라고 하는 소리인지 모르겠지만.

"저분 남편이세요?"

"남편분이세요? 지금 무대에서 내려간 분?"

사람들이 주변에 몰려든다. 지환은 그들의 시선을 의식하며 턱을 들어 올렸다.

"맞습니다만?"

그렇습니다만?

"어머, 저 사인 한 장만 받아다 주시면 안 될까요? 아니면 사진 한 장만."

"저도, 저도요. 저도 사진 한 장만 찍을 수 있을까요? 기다릴게요."

"실례가 안 된다면 저도. 저 지금 팬 됐어요. 사진 한 장만 찍게 해주세요."

지환의 주변을 빙 둘러싸며 사람들의 부탁이 이어진다. 그는 굉장히 오만한 표정을 지으며 손을 작게 들어 보였다.

"자자, 한꺼번에 말씀하시면 곤란하고 그럼 줄을 서세요. 너무 많은 분은 어렵고 선착순 몇 분만 받겠습니다."

사람들이 휴대폰을 손에 쥐고는 줄을 서듯 정렬하자 지환은 희원의 휴대폰으로 전화를 걸기 시작했다. 무심결에 힐끗, 그녀가 사라진 공간을 바라보다가,

"……뭐야."

천천히 휴대폰을 내렸다. 그녀는 아직 사라지지 않았고 다만 누군가와 대화를 나누고 있었다. 이미 다음 무대는 시작했고, 먼발치 그녀 얼굴엔 웃음이 만발하고.

"저기요, 여기 이렇게 줄 서 있으면 되는 거죠? 사진 찍을 수 있는 거죠?"

"……."

그는 말없이 희원을 바라보았다. 그녀 앞에 서서 함께 대화를 나누고 있는 여자,

"제가 1번이에요. 저 줄 섰으니까 먼저 사진 찍게 해주세요. 네?"

"……."

희주였다.

· · ◆ ◆ ◆ ◆ ◆ · ·

무대를 끝낸 뒤 경호원들과 걸음을 움직이던 때, 지환을 발견한 희원은 활짝 웃었다.

"온다면 온다고 말해주지. 내가 못 듣고 그냥 가면 어쩌려고."

희원은 중얼거리며 다시 경호원들과 걸음을 옮기기 시작했다. 스태프가 가져다준 패딩을 걸치고, 급히 대기실로 걸음을 옮기자,

"희원 씨!"

누군가 자신의 이름을 다시 불렀다. 고개를 돌려보니 희주가 다가오더라.

"어? 강희주 씨!"

희원은 웃음으로 맞이했다. 지환이 이곳에 있을 거라곤 상상도 못 한 희주는 그녀에게 다가가며 살갑게 웃었다.

"오셨어요? 공연 보러 오신 거예요?"

"네. 초대를 받아서 공연 보려고 왔어요. 온 김에 희원 씨에게 인사하려고 잠깐 왔어요."

"아, 그러셨구나."

"오늘도 희원 씨 공연은 너무너무 좋았어요. 감동받았어요."

"감사합니다."

두 사람은 웃음을 주고받았다. 희원의 곁에 있던 경호원들과, 희주의 곁에 있던 경호원들은 각자 다른 곳을 바라보며 잠시 그녀들의 대화를 기다려주었다.

"춥지 않았어요? 희원 씨 내내 추워 보이던데."

"아아, 괜찮아요. 무대에 있을 땐 정신이 없어서 추운 줄도 잘 모르거든요."

"이거 내가 쓰던 핫팩인데 가져가요. 몸 좀 녹여요."

"괜찮아요! 전 이제 들어가니까요, 이건 밖에 계신 분께서 필요한……."

희주는 희원의 손에 핫팩을 쥐여주었다. 그러곤 다른 손에 있는 핫팩을 흔들어 보였다.

"난 하나 더 있거든요. 희원 씨도 쥐고 있어요. 손도 찬데."

"감사합니다."

아, 맞다. 희원은 핫팩을 만지작거리다가 고개를 들었다. 그러곤 고개를 반쯤 꺾으며 입술을 열었다.

"여기 지금 제 남편이 와 있어요. 괜찮으시다면 소개해드리고 싶은데."

"아…… 남편……."

희주는 당황했다는 것처럼 말을 얼버무렸다. 희원은 고개를 돌려 조금 전 지환이 있던 자리를 찾았다.

"어? 어디 갔지? 저기 있었는데."

"어, 저, 희원 씨. 희원 씨."

네? 희원이 다시 고개를 돌리자 희주는 잔뜩 긴장한 얼굴을 해서는 간신히 웃었다. 입꼬리가 파르르, 떨렸지만 날씨가 추워서 별다른 생각은 할 수 없었다.

"어, 저는 다음에……."

"……아, 네. 알겠습니다. 제가 괜한 오지랖을 부렸어요."

말꼬리를 흐리는 희주를 바라보다가 희원은 대번 고개를 끄덕였다. 그렇지. 불편할 수도 있지. 괜한 일을 저지를 뻔했다.

"저 가볼게요. 희원 씨. 조심히 가요."

"가시는 거예요? 공연 더 안 보세요?"

"가봐야 해서. 잘 가요."

갑자기 급한 일이 있는 사람처럼 굴며 희주가 사라진다. 희원은 별생각 없이 그녀의 뒷모습을 바라보았다.

"가셔야 합니다."

경호원이 다가와 중얼거리자 희원은 정신을 차리듯 고개를 끄덕이며 걸음을 옮겼다. 힐끔, 다시 뒤를 돌아보니 희주는 자리에서 벗어나고 있었다. 느닷없는 VIP의 퇴장에 주변은 소리 없는 분주함이 시작되었다.

얄팍한 의문 따위 금세 날려버린 희원은 지환에게 곧장 전화를 걸었다. 신호가 가는 순간부터, 얼굴엔 웃음이 가득해졌다.

"나예요. 서지환 씨 지금 어디 있어요? 여긴 언제 온 거야?"

아, 오늘 하루도 알차게 지나간다. 그녀는 그런 생각뿐이었다.

야한 남편 1

"아…… 너무 졸려…….."

무대를 성공적으로 끝내고 집으로 돌아온 희원은 녹초가 되었다. 내내 긴장했던 마음이 풀어지고 꽝꽝 얼었던 몸이 흐물흐물 녹자 비틀거리는 것이다. 자신의 공연 영상 몇 개를 찾아보며 감상평을 확인한 것을 끝으로, 그녀는 휴대폰을 내던졌다.

"오늘은 무대 보신 분들이랑 사진 많이 찍은 것 같아, 평소보다."

희원은 중얼거리며 느리게 눈을 감았다가 떴다. 지환이 피리 부는 사내처럼 몰고 다닌 사람들과 한 명 한 명, 열과 성을 다해 사진을 찍어드렸다.

침대에 널브러져 눈만 깜빡거리는 희원을 바라보다가, 지환은 곁에 걸터앉았다.

"그러게. 당신이랑 사진 찍고 싶다고 부탁하는 사람이 많은데 내가 거절을 못 하겠더라고."

"잘했어요. 사진 찍어드리는 게 뭐 어려운 일이라고."

기쁜 일이었다. 감사한 일이었고.

"서지환 씨 덕분에 반응도 좋은 것 같아. 검색해보니까 오늘 공연 반응 최고인데? SNS 팔로워도 많이 늘었어요, 오늘."

그녀가 끙, 소리를 내며 돌아눕는다. 지환은 그런 그녀를 바라보다가 곁으로 다가가 누웠다. 머리를 천천히 쓸어내려주자 그녀는 깊은숨을 쉬며 눈꺼풀을 굳게 닫았다.

"아이고…… 삭신이야……. 공연하고 나면 그날은 너무 힘들어……."

"당연히 힘들겠지. 고생 많았어."

콜록콜록, 그녀가 잔기침을 한다. 지환은 염려가 되는 눈빛으로 그녀를 살폈다.

"감기 걸린 거 아냐? 약 먹을래?"

"아까 쌍화탕 한 잔 마셨어. 괜찮아요."

다 귀찮아……. 희원이 느리게 말하며 잠이 들 것처럼 굴자 지환은 조용히 숨만 불어 내쉬었다.

"나…… 머리 쓰다듬어줘……."

"그래."

"등도…… 토닥토닥해줘……."

"알았어."

깊은 잠에 빠져들기 위한 절차가 필요하다는 것처럼, 그녀는 그에게 따뜻한 손길을 요구했다. 지환은 근심이 가득 내려앉은 시선을 그녀에게 고정한 채 머리를, 등을 하염없이 어루만졌다.

"이렇게 고된 일인데도 계속하고 싶어?"

"그럼요. 당연하지."

"힘들잖아. 밤마다 이렇게 끙끙 앓는데."

"나만 그러나 뭐. 일하는 사람들 다 그렇지."

"세계 무대로 보낼 걸 그랬다. 이렇게 좋아하는데."

"춤은 아무 데서나 출 수 있어. 그런데 서지환 씨는 아무 데나 없잖아."

잠꼬대처럼, 느리게 이어지는 말들. 지환은 희미한 미소를 입가에 매단 채 느리고 다정한 손길을 이어갔다. 일정하게 깊은숨을 내쉬던 희원은 눈을 감은 채 입술을 열었다.

"공연 끝내고 돌아와도 혼자가 아니라 서지환 씨가 있으니까, 좋네요."

……화려함으로 물든 내 인생의 이면을 공감할 수 있는 사람이 있다는 것.

"옛날엔 혼자 끙끙 앓았거든요. 이렇게 누워서, 혼자."

모두가 내 무대를 바라보며 환희의 박수를 보낼 때, 내가 겪을 추위가 서글퍼 차마 웃지 못하는 사람이 있다는 것.

"서지환 씨 와 있는 거 알고 나니까 엄청 힘 되더라. 그냥, 막 힘이 나더라고요."

"종종 갈게. 당신 이렇게 힘들게 고생하는 줄은 미처 몰랐네."

"다 똑같아. 나만 힘든 거 아니잖아."

끙끙, 그녀는 약간씩 뒤척일 때마다 앓는 소리를 내었다.

셀 수도 없이 많은 사람들이 자신만 바라보는 무대. 그 수많은 눈동자를 실망시키지 않으리란 목표는 언제나 고된 일이었다. 그리고, 집으로 돌아온 그녀는 팔다리 어느 곳도 성하지 않은,

"나 좀 잘게요, 진짜 너무 졸려."

"그래. 어서 자."

고단한 비행에 날개를 다친 작은 새처럼 여겨졌다.

"서지환 씨는 뭐 할 건데?"

"난 당신 곁에 있지. 잠들 때까지."

"……좋네. 잘게요, 그럼."

희원은 얼마 지나지 않아 그대로 곯아떨어지고 말았다. 하루를 버틸 에너지가 모두 고갈된 것처럼 그녀는 조금의 뒤척임도 없이 잠에 빠져들었다. 지환은 그렇게 한참이나 그녀의 등을 어루만지다가, 머리를 쓸어 넘겨주고.

그러곤 얼마나 지났을까, 거실로 나온 그는 노트북을 켰다. 가만히 앉아서 생각만 거듭하던 지환은 결심했다는 듯 희원의 SNS를 들어갔다.

오늘 공연 영상이 여러 개 올라왔고 그녀는 자신의 SNS로 링크를 가져왔다. 빠르게 확인하던 지환은 댓글 창을 열었고, 그곳에서 수천 개의 '좋아요'를 확인하던 지환은 하나의 아이디에서 멈췄다. 강희주가 분명한 아이디와 프로필 사진.

"……후."

짧은 한숨을 내쉰 지환은 그녀의 친구 목록을 살펴보며 강희주의 이름을 어렵지 않게 찾아냈다. 처음 강희주가 그녀의 SNS를 찾아온 때까지 확인한 지환은 나머지 몇 가지를 더 확인하고 고개를

들었다.

소파에서 일어나 창가로 다가갔다. 어두운 그의 표정은, 지금 무슨 생각을 하고 있는 건지 아무것도 말해주지 않았다.

• • ✦ ✦ ✦ ✦ • • •

"손목을 천천히 돌려보세요. 괜찮으신가요?"

"네, 괜찮은 것 같습니다."

"한동안 물리치료는 꾸준히 받으셔야 합니다. 그래도 이 정도면 회복 속도가 정말 빠른 겁니다."

"네. 꾸준히 받겠습니다. 감사합니다."

시간은 흐르고 드디어 부러졌던 왼팔을 회복했다.

보통의 사람들보다 빨리 아물었다는 주치의의 말을 들으며 지환은 손목을 느리게 돌리고, 손을 쥐었다가 폈다, 반복했다. 이미 한 팔로 생활하는 것에 많은 것이 익숙해져 당장 두 팔이 생겨도 한 팔만 쓸 것 같은 느낌이 드는 순간.

"축하해요. 왼팔을 획득했네요."

"당분간은 적응이 안 될 것 같네. 머리가 왼팔을 인식 못 하는 기분이야."

곁에 서 있던 희원이 축하를 건네자 지환은 무안한지 씩 웃었다. 물리치료를 받고 병원을 나선 길. 주차장에 들어선 희원과 지환은 차량으로 다가갔다.

"운전 내가 할게. 서지환 씨, 아직은 힘들 것 같으니까요."

"그래. 부탁해."

익숙하게 그녀가 운전대를 잡고 지환은 보조석에 올라탔다. 획득한 왼팔이 어색한지 그는 자꾸만 손을 의식했다.

그런 모습이 귀여운지 희원은 웃음을 터트렸다. 이윽고 히터를 켜고, 듣기 좋은 음악을 골랐다.

"자, 서지환 씨. 준비됐으면 이제 출발할까요?"

"어디로 갈까?"

"음, 어디든?"

희원은 지환을 바라보았다. 가고 싶은 곳이 있나? 하는 얼굴을 하며 묻자 지환은 비스듬히 고개를 꺾으며 그녀를 바라보았다.

그런 게 있을 리가 있겠나. 하고 싶은 건 당신과 함께하는 일뿐인데.

"깁스 풀면 제일 먼저 뭐가 하고 싶었어요?"

"뭐, 딱히 그런 건 없었는데."

"치, 심심해."

그녀가 입술을 삐죽거리자 지환은 잠시 생각하는 듯하더니 입술을 열었다.

"아, 하나 있긴 있었네."

"뭔데? 뭐가 하고 싶었는데?"

"결혼반지를 끼고 싶었지."

희원은 전혀 예상하지 못했다는 표정을 지었다. 그는 왼손을 내려다보며 중얼거렸다.

"하필 또 왼팔 부러지기 직전에 내가 그런 말을 하고 있었어. 당신 잘 모르겠지만."

결혼반지, 난 죽을 때까지 안 뺄 거니까.

"반지 죽어도 안 뺀다고. 무슨 일이 있어도."

빼더라도 절대 내 몸을 벗어나지는 않을 겁니다. 새겨들으시죠,
권희원 씨.

"혹 빼야 하는 때가 와도 내 몸 어딘가에 있을 거라고."

"……아, 그랬던 것 같아. 그랬네요. 기억나네."

"그런 말을 하다가 팔이 부러졌어. 그 말 뱉은 지 30분도 안 돼
서 반지를 뺐네."

그가 어처구니없다는 듯 웃음을 터트린다. 깁스를 하기 위해 어
쩔 수 없이 반지를 뺐다.

"결혼반지, 서지환 씨는 목걸이로 하고 다니던데."

"그랬지. 지금도 걸려 있고. 아아, 말 나온 김에 목걸이 좀 빼줄
래?"

지환은 넥타이를 조금 길에 내리며 셔츠 가장 처음 단추를 끌렀
다. 양손을 움직이는 게 아직은 버거운지 그의 미간에 작은 골이
파인다.

"목걸이 좀 끌러줘. 당장 껴봐야겠어. 맞을까? 안 맞을까? 좀 클
것 같은데."

지환은 목걸이를 끌러달라며 그녀에게 가까이 다가갔다. 그녀는
서슴없이 다가온 그의 얼굴을 바라보다가 두 팔을 뻗었다. 그의 목
을 에둘러 감아 고리를 찾다가, 포기한 듯 입을 열었다.

"고리를 앞으로 돌려서 빼줄게요."

희원은 목걸이를 돌려 고리를 앞으로 뺐다. 작은 고리를 여는 일에 열중인 그녀 얼굴이 무척이나 가깝다. 지환은 그런 그녀 얼굴을 바라보다가, 그녀 손을 한 손으로 잡았다.

"깁스 풀면 하고 싶었던 거, 또 있다."

"……아?"

"있었네. 그것도 많이."

"아…… 어…… 네…….."

목걸이를 잡은 그녀 손에 힘이 실리는 게 느껴진다. 지환은 피식 웃다가, 다시 그녀 얼굴을 가깝게 들여다보았다.

"모, 목걸이 빼줄게요."

"조금 있다가."

"반지…… 빼고 싶다며……."

"그것도 조금 있다가."

그럼…… 지금은 뭐 할 건데……?

희원이 마른침을 꼴깍 삼키며 눈으로 묻자 지환은 흔연한 미소만 걸어놓다가 다른 팔을 뻗어 그녀 목덜미를 그러쥐었다. 목걸이를 쥐고 있는 그녀 손에 더욱 힘이 실린다.

"목걸이 끊어지겠다."

"……아. 아! 아! 미안! 미, 미안해요!"

힘 조절에 실패한 희원이 번쩍 놀라며 황급히 목걸이에서 손을 떼려 하자 이번엔 지환이 힘을 주었다. 그녀 두 손을 꽉 붙잡고, 목덜미를 그러쥐고 있는 다른 팔을 부드럽게 당겼다.

……삼켜도 좋을 것만 같은 그녀의 작은 입술 사이를 헤집었다.

잡힌 손등에서 맥이 뛰는 것 같은 착각이 일고…….

그녀는 자연스럽게 감긴 눈 사이로 지금 자신 안에서 일어나는 감정을 세세히 기록하듯 가슴에 남겼다.

무대 위의 권희원은 언제나 행복했다. 온몸으로 받아내야 하는 대중의 시선에, 웃고 울었다. 그것만이 행복인 줄 알고 살았던 내 게, 지금껏 알고 지낸 행복과는 또 다른 종류의 행복이 찾아온다.

"기뻐요. 당신 왼팔이 돌아와서."

"이 순간 그 말이 야하게 들리는 건 온전히 내 기분 탓인가?"

"뭐, 멋대로 생각해요. 언제나 꿈보다 해몽이 좋은 사람이니까. 서지환 씨는."

"멋대로 생각하라니. 그건 더 야하게 들리잖아."

두 사람은 잠시 떨어져 바라보다가, 다시 입술을 맞댔다. 어느 것도 일방적인 것 없이 함께였다.

지금 권희원은 또 다른 종류의 행복을 알았다. 한 남자의 시선 안에 박힌 나를 바라보는 기쁨에, 심장이 터질 것 같은 설렘이 아 니라 심장이 멎을 것 같은 설렘을 알았다. 전신을 노니는 열정 말 고, 손끝을 다녀가는 전율을 알았다.

그리고 느낄 수 있었던 또 하나. 서지환은 권희원을 사랑했다. 완벽하게.

· · ◆◆◆◆◆· ·

"인호야, 일단 급한 대로 필요한 만큼은 마련했어."

"수고했어."

차민규는 이른 아침, 푸른 동이 트기도 전에 백인호 의원의 자택을 찾았다. 막대한 자금은 돈세탁을 끝마친 뒤 5만 원 다발로 형성되었다.

"안전하게 실어놨고 지금쯤 네 비서가 확인하고 있을 거야."

"속도를 좀 내. 매번 이렇게 아슬아슬하게 기한 맞추지 말고."

"어…… 미안하다. 노력을 한다고 하긴 하는데."

차민규는 찬기 어린 백인호의 말을 듣고는 멋쩍어했다. 칭찬을 듣기는커녕 더 빨리 금괴를 현금으로 전환하지 못했다는 타박이나 듣고 있으니.

백인호는 불만이 차오르는 차민규의 표정을 힐끔 보다가 입술을 열었다.

"실수, 없었지."

"그럼. 실수 없었지. 내가 누군데 실수를 해. 걱정 마라, 인호야."

홍콩발 밀수 금괴는 현금으로 전환되었고, 전환된 현금은 돈세탁을 끝낸 뒤, 박스에 포장되어 우체국 택배로 접수되었다.

우체국 직원에 의해 운송장이 등록된 현금 박스는 다시금 차민규에게 회수되었고, 택배는 소액 택배 분실 건으로 처리되었다. 엉뚱한 주소와 엉뚱한 이름이 적힌 운송장 기록만 남긴 채. 회수된 현금 다발 박스는 택배 기사를 위장한 차량에 실려 백인호에게 전달되었다.

외부적으로 볼 땐 어떤 문제도 야기되지 않았다. 늘 주시하는 눈이 많은 백인호 의원 자택으로 택배가 들어가도, 의심의 여지는 없었다.

또한 차민규가 백인호의 자택을 무시로 드나들어도, 금괴를 옮기고 현금을 옮겨도 수상한 낌새를 풍기지 않을 수 있었다. 집안 사람들까지 속일 수 있는 완벽한 방식이었다.

"인호야, 그럼 나 이만 가볼게. 밤을 새웠더니 영 피곤해서."

"가봐."

"어, 어, 알겠어. 인호야, 오늘도 힘찬 하루 보내고. 파이팅!"

"……."

아양이라도 떠는 것처럼 힘찬 응원을 보내보지만 돌아오는 대꾸가 없다. 무안한 차민규는 슬쩍 팔을 내리며 아랫입술을 꾹 깨물었다. 독살스럽고 쌀쌀맞은 놈 같으니라고. 아무리 내가 작은고모 아들이라지만 지보다 형인데, 이렇게 하대를 할 수 있는 건가?

차민규는 불만이 가득한 속내를 차마 드러내지 못하고 뒤를 돌았다.

"감시 풀어줄게."

"어?"

차민규는 홱, 돌아섰다.

"어어어? 진짜? 진짜?"

"당분간만이야. 당분간."

"진짜? 지, 진심이야?"

"왜, 싫어?"

백인호가 고개를 들자 차민규는 손을 격하게 휘저었다. 싫을 리가 있겠어?

"아, 아니! 싫은 게 아니라 갑자기 인호 네가 그렇게 말하니까 내가 놀라서……."

"수고비라고 생각해. 사고 치면 다시 감시 붙일 테니 알아서 하고."

"알았어. 고맙다, 고마워 인호야."

앞뒤 생각을 잘라먹고 단지 자유가 된 차민규는 싱글벙글 웃음을 보였다. 사람에 대한 감정이 손바닥 뒤집듯 쉽게 뒤집히는 인간. 백인호는 실소했다.

"그럼 나 가볼게. 인호야, 나 너 실망시키지 않을 거야. 사고 안 치고 잘 있을게, 걱정 마라."

"가. 바쁘니까."

차민규는 황급히 사라졌다. 백인호는 차민규가 떠난 자리를 응시하다가 알 수 없는 웃음을 흘렸다.

"멍청한 놈."

분명 차민규는 활개를 치고 다닐 것이다. 본인의 감시가 느슨해지면 느슨해질수록, 차민규를 향한 서지환의 감시는 빡빡해질 것이다.

"뭐라도 걸려라."

뭐라도 걸려들어. 그러라고 풀어주는 거니까.

서지환의 감시망에 붙잡혀 작은 일이라도 크게 부풀어져야 한다. 그래야 서지환을 끌어내릴 수 있다. 준비는 되었고,

"지금 나가니까 차량 준비해."

— 네. 알겠습니다. 의원님.

기다리면 되는 것이었다.

"아? 벌써 나가시는 거예요? 아침은……."

"……."

서재를 빠져나와 현관으로 나서던 백인호는 말을 걸어오는 아내 희주를 차갑게 외면했다. 듣지도 못하고 보지도 못한 사람처럼 그녀의 존재 자체를 무시한 백인호는 그대로 현관을 빠져나갔다.

희주는 오늘따라 서둘러 나가는 남편의 뒷모습을 바라보았다.

"……뭐지."

그녀는 이른 아침부터 차민규가 다녀갔다는 사실을 알고 있었다. 한참 생각하던 희주의 시선은 자연스럽게 서재 쪽으로 향했다. 비밀에 가득찬 방인 것만 같아, 그녀는 아랫입술을 꾹 깨물었다.

· · · ◆◆◆◆ · · ·

"아이고, 차 검사님 아니십니까?"

"양 형사님!"

정윤은 경찰서 형사과 부근을 걸어가다가 말을 걸어오는 사내를 바라보았다. 친분이 있는 형사님이다.

"양 형사님, 잘 지내셨어요? 오랜만이에요. 아이들은 잘 크죠?"

"예예. 잘 큽니다. 매일 못 봐서 그렇지, 애들은 잘 있습니다."

"매일 집에 못 들어가서 힘드시겠어요."

"어쩔 수 없죠, 뭐. 그나저나 차 검사님께서 어쩐 일로 여기까지 오셨습니까? 이렇게 이른 시간부터……."

……아.

양 형사는 정윤이 이른 시간 경찰서를 찾아온 이유를 알았다는 것처럼 말꼬리를 흐렸다.

"일단 들어가시죠. 다들 밤을 새워서 지금 거지꼴이긴 하지만. 남 형사! 남 형사!"

양 형사는 형사과로 들어가자마자 소리쳐 남 형사, 정윤의 전남편을 불러댔다. 정윤은 당황했는지 양 형사의 팔을 잡았다.

"부르지 마세요. 남 형사 보러 온 거 아닌데."

"예? 현수 보러 오신 거 아닙니까?"

"아…… 뭐…….."

아…… 이걸 뭐라고 한담. 아니라고 하자니 속 보이고. 그렇다고 하자니 민망하고.

"일단 이거 받으세요."

"예? 이게 뭡니까?"

정윤은 일단 손에 든 쇼핑백을 양 형사에게 건넸다.

"김밥이에요. 식전이실 것 같아서."

"캬아, 이렇게나 많이 사 오셨어요? 아이고, 마침 출출해서 컵라면이나 하나 먹으려고 했는데. 잘 먹겠습니다!"

양 형사는 반갑게 쇼핑백을 받아 들었다. 형사과에 있던 형사들은 하나둘 일어나 그녀에게 인사를 건넸다. 어딜 둘러봐도 남 형사는 보이지 않는다.

"아, 조금 전까지 자리에 있었는데 어딜…… 아, 저기 오네요."

양 형사는 초조하게 현수를 기다리다가 손을 뻗었다. 정윤이 호흡을 고르게 하며 고개를 돌려보니 목에 수건 하나 두르고, 손엔 칫솔 하나 쥐고 터덜터덜 걸어오고 있다.

"남 형사! 어이, 남 형사!"

양 형사가 부르자 고개를 든다. 피곤함이 묻어 있던 눈빛이 싹 변하며 번쩍, 하는 빛이 인다. 정윤은 낮은 탄식을 터트렸다.

어후, 저 거지꼴. 하여간 변함이 없어요.

"어서 와! 어서 와, 짜식이 왜 그러고 서 있어!"

양 형사가 급히 부르자 터덜터덜 걸어온다.

"야야, 차 검사님이 손수 김밥 사 오셨어. 인사해."

"……왔나?"

"그래. 왔다."

떨떠름한 인사를 건네오니 정윤도 떨떠름한 인사를 건넸다.

으휴, 내가 이 화상을 보려고 새벽같이 일어나 집에서 20킬로미터나 떨어진 김밥집에 가서 김밥을 사 왔네. 내가 미쳤지. 내가 미쳤어.

"여긴 왜?"

"볼일이 있어서."

"아아, 볼일. 봐라, 그럼. 볼일."

현수가 자리로 향한다. 놀란 양 형사는 그를 붙잡았다.

"현수야, 김밥 먹자, 김밥."

"생각 없습니다. 저 눈 좀 붙일게요."

"그 눈 김밥 먹고 붙여, 인마. 김밥 먹자."

양 형사는 눈을 희번덕거리며 현수의 옆구리를 쿡쿡 찔렀다. 검사님이 너 먹으라고 사 왔는데, 니가 없으면 우리가 이걸 어떻게 먹어? 지금 나하고 장난해? 응? 장난해?

"하, 그냥 먹지 뭘. 알았어요."

현수는 양 형사의 눈빛에서 많은 것을 읽고 정윤을 힐끔 바라보았다. 턱을 한껏 들고 딴청 부리고 있다.

"따라온나."

"갈 테니 앞장서."

앞장서라니 현수가 돌아선다. 양 형사는 다른 형사들을 불러오겠다며 사라지고,

"대체 그 남방은 유니폼이니? 아니면 몸에 새겼어? 몇 년째 그거 말고 다른 옷은 안 입는 거야?"

이혼 전에도 질리게 보았던 남방이 마음에 들지 않는다는 듯 정윤이 말하자 현수는 안 들린다는 것처럼 묵묵히 걸음만 옮겼다.

"옷 없어? 좀 버려라, 버려. 낡아도 한참 낡았잖아. 해진 것 좀 봐."

"벗고 안 다니면 됐지 구멍도 안 난 옷이 무슨 죄라고 버려?"

하…… 말이 안 통해…….

정윤은 예전 일들이 생각났다는 듯 으으으, 몸서리를 쳤다. 현수가 돌아본다.

"나 뭐 입고 다니는지 궁금해서 왔냐?"

"됐거든? 그냥 꼬락서니가 하도 한심해서 하는 말이거든?"

아침부터 꽃단장을 마친 정윤의 얼굴을 한참 바라보더니, 현수가 입을 연다.

"그러는 너는 귀에다 뭘 달고 다니는 거야. 신종 무기냐?"

"시, 신경 꺼! 이게 얼마짜린데!"

정윤은 놀라 목청을 높였다. 딴에는 예쁜 거 끼고 온다고, 블링블링하게 늘어지는 귀걸이를 일부러 찾아 했는데.

"남들이 욕한다. 검사가 그러고 다니면."

"허, 검사실 갈 때는 안 하거든? 빼고 다니거든?"

"참…… 인생 피곤하게 산다……."

"시, 신경 꺼! 피곤해도 내 인생이야!"

역시나 씨알도 안 먹히는 거지. 정윤은 조용히 혀를 끌끌 차며 귀걸이를 바라보는 현수의 눈길에 낯이 뜨거워져 고개를 확 돌렸다.

김밥 괜히 사 왔어. 아, 진짜,

"열 받아. 아오."

아! 열 받아!

· · ◆ ◆ ◆ ◆ ◆ · ·

어느덧 김밥을 중심에 두고 형사 너덧이 모여 조출한 아침 식사가 시작되었다. 정윤은 허겁지겁 김밥을 먹는 형사들을 안쓰럽게 바라보았다. 업무 특성상 밤을 새는 일이 수두룩한 형사들의 아침이란 언제나 이런 식이었다.

"캬, 김밥 진짜 맛있네요. 검사님, 이거 왜 이렇게 맛있습니까?"

"많이 드세요. 이 집이 김밥을 잘해요."

"김밥 재료들이 범상치 않은데요. 야, 이거 뭐, 이 정도면 요리 아닙니까?"

감탄을 늘어놓는 형사들을 보다가 정윤은 짧은 미소를 지었다. 육즙을 가득 품은 한우를 크게 넣고 말아 김밥을 해주는, 특별한 곳.

"이 번쩍번쩍하는 건 뭡니까?"

양 형사는 김밥을 들고 물었고, 현수는 묵묵히 김밥을 먹었다.

"아아, 그건 금이에요."

쿨럭. 쿨럭쿨럭. 그러다가 현수는 기침을 쏟았다. 양 형사의 입이 쩍 벌어진다.

"그, 금이요? 진짜 금이요?"

"네. 금박이를 좀 넣어줘요. 그 집이 이걸로 유명하거든요."

"저…… 얼마입니까? 이거. 김밥이 아니라 금밥이네요."

"가격은 묻지 마세요. 사악하니까."

정윤이 웃으며 현수를 슬쩍 바라보자 김밥을 실없이 내려다보고 있다. 금이 들어갔다니 형사들의 젓가락질이 빨라진다. 현수는 젓가락을 내렸다.

"왜, 왜 더 안 먹고?"

정윤이 묻자 현수는 입을 닦았다.

"배불러."

배, 배가 불러? 안 돼! 더 먹어! 누구 때문에 특별히 고생고생하며 사 왔는데!

"먼저 들어가겠습니다. 드시고 오십쇼."

"들어간다고? 벌써?"

"현수야, 야, 야!"

그러더니 쓱 일어선다. 정윤은 잡을 타이밍을 놓쳤고, 양 형사는 애타게 녀석을 불렀다. 뒤도 안 돌아보고 자리를 떠나니 당황함에 말을 잇지 못하던 정윤이 나중에야 전남편을 크게 불렀다.

"남현수 형사님!"

불리할 땐 치사한 게 최고다.

그녀가 부르는 공적인 호칭에 현수는 돌아보았다. 하, 저렇게 부르면 어쩔 수 없이 돌아보게 되어 있다. 정윤은 자리에서 일어섰다.

"잠깐만요. 남현수 형사님께 일적으로 드릴 말씀이 있어서요. 남형사님, 시간 좀 내주시죠?"

"……따라오십쇼."

현수는 짧은 대꾸와 함께 밖을 나섰다. 언제나 칼자루는, 그녀가 쥐고 있었다.

◆ ◆ ◆ ◆ ◆ ◆ ◆ ◆ ◆

"뭐? 대표님이 출국을 했다고?"

이른 아침, 외출 준비를 하던 희원은 눈을 동그랗게 떴다. 구언에게 무슨 일로 아침 댓바람부터 전화가 왔나 했더니.

"왜? 언제? 이렇게 빨리?"

주혁이 출국을 했단다.

― 난들 아나. 나도 들은 이야기라서.

"아…… 그랬구나."

희원은 거울에 반사되는 지환을 힐끔 바라보았다. 양손을 자유롭게 쓰며 넥타이를 매고 있는 지환의 표정은 무척이나 태연했다. 속으로 개다리춤을 신랄하게 추고 있지만 그녀는 모를 일이다.

"그랬구나, 출국하셨구나."

— 그러게. 엄청 급하게 준비해서 바로 떠났다고 하더라고.

무엇 때문에 그렇게 급하게 출국을 감행했을까. 희원은 전혀 감을 잡지 못했다.

주혁은 이제 한국을 떠올리면 드럽게 탄탄한 상체를 자랑하던 구언을 떠올리게 되었지만. 권희원 이름 석 자보다 더욱 강렬한 유구언을 기억에 남기게 되었지만. 뭐, 알 턱이 있나.

"바쁜 분이니까 일이 있어서 출국했겠지. 뭐, 그럴 수 있는 일이니까."

— 그러게 말이야.

휴. 희원은 비로소 끝난 일로 정리가 되었다는 표정을 지었다. 데니스 한은 이제 자신을 영영 찾지 않을 테니 말이다. 한편으로는 쓸쓸하고.

"그래. 나랑은 상관없는 일이니까. 그런데 너, 이거 말해주려고 전화한 거야?"

……아니지. 자신을 사랑하게 될 거라고 뻔뻔하게 자부하던 주혁의 술주정을 떠올리니 모든 상념이 날아간다.

— 아, 시간이 아직 이르구나. 미안. 몰랐어. 난 지금 밖이라.

"아, 그래. 너무 이른 아침이다, 구언아."

구언이 당황하자 희원은 장난스럽게 놀려대며 웃음을 터트렸다. 지환은 힐끔, 웃는 희원을 바라보았다.

— 남편…… 형은 출근했냐?

"아니. 옆에서 넥타이 매고 있어."

엇. 내 얘기 한다.

지환은 걸음을 옮겨 희원의 곁으로 다가왔다. 타이를 매끈하게 매고 서서 화장대에 앉아 있는 그녀를 내려다보았다. 거울에 반사되는 그의 얼굴을, 그녀는 올려다보았다.

— 출근 준비하는구나.

"어…… 어, 그렇지. 출근 시간이니까."

그는 희원이 쥐고 있던 빗을 가져갔다. 그러곤 그녀가 전화를 받기 전 빗던 머리를 마저 빗겨주었다. 그녀는 계속해서 물끄러미 그의 행동을 거울로 지켜보았다.

— 뭐 하는데 말이 없어?

"아니, 서지환 씨가 머리 빗겨주고 있어서."

— ……끊자.

머리를 다 빗은 지환은 정갈하게 손으로 쓸어 한 손에 그녀 머리칼을 쥐었다. 적당한 높이로 들어 올려 쥐자 목덜미가 훤히 드러난다.

— 끊자고, 희원아.

"……어? 어어어. 어어."

— 뭐 하는데 이렇게 또 넋이 나갔어.

"아니, 서지환 씨가 머리를 묶어줘서……."

정신없이 상황을 설명하고 있다. 딱히 하고 싶어서 하는 게 아닌 것처럼 그녀 음성엔 긴장했음이 역력했다.

— 그래, 자상한 남편이네. 와이프 머리도 다 묶어주고.

체념한 듯 구언의 음성이 들리지만 그녀 귓가에 고이질 않는다. 지환은 마저 통화하라는 듯 눈썹을 꿈틀거렸다.

— 요즘 왜 이렇게 결혼이 하고 싶은지 모르겠다. 나도 결혼하면 부인 머리 예쁘게 묶어줄 자신 있는데.

지환은 뽀얀 그녀 목덜미에 기습적으로 입을 맞췄다. 뜨끔하니 놀란 희원이 헙, 소리를 내자 구언의 목소리가 의미심장해진다.

— 방금 그 소리는 또 뭐야. 뭐야, 권희원.

"눈치가 이렇게 없어? 끊어."

지환이 희원의 귓가에 대고 있는 휴대폰 가까이 입술을 대며 말하자 구언이 질색한다.

— 뭐, 뭐, 뭐 하는 거예요! 통화하는데 끼어들고!

"누가 이 아침부터 끼어든 건지 잘 좀 생각해줬으면 좋겠는데. 시도 때도 없는 신혼부부의 아침을 방해하는 건 대체 누구?"

— 출근이나 해요! 출근이나! 아침부터 이 사람이 진짜!

"시끄러. 출근보다 더 중요한 게 많아. 신혼부부 아침엔."

— 와, 와, 더러워. 더러워!

"더러우면 끊어. 나도 생중계하고 싶지 않으니까."

끊어! 지환은 소리를 버럭 지르며 툭 전화를 끊어버렸다. 앗아가듯 휴대폰을 빼앗은 지환은 화장대에 그녀 휴대폰을 내렸다.

이윽고 다시 평온해진다. 희원은 목덜미에 뜨끈하게 남은 그의 온기에 몸을 약간 움츠렸다.

"대표 출국했대?"

"아…… 어, 네."

"그거 잘됐네."

"그런데…… 지금 뭐 하는 거예요?"

"뭐 하긴. 거울 보잖아. 출근하려고."

지환은 희원의 뒤에 바짝 붙어 허리를 숙였다. 그녀의 어깨에 턱을 괴듯 내리고는 거울을 들여다본다. 그런데, 자신의 얼굴을 들여다보는 게 아니라 그녀의 얼굴을 들여다보고 있다.

"내, 내 얼굴은 왜 보는 건데?"

그의 상체가 너무 붙어 있다는 생각에 희원의 얼굴이 붉어진다. 지환은 빤히 그녀 얼굴을 바라보다가 입술을 열었다.

"계속 생각해왔던 건데."

"……."

"당신하고 나, 이제 좀 가족 같아져야 한다는 생각이 들어."

방금 뿌린 향수는 아직 날아가지 않고, 그의 몸에 깊게 스몄다.

"가족 같아져야 하는 건 어떤 건데요? 난 잘 모르겠는데?"

희원이 거울 속 지환과 눈을 맞추며 묻자 그는 시원하게 웃었다. 질문이 마음에 든다는 것 같다.

"어쩌나. 질문에 대한 답을 말로 하긴 싫은데. 뭐, 어차피 오늘 안에 알게 되겠지만."

그녀의 어깨에 턱을 괴고 있던 그의 얼굴이 움직인다. 비스듬히 각도를 바꾸자 목덜미로 그의 숨이 퍼진다.

"부인, 나 오늘 출근 좀 늦게 할까?"

"……."

"그래도 되는데."

간지럼을 태우듯 목소리가 목덜미를 괴롭힌다.

"뭐, 뭐 하는 거예요. 출근해야지……."

참아보려던 노력도 부질없이 몸이 반응한다. 희원은 간지럼을 못 참겠다는 것처럼 어깨를 올리며 팔을 들었다. 그의 손이 내려와 팔을 잡는다.

"그럼 오늘은 일찍 올게. 당신도 일찍 와야 해. 선물이 있으니까."

말끝에 입술이 목덜미로 묻힌다. 희원은 눈만 커다랗게 뜬 채 거울에 반사되는 그를 응시했다. 으아아, 정직한 오감이 널을 뛴다.

"왜, 왜 이렇게 야해졌어. 서지환 씨."

"그래서, 싫어?"

"……묵비권 행사할래."

희원이 대답을 포기하자 지환은 짧은 웃음을 지었다. 자신이 귀여워 웃는 줄도 모르고 희원은 지환의 공격력 상승에 순진한 반응을 이어갔다.

지환은 목덜미에 깊게 묻었던 입술을 떼며 힐끔, 거울을 바라보았다. 그녀 놀란 얼굴이 볼만하다.

"아니, 서지환 씨. 렙업 구간도 거치지 않고 하루 사이에 이렇게 만렙을 찍으려고 하면 어떡해. 왜 이렇게 야해."

"무슨 소리 하는 거야, 니가 더 야해."

"내, 내가 뭘요!"

지환은 눈이 휘둥그레진 희원을 바라보다가, 다시 귓가를 괴롭히듯 입술을 가져다 댔다. 움찔움찔하며 희원이 어깨를 움츠리자 잡고 있던 그녀 손에 힘을 주었다. 그의 시선은 얼굴로, 목선으로, 그리고 어깨로.

"가운 속에 아무것도 안 입었잖아."

조금 더 아래로.

"말해봐. 지금 누가 더 야한지."

"헐……."

어, 어떻게 알았지?

희원은 놀란 입술을 멍하니 벌렸다. 씻고 나와 몸이 완전히 마를 때까지 가운만 입고 있는 버릇은 못 고치겠더라.

어지간하면 지환이 출근한 뒤에 씻고 퇴근하기 전에 씻으며 자유롭게 있었는데, 오늘처럼 그녀 또한 일찍 나가야 하는 날이 문제였다. 그래서 겉으론 태가 안 나는, 무척 두툼한 가운을 구입해서 입고 다녔는데.

아, 알고 있었던 거요? 언제부터?

"서지환 혹시…… 투시도 하니……?"

"뭐, 할 수도. 안 할 수도."

희원은 눈을 질끈 감았다. 으흐, 낯이 뜨거워진다.

"어…… 아…… 서지환 씨가 알고 있었구나……. 난 모르는 줄……."

"일찍 올게."

일찍 올게. 무언가 어울리지 않는 듯 어울리는 답을 내어놓는다. 그의 대답 사이에 숨어 있는 뜻을 알아들을 수밖에 없어 희원은 마른침을 꼴깍 삼켰다. 잠시 후,

"……후, 농담 아니고 진짜 힘들다."

지환은 혼잣말처럼 중얼거렸다. 그러곤 무언가 꽉 참고 누르듯 미간을 좁히며 천천히 상체를 일으켰다.

붉어진 그녀 귓불을 한참이나 바라보다가, 그는 씩 웃었다. 조금 전까지 위험하던 분위기를 모두 지워낸 천진한 웃음이다.

"일찍 올 테니 혹시 먼저 오거든 부인은 남편 기다립니다. 알겠 습니까?"

"아…… 어…… 으으……."

이상한 소리를 내며 희원이 질색하자 지환은 그녀의 어깨를 툭 툭 두드렸다.

"오늘, 늦지 마."

"……."

"아아, 늦어도 돼. 물론 일이 있으면 늦어도 되는데."

그는 재킷을 들었다.

"아무리 늦게 들어와도 쉽게 잠은 못 잘 거야."

아직 출근도 안 했는데, 퇴근하고 싶어지는 아침이었다.

3권에 계속

완벽한 소원도 2

초판 1쇄 인쇄 2019년 8월 23일
초판 1쇄 발행 2019년 8월 31일

지은이 로즈빈　　　　　　　　**펴낸곳** (주)해피북스투유
삽화 케이　　　　　　　　　　**출판등록** 2016년 12월 12일 제2016-000343호
펴낸이 김문식 최민석　　　　　**주소** 서울시 성북구 종암로 63, 4층 402호(종암동)
기획편집 이수민 김현진 박예나　**전화** 02)336-1203
　　　　　　김소정 윤예솔　　　　**팩스** 02)336-1209
제작 제이오

ISBN 979-11-6479-025-8 (04810)
　　　　979-11-6479-023-4 (세트)